O Jogo da Fama
de Thea Carson

Outra obra da autora publicada pela Record

Gente famosa

Claudia Pattison

O Jogo da Fama
de Thea Carson

Tradução de
ALVES CALADO

EDITORA RECORD
RIO DE JANEIRO • SÃO PAULO
2004

CIP-Brasil. Catalogação-na-fonte
Sindicato Nacional dos Editores de Livros, RJ.

P337j Pattison, Claudia, 1968-
O jogo da fama de Thea Carson / Claudia Pattison;
tradução Alves Calado. – Rio de Janeiro: Record, 2004.
368p.:

Tradução de: Fame game
ISBN 85-01-06648-6

1. Romance inglês. I. Alves Calado, Ivani, 1953- . II.
Título.

04-0159
CDD – 823
CDU – 821.111-3

Título original inglês:
FAME GAME

Copyright © 2002 by Claudia Pattison

Obra originalmente publicada por Macmillan Publishers Limited, em 2002.

Capa: Glenda Rubinstein

Todos os direitos reservados. Proibida a reprodução, no todo ou em parte, através de quaisquer meios.

Direitos exclusivos de publicação em língua portuguesa para o Brasil adquiridos pela
DISTRIBUIDORA RECORD DE SERVIÇOS DE IMPRENSA S.A.
Rua Argentina 171 – Rio de Janeiro, RJ – 20921-380 – Tel.: 2585-2000
que se reserva a propriedade literária desta tradução

Impresso no Brasil

ISBN 85-01-06648-6

PEDIDOS PELO REEMBOLSO POSTAL
Caixa Postal 23.052
Rio de Janeiro, RJ – 20922-970

EDITORA AFILIADA

Para Rachel

Agradecimentos

Agradeço à minha amiga Soz Hilton por compartilhar suas lembranças; a John Adams por seu fabuloso trabalho de arte; ao meu agente Luigi Bonomi e a todos da Pan Macmillan, especialmente Mari Evans, Lucy Henson, Caroline Turner, Richard Ogle, Liz Cowen e ao superesquadrão de Ray Fidler.

UM

Na última vez que vi meu marido ele disse que ia comprar jornal e cigarro. Isso foi há dois dias. Não estou preocupada... estou puta da vida, mas não preocupada. Faz parte, quando você é casada com uma celebridade. *Celebridade*... Ainda acho difícil pensar nele assim. Para mim ele é apenas Toby — não Toby, o deus do sexo (apesar de ele ter uma beleza fantástica), ou Toby, o rei do rock independente. Há três anos, quando pus os olhos nele pela primeira vez, ele era Toby Ninguém, um cantor-compositor lutando com uma banda sem contrato chamada Drift, cuja fama era limitada ao circuito dos bares do norte de Londres. Eu sempre soube que ele ia conseguir — afinal de contas, Toby tinha a aparência, o talento, o carisma e, mais importante do que tudo isso, uma crença pura, inabalável, em si mesmo. Eu simplesmente não estava preparada para o quanto sua fama iria mudar nossa vida. Não estou falando em termos materiais, se bem que levamos uma vida vergonhosamente luxuosa e obviamente não estou reclamando *disso*. Estou falando do modo como isso afetou nosso relacionamento.

— *Theee-a!* — A voz esganiçada de Ivy, minha faxineira, ecoa dois lances de escada abaixo, e me faz pular. Merda, *e eu* perdi um ponto... aposto que você não sabia que tricotar era a nova onda do rock, sabia? Estou fazendo um suéter de tricô para o meu marido em lã de merino azul meia-noite. Ele provavelmente nunca vai usar, mas é a intenção que conta, e de qualquer modo isso me dá alguma coisa que fazer.

Ponho o suéter pela metade no sofá e vou ao corredor. Olho para cima e vejo Ivy curvada sobre o balaústre do alto, com uma madeixa de cabelo platinado caindo sobre cada ombro.

— Quer que eu tire a poeira do lustre ou deixo para a outra vez? — berra ela escada abaixo.

A vasta monstruosidade de cristal à qual Ivy está se referindo fica suspensa no teto acima do patamar do alto. Custou quatro mil e quinhentas libras num antiquário na Brompton Road. Toby e eu o vimos uma tarde depois de cambalearmos bêbados de um almoço cheio de birita, na gravadora, para comemorar a indicação do Drift ao Prêmio Mercury de Música. Não compramos porque nos apaixonamos por ele ou porque achamos que seria um investimento. Compramos só porque podíamos — o que foi meio estúpido, realmente. É um negócio feio, e um saco para manter limpo. Toby não me deixa tirar porque acha que parece "classudo". Eu vivo esperando que um dia Ivy o faça despencar quando estiver lá em cima, na escada portátil, fazendo a faxina mensal. O que eu não daria para vê-lo se despedaçar em mil fragmentos brilhantes!

— Pode ser da próxima vez, Ivy — grito para ela. — Já passou das seis, sabia? Não está na hora de ir embora?

Sua resposta é abafada pelo toque do telefone e eu corro de volta à sala para atender antes da secretária eletrônica, só para o caso de ser Toby. Tento dizer a mim mesma que não me importo quando ele sai numa de suas maratonas de farra, que me sinto grata em ter um pouco de tempo só para mim, mas depois de dois dias e duas noites sem ao menos um e-mail estou começando a me sentir meio negligenciada. Pego o fone faltando um toque para a secretária atender.

— Alô? — digo sem fôlego, esperando ouvir a voz do meu marido, densa de ressaca, reverberar pela linha.

— Thea, querida, sou eu.

Uma onda de desapontamento cresce dentro de mim, mas faço o máximo para esconder.

— Ah, oi, Kim. Como vai?

— Estou no meio da caçada a um Buda dourado de três metros e quatro dúzias de bonsai. As árvores não devem ser problema, mas o gordão está me deixando pirada.

Kim tem uma empresa de organização de festas, a Party On! (nós pensamos no nome juntas — só demoramos três horas e duas garrafas de Frascati). Nada de festas de criança ou babaquices em salões de igreja, e sim grandes bailes temáticos e recepções chiques para casamentos. Ela comanda sua empresa de uma mulher só na própria casa, e algumas vezes, quando está realmente atolada, eu dou uma mão.

— Precisa de ajuda? Eu posso dar uns telefonemas, se você quiser.

— Não, de verdade, tudo bem. Só liguei para ver se você queria se encontrar comigo mais tarde para tomar alguma coisa. Tim vai sair com os caras do banco, de modo que esta noite estou sozinha.

— Eu adoraria, mas os pais de Toby estão esperando a gente para o jantar. Veja bem, talvez eu tenha de cancelar, já que o filho pródigo desapareceu sem deixar aviso — falo mal-humorada, girando o fio do telefone no indicador.

— Meu Deus, Thea, o cara nunca está em casa. Dessa vez faz quanto tempo?

— Dois dias. Ele saiu para comprar o *Sun* e um maço de Marlboro, e foi a última vez que o vi. Acho que ele fez um pequeno desvio e foi parar em alguma festa. Sem dúvida está dormindo no chão de alguém agora mesmo. Espero que só esteja dando um tempo; aquela sessão no estúdio na semana passada acabou com ele — falo, numa tentativa débil de justificar a ausência do meu marido.

— É, bem, existe dar um tempo e existe desconsideração pura e simples. Eu sei que ele tem de viver à altura dessa grande reputação do *rock'n'roll*, mas poderia incluir você nos planos, ou pelo menos ligar dizendo onde está e quando vai voltar para casa. Não sei como você agüenta, não sei mesmo — diz Kim, irritada. — Tim nunca sonharia em ficar fora a noite inteira, quanto mais duas seguidas.

Não são muitas pessoas que têm permissão de criticar meu marido na minha cara, mas depois de uns quinze anos como melhor amiga, Kim é uma delas. E mais, ela é bem qualificada para dar conselho, já que a vaca felizarda tem um dos relacionamentos mais felizes e mais estáveis que eu já vi. Ela e Tim são loucos um pelo outro — há seis anos inteiros (dois namorando, quatro casados). Só passaram três noites separados, e isso quando Tim foi forçado a ir a uma horrorosa convenção de bancos mercantis. Até a porcaria dos nomes deles rimam.

— Mas Toby não é exatamente o marido típico, não é? — continua ela firmemente irônica. — É um artista, precisa de estímulo constante, adoração, empolgação.

Ivy passa pela porta aberta da sala, vestindo o casaco e falando "tchau" sem som para mim. Aceno para suas costas. Empregados dignos de confiança são difíceis de conseguir, e eu tirei a sorte grande com Ivy. Ela não vê nada, não ouve nada. Simplesmente limpa a parafernália de drogas sem arregalar os olhos (eu só permito maconha em casa, e se Toby quiser alguma coisa mais forte quando está fora, bom, isso é com ele) e ela faria haraquiri antes de ler um bilhete pessoal que eu deixasse na bancada da cozinha.

— É, nem diga... foda-se o resto, Kim. Eu *vou* com você — falo com súbita convicção. Bem, enquanto o gato está fora o rato não vai ficar passando pano no chão. — A gente deveria chegar à casa dos pais de Toby às oito, de modo que mesmo que ele apareça agora a gente estaria atrasada, e de qualquer modo duvido que ele chegue em condições de passar um tempo com a mamãe e o papai — falo amarga. — Mas a gente podia ir a algum lugar discreto, não estou a fim do West End esta noite. Que tal o Pablo's, na Liverpool Road?

O Pablo's é um barzinho mexicano vagabundo em Islington, aonde Toby e eu vamos algumas vezes quando ele não quer ser incomodado pelos fãs. Fica mais ou menos na metade do caminho entre a Itchycoo House — nossa casa no Belsize Park (os Small Faces são a maior influência musical de Toby; pelo menos é o que sempre diz aos jornalistas) — e a casa de Kim em Highbury.

— Para mim tudo bem... que tal às sete e meia, a primeira a chegar arranja mesa?

— Combinado.

Algumas vezes eu me pergunto o que faria sem Kim. Nós nos conhecemos na escola de teatro. Eu a invejava na época e ainda invejo. Quando criança ela era uma boneca viva, com espantosos cachos louro-claros e um narizinho de morrer. Sempre parecia tão serena e bem arrumada que todo mundo queria ser sua amiga. Eu era a esquisitona da turma, a magricela com cabelos pretos azulados desgrenhados e malha roxo-batata (a cor regulamentar era o preto, mas minha mãe era contra o conformismo). Por algum motivo insondável Kim gravitou na minha direção, e procurou ativamente minha amizade me convidando para tomar chá na sua casa. Isso foi seguido por uma ida ao rinque de patinação no gelo e uma matinê fantástica no Sadler's Wells... acho que foi o *Quebra-nozes*. Eu fiquei espantada e agradecida por sua amizade, e desde então somos inseparáveis.

O fantástico de Kim é que ela sempre fala exatamente o que quer dizer — nada de ficar fazendo rodeios, me tratando com luvas de pelica porque por acaso sou casada com um cara famoso. Por exemplo, ela nunca fez segredo de que desaprova Toby. Não que não goste dele — porque gosta, e nós três tivemos algumas saídas fantásticas à noite. Só que ela não acha que ele sirva para marido, e algumas vezes, dependendo do meu humor, sou inclinada a concordar.

Claro que Kim não é minha única amiga. Eu tenho um caderno de endereços bem recheado, mas ela é uma das poucas que se interessam por mim com sinceridade. É difícil fazer amigos quando você está na minha posição; quero dizer, amigos de verdade. Muitas pessoas só querem me conhecer por causa do que eu poderia fazer por elas. Num minuto estou me divertindo perfeitamente numa festa, conversando com alguma mulher, e de repente ela pega a fita demo de seu namorado para eu levar para casa, ou pergunta se posso conseguir credenciais para os camarins em Glastonbury. No início eu costumava fazer isso simplesmente porque odiava dizer "não". Depois Toby me disse para não ser tão ingênua, aprender a pôr meus pés no chão e hoje em dia sou muito mais seletiva com quem vou me relacionar socialmente.

Respiro fundo antes de pegar o telefone de novo para ligar para a mãe de Toby dando a má notícia. Lucy Carson e eu não somos exatamente amigas íntimas, e esse cancelamento de último minuto não vai fazer com que ela goste mais de mim, mesmo não sendo minha culpa. Não consigo me incomodar em inventar uma mentirinha, por isso falo na bucha.

— O que você quer dizer com não sabe onde ele está? — diz ela daquele seu modo imperioso. Ela acha que o filho se casou com alguém de nível mais baixo, isso é óbvio. Apesar de sua imagem rude, Toby Carson é um bom garoto de classe média de um bairro elegante cuja renda *per capita* tem um monte de dígitos (só que ele gosta de manter isso em sigilo). Acho que sua mãe esperava que ele se casasse com uma supermodelo ou executiva de gravadora, e não com uma insignificância como eu. Ela teve um interesse fugaz quando soube de minha carreira como atriz infantil, mas logo a novidade se esgotou quando soube que eu não falava com Bill Forsyth há mais de uma década.

— Desculpe se não posso ser mais específica, Lucy — digo com os dentes trincados. — Acho que ele deve estar na casa de algum amigo. O celular dele fica sempre desligado, por isso não tenho como entrar em contato.

— Então minhas costelas de carneiro vão ser desperdiçadas?

— Talvez você possa pôr no *freezer*. De qualquer modo, eu tenho de sair correndo. Vou pedir a Toby para ligar quando ele se materializar.

— Sim, e quando ele fizer isso, eu certamente vou dizer umas poucas e boas.

Não, não vai, sua morcegona velha. Vai paparicar e perdoar como sempre, penso comigo mesma enquanto desligo o telefone. Aquele garoto vem sendo mimado e estragado durante toda a vida. Não é de espantar que espere que cada mulher dance conforme sua música. De fato, isso é meio injusto da minha parte — mas que diabo. Estou num momento cruel.

Quando olho meu pequeno relógio de ouro Tiffany — presente de Toby no primeiro aniversário de casamento — vejo que só tenho meia hora para me aprontar, por isso chamo um táxi na conta (nossa conta mensal chega a quatro dígitos, de modo que eu sempre tenho garantia de um carro, mesmo pedindo na última hora) e subo correndo dois lances de escada até nosso quarto no segundo andar. Este é o meu cômodo predileto, e empenhei muito tempo e energia para decorá-lo. Toby era a fim de contratar um decorador para fazer a casa inteira, mas eu insisti em deixar o quarto principal por minha conta. Afinal de contas, é um lugar muito íntimo. Eu não queria um idiota metido a besta saltitando e me pressionando para escolher esse tecido *esplendoroso* para as cortinas e aquela cama *fabulosa* de dossel, reprodução autêntica. Mesmo sendo um quarto gigantesco com teto alto e meia dúzia de janelas de guilhotina, eu queria torná-lo o mais aconchegante possível; não como aqueles quartos estilo hotel, cheios de frescura, que você vê nas páginas das revistas de celebridades com sanefas/cortinas/colchas combinando, ventiladores de teto dourados do tamanho de rotores de helicóptero. Sim, eu estou muito satisfeita com o resultado final, penso enquanto examino o quarto: piso de tábuas branco-lima enceradas, paredes lilás suave, tufos de musselina baunilha nas janelas e uma cama-trenó extragrande, arrumada com lençóis de linho branco extrapassados e cheia de almofadas de veludo em tons de púrpura e *cranberry*.

Sentada diante de minha penteadeira de marchetaria (uma das minhas descobertas prediletas no mercado de Portobello), olho para o reflexo no espelho. Estou cansada, e meu rosto está com uma aparência dura, repuxada. Chegando mais perto, passo a mão na testa. Apesar de todos os tratamentos faciais, tenho certeza de que estou com mais rugas de preocupação do que uma pessoa comum de vinte e sete anos. Não deveria reclamar... durante a maior parte da minha vida adulta as pessoas vivem dizendo como sou bonita, se bem que essa é uma coisa que eu sempre achei embaraçosa e mistificadora. Acho que tenho meus pontos positivos: sou meio alta — um metro e setenta e quatro — e manequim quarenta. Tenho pele azeitonada que se bronzeia facilmente, malares de índia *cherokee*, como diz Toby, e cabelo cor de corvo e totalmente reto, até os ombros, de modo que não tenho de passar horas com produtos e escova quente. Mas há um monte de pontos ruins também. Meu lábio superior exige depilação regular com cera, tenho joelhos para dentro e pés monstruosos tamanho trinta e oito, e nenhum seio digno desse nome. Toby se ofereceu para pagar um implante em mais de uma ocasião, mas acho que não quero seguir esse caminho. Não suportaria ser fotografada por um *paparazzo* com aqueles peitões novos e ver todos os jornais publicando a matéria — *Ela pôs silicone ou não?* — quando é óbvio que pôs. Na verdade, me esforço ao máximo para não ser fotografada; não suporto a agitação, mas algumas vezes é inevitável se estamos numa cerimônia de premiação ou numa festa depois de um *show*. Eu ficaria felicíssima em permanecer em casa nessas ocasiões e deixar Toby ir sozinho, mas quando sou requisitada represento obedientemente o papel de consorte, sorrindo, ficando bonita e saindo da frente quando os fotógrafos querem uma imagem de Toby sozinho... ah, sim, eu sei muito bem qual é o meu lugar.

Incrivelmente, tive algumas abordagens para fazer entrevistas e fotos sozinha — geralmente aquelas matérias cafonésimas estilo "Eu e Meu Guarda-roupa" onde uma suposta "personalidade" mostra todas as suas etiquetas de grife e a coleção abissal de sapatos. Alguns pedidos vieram através da gravadora — mas outros são mandados diretamente para casa —, praticamente todo mundo da mídia sabe o nosso endereço, ou pelo menos é o que parece. Eu recuso todos definitivamente. Nem consigo pensar nisso. É tipo: certo, então sou casada com um cara famoso e talvez eu me cuide muito bem, mas isso não me dá o direito de posar em três páginas duplas. E simplesmente não suporto responder a todas aquelas perguntas voyeurísticas sobre nossa vida sexual e que tipo de cuecas Toby usa. Não, eu gosto de manter tudo em segundo plano ao máximo possível, e se você me visse na rua provavelmente nem olharia pela segunda vez. Não sou uma Bianca Jagger; meu marido é a celebridade, não eu. Levantando a tampa da caixa de maquiagem, procuro minha base BeneFit predileta e um pouco de *blush*. Geralmente não uso muita coisa, só o básico. Um pouquinho de delineador em bastão, rímel preto e brilho labial, e estou pronta. Os *jeans* Earl e as botas de caubói vão servir, mas troco a camiseta Gap cinza por um cardigã macio, de angorá lavanda. Eu simplesmente adoro roupas, sempre adorei. Herdei isso de mamãe. Quando era criança passava horas vestindo as coisas dela, usando um poncho como saia ou amarrando uma echarpe no peito não desenvolvido como se fosse uma miniblusa. Mesmo assim, demorei um tempo a me acostumar a gastar o dinheiro de Toby quando os direitos autorais começaram a entrar. Lembro de quando fomos convidados para nossa primeira estréia de filme — pelo que lembro era uma superprodução de aventura e ação com Tom Cruise. Eu tinha gastado uma grana preta num fantástico terno laranja-queimado Ozwald Boateng, mas Toby jogou um punhado de notas de cinqüenta para mim (nos primeiros tempos ele tinha uma queda por carregar maços de libras, dizia que gostava do cheiro) e disse para eu comprar alguma coisa bonita. Parti para Knightsbridge e gastei uma boa hora andando pelas ruas. Espiei vitrines da Gucci, Armani e Versace, mas não tive coragem de entrar. Achei as lojas intimidantes demais com seus interiores minimalistas e as vendedoras absurdamente chiques paradas perto da porta, prontas para saltar sobre a próxima *nouveau riche biche* que pusesse os pés ali. No fim escolhi um vestidinho Kookaï, floral, que eu sabia que combinaria com um sapato de camurça que eu tinha em casa. Toby ficou louco quando viu o que eu estava planejando usar.

— É uma estréia para celebridades, pelo amor de Deus — berrou ele, furioso. — Você não pode ir numa porra de um vestido de loja de departamentos. Eu tenho uma imagem a zelar, você sabe. — Ele falou essa última frase tão sério que eu precisei morder o lábio para não rir. Pensando bem, o ego de Toby tem crescido em proporção direta com sua fama. Não me entenda mal: eu amo meu marido, "o homem", só tenho alguns problemas com meu marido, "a celebridade".

No fim cedi. Não havia tempo para comprar outra roupa, por isso pedi a Kim que remexesse em seu guarda-roupa impressionante em busca de algo adequado. O vestido Ben de Lisi sem costas, colante, que ela pegou, era exato o que Toby tinha em mente, e ele adorou quando fomos esparramados nas páginas do *Sun* e do *Mirror*. Hoje em dia eu me sinto totalmente à vontade nas lojas de estilistas. O pessoal da Gucci me recebe como velha amiga e eu recebo descontos decentes na Prada e na Nicole Farhi.

Na metade das vezes vou fazer compras para aliviar o tédio. Odeio ficar em casa sozinha. Graças a Deus tenho meu emprego. Trabalho duas manhãs por semana como auxiliar de produção para a J.C. Riley. J.C. é agente de atores. Ele não tem clientes famosos, só um punhado de baluartes da pantomima e uns poucos astros de novelas de segunda — pessoas cujo rosto você reconheceria se assistisse a um bocado de TV durante o dia. Meu serviço não é nem um pouco glamoroso e consiste principalmente em arquivar, atender ao telefone e juntar faturas, mas gosto — me dá um sentimento de propósito, um motivo para levantar de manhã. Toby não aprova.

— Nós não precisamos de dinheiro — ele diz. — Então por que você não larga o emprego?

Tentei explicar que não faço isso pelo dinheiro, mas mesmo assim ele não entende. Já passei de horário integral para meio expediente a pedido dele, mas não vou abrir mão. De jeito nenhum.

De qualquer modo, vou esquecer tudo sobre meu marido errante por uma noite e me perder numa *margarita* gelada, ou seis. Talvez quando eu voltar ele até esteja em casa — *ele* esperando por *mim*, imagine só. Mas, afinal, talvez não esteja.

Um delicioso sósia de Ricky Martin com calças de couro justas e camisa branca bufante está me guiando numa salsa sedutora. Puxando-me contra o corpo, ele espera até nossos quadris se juntarem antes de me empurrar e me girar e girar até que minha saia se abre num luminoso arco da cor de papoula. Uma multidão enorme se juntou para olhar nosso fandango cheio de carga sexual. Alguns estão batendo o ritmo com as mãos e os pés, outros gritando encorajando. Acima da batida feroz do meu coração e do jorro de sangue nos ouvidos, ouço as palmas começando a crescer e crescer. Mas em algum ponto da platéia há um descontente, uma pessoa que não está batendo palmas nem gritando, e sim, de modo esquisito, sacudindo uma sineta. Quando o barulho começa a aumentar em tom e volume, minha dança fica lenta e os movimentos tornam-se desajeitados e aleatórios. Tento bloquear o som, achar o ritmo de novo, mas a campainha continua até encher completamente minha cabeça.

Puta que o pariu, tem alguém na porta. Meus olhos se abrem e um olhar para o despertador digital na mesinha-de-cabeceira diz que já passou das dez. Kim e eu realmente enchemos a cara ontem à noite. Perdi a conta depois da quinta *margarita* e só tenho uma leve lembrança da vinda para casa, esparramada no banco de trás de um táxi preto. Não é de espantar que esteja me sentindo uma merda. Minha cabeça doía e, pelo gosto, parece que alguma coisa se enfiou na minha boca para morrer. Lá embaixo a campainha da porta continua a tocar implacável. O que, diabos, nos possuiu para comprarmos uma daquelas campainhas ostentatórias que parecem sino de igreja? Se a pessoa não tirar o dedo do botão agora mesmo vou ter de arrancá-lo com uma espingarda de ar comprimido. Jogando as cobertas longe, levanto membros de chumbo da cama e vou cambaleando até a janela para ver quem é o idiota responsável por me arrancar de meu deus do amor latino. Espiando pelo vidro, só posso ver as costas de uma jaqueta de camurça chocolate e uma cabeleira revolta cor de morango... eu deveria ter adivinhado.

Tirando um roupão de seda creme de trás da porta do quarto, eu o enrolo no corpo nu e desço cheia de irritação os dois lances de escada. Abro a porta pesada, de carvalho, e sou recebida pela visão de meu marido sorridente, que parece notavelmente de rosto fresco para alguém que está à solta há dois dias e duas noites.

— Olá, neném — diz ele bem-humorado, ignorando minha expressão de pedra. — Desculpe se acordei você, esqueci de levar a chave.

— Onde, diabo, você esteve? — falo rispidamente, cruzando os braços na frente do peito para afastar sua tentativa de me abraçar.

— Na casa do Nick. Esqueci que era o aniversário dele até que Stefan ligou para o meu celular. Uma turma se encontrou no Met Bar: Pete, Tim, Robbie, os suspeitos de sempre...

A máfia do norte de Londres, eu deveria saber. Um grupo variado de homens, músicos, gente da *míjia* e bicões variados, são as pessoas com quem Toby gosta de festejar. Não são propriamente amigos, não no sentido verdadeiro da palavra — são mais como sócios no crime. Ele só sai com eles a cada dois meses, mais ou menos, mas quando faz isso realmente botam pra quebrar. Eu sei porque vi as provas fotográficas nas páginas dos tablóides... Tobby fazendo sinal obsceno para um fotógrafo através da janela de uma limusine, Nick dando um soco num porteiro impertinente. Morro de medo de pensar no que mais acontece longe das lentes dos *paparazzi*.

— Fomos parar no Red Room para uma noite de *drum'n'bass* — continua ele, beijando meu pescoço e arranhando meu rosto com a barba de dois dias. — Então Stefan convidou todo mundo para fumar unzinho na casa dele. Eu ia voltar para casa no dia seguinte, mas uma coisa levou a outra...

— Ah, me poupe das desculpas — digo, cansada.

— Eu queria telefonar, mas o tempo voou e, de qualquer modo, eu sabia que você não ia estar interessada em se juntar à gente. Era só a rapaziada e um saco cheio de pó... não era bem a sua praia.

— Não, Toby, ficar doidona com um punhado de babacas não é minha praia — digo, tensa. — Mas gostaria de um telefonema dizendo onde você estava. Eu tentei seu celular um monte de vezes, mas só ouvia: *este telefone está desligado, por favor tente de novo mais tarde.*

— Ah, é. Desculpe, neném, a bateria está descarregada. Não fique com raiva de mim. Eu vou compensar. E se a gente saísse para jantar esta noite, em qualquer lugar que você queira?

Balanço a cabeça. Ele é muito ingênuo se acha que um jantar caro vai consertar tudo.

— Esqueça, Toby, não estou no clima. Estou com uma ressaca federal e planejo ficar na cama pelo menos até amanhã.

— O que *você* fez ontem à noite?

— Fui tomar umas e outras com Kim.

— Levou umas cantadas, não foi?

— Não, não levei — digo, cheia de indignação.

— Fico surpreso. Uma garota linda que nem você. — Ele faz outra tentativa de me abraçar e eu o deixo focinhar meu pescoço enquanto passa as mãos na minha bunda. — Você está com alguma coisa por baixo desse roupão? — ele sussurra no meu ouvido.

— É melhor você ligar para a sua mãe — digo, retirando uma das mãos de cada nádega. — Ela não ficou muito feliz quando você deu o bolo ontem à noite.

— Cacete, eu esqueci. O que você disse a ela?

— A verdade, claro; que não via você há dois dias e não fazia a mínima idéia de onde você estava.

— Merda, Thea, você podia ter inventado uma desculpa.

— Estou de saco cheio de livrar a sua cara, Toby; está na hora de você mesmo fazer seu trabalho sujo.

Viro as costas para ele e marcho de volta escada acima até o refúgio da cama, batendo a porta depois de entrar — um gesto do qual me arrependo instantaneamente porque lança uma onda de dor enjoativa na minha cabeça. Revirando o armário de remédios na suíte, consigo achar um envelope de paracetamol e engulo dois comprimidos com uma caneca de água da torneira. Meio espero que Toby apareça no quarto com mais desculpas e promessas, mas isso não acontece. Provavelmente está ao telefone com Lucy, implorando perdão. Ele pode ser o Sr. Macho diante dos colegas, mas no fundo ainda é o menininho da mamãe.

Imagino quanto tempo vou agüentar essa situação ridícula... Tenho visto mais a faxineira do que o meu marido. Quando ele não está na balada está enfiado no estúdio, preso em entrevistas ou filmando um clipe novo, e logo a banda viaja na primeira parte da turnê pelo Reino Unido. Toby me perguntou se eu queria ir, mas sem muita ênfase, de modo que eu disse não, obrigada. Não quero ser um fardo. Parece que ultimamente estou num nível bem baixo em sua lista de prioridades. Não que eu me importe por Toby ter uma vida longe de mim, só gostaria que fosse um pouco mais interessado e dissesse onde está e quando vai voltar para casa — só aquelas cortesias normais que pessoas normais esperam nos relacionamentos normais. Só que nosso relacionamento deixou de ser normal quando o Drift teve sua primeira música nos Top 20.

Eu não deveria admitir isso, mas não consigo deixar de pensar no que Toby faz quando estamos separados. Quero dizer, há tentações no caminho dele praticamente vinte e quatro horas por dia. Houve muitas vezes em que estávamos numa boate ou num restaurante e alguma garota passou direto por mim para chegar a ele, e não estou falando só de tietes desmioladas, se bem que Toby tem uma boa quantidade delas. Estou falando de mulheres bonitas, inteligentes, usando roupas caras — algumas até são celebridades também, se bem que não vou citar nomes. Aquelas galinhas do Drift, como eu gosto de chamar, chegam até ele — bom, na verdade marcham até ele — e enfiam o decote na cara dele, sussurram no ouvido dele, passam número de telefone. Ele normalmente sorri para elas, concede dois minutos de conversa educada e depois se desembaraça, vem até mim e me dá um grande beijo nos lábios.

— Vem cá, neném — diz ele. — Vamos arrasar com essa espelunca. — Você deveria ver a cara delas. Mas como é que ele trata as galinhas do Drift quando está com os colegas? Não tenho a menor pista.

Enfiando-me de novo nos lençóis ainda quentes, fecho os olhos e tento lembrar como era antes de Toby ficar famoso. Na época as coisas eram muito diferentes. Mas diferentes para melhor ou para pior? Essa é a grande questão. Então a porta do quarto se abre e Toby entra com um sorriso sem graça.

— Liguei pra mamãe — diz ele, vindo até a cama e se empoleirando hesitante na beirada, como se não tivesse certeza se era bem-vindo. — Disse que nós vamos lá esta noite. Tudo bem para você?

— Acho que terá de estar — respondo com voz chapada.
— Não fique com raiva de mim, neném. Eu sei que foi egoísmo e burrice desaparecer assim, e sinto realmente. Algumas vezes essa merda da música pega pesado e eu preciso espairecer. Eu achei que ia queimar até o final na semana passada, preso naquele estúdio um dia depois do outro, com os mesmos caras o tempo todo.
— Se isso é tão ruim, talvez você devesse pensar em pegar mais leve. Por que não dá um tempo? Talvez a gente pudesse viajar uns três meses — Itália ou o sul da França, quem sabe? A gente não está exatamente sem grana. Ah, vamos fazer isso, Toby, só você e eu. A gente poderia alugar uma vila bonita perto da praia e deixar os celulares para trás...
— Não, a coisa não está tão ruim — diz ele, me interrompendo. — E de qualquer modo não posso me dar ao luxo de ficar fora de cena durante muito tempo, ou as pessoas vão começar a esquecer quem é o Drift. Eu estou bem agora, neném, honestamente. E de agora em diante vou passar muito mais tempo em casa. Não agüento ver você se sentindo sozinha e abandonada.
— Eu só gostaria que a gente passasse um pouco mais de tempo juntos, você sabe, reviver um pouco do velho romance. Fazer as coisas que a gente fazia, longas caminhadas e passeios de barco no Tâmisa, passar dias em Camber Sands. — Arrgh, minha voz está com um horrendo tom de lamento. Preciso tentar não gemer.
— Não sei por que você quer fazer merdas assim quando a gente pode ir a qualquer lugar que queira, neném — diz ele, sem dar importância.
— Porque quero, certo?
Ele se estica na cama e pousa a cabeça na região macia logo acima da minha pélvis. À luz que atravessa as cortinas de

musselina posso captar quatro ou cinco cores diferentes em seu cabelo, a "juba de leão" como escreveu recentemente uma entrevistadora cheia de fascínio. Eu perdi o apetite por essa conversa em particular, por isso não digo nada e começo a acariciar sua cabeça num movimento rítmico. Dentro de alguns minutos suas pálpebras se fecham. Meu doce garoto parece tão vulnerável ali! De repente sinto um quente jorro de amor, varrendo toda a raiva e o sofrimento. Eu não deveria ser tão sensível, ficando incomodada com essas coisinhas. Sou muito sortuda, afinal de contas, em ter um marido tão bonito e generoso, e esta casa linda e enorme, um armário cheio de roupas de grife e em ter entrada garantida nas boates mais quentes da cidade. Mas mesmo assim não consigo evitar a sensação de que falta alguma coisa.

DOIS

Há séculos eu vinha esperando o dia de hoje. Minha amiga Suzy — outra que se formou na infame Escola de Arte Dramática Lucy Jaeger — vai se casar. Com um jogador de futebol profissional, nada menos. Eles se conheceram na sala VIP do Brown quando ele estava em sua primeira temporada no Wimbledon e ela tinha encontrado a fama (de certa forma) como apresentadora do *Price Is Right*. Suzy é uma garota doce e muito divertida, mas não exatamente bem-dotada no departamento cerebral. Na verdade, isso é meio injusto. Ela *tem* cérebro; só que na maior parte do tempo opta por não usá-lo, por motivos que ela própria conhece. Na escola, enquanto todo mundo fantasiava em ser chamada pela Royal Shakespearian School ou para um papel principal em *EastEnders*, Suzy tinha apenas uma ambição: casar com um homem rico. E agora que pegou o craque Michael Moody, compreensivelmente está no sétimo céu. Ele é um gato, com seu conversível Aston Martin e seu home cinema — tem cortinas vermelhas com controle remoto *e* uma máquina de frozen drinks Mr Slushy — mas adora Suzy, e isso é que é importante. É claro que ela está totalmente apaixonada por ele. Pelo menos vai estar, desde que nunca tenha de sofrer a ignomínia da Segunda Divisão.

Hoje é duplamente especial porque Toby concordou magnânimo em me acompanhar ao casamento. Isso, devo explicar, é uma espécie de golpe, dado que meu marido parece achar cada vez mais difícil interagir com meros mortais. Ele descarta atividades cotidianas como idas ao supermercado, ao bar ou, de fato, aos casamentos dos amigos. Quando o convite chegou pelo correio, Toby disse na bucha que não ia. Deu uma olhada no rolo de pergaminho com a insígnia especialmente desenhada para o feliz casal (consistindo em dois Ursinhos Carinhosos — com "S&M" em itálico embaixo) e murmurou as palavras "Eu preferiria ir a um programa infantil na TV do que tomar parte nesse circo dos horrores". Num esforço para persuadi-lo, eu disse que Suzy e Michael eram celebridades por direito, e que portanto eram Como Ele.

— Porra de celebridades de classe D — disse ele, cruelmente.

— Sim, bem, de classe D ou não, mesmo assim são meus amigos.

Então tentei outra tática.

— Kim e Tim vão, então você conhece alguém.

O olhar entediado me disse que eu teria de vender melhor do que isso. E então joguei meu trunfo.

— Se você não for, pode esquecer de mim para posar para a capa do CD.

Eu tinha, idiotamente, concordado em ser fotografada (apenas em silhueta) para a capa do próximo disco do Drift. Não sei por que eles não podiam simplesmente contratar uma modelo, mas parece que eu, como mulher do *band-leader*, daria um *frisson* a mais; um pouquinho de estímulo inofensivo para o público que adorava Toby. Se me importo em ser prostituída assim? Na verdade não. Não se isso ajudar a banda a vender mais alguns discos. Além disso, acabou sendo um instrumento de barganha útil.

Cada vez mais, é assim que nossa vida de casados funciona — num sistema de barganhas ridículo e que provoca ressentimentos. Eu não gosto, mas acho que é preferível a levar vidas totalmente separadas. De qualquer modo, a ameaça funcionou, como eu sabia que funcionaria, e Toby disse de má vontade que abrilhantaria o casamento com sua presença. Mas havia uma condição:

— No minuto em que algum escroto me pedir um autógrafo eu saio de lá.

O casamento vai acontecer na Castleford House, uma propriedade imponente no coração das terras de Kent. Toby estava a fim de contratar uma limusine com chofer para nos levar, mas eu fui contra, dizendo que um táxi era perfeitamente adequado. Quero dizer, não há sentido em jogar dinheiro fora. *Está* meio apertado com Kim e Tim atrás também, e eu fico aliviada quando finalmente chegamos ao destino depois de quase duas horas tentando sair de Londres.

— Isso é bem impressionante — diz Tim, enquanto o táxi segue por um comprido caminho de cascalho em direção a uma imponente mansão de pedras cinza, construída como um castelo, até com ameias e janelas com mainel. Flâmulas azuis e amarelas balançam em cima de cada uma das quatro torres dos cantos e, à medida que chegamos perto, posso ver a insígnia Ursinhos Carinhosos de Suzy e Michael em cada uma delas.

— Que romântico, não é? — digo, apontando as flâmulas através do pára-brisa. Kim sorri concordando, enquanto meu querido esposo faz um som de engasgado.

— Olhem só a porra do comitê de boas-vindas — diz Toby, enquanto saímos do táxi. Ao lado da entrada com ponte levadiça, meia dúzia de jovens com perucas de pajem iguais e túnicas "azul e amarelo do Wimbledon" indo até a coxa tocam uma fanfarra atabalhoada, com as bochechas rosadas pelo esforço.

— Que babacas — zomba Toby, enquanto seguimos outro grupo de recém-chegados passando pela ponte levadiça. Tenho de morder o lábio para me impedir de brigar com ele. Por que ele é sempre tão grosseiro com as coisas que envolvem *meus* amigos? Ele não gostaria se eu sacaneasse uma de suas preciosas comemorações da indústria da música.

— Na verdade, Toby, eu gosto bastante — diz Kim em tom leve, sentindo a tensão entre nós. — E, de qualquer modo, acho que é tudo de brincadeira. — Como resposta Toby levanta as sobrancelhas, em dúvida.

Dentro do amplo saguão de entrada do castelo um segundo comitê de recepção nos espera, sob a forma de dois corpulentos seguranças de ternos escuros, com o pescoço grosso se esparramando por cima dos colarinhos brancos.

— Boa tarde, senhoras e senhores — diz o gorila um. — Antes de entrarem para a festa de casamento nós precisamos verificar suas bolsas e carteiras. Não vai demorar um minuto.

A mulher na frente do nosso grupo abre a bolsa e a oferece obedientemente para inspeção.

Claramente irritado, Toby balança de um pé para o outro, e em seguida grita:

— De que serve isso, meu chapa?

Cutuco-o com o cotovelo, mas ele ignora a deixa.

— Eu deixei minha Uzi em casa hoje, garanto — continua ele.

Alguns risinhos brotam, mas o segurança permanece impassível.

— Nós estamos agindo por instrução da noiva e do noivo — diz friamente, parando apenas o bastante para deixar Toby saber quem está comandando o espetáculo, antes de acrescentar: — senhor.

O gorila dois, acariciando a antena de seu *walkie-talkie* de um modo quase sexual, detalha a explicação.

— Os convidados não têm permissão de levar máquinas fotográficas para a cerimônia ou a recepção.

— Caralho, e eu que estava pensando que isso aqui era um casamento — diz Toby, desafiador. Ele simplesmente odeia receber ordens. — É tradicional tirar fotos do casal feliz em seu grande dia, ou será que vocês não sabiam?

O primeiro segurança dá um sorriso plácido, recusando-se a aceitar a provocação.

— Sim, senhor, mas neste caso o *casal feliz* tem a exclusividade de uma revista a proteger, o que significa que, se alguma fotografia não autorizada vazar para a imprensa, o trato está desfeito.

— Aaah, que empolgante! — guincha a mulher que está com a bolsa, enquanto entrega três máquinas fotográficas descartáveis. — É a revista *Gente Famosa?* Ah, espero que seja, eu compro toda semana.

— Sim, madame, acredito que seja.

Toby se vira para mim, com uma careta de desprezo em suas feições perfeitas.

— Você sabia disso? — diz ele, com os olhos se cravando em mim acusadoramente.

— Não, não sabia — digo, olhando para Kim em busca de confirmação. — Nós almoçamos com Suzy na semana passada, e ela não falou de nenhum trato com revista, falou, Kim?

— Não — diz Kim, balançando a cabeça. — Mas não posso dizer que estou surpresa. Nossa Suzy sempre está de olho nas grandes oportunidades. Imagino quanto ela ganhou por isso.

Vejamos: jogador de futebol mais apresentadora de *game show*...
— Ela inclina a cabeça, fazendo contas mentais. — Deve valer pelo menos dez mil.
— E se eu não quiser que minha foto apareça numa revista de merda? — diz Toby.
— Bom, eles não podem forçá-lo a posar — observa Tim com sensatez. — Se eu fosse você simplesmente ficaria fora do caminho dos fotógrafos. Falando pessoalmente, mal espero para ver minha cara feia rindo nas bancas de jornais de todo o país. Os caras do trabalho vão ficar verdes de inveja.
Toby solta uma fungadela de escárnio.
— Vai ser sorte sua, meu chapa.
— Toby! — exclamo, incrédula com sua falta de tato.
— Sem ofensa, Timbo — diz ele apressadamente. — Mas devo dizer que o pessoal da *Gente Famosa* só se interessa por fotos dos ricos e famosos, de modo que duvido que você e Kim ao menos sejam olhados.
— Que charmoso — murmura Kim entre os dentes.
Tenho a sensação de que este dia vai ser longo.

Assim que nossas máquinas fotográficas foram apanhadas, etiquetadas e guardadas, prontas para serem retiradas na volta, duas donas peitudas usando camisas de futebol do Wimbledon (até *eu* admito que é levar longe demais os limites do bom gosto) nos acompanham à Câmara Superior, onde acontecerá a cerimônia civil. O salão com traves de madeira está com uma variedade bizarra e descombinada de elementos decorativos: uma armadura; uma cabeça de alce comida por traças; duas tapeçarias de parede; uma roca de fiar, completa com uma figura de cera empoleirada num banco. Para adicionar o insulto à ofensa, espalhafatosas guirlandas azuis e amarelas foram penduradas na parte de trás dos bancos de madeira elaboradamente entalhada, criando um efeito de festa do interior misturada com o programa de antiguidades *Antique Roadshow*.

Quando ocupamos nossos lugares, noto alguns olhares de lado e cutucadas furtivas de nossos vizinhos quando os convidados identificam Toby. Uma garota mal consegue conter a empolgação ao ver um deus vivo do *rock* independente, e vejo-a murmurar as palavras "Ele é lindo demais", para a amiga sentada ao lado. Tenho de admitir que Toby está especialmente gostoso hoje, com uma madeixa loura caindo sensual sobre um dos olhos. Espiando em volta reconheço mais alguns rostos famosos: a garota do tempo da GMTV, um ex-apresentador do *Blue Peter* e um grupo de panacas de cabeça raspada, todos embecados, que só podem ser jogadores de futebol. O noivo está sentado na primeira fila, nervosamente ajeitando a gravata e sussurrando no ouvido de seu padrinho, o lendário treinador durão do Wimbledon, Ashley Harris (se bem que, pessoalmente, eu sempre achei difícil que um homem chamado Ashley pudesse ser algo mais do que ligeiramente fresco).

Kim aponta para o fotógrafo da *Gente Famosa*, que está de pé na frente do salão, perto da mesa do escrivão e ansiosamente reposicionando o tripé, com uma meia-lua de suor claramente visível debaixo de cada axila.

— E aposto que ela é a repórter — diz Kim, sinalizando discretamente para uma ruiva bonita, explicitamente discreta num vestido bege simples e sandálias baixas, num banco ao lado. — Olha só o bloco no colo dela.

Quando estico o pescoço para ver, a garota se vira na minha direção e nossos olhos se encontram. Ela sorri para mim e depois vira a cabeça. Coitada, tendo de cobrir essa festa cafona — e logo num sábado. Imagino se recebe hora extra. Provavelmente não.

Todos os olhos se viram para a frente quando o escrivão e seu ajudante ocupam os lugares atrás da mesa, e de repente o salão é preenchido pelos acordes familiares do tema do programa *Match of the Day*. Toby balança a cabeça, desanimado, enquanto eu e Kim trocamos olhares horrorizados. O noivo se levanta e eu testemunho todo o esplendor de suas vestes matrimoniais — principalmente um horrendo fraque creme bordado com flores-de-lis gigantescas. As portas do fundo da Câmara Superior se abrem e a noiva entra acompanhada pelo seu orgulhoso pai.

— Meu Deus, o que ela está usando? — sussurra Kim.

Eu sempre achei que Suzy tinha um gosto razoável para roupas, mas essa criação frufru em rosa-flamingo faz com que ela pareça uma fada madrinha — e uma fada madrinha bem pornográfica, por sinal. O corpete do vestido, com renda nas costas, é tão apertado que os seios de Suzy se derramam por cima, de modo pouquíssimo apetitoso, enquanto a monstruosa grinalda de *strass* e plumas não lhe cai nada bem. As duas damas de honra adolescentes sofreram um destino ainda pior. Seus vestidos simples de cetim tomara-que-caia *seriam* bonitos, não fosse o fato de um ser amarelo-canário e o outro apenas um pouquinho menos espalhafatoso, num ofuscante azul-real.

A cerimônia é breve mas inesquecível, graças aos votos matrimoniais pré-combinados do casal (ele promete não interromper enquanto ela estiver assistindo ao *Changing Rooms*, ela promete fazer a lasanha predileta dele pelo menos uma vez a cada quinze dias) e o intrometido *flash* fotográfico da *Gente Famosa* espoca. Enquanto saímos da Câmara Superior — guiados pelas duas belezocas do futebol — Toby passa o braço pelos meus ombros e planta um beijo no meu queixo.

— Sabe, acho que eu acabei gostando desse casamento — diz, com os lábios perto do meu ouvido. — Eu não ria tanto há séculos. Mal posso esperar pela recepção. Agora dá para imaginar... toalhas de mesa feitas de grama artificial e um bolo na forma de uma bola de futebol gigante. Começamos a dar risinhos como duas crianças.

— E vamos ser obrigados a fazer uma "ola" antes de receber a comida.

— Pára com isso — digo a ele, e enxugamos lágrimas de riso dos olhos. — As pessoas vão achar que nós estamos sacaneando. — O que, claro, é o que estamos fazendo.

As belezocas do futebol nos levam a uma segunda sala, onde garçons vestidos com batinas estilo Frei Tuck servem champanha. Uma sala contígua, ligada por portas duplas, foi convertida num estúdio improvisado, com luzes e câmeras, e dois ajudantes estão levantando um cenário de fundo. Suzy e Michael também estão ali, batendo papo com a repórter da *Gente Famosa*.

— O que você acha que ela está perguntando a eles? — pergunta Kim, chegando perto com duas taças de champanha. — Foi amor à primeira vista o que aconteceu entre vocês? — diz, numa voz pomposa.

— Bom, certamente foi tesão — digo. — Se a memória não me falha, ela trepou com ele no banheiro do Brown, não foi?

— Isso mesmo — concorda Kim. — Assim que nossa Suzy ouviu as palavras mágicas *jogador de futebol profissional*, foi como um rato subindo um cano de esgoto. E o resto, como dizem, é história.

Quarenta e cinco minutos depois o casal feliz *ainda* está enfiado no "estúdio", posando para intermináveis fotografias. A intervalos regulares a ruiva reaparece para levar convidados seletos para a sala, para várias fotos em grupo — o padrinho e as damas de honra, a noiva e os pais do noivo, a garota do tempo beijando Michael (deve ser ex-namorada), Suzy mostrando a liga, rodeada por jogadores de futebol babando. Finalmente, Toby e eu somos convidados para posar.

— Não, obrigada, meu amor — diz Toby à garota da *Gente Famosa*. — Realmente não é a minha praia.

A cara dela cai.

— Só vai demorar cinco minutos.

Toby balança a cabeça.

— Dois minutos, então? Por favor. Eu até mando umas fotos para você pelo correio — implora ela.

— Você é surda? — sibila Toby. A garota fica chocada, e depois perturbada. Terá de dar algumas explicações quando voltar à redação. Seu editor provavelmente estava apostando em Toby com o casal feliz para a página dupla central.

— Desculpe ter incomodado — diz ela em voz tensa antes de se afastar de cabeça baixa.

— Isso foi realmente necessário? — pergunto.

— A gente tem de ser duro com esses jornalistas, caso contrário eles não te deixam em paz, porra — diz ele, engolindo o resto de sua terceira taça de champanha. — Afinal de contas, quando é que a gente vai comer? Estou morrendo de fome.

Passa-se outra meia hora antes que os convidados finalmente sejam levados aos seus lugares no Salão de Banquetes, uma sala comprida e estreita com teto abobadado, onde há as onipresentes guirlandas azuis e amarelas, que não combinam sobre as espadas cerimoniais e os machados de guerra pendurados nas paredes. As mesas são cobertas com grossas toalhas creme com pétalas de rosas espalhadas em cima, se bem que o efeito é meio estragado pela vela em forma de bola de futebol no centro, que está num pequeno quadrado de grama genuína. Toby, Tim, Kim e eu estamos dividindo uma mesa com um casal de meia-idade que se apresenta como Bob e Maggie, vizinhos dos pais de Suzy. Apesar de não serem da geração que compra discos, é óbvio que sabem exatamente quem é Toby. De fato, Maggie está visivelmente fascinada, agarrando a borda da toalha e com um riso idiota enquanto lança olhares nervosos para Toby por baixo da aba de seu chapéu enorme. De repente sinto uma ânsia avassaladora de tranqüilizá-la, de dizer: "Ele é humano, você sabe. Ele arrota, caga, e peida dormindo, como o resto de nós." Não faço isso, claro, e é Tim que a coloca à vontade, elogiando o chapéu e pacientemente atraindo-a perguntando como Suzy era na infância. Ele é um homem muito sensível, dá para ver exatamente por que Kim se casou com ele. Enquanto isso, Toby olha entediado para a meia distância até descobrir que as bolsinhas que adornam cada lugar à mesa contêm bolas de futebol de chocolate, e começa a jogá-las com petelecos por cima da mesa, gritando "Gol!" sempre que consegue passar uma entre o saleiro e o pimenteiro. É um alívio abençoado quando os primeiros pratos chegam e todos podemos começar a nos comportar como adultos de novo — ainda que eu tenha de chutar Toby por baixo da mesa quando ele começa a comer antes mesmo que os pedaços de porco assado com geléia de Calvados sejam servidos ao Bob.

O resto da tarde se passa de modo bastante agradável. A comida é adequada, o vinho flui, os discursos são moderadamente divertidos. Mas para mim a maior diversão começa quando o café e o bolo de casamento (um negócio grotesco, em amarelo e azul, com seis andares, cheio de chuteiras feitas de *fondant*) são servidos. Toby está tão ocupado tentando fazer um buraco na lateral da vela em forma de bola com a ponta de uma faca que não vê a garçonete chegar por trás dele com uma pilha de guardanapos de papel comemorativos, cada um com a insígnia "S&M" de Suzy e Michael. Quando a mulher estende a mão por cima do ombro de Toby para colocar um guardanapo na mesa diante dele, ele explode.

— Nada de autógrafos, porra! — E joga a faca de manteiga sobre a mesa. Girando para confrontar a convidada idiota que teve a temeridade de abordá-lo, seu queixo cai quando ele vê a garçonete achando divertido, parada com uma pilha de guardanapos numa das mãos, um prato de bolo de casamento na outra. Todo mundo em volta da mesa cai na gargalhada. Até Maggie. Toby não quer ficar para dançar, por isso ligo para a empresa de táxis pelo celular e peço que venham nos pegar. Kim e Tim vão ficar até o final e voltarão para casa sozinhos. Nesse estágio Toby está parecendo meio enjoado, de modo que quando nos despedimos e pegamos de volta a máquina fotográfica, saímos para esperar o táxi e pegar um pouco de ar puro.

— Eu me comportei como um babaca completo hoje? — pergunta ele quando nos sentamos num velho banco de madeira no terreno do castelo. Está muito bêbado, e suspeito que andou dando uns tapinhas furtivos no banheiro masculino porque ficava desaparecendo entre os pratos, e agora seus olhos estão totalmente vermelhos.

— Bem, sim, francamente — digo. — Eu gostaria que você fizesse algum esforço com as pessoas. Você poderia aprender um pouquinho com o Tim. Ele foi um perfeito cavalheiro o tempo todo.

— Tim, Tinzinho, Tinzão — engrola Toby, bêbado. Depois dá um grande suspiro e apóia a cabeça no meu ombro. Não há sentido em tentar uma conversa séria com ele nesse estado, por isso deixo-o babar no meu ombro e fico ali parada, olhando o céu púrpura. Quando a noite cai, o silêncio só é estragado pelos leves ecos da música *techno* e os roncos baixos de Toby.

TRÊS

Fico feliz em ver sinais de vida na gérbera laranja da semana passada. Um pouco caidinha, talvez, mas pelo menos não está seca como o buquê de rosas na cova ao lado. Mamãe nunca me perdoaria se eu não mantivesse sua sepultura clara e animada. Ajoelhando-me na grama recém-cortada, tiro o maço de flores velhas do vaso de metal meio enterrado no chão e substituo pelas oferendas desta semana — gladíolos roxos grandes e fartos. O florista de Haverstock Hill sempre tem alguma coisa diferente nas tardes de terça-feira quando faço minha visita semanal, mas ele sabe que eu sou rígida com minhas cores temáticas — laranja e roxo, as duas prediletas de mamãe. Gostaria de ter marcado seu último lugar de descanso com alguma coisa mais elaborada, algo digno de sua personalidade flamejante — uma ou duas gárgulas, ou algum texto em itálico dourado, no mínimo. Mas quando minha mãe perdeu a batalha contra o câncer no seio, esse pedaço simples de granito cinza com as letras pretas era o melhor que eu podia comprar. Mamãe não tinha muita coisa para me deixar no testamento, que Deus a abençoe. Toby se ofereceu para comprar uma lápide nova, mas eu não gosto da idéia de perturbar a paz dela.

Em memória amorosa de Shirley Parkinson: que sua luz continue a brilhar. Ler a inscrição sempre me provoca um nó na garganta. Mamãe e eu éramos mais como melhores amigas do que mãe e filha, e um dos meus maiores arrependimentos é ela não ter vivido para testemunhar meu casamento. Toby é a única família que eu tenho agora; há um tio e dois primos na Nova Zelândia, mas nós nunca nos encontramos e eles nem se incomodaram em vir para o enterro, de modo que para mim não contam. Espero que um dia, num futuro não muito distante, Toby e eu tenhamos filhos, filhos que terão o amor de ambos os pais e não somente de um dos dois, como eu. Não que eu sentisse falta de afeto, longe disso. Minha infância foi muito pouco convencional, mas mamãe não poderia ser mais amorosa nem dar mais apoio.

Cresci em Greenwich, no sudeste de Londres, onde o lar era uma casinha de dois quartos aninhada perto da linha férrea. Por fora nossa casa era bastante sem graça, com a tinta descascando e molduras de janelas apodrecendo, mas por dentro parecia o palácio de um marajá. Mamãe, sempre a mestre do disfarce, encheu o lugar com cores vibrantes e chocantes e uma variedade de tecidos e texturas... almofadas de seda cheias de espelhinhos, cortinas de cânhamo bordado escondendo as paredes manchadas e grandes cortinas de *voile* flutuante nas janelas, em azul-celeste e lilás. As roupas de mamãe eram igualmente chocantes. Alguns dias eu descia para o café da manhã e a encontrava vestida como uma cigana numa saia preta de camponesa, xale com franjas e enormes brincos de argola. Em outras ocasiões ela partia para o estilo *flower-power*, com *jeans* bordados a mão e uma blusa de musselina de algodão tingida. Seu negócio eram roupas. Ela havia começado como costureira, fazendo cópias de pequenos *tailleurs* Chanel para mulheres de classe média que não podiam comprar os de verdade. Mais tarde soltou as rédeas da criatividade e partiu para coisas mais doidas, vendendo numa barraca no mercado de Greenwich. Com o passar dos anos fez um bom nome, e até contava com alguns pequenos astros pop em sua clientela regular. Uma vez chegamos a ver Ray Dorset, do Mungo Jerry, usando um de seus blusões de algodão com figuras de margaridas na TV.

Uma das minhas melhores lembranças de infância tem a ver com um incidente durante o segundo ano na escola primária. A professora — uma mulher rude com cabelos finos cor de gengibre e a bunda do tamanho de um tanque Sherman — pediu que levássemos uma foto nossa, da mamãe, do papai e dos irmãos, para fazermos uma "árvore genealógica". Eu ouvi empolgada enquanto ela explicava o projeto, que envolvia pintar uma árvore numa folha de cartolina grande e colocar uma foto de família em cada galho. Eu adorava pintar, e esse projeto pareceu o céu aos meus ouvidos de seis anos. Havia só um pequeno problema — e quando a professora perguntou se alguém tinha alguma dúvida, minha mão foi a primeira a se levantar.

— Eu não posso trazer uma foto do meu pai porque eu não tenho, professora — declarei ousadamente.

— Tenho certeza de que sua mãe vai lhe ajudar a arranjar uma — respondeu ela. — Não precisa ser uma foto recente.

— Não, professora, eu quis dizer que não tenho pai.

Dois ou três colegas de turma começaram a dar risinhos, e a professora pediu silêncio.

— Não seja boba, Thea. Todo mundo tem pai — disse ela, sem dar importância.

Hoje, claro, famílias com apenas um dos pais são lugar-comum, e tenho certeza de que muitas crianças não têm contato com os pais, mas na época era diferente. Até aquele momento eu nunca tinha achado estranho ou incomum não ter pai. Nunca havia me ocorrido que era preciso duas pessoas para fazer um bebê. Eu era filha única, e mamãe era a soma total de minha família e, para mim, estava tudo bem.

Mas agora uma semente de dúvida tinha se enraizado na minha mente, e naquela noite fui para casa e, durante o jantar de couve-flor com queijo, abordei o assunto.

— Mamãe, a professora disse que todo mundo tem pai. Mas eu não tenho, não é?

Pelo olhar dela eu soube que tinha tocado num nervo exposto — era uma estranha combinação de pânico e dor — se bem que, Deus sabe, ela devia imaginar que a pergunta seria feita algum dia. Mas se recuperou depressa. Forçando as feições num sorriso tenso, puxou a cadeira mais para perto da minha, pôs um braço nos meus ombros e disse:

— Bom, é verdade que a gente precisa de um homem e uma mulher para fazer um neném, mas *fazer* um neném e ser *pai* de uma criança são coisas muito diferentes.

Eu fiquei confusa, muito confusa. Mamãe estava dizendo que em algum lugar eu tinha um pai, mas que ele não estava interessado em cuidar de mim — na verdade não tinha qualquer interesse em mim. Afinal de contas, eu nunca recebi um único cartão de aniversário, um presente, um telefonema ou qualquer comunicação de um homem chamado "papai". Havia outras perguntas que eu queria fazer — como qual era o nome desse homem e onde ele morava — mas não parecia o momento certo. Tive a impressão nítida de que cavar mais fundo só iria perturbar mamãe, e eu não queria isso. Dando-me um abraço tranqüilizador, ela encostou os lábios no meu ouvido.

— Eu escolhi o nome *Thea* porque significa "presente de Deus", e é exatamente o que você é — disse ela em voz baixa, o que fez os pêlos minúsculos da minha orelha pinicarem. Eu já sabia disso, era uma coisa que ela falava com freqüência, mesmo não sendo particularmente religiosa. — Eu amo você, meu docinho, e sempre vou estar perto de você... é só isso que você precisa saber. — Depois empilhou os pratos sujos na mesa e levou para a pia. Foi a última conversa que tivemos sobre meu pai até eu chegar à adolescência.

Enquanto começo a arrancar a grama comprida em volta da lápide de mamãe, que o aparador deixou para trás, penso em todas as ocasiões em que eu estava crescendo e desejei ter um pai — como no ano em que as luzes da árvore de Natal pifaram ou quando eu tinha de ser apanhada nas aulas de balé numa noite escura e fria (mamãe não sabia dirigir) ou quando a corrente da minha bicicleta quebrou pela milésima vez. Com freqüência, o namorado de mamãe na ocasião cumpria a tarefa de boa vontade. Alguns dos relacionamentos dela duravam semanas, outros demoravam anos, mas nenhum deles chegou ao estágio de morar junto. Mamãe nunca parecia pronta para esse nível de compromisso. Mas *houve* um homem especial. E mesmo que ele e mamãe nunca tenham morado juntos, foi o mais próximo de um pai que eu já tive.

Mamãe circulava com uma turma boêmia e divertida, que incluía outros estilistas, além de músicos e artistas locais. Algumas vezes saíam num grupo enorme — para os bares na beira do rio em Greenwich ou o Ronnie Scott's no Soho — e eu era deixada em casa com uma babá. Em outras ocasiões todos vinham para a nossa casa e eu era mandada para a cama mais cedo, de modo que mamãe e seus amigos pudessem esvaziar algumas garrafas de Mateus Rosé. Marty fazia parte dessa turma. Era amigo de Val, que tinha uma barraca de artigos de couro na feira, perto da de mamãe.

Marty era um homem alto e magro, com cavanhaque e cabelos castanhos compridos amarrados num rabo-de-cavalo, e estava caído pela minha mãe. Isso era óbvio. Eu só tinha dez anos quando eles se conheceram, mas via como ele ficava perto dela, dizendo como ela era linda, como ele causaria inveja a todos os outros homens em qualquer bar/boate/festa em que os dois fossem. E nunca aparecia na nossa casa de mãos vazias. Sempre trazia presentes — uma echarpe bonita ou uma garrafa de vinho para mamãe — e doces para mim, geralmente balas de fruta ou um sorvete.

Marty falava comigo como se eu fosse igual a ele, e não como uma criança irritante com quem tinha de ser legal para manter a mãe adoçada, e sempre tinha um interesse ativo por minha última obsessão — fosse ela Tony Hadley ou fazer minha própria saia rodada ou meu plano de fugir e entrar para a revista *Hot Gossip*. Fiquei péssima quando mamãe e Marty terminaram depois de três anos. Mamãe disse que o relacionamento tinha seguido seu curso natural e que, claro, ela e Marty sempre seriam amigos. E estava certa; de fato, Marty foi uma das últimas pessoas que ela viu antes de morrer. Ele foi uma verdadeira rocha durante o enterro, sentado junto de mim naquela igreja fria com o braço passado na minha cintura, e mais tarde, parados exatamente onde estou agora, eu me agarrei a ele procurando apoio olhando aquele caixão de mogno coberto de flores, incapaz de acreditar que mamãe estava ali dentro.

Mas voltemos aos tempos mais felizes... Marty era diretor de elenco de comerciais de TV — um trabalho com *glamour* incrível, ou pelo menos me parecia. Um dia, pouco depois de ele e mamãe começarem a namorar, ele chegou na nossa casa para o jantar e disse que queria me perguntar uma coisa.

— Bom, eu já discuti essa idéia com sua mãe e para ela não há problema. Mas a decisão final é sua e somente sua, e eu vou entender totalmente se você não quiser.

O JOGO DA FAMA DE THEA CARSON

Eu não fazia a mínima idéia do que Marty estava falando, mas tinha pousado a faca e o garfo para dar toda atenção ao que ele ia dizer.

— O negócio, Thea — continuou ele —, é que eu estou montando o elenco do comercial de um novo cereal para o café da manhã. Consegui a mãe e o pai, sem problema, mas estou tendo dificuldade de achar a menina certa para fazer a filha. Preciso de alguém da sua idade com cabelos escuros como o da sua mãe da tela — e, para resumir, acho que você serve perfeitamente para o papel.

Fiquei pasma, na verdade fiquei abestalhada. Nunca tivera qualquer ambição de ser estrela. Freqüentava a aula de balé no bairro e gostava de me apresentar na frente de uma platéia no teatro de Natal, mas aparecer na TV — isso era coisa séria.

— Você é quem decide, amor — disse mamãe. — Marty falou que vão pagar, de modo que talvez você possa comprar aqueles patins que você está doida para ter.

Esse era todo o incentivo de que eu precisava, e sem um segundo pensamento, falei:

— Sim, por favor, tio Marty. — E esse foi o início de minha carreira de atriz. Simples assim.

Fazer o anúncio foi moleza, e praticamente não exigia capacidade de representar. Eu só precisava pegar um bocado de cereal, dar um grande sorriso e dizer minha única fala: "Eu adoro Crunchy Snaps!" O único lado ruim era a espera interminável entre as tomadas, mas mamãe estava me acompanhando e nós passamos o tempo tricotando ou jogando meu jogo favorito. Quando o anúncio finalmente foi ao ar, eu me tornei a Srta. Popularidade na escola praticamente da noite para o dia. A coisa a princípio me subiu à cabeça, e eu desenvolvi um andar fresco estilo *As Panteras*, e um modo de jogar o cabelo sobre o ombro. Mas logo mamãe me trouxe de volta à Terra dizendo que eu não teria nenhum amigo se continuasse assim.

Mais anúncios vieram — para o iogurte Ski e o Soda-Stream — e Marty, que tinha se tornado meu agente não-oficial, mandou fazer um cartão profissional com minha foto e detalhes como idade, altura e cor dos olhos. Mas então me ofereceram uma coisa muito melhor. Um diretor de TV procurou Marty e perguntou se eu estava interessada em fazer teste para um seriado infantil que ele ia dirigir para a BBC, uma adaptação em quatro episódios de um conto de E. Nesbit. Mamãe hesitou um pouco — acho que estava preocupada com meu rendimento na escola — mas eu peguei no seu pé até ela ceder. O teste foi bem intimidante — pelo menos duas dúzias de outras candidatas se apinhavam no estúdio no oeste de Londres — e era somente o primeiro dia da produção de elenco, mas eu engoli o nervosismo e dei tudo no teste. Antes que eu percebesse estava sendo chamada de volta para um teste filmado e então, de repente, o papel era meu e eu era a menininha mais feliz do sul de Londres.

As filmagens foram confinadas às longas férias de verão, o que teve a aprovação de mamãe, e eu me divertia tremendamente no *set*. Adorava tudo: as roupas de época, a maquiadora que passava um grosso pincel com pó sobre o meu nariz entre as tomadas; o contra-regra, Phil, que costumava gritar "Vi você, Thee-ya" a cada vez que me via. Eu era uma *a-triz*, e estava no meu elemento. E quando aquele drama de E. Nesbit chegou à telinha... fiquei absolutamente fora de mim. Uma grande matéria na *Radio Times* exaltou a série e publicou minientrevistas comigo e minhas co-estrelas pré-adolescentes — falando de nossas comidas prediletas, nossos passatempos e nossas ambições. Na escola, minha professora organizou uma sessão de perguntas e respostas diante da turma inteira, para que pudessem me perguntar como os programas de TV eram feitos. E em cada uma daquelas noites de domingo um bando dos meus amigos vinha à nossa casa, e mamãe empilhava almofadas na frente da televisão e distribuía biscoitos de alfarroba feitos em casa e chocolate quente.

Nós nos sentávamos enfileirados, com os narizes a centímetros da tela, e durante meia hora ninguém falava uma única palavra. Quando terminava e os créditos tinham passado (quando meu nome aparecia, todos aplaudíamos), passávamos as horas seguintes dissecando o episódio... qual era nossa cena predileta, quem era o menino ator mais bonito, que menina tinha o vestido mais bonito. Eu realmente achava que tinha encontrado minha vocação na vida. Não perdia tempo pensando em outras carreiras e certamente não pensava muito no número chocantemente pequeno de atores infantis que desfrutavam ao menos um sucesso moderado na vida adulta. O *show business*, afinal de contas, tem um hábito maligno de engolir seus jovens, mas eu nunca me vi como Bonnie Langford — sempre era uma Elizabeth Taylor com olhos de gazela. Costumava passar horas sonhando em como gastaria minha riqueza inevitável — uma casa nova para mamãe, um caminhão de chocolates Milky Way para mim.

Quando tinha doze anos ganhei uma vaga na Escola de Artes Dramáticas Lucy Jaeger em Bethnal Green, o que não era um feito pequeno, se bem que o lugar não era nem de longe tão conhecido como hoje. Recebi uma bolsa parcial, mas mamãe ainda tinha de se espremer para pagar o resto, e acho que o bom e velho Marty pode ter enfiado a mão no bolso também. Das segundas às quartas a Jaeger era exatamente como qualquer outra escola, com matérias convencionais como inglês e geografia. As manhãs das quintas, sextas e sábado eram reservadas para aulas de balé, sapateado, interpretação e canto. Fique tranqüilo, não era como a garotada de *Fama* — esqueça as canções espontâneas na cantina ou sair dando passos de dança até o pátio. Nossas mãos eram realmente enfiadas na massa, tendo que atulhar uma semana de aulas em três dias e abrindo mão de parte do fim de semana. Mas fiz alguns bons amigos nos quatro anos que passei lá, inclusive Kim, claro, e a maioria de nós conseguia alguns trabalhos por fora. Eu fiz a fada Sininho durante dois anos no Croydon's Fairfield Halls, fiz umas fotos de moda e, mais empolgante, ganhei um papel com fala num filme de Bill Forsyth — se bem que minha cena ficou no chão da sala de montagem e eu nunca cheguei à tela grande. Nada se rivalizou ao meu momento de glória na BBC — mas, para ser absolutamente honesta, não me incomodei muito. Quando saí da Jaeger, com um punhado perfeitamente respeitável de honras ao mérito e umas duas notas A, meu entusiasmo pela vida no *show business* tinha se desvanecido consideravelmente. Eu não me via com o necessário talento competitivo para me dar bem no ramo — e estava cheia de me dizerem para sorrir o tempo todo. Senti a obrigação de percorrer a cidade durante umas duas semanas tentando arranjar um agente, mas era tão óbvio que meu coração não estava naquilo que nem tive uma única entrevista.

Nessa época Kim estava ganhando um bom dinheiro como assistente de direção de palco e, encorajada por suas histórias das noites loucas no Limelight Club e sua bolsa cheia de produtos Max Factor, decidi também virar trabalhadora. Peguei o primeiro emprego que apareceu: telefonista numa empresa de aluguel de carros. Só deveria ser um emprego temporário, algo para segurar as pontas até eu decidir o que realmente queria fazer da vida. Foi lá que conheci Adam. Na verdade, ele era meu chefe. Não era tão bonito assim e, com trinta e cinco anos, era bem mais velho do que eu, mas eu era jovem e me impressionava facilmente. Um mês depois do nosso primeiro encontro eu tinha saído da casa de mamãe e ido para o apartamento de três quartos de Adam em Barnet. Mamãe me avisou com relação a tomar uma decisão apressada, mas eu achei que sabia das coisas. No fundo, sabia que eu e Adam nunca iríamos dar certo, mas fiquei firme. Gostava da segurança de estar num relacionamento firme, e não queria admitir a derrota e voltar para a casa de mamãe. Mas depois de seis meses acabei sendo forçada quando Adam me pediu em casamento. Apesar de seu afeto óbvio por mim, a coisa chegou como um choque. Foi tudo nos conformes: belo jantar num restaurante chique, champanhe, voltar para casa, de joelho no chão, anel de diamante numa caixinha forrada de veludo. Eu quase disse sim quando vi o ar de expectativa no rosto dele. Mas sabia que não poderia ir em frente. Tinha de cair fora. Ele ficou abalado — e com raiva também. Com raiva por eu tê-lo embromado, como ele disse. Saí no dia seguinte, larguei o emprego, e desde então nós não nos falamos.

O estúpido é que eu realmente nunca aprendi a lição. Outros relacionamentos inadequados com outros homens inadequados vieram e terminaram inevitavelmente em coabitação, seguidos, seis a doze meses depois, por lágrimas e recriminações amargas. Eu estava desesperada para encontrar o Amor Verdadeiro, estava mesmo... mas sempre parecia pegar o cara errado. O problema é que não suportava ficar sozinha, nem mesmo por dois meses. Entre esses casos amorosos eu voltava a morar com mamãe — mas tenho vergonha de admitir que em mais de uma ocasião me mudei direto da casa de um cara para a de outro. Peguei pesado trabalhando numa série de empregos temporários sem saída, mas sempre tinha a rede de segurança de um cara ao fundo.

Levantando-me, espano dos joelhos os pedaços de grama úmida cortada, antes de dar um passo atrás e admirar meu trabalho. Algumas vezes imagino se tudo não estará ligado ao meu pai — ou melhor, a não saber quem é meu pai. E o fato de que a maioria desses caras era mais velha do que eu — não é coincidência. Talvez, subconscientemente, eu esteja procurando uma figura paterna, alguém para cuidar de mim e me tratar como sua princesinha. Terrivelmente doentio, tenho certeza. Graças a Deus, consegui romper esse ciclo autodestrutivo quando conheci Toby. Ele certamente não é substituto para um pai, de jeito nenhum. De fato, algumas vezes *eu* me sinto como mãe substituta; eu me esforço um bocado em garantir que a vida dele corra tranqüila — marcando táxis, as idas ao cabeleireiro, levando as coisas dele para a lavanderia a seco...

Lembro como se fosse ontem a primeira vez em que pus os olhos no meu futuro marido. Foi no antepenúltimo verão, 24 de agosto, para ser exata. Três semanas antes eu tinha rompido com meu namorado, Marcus, que era dono de uma cadeia de lojas de celulares baratos e estava se dando muito bem, obrigado. Nosso relacionamento de oito meses tinha sido tempestuoso desde o início, e um dia, cheia das críticas intermináveis de Marcus, saí de seu bangalô estilo espanhol no campo em Kent e me mudei para o quarto de hóspedes de Kim e Tim. De modo que essa era a situação naquele dia escaldante de agosto quando persuadi Kim, que tinha aberto a Party On! no ano anterior, a abandonar o baile Venha Vestido de Sua Celebridade Morta Predileta, que ela estava montando para uma turba de adolescentes cheios de grana, e se juntar a mim num piquenique.

Vestidas com shorts de *jeans* cortados e sutiã de biquíni, Kim e eu fomos para Highbury Fields, onde achamos um belo lugar livre de crianças para abrir nossa toalha e espalhar a comida. Tínhamos acabado de ficar confortáveis quando, aparentemente vindo de lugar nenhum, um Frisbee veio quase roçando o topo da nossa cabeça e caiu direto na nossa quiche de espinafre e *gruyère* da M&S, espalhando gosma de ovo para todo canto. Desnecessário dizer que nós não ficamos muito satisfeitas. Segundos depois o culpado veio correndo para se desculpar e pegar de volta a arma ofensiva. E depois de eu olhá-lo de cima a baixo com as mãos nos quadris, toda eriçada e indignada, de repente percebi como ele era um cara lindo. Era alto, magro, com os cabelos ruivos-louros revoltos e grandes olhos esverdeados salpicados de ouro, e tinha uma boca grande com lábios carnudos tããão beijáveis! Apesar de estar mal vestido com calças camufladas e uma camiseta Mambo, pude ver que ele tinha um corpo bom, com peitorais bem desenvolvidos e antebraços fortes que mostravam o início de um bronzeado. Ele era certamente um T-E-S-Ã-O.

Para encurtar a história, o lançador de Frisbee (Toby, claro) e seus colegas se juntaram ao nosso piquenique e mais tarde, naquela noite, depois de circular pelos *pubs* da Upper Street, Toby me levou para seu apartamento alugado, de um quarto, em Finsbury Park. Nunca voltei para a casa de Kim. Desde o primeiro dia eu sabia que tinha achado minha alma gêmea. Pela primeira vez na vida tinha encontrado um homem que não tentou me moldar nem me dominar ou me tratar como acessório. Ele era atencioso e protetor, mas ao mesmo tempo respeitoso — e eu gostei disso. Em duas semanas tinha conhecido todos os seus amigos. Ele não era um daqueles caras que tentam esconder a gente — eles fingem que querem nos manter só para si, mas na verdade é porque têm vergonha de você ou acham que você vai dar em cima dos colegas deles. Toby cagava e andava para o que os seus amigos achavam de mim... quero dizer, ele queria que gostassem de mim, mas se não gostassem — e tenho bastante certeza de que uns dois não se esforçavam muito — isso não o incomodava. Ele me amava, eu o amava, e era só isso que importava.

Quatro meses depois de termos nos conhecido, Toby se ajoelhou diante do Forum, onde tínhamos acabado de ver a peça de Travis, e me pediu em casamento. Nós não víamos sentido num noivado longo, e um mês depois estávamos casados no cartório em Islington. Foi um negócio bem discreto, com somente um punhado dos nossos amigos mais íntimos e o pai e a mãe de Toby. Lucy Carson, ainda assim, vislumbrava humilhação em tudo.

— É o primeiro casamento feito num cartório em *nosso* lado da família — disse-me ela durante a recepção. Lucy não pôde acreditar quando eu falei que *não* estava grávida; aos seus olhos essa seria a única desculpa razoável para núpcias tão apressadas. Agora que temos um bocado de dinheiro ela vive jogando verde, dizendo que deveríamos renovar nossos votos em alguma igreja chique, tudo lindamente coreografado para as páginas de uma revista. Não, obrigada. *Minha* mãe não se importaria se eu escolhesse um cartório.

— Desde que você seja feliz, Thea meu amor, é só isso que importa — ela diria. Infelizmente mamãe não viu, pois tinha falecido dois meses antes de Toby e eu nos conhecermos.

Durante os primeiros seis meses do nosso casamento Toby e eu vivemos com uma mão na frente e outra atrás, mas foi uma época feliz, realmente feliz. Nossa casa era um apartamento apertado em cima de uma lanchonete de churrasco grego em Kilburn. Mais ou menos às cinco e meia da madrugada eles ligavam a grelha e o cheiro de carneiro gorduroso vindo daquela perna de elefante giratória chegava subindo a escada. Não era incomum achar uma poça de vômito coagulado na rua diante de nossa porta de manhã, onde algum panaca bêbado tinha posto as tripas para fora — eu não poderia dizer se em resultado do álcool ou do churrasco grego, mas bastava para garantir que eu nunca comesse no Dave's Doners.

O JOGO DA FAMA DE THEA CARSON

Eu era o principal arrimo de família. Tinha começado num emprego temporário na J.C. Riley's logo antes de termos nos casado, e quando provei meu valor J.C. me contratou em tempo integral. Eu não estava ganhando uma fortuna, mas pelo menos pagava o aluguel. Enquanto isso Toby tinha um trabalho temporário numa construção — o que sua mãe descrevia como "completo desperdício de uma educação cara". Mas ela não entendia o compromisso do filho com a música. Ele sempre dizia que não havia sentido em arranjar um emprego de verdade porque logo estaria ganhando a vida fazendo o que mais amava. Durante todo esse tempo o Drift estava discretamente criando um público, tocando três ou quatro noites por semana em bares e festas particulares — se bem que os ganhos fossem bem magros, já que eram divididos entre os quatro membros da banda. Os caras estavam juntos há anos, depois de terem se conhecido na sexta série. Callum (o mais pirado) era baterista, Steve (o melancólico) tocava baixo, e o doce e querido Luke tocava guitarra-base. Toby era o líder natural. Tinha uma voz única, forte e profunda com um vibrato leve — "Tom Jones doido de ácido", como escreveu mais tarde um eminente crítico da *New Musical Express*. E também tem grande presença de palco — na verdade, na primeira vez em que vi o Drift tocar eu mal o reconheci. Fora do palco ele fala baixo e é bastante sério, mas em cima ele é todo pau e testosterona.

O momento da virada aconteceu na noite em que Sonny McGregor, o produtor da Run Records, estava na platéia do Camdem Embassy, onde o Drift ia tocar por último. Ironicamente Sonny estava ali para ver a primeira banda. Eles eram tão ruins que ele quase foi embora depois da terceira música, mas alguma coisa o manteve ali para ver o quem era a última banda. Eu fiquei na lateral do palco, como sempre. Toby e eu ainda estávamos na nossa fase de não conseguirmos ficar separados e vivíamos tão juntos quanto um par de luvas num varal. Minutos depois de o Drift sair do palco um cara entrou com tudo no camarim — bom, quando digo camarim quero falar de um cubículo com um espelho quebrado e quatro caras passando uma garrafa de Jack Daniel's.

— Vocês foram brilhantes, caralho! — disse o intruso, um sujeito mais velho, baixo e atarracado, com *piercing* na sobrancelha e cabelo cortado com máquina dois.

— Valeu, cara — diz Toby, enxugando o gargalo do Jack Daniel's e oferecendo a garrafa.

— Não, obrigado, eu não bebo em serviço. Meu nome é Sonny. Sonny McGregor, da Run Records — disse o sujeito, e eu olhei quatro queixos caírem no chão. O nome não significava nada para mim, mas para aqueles caras Sonny McGregor = Deus = gravação = fama. Depois de alguns minutos de papo, durante o qual ficou sabendo que a banda ainda não tinha contrato, Sonny entregou seu cartão de visita e marcou um encontro em seu escritório chique no Soho, já no dia seguinte. Quando ele saiu da sala todos nós ficamos pulando, praticamente mijando nas calças, incapazes de acreditar que a banda finalmente tinha uma oportunidade — uma grande oportunidade, cara, de fato.

— Pense só, neném — sussurrou Toby para mim na cama, naquela noite. — Isso pode mudar nossa vida.

Ele estava certo. No fim da semana o Drift tinha um contrato para três discos e os quatro eram astros do *rock* na fila de espera.

Enquanto enrolo as gérberas agora redundantes no papel dos gladíolos e levo o pacote até um cesto de lixo ali perto, meus pensamentos se voltam de novo para o meu pai. Durante a adolescência eu tinha tentado extrair informações de mamãe em várias ocasiões, mas estava claro que ela ficava desconfortável ao pensar nisso.

— Não foi um relacionamento sério — disse ela quando eu tinha treze anos e meio, logo depois de ter rompido com Marty. — Foi só um caso passageiro.

— Então eu fui um acidente? — perguntei em voz magoada.

— Bom, não, na verdade não. Eu queria desesperadamente um filho, mas tinha perdido a esperança de achar o homem certo. Já tinha mais de trinta anos quando você nasceu, e na época isso era considerado muito para uma mãe de primeira viagem.

— Então você usou deliberadamente algum pobre coitado para ficar grávida?

— Não exatamente... é um pouco mais complicado do que isso. Acho que joguei a cautela para o espaço, deixei as coisas seguirem o rumo natural — respondeu ela vagamente; mas eu pensei que sabia o que mamãe estava dizendo.

— Então meu pai ao menos sabe que você ficou grávida?

— Não, eu nunca disse a ele.

— Você nunca disse a ele... não acha que ele tinha o direito de saber? — perguntei com raiva.

— Nós já tínhamos nos separado quando eu percebi que estava grávida. Não vi sentido. Eu não tinha interesse em dividir você, ele não tinha interesse em ficar por perto. Nem coloquei o nome dele em sua certidão de nascimento.

— Como ele era? Alto ou baixo? Moreno ou claro? Você tem alguma foto?

— Ah, Thea querida, foi há muito tempo... e não, não tenho fotos.

— Honestamente, mamãe, dá para pensar que você está tentando esconder alguma coisa — falei agressivamente, farta com o que via como uma falta de interesse deliberado em ajudar. Acho que essa conversa em particular terminou comigo indo para o quarto furiosa, curtir o mau humor.

Dois anos depois o assunto voltou quando eu me registrei numa clínica de planejamento familiar e eles perguntaram um monte de coisas sobre a história médica da minha família — algum caso de câncer, problema cardíaco, diabetes e assim por diante. Claro que eu não sabia nada sobre meus antecedentes paternos, e praticamente me convenci de que tinha alguma horrenda doença hereditária da qual não sabia nada. Falei isso com mamãe e ela disse para eu não me preocupar, disse que eu era perfeitamente saudável e em forma. Foi nessa ocasião que ela fez uma confissão bastante chocante. Pela primeira vez, mamãe admitiu que nem mesmo ela, que tinha me concebido e carregado no útero durante nove meses, tinha cem por cento de certeza de quem era meu pai.

Basicamente mamãe estava dizendo que tinha trepado com um monte de gente — possivelmente mais de uma pessoa num espaço de tempo muito curto. Eu não pude deixar de sentir uma espécie de nojo quando ela disse isso; ela era minha mãe, pelo amor de Deus. Mas tentei não julgar — afinal de contas, no início dos anos setenta ainda havia o amor livre e aquela merda toda.

— Você deve ser capaz de estreitar as opções para uns dos caras mais prováveis — sugeri, querendo ajudar.

— Bem, dois... ou talvez três — disse ela, com um grande rubor carmesim se espalhando pelo pescoço. Não era muito freqüente ver mamãe embaraçada.

— Três? E o nome deles? — eu exigia. — Você sabe onde eles moram? Talvez eu deva tentar achá-los. Talvez eu possa descobrir qual deles é realmente meu pai.

— Não acho que seria boa idéia — disse ela, bem lacrimosa. — Todos têm suas vidas agora, mulheres, outros filhos. Você

O JOGO DA FAMA DE THEA CARSON

poderia terminar se magoando e eu não suportaria isso. — Ela começou a chorar de verdade, soluços grandes, de sacudir o peito. E foi nisso que ficamos. Pus meu pai — um dos dois, ou seria dos três? — no fundo da mente e parti para a carreira de monógama serial.

QUATRO

A última sexta-feira de cada mês é uma data significativa na minha agenda social. É quando faço meu único gesto claro para participar da teia, o dia em que pego minha roupa de grife mais cara e arrasto o rabo para o Ivy, ou Momo, ou Nobu ou qualquer outro restaurante da cidade que garanta o máximo de exposição às mulheres de celebridades.

Se eu tivesse de escolher uma delas, diria que Patti é minha predileta. Ela é mais velha do que o resto de nós — deve ter uns quarenta e oito ou quarenta e nove, ninguém tem certeza — ela "perdeu" a certidão de nascimento há muito tempo. Nos anos setenta Patti era uma das mais famosas galinhas do *rock*, as *groupies* em Londres. Como manequim de passarela com tênues conexões aristocráticas, tinha acesso a todas as boates e festas. Aproveitava totalmente cada oportunidade que aparecia, catando uma sucessão de músicos ricos como namorados até finalmente se fixar com Rich Talbot, baixista do Rough Tyder. A banda rachou há muito tempo mas Rich continua sendo uma figura *cult* entre os *headbangers*, e ainda é muito requisitado como músico de estúdio, ou pelo menos é o que Patti sempre me diz. Eles têm uma espantosa casa gótica de oito quartos no *cinturão* roqueiro de Surrey (aquela parte entre Guildford no norte e Horsham no sul) e, para um casal *rock'n'roll*, vivem notavelmente limpos. Esqueça as loucas festas de noite inteira e jogar baterias nas piscinas — parece que os dois passam a maior parte do tempo livre jogando pólo e atirando em discos de argila com a brigada da classe média-alta metida a besta.

O pior de Patti é sua propensão a dar conselhos não solicitados. Não importa em que dilema uma esposa de celebridade possa estar — tatuagem feia, empregados domésticos indignos de confiança, herpes genital —, Patti tem uma solução rápida, discreta e direta para tudo. De vez em quando isso é bom, mas também pode ser irritante pra caralho. Uma vez ela se virou para mim no banheiro do Atlantic Bar e anunciou:

— Eu posso lhe dar o número de um dentista fantástico, Thea. Você ficaria espantada em ver que diferença fazem os dentes mais brancos.

Mas Patti também tem um monte de pontos fortes. Eu diria que sua maior qualidade é o fato de se sentir totalmente à vontade com quem está, e nunca querer ficar por cima. Ela tem aquele jeito de quem já esteve lá e não tem nada a provar e se você não gostar, foda-se, que eu acho muito revigorante.

Diferentemente de Stella. Não contente em ser um estonteante manequim trinta e oito e perfeita artista da maquiagem, Stella vive constantemente batalhando para ser melhor do que todas as mulheres num raio de oitenta quilômetros. Mas, afinal de contas, ela sofre muita pressão por parte do marido — o astro do telejornalismo na TV Stephen Morrison (e o homossexual mais enrustido que eu já vi) — para ser a mulher-troféu mais linda, organizada e popular da cidade.

— Isso é colágeno? — perguntou ela na primeira vez em que nos encontramos, olhando minha boca e tocando seus lábios melados de Chanel com a mão perfeitamente manicurada à francesa.

— Hum... não, eles são meus mesmo — respondi.

— Ah — disse ela, parecendo desapontada. — Eu ia perguntar em que clínica você fez. Vou perguntar à Patti, ela vai recomendar alguém.

E isso estabeleceu o padrão para o resto da nossa amizade, ou o que quer que seja. A cada vez que nos encontramos ela comenta alguma faceta da minha aparência — não porque queira me elogiar, mas porque quer ter a informação que irá torná-la melhor. Tenho certeza de que é só insegurança, mas se você não soubesse acharia que é pura vaidade.

A melhor amiga de Stella e terceiro membro de nosso almoço mensal é Angela. Angela é... como é que posso dizer educadamente? Foda-se... ela é viciada em pó, não há um modo gentil de dizer. Faz pelo menos duas visitas ao banheiro durante um único almoço e volta com sintomas de gripe. Está no meio de uma batalha de divórcio, por isso acho que precisa de uma ajudinha para ir em frente. Seu ex é Titus Collier, astro da novela veterinária diurna *Pet ER*. Eles se separaram pouco depois de ela pegá-lo fazendo uma coisa indizível com um dos seus figurantes caninos... você vai me perdoar se eu não for mais explícita. Angela era recepcionista da London Weekend Television, mas não teve um dia de trabalho decente nos últimos três anos, e não planeja mudar a rotina agora. Acho que espera viver dos lucros do acordo de divórcio, o que é perfeitamente plausível dado que está ameaçando ir à imprensa com a história do fim do casamento se Titus não ceder.

Conheci esse trio de diferentes matizes no último jantar da Mulher do Ano no Ramo do Entretenimento, no Dorchester, onde acabamos na mesma mesa. Não é o tipo de acontecimento ao qual eu iria normalmente, nem em um milhão de anos, mas naquele dia estava meio na pior. Acho que Toby tinha feito um dos seus números de desaparecimento e eu estava enfiada em casa com Ivy, que cantava uma versão desafinada de *Total Eclipse of the Heart* enquanto tirava pó da coleção de canecas de cerveja de Toby* (seus pais lhe dão uma em cada aniversário e no Natal. Eu sempre considerei essa uma tradição de mau gosto espetacular). Diante das duas opções, o almoço com um monte de mulheres entediadas, ricas e bem relacionadas parecia um mal menor.

Assim que ocupei meu lugar no salão de baile do Dorchester soube que tinha feito a escolha errada. Olhando para minhas companheiras de jantar percebi que meu terninho de veludo cereja nem de longe tinha *glamour* suficiente — e não há nada pior do que se sentir mal vestida. E mais, todo mundo parecia se conhecer. Duas das mulheres na minha mesa estavam tão entretidas numa conversa com a colega da mesa ao lado que nem se incomodaram em me cumprimentar. Mas as outras três — Patti, Stella e Angela — foram pelo menos educadas a ponto de se apresentar. Depois de alguns minutos de conversa educada sobre o tempo gelado e os lindos arranjos de mesa, tempo em que todas as três conseguiram deixar escapar o nome dos maridos, uma delas — acho que foi Angela — perguntou o que eu fazia. Essa era minha oportunidade de declarar presunçosa: "Sou mulher de um astro pop, vocês não sabem?" Na época o Drift não era tão famoso quanto agora, claro, mas seu disco de estréia tinha acabado de entrar no décimo primeiro lugar das paradas, de modo que eles estavam definitivamente chegando à tona. Mas, sem querer parecer intrometida, falei que era auxiliar de uma agência de atores. Bom, isso praticamente matou a conversa. Eu poderia ter dito que trabalhava num abatedouro. Após deixar claro que nem remotamente valia a

---

*Em inglês, *toby jugs*. São canecas decorativas inspiradas em celebridades. (N. do E.)

pena se incomodar comigo, as três mulheres formaram um grupo de seu lado da mesa e partiram para fofocas sérias sobre elas próprias.

— Vocês *viram* o tamanho do peito de Kiki Benson? — ouvi Stella exclamar para as outras, apontando com a cabeça na direção da mulher de um proeminente apresentador de programa de entrevistas. — Juro por Deus que aquelas melancias ficam maiores a cada vez que eu vejo. Ela vai cair de frente se aumentar um pouco mais.

— É mesmo, querida. E é de pensar que o marido dela pelo menos deveria pagar um cirurgião decente. Qualquer um pode ver que o esquerdo é maior do que o direito — acrescentou Patti, venenosa.

Olhando fixamente para o peito de frango recheado com milho sobre espinafre miudinho que o garçom tinha acabado de pôr na minha frente, planejei a fuga. Olhando em volta, localizei a saída mais próxima, que ficava de um dos lados do vasto salão de baile. Decidi que dispensaria o prato principal, pediria licença da mesa dizendo que ia passar pó no nariz e dar no pé. A tarde não teria sido um desperdício total de tempo, reconfortei-me, seria uma boa história para contar a Kim. Ela ia adorar quando eu desancasse a turma do *showbiz*.

Eu tinha acabado de pôr a faca e o garfo na posição de seis horas, passado o guardanapo de linho na boca e estava tateando em volta dos tornozelos para pegar a bolsa quando Stella se esticou sobre a mesa e perguntou se eu tinha um isqueiro.

— Claro — falei. Pegando a bolsa, coloquei-a sobre a mesa e comecei a remexer em busca do isqueiro Cartier que Toby me deu no Natal passado (eu não fumo, mas é sempre bom estar preparada). Quando peguei o isqueiro, uma embalagem de plástico com o último CD de promoção do Drift, que Toby tinha me dado há dois dias, escorregou na mesa. Era o novo *single* da banda, que deveria ser mandado para o pessoal da imprensa para as resenhas no fim da semana.

— Ahhh, o Drift, é a minha banda predileta atualmente — guinchou Stella, agarrando o disco faminta. — O que eu não daria por uma noite de paixão com aquele cantor. Ele deve ser um absoluto animal na cama. Dá para dizer só de olhar para as sobrancelhas de um homem, você sabe. As dele são grossas e arqueadas, o que é garantia absoluta de trepada nota dez.

Eu sei que Toby causa esse efeito nas mulheres, por isso não fiquei embaraçada; na verdade achei bem divertido, por isso apenas sorri, apertei o botãozinho do Cartier e estendi para a ponta da cigarrilha de Stella.

— Olha só — disse ela, exalando uma nuvem de fumaça grossa e fedorenta bem na minha cara. — Esse é o *single* novo, só vai ser lançado daqui a semanas. Como foi que você conseguiu pôr a mão nele? — falou em tom acusador.

Mesmo então eu não ia admitir a conexão marital. Estava decidida a ir embora e não queria ser desviada. Comecei a dizer que uma amiga minha trabalhava na Run Records, quando Stella praticamente gritou comigo:

— Ah, puta que o pariu, meu Deus! É você, não é?

Eu a encarei de volta, muda, sem saber se o segredo tinha vazado ou não. Patti e Angela pararam de fofocar e olharam interrogativamente para a amiga.

— Eu sabia que seu rosto era familiar — declarou Stella.

— Você saiu na revista *Heat* na semana passada... tiraram uma foto de vocês dois no MOBOs.

— Desculpe, mas parece que nós perdemos alguma coisa — disse Patti. — Talvez você possa colocar a gente a par, Stella.

— Ela é a mulher dele, porra! — disse Stella.

— Mulher de *quem*? — perguntou Angela.

O JOGO DA FAMA DE THEA CARSON

— A mulher de Toby Carson, sua idiota. *Thea* Carson, a mulher que agarrou o maior gato do pop. Naquele momento exato toda a atmosfera mudou e de modo nenhum eu ia sair do Dorchester até o amargo fim. Depois de disparar um jorro aparentemente interminável de perguntas para mim (Onde eu morava/comia/comprava? Quem era meu aromaterapeuta? Steven Woodham ou Jane Packer faziam meus arranjos de flores?), as três mulheres passaram a me arrastar pelo salão, mostrando-me às colegas como se eu fosse uma bolsa nova.

— Você realmente deveria ter dito que era mulher de Toby Carson — disse Patti do modo mais recatado que conseguiu, enquanto voltávamos aos nossos lugares para a cerimônia de premiação. — Nós sempre cuidamos das nossas, você sabe.

Eu não tinha toda a certeza do que ela queria dizer, mas no fim da tarde tinha uma boa idéia, depois de ser esmagada por convites para festas de levantamento de fundos, jogos de pólo para a caridade, aulas de *yoga ashtanga* e outras *cositas más*. Consegui me livrar da maior parte, mas concordei em me encontrar com Patti, Stella e Angela para almoçar na sexta-feira seguinte. Achei que lhes devia isso, depois de elas terem me dispensado tanta atenção.

Em algum momento o nosso encontro para o almoço virou uma coisa regular — e é por isso que tantos meses depois eu me vejo num táxi, indo para o encontro desta semana. Algumas vezes trabalhosos e freqüentemente venenosos, esses almoços são sempre divertidos. São minha chance de ver como vive realmente a verdadeira esposa de celebridade e ouvir as últimas fofocas. Mas não me vejo como uma delas, realmente não. E o que *elas* ganham? Bom, lhes dá uma certa distinção, acho... aumenta seu quociente de maneirice trocar beijinhos com a mulher de um deus do *rock* independente.

Ao entrar no restaurante vejo as garotas de imediato. São o grupo mais barulhento, mais exaltado, cacarejando numa das melhores mesas da casa — não a melhor, você entende (afinal de contas nós somos apenas as esposas).

— Thea, querida, onde você andou? Quase tínhamos desistido de você — diz Patti, levantando-se para dar um beijo no ar, que não estrague o seu cabelo.

— Desculpe o atraso, meu táxi ficou preso no trânsito — digo, rodeando a mesa para cumprimentar Stella e Angela.

— Esse vestido é fabuloso — diz Stella, pegando meu braço. — Da estação passada de Betsey Johnson, não é?

— Que incrível você reconhecer — digo com os dentes trincados.

Angela me serve uma taça de Krug enquanto ocupo meu lugar na mesa.

— Saúde, todo mundo — digo levantando a taça do champanhe gelado. — Mmmm, isso é uma delícia. Então, o que vocês andaram fazendo desde que a gente se viu da última vez?

— Bom, a grande novidade é que Angela vai fazer tratamento de desintoxicação — anuncia Stella, jogando a juba dourada sobre um ombro e praticamente arrancando meu olho no processo.

— É, mas eu estou tentando manter a coisa na discrição — diz Angela em voz baixa. — Não quero o *News of the World* na minha porta, tentando tirar uma foto do meu septo devastado.

— Para mim parece ótimo — digo, franzindo a vista para as narinas de Angela.

— Eu estava brincando, não há nada de errado com meu nariz. Não sou *tão* viciada assim, muito obrigada — diz com alguma irritação.

— Bom, eu acho fantástico você decidir procurar ajuda — falo. — Para qual clínica você vai?

O JOGO DA FAMA DE THEA CARSON

— O Anderson Center, na Califórnia. Custa os olhos da cara, mas ouvi dizer que o terapeuta de *shiatsu* deles é o melhor da Costa Oeste, e de qualquer modo Titus vai pagar a conta, então quem se importa?

— Bem, boa sorte, Angela. E não se esqueça de mandar um postal para a gente.

— Eu gostaria de poder, querida... O contato com o mundo exterior é totalmente proibido na Anderson. Não sei como vou me virar sem o celular. Só o pensamento de ficar presa naquele lugar durante três semanas me arrepia a espinha. Na verdade, se as senhoras me desculparem, vou empoar o nariz. Se o garçom vier pegar o pedido, eu quero a salada César — sem anchovas e parmesão. Ah, e é melhor não ter nenhum molho, engorda demais — diz ela, dando um tapa na barriga totalmente lisa, se é que não côncava. Enfiando a bolsa Fendi debaixo do braço, ela parte para cafungar uma carreira de pó em cima da caixa de descarga. Patti, na minha frente, balança a cabeça desanimada, mas não diz nada diante de Stella, que protege ferozmente sua melhor amiga e não tolera qualquer tipo de crítica.

Nós fazemos o pedido: três saladas e uma salsicha com purê de batata ridiculamente cara para mim, além de outra garrafa de Krug, para acompanhar.

— Você já sabe o que vai usar no Brits? — pergunta Stella enquanto acende um Consulate, ignorando o fato de que estamos na área de não-fumantes do restaurante. — O Drift foi indicado em duas categorias, de modo que é bom estar linda para as câmeras, menina. Você não vai querer perder aquele seu marido delicioso.

— Na verdade acho que não vou este ano. Eu sempre acho uma chatice essas cerimônias de premiação. E tenho certeza de que Toby vai se divertir muito mais se eu não estiver pendurada no braço dele. Ele vai poder encher a cara com os amigos, fazer o número do roqueiro maluco e receber um monte de cobertura da imprensa.

— Não entendo você, Thea. Se eu fosse casada com um astro pop sairia toda noite da semana. Você não ia me pegar em casa tricotando ou sei lá o que você faz. Por que não vai fundo e aproveita o máximo da vida no auge enquanto ainda pode? É um espanto você e Toby terem ficado juntos: ele tão extrovertido, você tão, tão... bem, você gosta de uma vida mais calma, não é? — diz Stella, com uma vaga tentativa de demonstrar tato.

— Bom, eu acho que Thea tem exatamente a atitude certa — diz Patti, saltando em minha defesa. — É melhor dar rédea longa a esses músicos. Eu sei bem, sou casada com um há uns vinte anos. (Observe a ausência de especificação... para que a gente não possa tentar adivinhar sua idade.)

— Não adianta ficar grudada — continua ela. — Só vai atrapalhar o espaço dele e levar ao ressentimento. Eu sempre deixei o Rich na dele, e encontrei meus interesses. Entrei para o clube de pólo, comecei uma carreira de escritora...

Aqui devo mencionar que Patti tem sua página numa das mais chiques revistas femininas — um negócio de perguntas e respostas sobre etiqueta e como receber. É espantoso o tipo de perguntas idiotas que as pessoas mandam: "O saleiro deve ser passado para a esquerda ou a direita?" "É aceitável comer aspargos com os dedos?" É de pensar que as pessoas tivessem coisas mais importantes com que se preocupar. Freqüentemente me sinto tentada a mandar uma carta anônima, só para ver se eles publicam. "Se eu acidentalmente soltar um pum à mesa de jantar, devo pedir desculpas ou culpar o cachorro?"

— É, mas de que adianta ter um marido famoso se você não pode colher os benefícios? — diz Stella, jogando cinza de cigarro no prato. — Você pode abrir mão do trabalho, passar o dia inteiro fazendo compras, ficar naquelas fantásticas festas depois das apresentações... não que Stephen me convide muito para elas. Ser locutor de noticiário não é exatamente *showbiz*, é?

— Então o amor não faz parte disso tudo? — pergunto.

— Que diabo o amor tem a ver com isso? — Ela dá um risinho. — Stephen e eu temos o arranjo perfeito. Eu cuido de sua agenda e banco a consorte quando ele precisa, e em troca recebo uma casa confortável e uma generosa mesada para roupas. Não me entenda mal... eu gosto muito dele, mas não *amo*.

Voltando do banheiro feminino, Angela pega o rabo da conversa.

— E o melhor de tudo é que Stella pode trepar o quanto quiser — fala com um ar conhecedor para a amiga.

— É, mas sou muito discreta. Nem sonharia em causar embaraço a Stephen. Ele sabe que eu nunca iria cagar no prato em que como.

— Quer dizer que Stephen sabe da sua infidelidade? — pergunto, meio pasma com a admissão de Stella. Eu sabia que ela adorava flertar; e, como disse, sempre suspeitei de que Stephen jogasse no outro time. Mas não achava que ela fosse uma adúltera descarada.

— Claro que sabe. E é tranqüilo com isso. Nós nem dormimos no mesmo quarto em casa. Agora, se eu fosse casada com um tesão como o Toby, não iria deixá-lo longe das minhas vistas.

Acho que eu deveria me sentir lisonjeada por meu marido ser considerado tão interessante, mas alguma coisa no modo de Stella falar me deixa desconfortável.

— Não sei como você pode viver assim. E se você conhecesse alguém e se apaixonasse por ele? Deixaria Stephen, não deixaria?

— Isso ia depender do salário do cara! — diz ela, dando uma gargalhada suja.

O garçom chega com a comida. Tira o prato de Stella, sujo de cinzas, sem dizer uma palavra. Não vai arriscar a bela gorjeta por causa de uma placa de Proibido Fumar.

— O seu casamento não é de conveniência, é? — pergunto a Patti quando ele vai embora. — Eu vi o modo como você e Rich agem quando estão juntos, e diria que vocês são definitivamente apaixonados.

— É, eu sou. Mas não é a paixão quente e latejante que você provavelmente sente por Toby. Depois de todos esses anos juntos nós temos um relacionamento confortável. É como ir para casa e calçar um par de chinelos velhos.

Diabo — é isso que eu devo esperar no futuro, penso. Nem sobre o meu cadáver. Toby pode ser indigno de confiança, egoísta e insensível às vezes, mas é louco por mim, sei que é. Eu sinto o mesmo por ele e vou trabalhar muito para garantir que tudo fique assim.

— Desculpe ser tão chata, mas eu cheguei à conclusão inevitável de que o amor verdadeiro raramente dura, se é que alguma vez dura — diz Angela, fisgando uma folha com o garfo.

— Vejam eu e Titus. Eu achava que tinha encontrado o homem dos meus sonhos, achava mesmo. Ele era tudo que eu queria: gentil, inteligente, bom de cama, rico... e depois de três anos de abençoada vida matrimonial ele me deixa na mão do pior modo possível. Mas não se preocupem, vou dar a volta por cima. Cara, ele deve desejar tremendamente ter feito um acordo pré-nupcial. — As três compartilham um riso conspiratório. Mas não consigo ver o lado engraçado. Na minha opinião, não há nada remotamente divertido no fim de um casamento.

Quando chegamos à sobremesa (musse de chocolate italiano para mim, sorvete de maracujá para as outras) a conversa mudou para os filhos de Patti. Daisy, a mais velha, virou uma espécie de estorvo desde que deixou o colégio interno e voltou a morar em casa. Patti esperava que a filha fosse para a universidade — ou pelo menos se matriculasse num bom curso na Lucie Clayton — mas Daisy tinha outros planos. Tinha passado os últimos meses fazendo porra nenhuma, dormindo o dia inteiro e curtindo a noite com o pessoal do pólo. Pelo que dizem, ela trepa com qualquer coisa que vista uma calça de montaria, e Patti morre de medo de que em pouco tempo algum rapaz bonito com coxas musculosas engravide sua filha de dezoito anos e traga desgraça para a família.

— Eu estou perdendo a cabeça — diz ela. — Rich não parece ver nada de errado nesse comportamento, desde que ela use camisinha, mas eu não quero que minha filha tenha má reputação. Na verdade, acho que é meio tarde para isso. Segundo meu jardineiro, Daisy é conhecida na cidade como *comebotas*. Charmoso, não é? E quando o homem gentil da *Country Life* veio fazer a matéria sobre nossa casa ela insistiu em ser fotografada na roupa mais inconveniente — um vestido rosa-shocking com um talho até a cintura e um decote que ia praticamente até o umbigo. Não me importa que *fosse* um Julien MacDonald, mesmo assim ela parecia uma puta barata. Vocês três deveriam agradecer aos astros porque não têm filhos... vocês não acreditam quantas noites sem sono eu tive de passar.

— As chances de eu e Stephen nos reproduzirmos são praticamente inexistentes — diz Stella. — E não posso dizer que isso me chateia. Pense em todo o dinheiro que economizamos não tendo de contratar babás, uniformes esportivos de grife, mensalidades de escola, para não mencionar um carro bacana quando fizerem dezoito anos. Não, não me incomoda se eu nunca tiver filhos. Mas você sempre quis uns dois moleques, não é, Angie?

— Eu adoro bebês — diz subitamente Angela, que ficou consideravelmente mais agitada desde que foi ao banheiro. — E acho que tenho um monte de amor para dar. Lembra-se do Sr.

Baggins, o meu Yorkshire de estimação? Eu gastava uma fortuna com ele: colares de *strass*, suéteres feitos sob medida, peru fresco para comer... não faltava nada àquele cachorro. Fiquei arrasada quando ele foi esmagado pela porta eletrônica da garagem. Não posso acreditar que Titus foi tão descuidado. Ou talvez Titus tivesse medo de que o Sr. Baggins falasse, penso de modo pouco gentil.

— Não ter filhos com Titus é um dos maiores arrependimentos de minha vida — continua ela. — Pense só na pensão que eu poderia arrancar dele.

— E você, Thea? — pergunta Patti. — Aposto que você e Toby estão planejando uma família, não estão?

— Por enquanto, não — falo embaraçada. A verdade é que eu mal posso esperar para ser mãe, mas Toby não compartilha do meu entusiasmo, pelo menos não por enquanto. Ele diz que quer viver um pouco antes de se amarrar. Eu quero pelo menos três filhos, e como já estou com vinte e sete anos e gostaria de um intervalo de dois anos entre eles, diria que precisamos começar logo.

— Provavelmente vamos começar a tentar no ano que vem — falo cheia de otimismo.

— Você vai ser uma mãe fantástica; não vai se incomodar nem um pouco em ficar em casa, não é? Você não tem uma carreira nem nada — diz Stella, de maneira sorridente e paternal.

— Vamos pedir a conta? — digo, sentindo o queixo ficar tenso. Nós quase sempre tomamos café e licor, mas talvez eu tenha de partir para a violência física se não sair daqui nos próximos dez minutos.

CINCO

Aqui está um tremendo manicômio. De um lado da arena que parece um hangar, meia dúzia de trabalhadores atabalhoados tenta levantar uma série de frágeis cabanas de praia feitas de bambu. Cada uma vai abrigar uma cabine de foto automática, para que os convidados possam capturar o espírito da noite. Do lado oposto do salão, uma garota magricela com uma volumosa calça indiana laranja tenta se virar com um tubarão inflável de mais de dois metros. Eu fico olhando enquanto ela sobe numa escada alta e tenta prender o monstro pneumático num arame fino preso numa trave do teto. Logo atrás dela, num palco elevado, dois jovens espinhentos enfiados até o tornozelo em areia fina e amarela estão tentando criar uma esplêndida praia falsa com dois ancinhos de jardim. Ali perto, uma pilha de espreguiçadeiras de madeira e um monte de baldes e pás de plástico colorido esperam para ser distribuídos.

No meio desse tumulto está Kim, parecendo totalmente inabalável e chique sem esforço num vestido preto e justo, com uma guirlanda de flores tropicais pendurada numa das mãos, um *walkie-talkie* estalando na outra.

— Thea! — grita ela assim que me vê.

Abro caminho entre as várias formigas operárias até finalmente fazermos contato sob uma palmeira artificial em tamanho verdadeiro.

— Puta que o pariu, você está tendo um tremendo trabalho hoje — falo, dando-lhe um beijo na bochecha.

— Parece pior do que é — diz ela com uma careta. — Acredite, está tudo sob controle... tem de estar, eu passei quase dois meses planejando esse evento... cuidado, Tony! Esse tanque custou os olhos da cara — grita ela para um homem que está empurrando um carrinho com um gigantesco aquário de perspex e quase colide com uma pilha de peças de andaime largadas no chão.

Isso, queridos, é o *showbiz*. Pelo menos vai ser quando o plano cuidadosamente orquestrado por Kim se ajustar perfeitamente dentro de umas três horas. O lugar é um antigo armazém de tabaco nas Docas, a ocasião é o décimo oitavo aniversário da diva pop Amba Lazenby. Todas as melhores festas de celebridades têm um tema, e esta não é exceção. Numa concessão à parte dos ancestrais de Amba que vieram de Fiji, o armazém está sendo transformado numa ilha paradisíaca dos Mares do Sul, graças a uma colaboração de 20.000 libras de sua gravadora. E todos os grandes virão prestar tributo à princesa do pop britânico: três quintos do Westlife, duas filhas dos Rolling Stones, o elenco de *Hollyoaks*...

Toby ficou meio chateado quando eu disse que ia ajudar Kim hoje. Normalmente ele nem está aí. Só que, nesse caso, por acaso ele é um convidado e não gosta da idéia de que sua mulher foi uma das empregadas. Eu o amoleci com uma megachupada ontem à noite e a promessa de parar de trabalhar no instante em que a festa engrenar; de modo que agora está tudo bem. Na verdade, estou bem ansiosa para esta noite. Faz séculos desde que a gente foi a uma festa juntos, e Toby prometeu que nenhum dos seus amigos drogados vai estar a reboque.

Kim quer que eu receba e instrua uma turba de garçons e garçonetes que vão servir os cerca de duzentos convidados com bebidas e canapés, tudo grátis, claro. Quando eu trabalho nas festas de Kim, este é um dos meus serviços regulares, por isso sei o papo de cor: "Nada de beber ou fumar em serviço, nada de aceitar gorjetas, nada de entrar no armário de vassouras com um convidado para uma rapidinha e, acima de tudo, sorriam, sorriam, sorriam." Kim tem um trilhão de coisas para fazer, por isso me põe rapidamente a par das roupas e dos coquetéis antes de partir para falar com um homem a respeito de um aquário.

Os garçons devem aparecer a qualquer minuto, de modo que vou até o vestiário improvisado para examinar o monte de fantasias amontoadas no chão de madeira. Os homens vão ser transformados em surfistas dos anos cinqüenta com topetes cheios de Brylcreem e shorts de banho chiques, e as mulheres vão se transformar em dançarinas de *hula-hula* com saias de palha e sutiãs de biquíni. Sandálias de plástico e espalhafatosas guirlandas de flores plásticas darão os toques finais.

Faltando cerca de meia hora para a festa começar, todos estão vestidos e informados sobre as várias bebidas — *sea breezes*, daiquiris de banana e o coquetel Mar do Sul, feito especialmente para a ocasião: uma mistura poderosa de tequila, suco de abacaxi e lima, servido com uma borda de batom de framboesa.

Praticamente não tenho tempo de colocar minha roupa — um vestido Voyage com acabamento de veludo e sandálias Gina — e retocar a maquiagem antes que os primeiros convidados comecem a chegar. Toby nunca chega numa festa até ela estar a pleno vapor, por isso não espero vê-lo pelo menos nas próximas duas horas. Só espero que ele esteja a fim de dançar. Faz sécu-

los desde que eu me acabei numa pista. Quem estou tentando enganar? Toby não dança, pelo menos não em público. Mesmo assim, se eu conseguir embebedá-lo antes...
— Obrigada pela ajuda, querida. Essa foi bem difícil — diz Kim quando desfrutamos uma merecida taça de champanhe no bar logo antes do início da festa.
— Bom, está incrível. E quando as pessoas virem as fotos vamos receber um monte de encomendas. Que revista você diz que vinha hoje?
— *Night & Day*. Eles vão fazer uma matéria chamada "Guia do Planejamento de Festas". A divulgadora de Amba está empolgada: a matéria vai sair na semana do lançamento do disco, de modo que para eles a coisa não poderia ser melhor. Eu dei uma entrevista por telefone a um jornalista na semana passada, e o fotógrafo deve chegar a qualquer minuto. Na verdade é melhor eu pedir ao pessoal da porta para me avisar na hora em que ele aparecer. Posso deixar você sozinha?
— Claro que sim. Eu já tomei um bocado de chá de cadeira nos meus tempos. Vejo você depois.

Sento-me num banco de vime junto ao bar e me acomodo olhando pessoas. Ainda é cedo, mas o lugar já está pela metade, e a julgar pelo olhar de espanto dos convidados, estão bem impressionados com a decoração exótica. Em pouco tempo a própria garota da festa passa rapidamente, acompanhada por seu homem do momento, o Ministro do Som, o DJ Milo Moston. Segundo Kim, não é um caso amoroso genuíno, e sim uma cuidadosa armação de relações públicas — a idéia é de que Milo vai dar divulgação para Amba na cena *club*, enquanto ela vai ajudar a *colocá-lo* no *mainstream*. Enquanto o par atravessa a pista de dança, não posso deixar de notar que Amba, vestida num macacão justo prateado e implacável, parece meio tonta. Sei que é seu aniversário, mas certamente ela ainda não pode estar bêbada. Pensando bem, lembro-me de ter lido que ela era totalmente abstêmia — *e virgem*. Babaquice.

Estou tão ocupada vendo seu progresso inseguro que não percebo um certo astro pop alto e de cabelos pretos ocupar o banco ao meu lado até sentir um tapinha no ombro. Viro-me para vê-lo ali parado com um riso enorme no rosto e dois Mares do Sul na mão.

— Achei que você gostaria de uma bebida — diz ele, me oferecendo um dos copos altos.

— Bom, olá, Stan — digo, aceitando o drinque. — Não esperava ver você aqui. Não tinha idéia de que você e Amba eram amigos.

— Não somos. A gravadora me convidou. E você me conhece... Eu vou a qualquer lugar por uma bebida grátis; não é à toa que me chamam de Lorde Líquido. E você? Não diga que Toby deixou você vir sozinha.

— De jeito nenhum. Ele vai fazer a entrada mais tarde — digo, como se Toby e eu nunca fôssemos a algum lugar sem o outro (ah!). — Eu estive aqui a tarde inteira, ajudando minha amiga Kim. Ela organizou todo esse evento... bem impressionante, não acha?

— É, nada mau. Aquela praia é maneira, e eu realmente gostei dessas gatas com saia de palha — diz ele, babando para uma garçonete que passa.

Stan toca bateria numa banda chamada Tanner. Eles são famosos no circuito de festivais e tiveram umas duas músicas no Top 40 dos *singles*, mas não são tanto quanto o Drift. No ano passado Stan e Toby quase saíram aos socos em Glastonbury — acho que teve a ver com o *set* do Tanner ter ultrapassado o tempo. Eles se encararam nos bastidores e dois *roadies* tiveram de entrar no meio. Não sei se Stan estava fazendo aquilo a sério — ele *tem* uma grande reputação de encrenqueiro — mas da parte de Toby era só pose, ele seria incapaz de ferir uma mosca. Algum panaca de um tablóide com crachá de Acesso Livre estava ali perto, obviamente desesperado por algum material para sua coluna de fofocas, porque transformou aquilo em seu principal assunto no dia seguinte. Mas cascateou um pouco; disse que os dois trocaram chutes até se arrebentar, quando na verdade tudo que houve foi um único soco. Toby não se importou: ele sempre me diz que toda publicidade é boa. E além disso — para usar outro clichê — o jornal de hoje vira o embrulho de peixe de amanhã.

Conheci Stan cara a cara há dois meses numa festa num clube particular em Mayfair. Eu estava falando com uma loura amazônica na fila do banheiro, e por acaso ela era Sonia, a namorada de Stan. Quando terminamos de passar pó compacto no nariz e voltamos à festa, nossas caras-metades tinham desaparecido, por isso pegamos duas bebidas e passamos uma boa hora batendo papo na sala de descanso. Sonia me deixou morrendo de rir com o pesadelo de sua depilação a cera nos pentelhos no estilo virilha cavada. Ela tinha ido a uma nova e famosa esteticista californiana, que lhe disse para tirar as "calças" (*pants*) e depois virou as costas enquanto preparava a cera quente. Sonia achou o pedido meio estranho, mas mesmo assim tirou seus *jeans* CK e a calcinha antes de ficar confortável no sofá. Só então lhe ocorreu que, para um americano, "*pants*" significa somente calças compridas (*trousers*).*

Nesse momento a esteticista estava voltando e Sonia decidiu que o melhor modo de encobrir o embaraço seria escancarar e fingir que tirar a calcinha antes da depilação era a coisa mais

---

*Uma confusão sem correspondente em português já que, na Inglaterra, "*pants*" significa mais comumente "*calcinha*", e nos Estados Unidos "calça comprida", ao passo que "trousers" é sempre calça comprida. (N. do T.)

natural do mundo. A esteticista lhe deu um olhar de nojo mal disfarçado antes de tirar um lenço de papel de uma caixa e entregar a ela. Então a pobre Sonia passou toda a sessão com a mão segurando o lenço sobre as partes pudendas.

Nós duas estávamos nos mijando de rir quando Stan acabou se materializando. Ele nem tremeu uma pálpebra quando Sonia lhe disse que eu era mulher de Toby — se bem que estava obviamente bêbado, drogado ou alguma outra coisa, de modo que talvez o nome não tenha se registrado. Depois de uns cinco minutos eu pedi licença e fui procurar Toby, e acabei achando-o fumando um baseado na cabine do DJ. Ele não ficou nem um pouco satisfeito quando falei quem tinha acabado de conhecer.

— Ele é um merdinha ignorante — disse Toby. — Você deveria ficar longe dele.

Algumas vezes meu marido pode ser muito infantil.

— Sonia está com você esta noite? — pergunto a Stan agora.

— Não, eu vim com o Alan, da banda, só que ele viu uma dona com quem trepou uma vez e acho que está a fim de dar outra, por isso deixei os dois. Depois vi você sentada aqui no bar, sozinha, e decidi fazer companhia.

— Bom, é muita gentileza sua. Da próxima vez em que eu vir Sonia vou contar como você foi cavalheiro.

— Ela não vai estar nem aí... Sonia me chutou há duas semanas.

— Ah, que pena! Ela parecia uma garota bem legal.

— Era mesmo. Só que ficou de saco cheio de estar sempre em segundo lugar, depois da banda.

— Eu conheço esse sentimento — murmuro.

Stan acaba sendo uma companhia muito boa — o que me serve bem, porque não há sinal de Toby. Apesar de sua imagem na mídia como um sujeito boquirroto, Stan é realmente legal quando você o pega sozinho. Como um monte de astros pop com pinta de garoto mau, ele representa para a platéia. Se for privado disso ele é o Sr. Normal. Para meu deleite ele até propõe uma circulada na pista de dança, e nós passamos uma meia hora suada sacudindo as carnes. Mais tarde estamos engolindo outros Mares do Sul enquanto ele me põe em dia sobre seu novo *loft* em Shoreditch, quando somos interrompidos grosseiramente por um *flash* branco e luminoso que explode praticamente na nossa cara. Eu giro a tempo de ver um fotógrafo parecendo muito satisfeito consigo mesmo. Depois ele vê o segurança corpulento indo em sua direção e tenta sair correndo. Um segundo guarda se aproxima, com Kim logo atrás.

— Volte para a rua, meu chapa — diz Kim ao fotógrafo. — A *Night & Day* tem a exclusividade esta noite. Atenha-se ao pessoal que está chegando lá fora. — Desculpe, pessoal — diz ela a um grupo de convidados em volta do bar enquanto o fotógrafo sem graça é empurrado para a porta. — O pessoal da portaria deveria verificar as máquinas fotográficas de todo mundo, mas esse cara obviamente passou pela rede.

Lanço um sorriso simpático. Pobre Kim. Não vai poder relaxar até que o último convidado tenha ido embora.

— Sabe se Toby já chegou? — pergunto a ela.

— Pelo que sei, não. A que horas ele disse que vinha?

— Antes da meia-noite, e já é meia-noite e meia.

— Por que não liga para o celular dele? Aqui, use o meu — diz ela, pegando um aparelho prateado.

— Obrigada, mas não vou me incomodar. Não quero que ele ache que estou pegando no pé.

— Tenho certeza de que ele vai chegar logo — diz ela, dando um leve aperto no meu braço. — Mas tenho de ir. Houve algum incidente no banheiro feminino. — Sem dúvida tem sempre alguém fazendo besteira em todo lugar.

O JOGO DA FAMA DE THEA CARSON

— Quem era *ela*? — pergunta Stan, que estivera parado em silêncio e de queixo caído durante toda a minha breve conversa com Kim.

— Nem pense nisso — aviso. — Ela é casada.

— E daí? Tenho certeza de que ela gostaria de dar umazinha com Stan, o Macho — diz ele, segurando o pau estilo Michael Jackson.

— Sabe, nem toda mulher acha você irresistível — falo em tom gélido.

— É, mas a maioria acha. — Ele ri.

Cinco minutos depois o inferno se abre. Kim passa correndo por nós, gritando:

— Há algum médico por aí?

— Ei, o que há de errado? Posso ajudar? — digo, pegando seu braço enquanto ela passa.

— É Amba... ela desmaiou.

A música é tão alta que eu acho que a maioria das pessoas nem mesmo ouviu o grito de Kim pedindo ajuda — certamente ninguém parece estar reagindo.

— Eu sou treinado em primeiros socorros, talvez possa ajudar — diz Stan.

— Fantástico. Os paramédicos estão a caminho, mas talvez você possa colocá-la na posição de recuperação ou alguma coisa assim. Venha cá.

Enquanto corremos pelo salão atrás de Kim, pergunto a Stan, em dúvida:

— Você realmente sabe primeiros socorros ou só está tentando ganhar minha amiga?

— As duas coisas — responde ele, lançando um sorriso malicioso.

Do lado de fora do banheiro feminino um segurança está redirecionando as mulheres com bexigas cheias para o masculino, ao lado.

— Um dos toaletes transbordou — diz ele. — Dentro, Milo Moston está olhando o espelho acima das pias e espremendo uma espinha na lateral do nariz, aparentemente sem se preocupar com o desmaio de sua pseudonamorada. Amba, desgrenhada, está sentada no chão de ladrilhos, com as costas apoiadas na porta de um cubículo. Acima de sua sobrancelha direita um calombo azulado do tamanho de um ovo de codorna lateja de modo horrendo. Ajoelhada perto dela está uma pequenina asiática que reconheço de antes: é a divulgadora de Amba, Suki Tang. Na última vez em que a vi ela estava armando um bafafá porque Kim não tinha separado uma área VIP. Não vejo o sentido, francamente — por que dar uma festa de aniversário, convidar todos os amigos e depois passar a noite fechada atrás de uma corda de veludo com um monte de gente famosa que você mal conhece?

— Quem são essas pessoas? — pergunta Suki rispidamente, dando um olhar maligno para Kim.

— Stan conhece primeiros socorros e Thea é minha assistente. Não se preocupe, os dois vão ser absolutamente discretos. — Ela nos lança um olhar de aviso e os dois assentimos enfaticamente.

— É melhor que sejam mesmo. Não espero ver esse pequeno incidente contado com detalhes nos tablóides.

— É melhor a gente colocar um pouco de gelo na cabeça — diz Stan, agachando-se e encostando os dedos no inchaço feio. Amba se encolhe de dor. — Desculpe, meu doce, não quis machucar você. Está se sentindo tonta?

Ela balança a cabeça.

— Visão turva?

— Não, eu vou ficar bem.

— O que aconteceu?

— Eu estava saindo do toalete e só... é... perdi o equilíbrio. Caí e devo ter batido a cabeça em alguma coisa. Apaguei durante alguns segundos, mas agora estou bem.

Uma explicação pouquíssimo convincente — em particular quando o indício no cubículo aponta para outra direção.

— Por sorte eu estava com ela — cantarola Milo.

— Verdade? — diz Kim, lançando um olhar interrogativo.

— Aqui é um banheiro *feminino*, você sabe.

— Certo, é... de qualquer modo, se não precisam de mim eu vou voltar para a festa.

— Não vai não, porra — diz Suki, encarando-o furiosa. — Eu quero dar uma palavrinha com você. Em particular.

— Eu não *obriguei* ela a tomar — retalia ele. E em seguida, baixinho: — É o aniversário *dela*.

— Cala a boca, idiota! — guincha Suki.

— Por favor, podem não gritar? Minha cabeça está me matando — diz Amba, tentando ficar de pé.

— Vá com calma — avisa Stan. — Acho que você deveria ficar onde está até que os paramédicos liberem.

— Acho que não há necessidade disso agora — diz Suki. — Ela obviamente vai ficar bem.

— Acho que nós deveríamos deixar que eles dêem uma olhada, só pela segurança — diz Kim.

— Ela está bem — late Suki. — Agora eu agradeceria se vocês saíssem. A última coisa que eu quero é homens de macacão verde andando pela pista de dança, arruinando a festa e provocando maledicências.

Kim franze os lábios, como se estivesse decidindo se vale a pena contradizer uma das mais conhecidas divulgadoras da cidade. Obviamente pensa melhor, porque liga para a segurança pelo *walkie-talkie* e instrui para eles cancelarem o chamado ao

999, ou, se for tarde demais para isso, para recebê-los na porta e pedir desculpas profusas.

— Sugiro que você leve Amba ao vestiário dos funcionários, o lugar só vai ser usado no fim da noite, e eu posso colocar dois seguranças do lado de fora. Se alguém perguntar, nós podemos dizer que Amba bebeu um pouquinho demais.

— Mas Amba não bebe — guincha Suki. — Pelo menos não oficialmente.

— Não sei por que você me obriga a dizer isso — reclama Amba. — Ninguém acredita mesmo.

— Britney não bebe — diz Suki pedantemente. — E isso não fez nenhum mal à carreira *dela*. Vamos dizer que você está se recuperando de uma infecção recorrente no rim.

— Infecção no rim? É preciso? — geme Amba. — Por que não parte para o embaraço máximo e diz a todo mundo que eu me caguei?

— Sua madamezinha ingrata. Depois de tudo que fiz por você...

— Bom, senhoras. Acho que é melhor a gente ir em frente — diz Kim. — Precisamos colocar este banheiro funcionando novamente.

Stan e Suki ajudam Amba a ficar de pé e a levam devagar para a porta. Kim fica atrás para pegar o papel do embrulho revelador sobre a caixa de descarga.

Todo mundo sai, o resto de nós forma um grupo apertado em volta de Amba, seguindo instruções de Suki, para torná-la menos visível. Assim que a estrela e a divulgadora estão em segurança no vestiário, Kim agradece nossa ajuda e vai verificar o paradeiro do fotógrafo da *Night & Day*, só para garantir que ele está fora do caminho de fazer alguma besteira. Olhando o relógio, vejo que já são quase duas horas. A festa termina daqui a meia hora. De jeito nenhum Toby vai aparecer agora. Sabe o que não posso entender? A cada vez que Toby me deixa na mão assim eu fico desapontada. Ele faz isso repetidamente, e no entanto eu sempre me surpreendo. Estúpido, não é? Eu deveria me fortalecer, não levar isso tão a sério, afinal de contas ele é um astro famoso, com um monte de exigências sobre seu tempo. Mas, afinal de contas, eu *sou* mulher dele.

— Diga uma coisa, Stan — falo.
— O que é?
— Você amava Sonia?
— Puta que o pariu. Isso é meio forte. Tenho de pensar... acho que tanto quanto eu já amei qualquer mulher. Nós tivemos uns tempos bons, uns tempos bons pra cacete.
— Então, quando ela disse que ia embora, como você reagiu?
— Fiquei mal. Eu meio que sabia que isso ia acontecer. Ela vivia falando da banda e do tempo que a banda tomava. E do fato de que eu saía muito. Sem ela.
— Você tentou convencê-la a ficar?
— Não.
— Não se ofereceu para trocar algumas noites em que saía com a rapaziada?
— Não. Por que eu faria isso?
— Você não considera que o amor de uma boa mulher é uma grande prioridade na sua vida?
— Acho que sim, mas não a prioridade principal. É a banda, a birita, as gatas. Nesta ordem.

É, foi o que eu pensei.

SEIS

Passei a maior parte da noite — bom, pelo menos a madrugada — com a cara no vaso chamando o Raul. Não me lembro da última vez em que vomitei com tanta violência. Eu nem bebi tanto à noite porque queria estar razoavelmente sóbria quando Toby chegasse. Mas o sacana não apareceu. De fato, ele ainda não apareceu, se bem que neste momento estou me sentindo frágil demais para pensar nos possíveis motivos para a ausência. Imagino como Amba está se sentindo nesta manhã — provavelmente pior do que eu.

Quando Ivy chegou eu consegui me arrastar para fora da cama e ir para o fofo sofá de veludo no andar de baixo, de modo que posso assistir a *Trisha* numa posição semi-erguida. Devo estar parecendo um cu, vestida num roupão puído e um par de meias de lã de Toby, porque em vez de dizer um rápido "Olá, querida", antes de ir passar o aspirador de pó, Ivy pára diante da TV, inclina a cabeça para o lado e me dá um olhar duro.

— Seu rosto está todo esquisito e cinza — diz ela, franzindo a testa. — Você está mal?

— Só estou com o estômago meio embrulhado — falo com uma careta. — Fui a uma festa ontem e acho que peguei pesado nos coquetéis. Ou talvez tenha comido um canapé estragado; mas duvido, já que era uma festa da Kim e os fornecedores dela sempre têm cuidado com a higiene.

— Por que não vai para a cama, então? Eu posso deixar o aspirador para mais tarde, para não incomodar você.

— Não estou tão ruim, Ivy... um longo banho de banheira vai me deixar ótima — falo, arrastando-me para fora do sofá com os olhos ainda grudados na TV, onde Trisha está tentando impedir duas irmãs briguentas de trocarem socos. — Você pode ficar ligada no telefone?

— Claro, querida. Está esperando ligação de alguém em particular?

— Na verdade, não. Você pode anotar o recado, a não ser que seja Toby, e nesse caso me dê um grito. Ele desapareceu em combate pela milionésima vez.

Ela não faz qualquer comentário, mas levanta as sobrancelhas num gesto de simpatia antes de passar lustra-móveis na mesa de jantar.

Lá em cima, no quarto principal, eu tiro a roupa e preparo um banho quente, acrescentando algumas gotas de óleo de aromaterapia de sálvia, que promete "aliviar, relaxar e animar" — exatamente do que eu preciso agora. Flutuo na água perfumada durante meia hora, com os olhos fechados, e gradualmente a dor de estômago recua. Estou me sentindo bem melhor quando o devaneio é despedaçado violentamente pelo barulho forte de passos na escada lá fora. Segundos depois a porta do banheiro se abre com um estrondo e Toby entra com cara de trovão.

— Ah, o poderoso peregrino retorna — falo sarcástica, encarando-o.

— Você tem algumas explicações a dar — rosna ele, com a voz tremendo de emoção.

— Você também — replico. — Espero que tenha se divertido tremendamente ontem à noite, porque perdeu uma festa ótima.

— Ah, eu sei que *você* se divertiu um bocado — diz ele amargo, e joga um exemplar do *Sun* na minha frente.

É a foto principal da coluna "Bizarro". Uma foto colorida que ocupa quase metade da página. Sou eu, e estou usando meu vestido Voyage, e estou inclinada na direção de um cara e falando no ouvido dele, e há uma espécie de meio sorriso no meu rosto. Ah, e a mão do cara está repousando na minha cintura, atrás. O rosto dele está de perfil — e demoro alguns segundos até perceber que é Stan. A manchete diz: "Tire a mão, Stan: essa é a patroa do Toby!" Eu nem me incomodo em ler os dois parágrafos embaixo. Acho que captei o essencial.

— De que você estava brincando, afinal? — pergunta Toby, jogando o jornal na banheira e com isso espirrando água na minha cara.

— Ah, pelo amor de Deus, cresça — falo friamente, levantando-me e pegando uma grande toalha branca da pilha na prateleira. — Você sabe como os tablóides adoram distorcer as coisas. É bem simples: eu estava na festa, encontrei Stan, nós conversamos, fim da história. E se você estivesse lá como deveria, eu provavelmente nem teria falado com ele.

— Como vou saber se você está falando a verdade? — diz ele, petulante.

— Se houvesse alguma coisa entre nós, nós não íamos fazer na frente de toda a indústria musical, não é?

O idiota sabe muito bem que eu não iria enganá-lo. Só odeia ser sacaneado em público; não é bom para sua imagem.

— Acho que não — admite ele com relutância. — Mas você teve de ser fotografada logo com ele? Agora eu vou ser motivo de risos.

— Não seja ridículo. — Qualquer um que nos conheça vai entender a coisa como realmente é: uma bobagem sem sentido — falo, colocando o pé no jornal encharcado e empurrando-o para o fundo da banheira enquanto saio.

— Mas e os fãs? — geme ele.

— O que é que *tem* os fãs? A matéria provavelmente só vai aumentar sua popularidade: o público adora uma boa rivalidade no mundo pop.

Ele solta um grunhido, depois me dá as costas e faz menção de sair do banheiro.

— É... desculpe, Senhor Grande Importância, mas esta discussão ainda não terminou — falo incisivamente.

— Não? — diz ele, virando-se de novo para mim.

— Você ainda não disse aonde foi ontem à noite. Você jurou que iria à festa e eu estava realmente querendo uma noite juntos.

— É, bem, eu tinha toda a intenção de ir, mas falei que ia me encontrar com o Callum no Black's para algumas bebidas antes da festa. Então nós encontramos dois músicos de estúdio com quem trabalhamos no primeiro disco, uns caras bem legais, ficamos conversando e eu perdi a noção do tempo. Quando olhei o relógio já era quase uma nora, e achei que a festa já ia estar praticamente terminando quando eu chegasse.

Que falta de imaginação! Eu gostaria de ganhar um colar da Tiffany para cada vez que ouvi essa desculpa — já ia poder abrir minha própria joalheria. E era exatamente isso: uma desculpa. Ninguém é tão ruim assim em perceber o tempo. Se ele realmente quisesse ir à festa, teria marcado um táxi para pegá-lo no Black's... o que me leva à conclusão inevitável de que meu marido prefere passar o tempo com os amigos do que comigo. Ele não se contenta com uma refeição romântica para dois ou uma bebida calma num bar, não mais. Atualmente precisa estar rodeado de pessoas, uma quantidade copiosa de álcool e, sem dúvida, variadas substâncias farmacêuticas, para realmente se divertir. Praticamente nunca está em casa, e quando está fica pelos cantos como um adolescente entediado, sem saber o que fazer da vida... brincando com seu PlayStation, zapeando nos canais da TV por satélite, pegando uma revista de moda masculina e largando tudo de novo cinco minutos depois.

— Então por que não voltou simplesmente para casa? Onde você ficou a noite inteira? — Continuo meu interrogatório, mordendo o lábio num esforço para impedir as lágrimas. Geralmente não sou tão emotiva assim; devo estar no pré-menstrual.

— Depois do Black's nós fomos todos à casa do Callum continuar bebendo. Eu pensei em vir para casa, mas não queria ser o primeiro a sair. Acho que devo ter apagado. Acordei às dez da manhã no chão da sala dele.

A mesma coisa antiga, a mesma coisa antiga. Passando por ele, vou até o quarto me enxugar. Toby continua parado na porta do banheiro, com as mãos nos bolsos. Nem teve a decência de pedir desculpa. É como se estivesse dizendo: "Eu sou assim; é pegar ou largar."

Jogando a toalha na cama, abro a cômoda e procuro uma calcinha.

— Se eu fizer uma pergunta, você vai responder com sinceridade? — digo, pegando uma La Perlas de seda e depois rejeitando em favor de uma sensata G de algodão.

— Claro que vou, neném. Manda ver.

— Você acha que eu sou chata?

Ele hesita um segundo.

— Que diabo de pergunta é essa para se fazer ao marido? — diz ele.

— Só responda — digo, subitamente cautelosa com toda a embromação dele. — Você acha que eu sou chata? Sim ou não?

— Não, é claro que não. Eu não teria me casado com você se não achasse que a gente iria se divertir juntos.
— Mas você nunca me inclui nos seus planos. É quase como se sentisse vergonha de mim.
— Não seja boba, neném. Você é uma mulher linda, inteligente. Como eu poderia ter vergonha?
— Bom, eu imagino que hoje em dia não sou *rock'n'roll* suficiente para você, que você preferiria se eu fosse mais tipo Marianne Faithfull.
— Não sei sobre Marianne Faithfull... nos tempos áureos ela provavelmente teria me superado, mas eu apreciaria se você se esforçasse um pouquinho mais.
— E exatamente o que você quer dizer com *esforçasse?*
— Bom, para começar você nunca quer ir às cerimônias de premiação — nem lançamentos, nem estréias, pensando bem.
— Isso é porque esses lugares são cheios de babacas pretensiosos que vivem lambendo o rabo uns dos outros. Eu odeio a idéia de estar à mostra, pendurada no seu braço como uma Barbie estúpida. Por que nós não podemos fazer coisas normais como ir ao *pub* ou dar jantares?
— Jantares? — Toby dá um risinho. — Daqui a pouco você vai estar sugerindo partidas de *bridge.*
Já basta. Estou cheia de ser a Sra. Mostre a Cara e Cale a Boca. Está na hora de ficar de pé sozinha.
— Você obviamente não liga a mínima para esse casamento, porque se ligasse estaria me levando um pouquinho mais a sério — grito para ele num súbito ataque de xilique. — Eu estou dizendo, Toby, se as coisas não começarem a melhorar entre nós eu vou fazer as malas. Você mudou. Eu praticamente não o reconheço mais.
— Eu não preciso dessa merda — diz ele, indo para a porta. — Ligue para o meu celular quando tiver se acalmado.

Pego um travesseiro e jogo nele, mas Toby já saiu pela porta e, mesmo que não tivesse, o travesseiro erra totalmente o alvo. Desmoronando em soluços de autocomiseração eu me jogo na cama ao verdadeiro estilo rainha das novelas. Alguns segundos depois ouço a porta da frente bater com estrondo. Que porra de dia maravilhoso esse está sendo. Gostaria de ter ficado na cama.

Quando acordo na manhã seguinte, a primeira coisa que faço é vomitar. Profusamente. Então lá se vai pela janela a teoria da intoxicação pelo álcool. Devo estar com algum problema gástrico. A segunda coisa que faço é verificar a casa em busca de sinais de Toby. Ele deve ter voltado alta noite e desmoronado num dos quartos, ou mesmo lá embaixo no sofá. Mas não o vejo em lugar algum. Não deveria me sentir surpresa; não falei com Toby desde que ele saiu ontem. Não me incomodei em ligar para o celular porque: *a)* achei sua sugestão de ligar para ele quando tivesse "me acalmado" incrivelmente paternalista e *b)* seu telefone provavelmente estaria desligado de qualquer modo — ou a bateria ia estar descarregada, ou algum outro misterioso problema técnico teria conspirado para me impedir de fazer contato.

Ivy não vem hoje porque está visitando sua irmã em Romford, por isso tenho a casa para mim. Não é um dos meus dias de trabalho, e já estou entediada, por isso faço uma lista de atividades possíveis: expedição de compras (sinto-me frágil demais), ida à manicure (a vida é curta demais), encontrar Patti ou uma das outras esposas para o almoço (probabilidade de provocar mais náuseas). No fim decido embarcar numa tarefa tediosa, mas absolutamente necessária, que venho adiando há séculos: uma grande limpeza do armário embutido do quarto menor. Ele está absolutamente atulhado de bagulhos, todas as coisas que não consigo jogar fora, mas para as quais ainda não encontrei um lugar adequado. Ivy se ofereceu para atacar o serviço em mais de uma ocasião, mas não quero me aproveitar — ela é faxineira, e não escrava, e de qualquer modo ela não saberia o que manter e o que jogar fora.

Usando uma camiseta e uma velha calça de moletom, eu me armo com um rolo de sacos de lixo pretos e vou direto ao que interessa.

— Eu realmente usei isso? — falo alto, incrédula, enquanto desencavo um palazzo-pijama cheio de lantejoulas. Deve ser Versace, mas é de um puta mau gosto; mesmo assim vai servir para o bazar de caridade. O mesmo com relação às botas de couro até o joelho e uma blusa roxa de bolinhas. Mas fico muito satisfeita em redescobrir minha antiga coleção de discos, que Toby se recusou a deixar que "desgraçasse" nossa mastodôntica discoteca no andar de baixo. Há alguns discos fracos, admito, enquanto os examino, mas nada abominável. Acho que Toby estava simplesmente puto porque eu tinha um exemplar do primeiro CD do Tanner.

Ao meio-dia fiz progressos excelentes. Minha implacabilidade deu resultado e eu consegui encher cinco sacos de lixo — três para os lixeiros, dois para o bazar — e também fiz uma pilha de coisas que quero manter e prometi encontrar um lugar permanente para elas. Vou terminar examinando as duas caixas de papelão inexploradas que ainda estão no armário e depois almoçar. Alguma coisa leve e que aqueça, como sopa de lentilhas.

A primeira caixa se mostra bastante desapontadora, contendo velhos enfeites de Natal horrendos que não são usados há anos. Não faço idéia de por que decidi guardar essa coleção de brilharecos quebrados e bugigangas mofadas. Chuto-a com desdém na direção da pilha de lixo. Mas a segunda caixa tem uma coisa muito mais preciosa.

Na semana depois de mamãe ter morrido eu fiz uma espécie de despedida na casa dela em Greenwich e convidei todos os seus amigos para vir e escolher qualquer das coisas dela que eles quisessem. Acho que ela teria gostado disso — a idéia de cada um deles ter algo com o que lembrar. Na época eu estava morando com Marcus, o empresário de celulares, cuja casa era equipada com cada luxo concebível (um fogão Aga novo em folha, máquina de *cappucino*, máquina de lavar pratos), de modo que você imagina que eu realmente não tinha uso para a mobília gasta e os enfeites fofos de mamãe. Mas fiquei com algumas coisas pessoais — alguns álbuns de fotografia e algumas peças de bijuteria. Também resgatei suas velhas agendas. Não sei realmente por quê — elas não tinham utilidade prática para mim, mas pareciam íntimas demais para ser jogadas fora. Assim que Toby e eu nos mudamos para esta casa, encontrei novos lares para os álbuns de fotografia e as bijuterias, mas simplesmente joguei as agendas numa caixa, junto com alguns jornais velhos e empoeirados, e enfiei tudo no armário.

Enfiando a mão na caixa, pego as agendas com capa de curvim preto, presas juntas com uma velha faixa de cabelos. Eu tinha me esquecido de quantas elas eram, deviam remontar há anos. Mamãe nunca admitia jogar nada fora, e eu sei que elas eram úteis quando se tratava de fazer as declarações do imposto de renda. Eu nunca tinha realmente olhado para elas; acho que sentia medo de que trouxessem lembranças demais. Pego o volume de cima e folheio as páginas, que estão cheias de compromissos cotidianos além de pensamentos e anotações aleatórias — como chegar a lugares, livros que ela queria comprar, até mesmo listas de compras. Minha mãe era meio desorganizada, e anotava tudo como uma espécie de auxílio para a memória. Lágrimas pinicam no fundo dos meus olhos quando vejo uma série de esboços a lápis, desenhos para um coletezinho chique que sem dúvida ela estava planejando fazer e vender na barraca da feira.

Sinto muita falta dela. Ainda penso nela todo dia, algumas vezes toda hora, especialmente em dias como este, quando briguei com Toby. Ela iria me mandar parar de sentir pena de mim e enfrentar o problema, pressionar Toby e forçá-lo a discutir as coisas. Ela nunca aceitava merdas de seus homens, isso é certo. E sempre permaneceu independente, nunca se permitiu ser dominada por nenhum cara. Não como eu. Eu preciso estar num relacionamento, isso me dá força, faz com que eu me sinta mais confiante. Mas veja bem, Toby passa tanto tempo fora de casa que é como se eu estivesse sozinha.

Depois de comer alguma coisa, arrastar os sacos de lixo para a lixeira ao lado da casa e passar aspirador de pó no carpete do fundo do armário, ainda são apenas duas horas. Ligo para Kim, só para fofocar, mas ela sempre sabe quando estou na pior, e me convida, apesar de ter começado a trabalhar num grande casamento da sociedade, que a *Tatler* supostamente vai cobrir.

— Não mencione o nome com T — falo no minuto em que passo por sua porta.

— Não diga... aquela foto no *Sun* de ontem?

— Você acertou de primeira. Aquela foto estúpida provocou uma briga enorme e ele saiu dando ataque.

— Ah, venha cá — diz Kim, passando o braço pela minha cintura e me puxando. — Vocês dois vão fazer as pazes. Sempre fazem.

— O negócio é que dessa vez eu não sei se quero — digo em seu ombro.

— Ah, qual é, você não está falando sério — diz ela, descrente.

— Eu sinto que a gente está levando vidas totalmente separadas ultimamente — falo, afastando-me. — Eu fiquei realmente magoada quando ele não apareceu na festa da Amba. Tentei discutir o assunto e ele só me deu um monte de descul-

pas, como sempre faz. A cada vez que ele me deixa na mão assim, isso vai consumindo meu amor. Eu tenho medo de um dia desses não restar mais nada. Não sei o que fazer, estou me sentindo confusa de verdade... talvez eu esteja com alguma coisa. Andei muito enjoada nos dois últimos dias.
— O que quer dizer? Enjoada vomitando ou enjoada no sentido geral?
— Eu botei os bofes para fora hoje cedo. E ontem. Pensando bem, não ando me sentindo cem por cento nas últimas duas semanas; não estou exatamente doente, só estranha.
— Você não acha que pode estar grávida, acha?
Rio alto.
— Definitivamente não — digo com certeza absoluta. — Meus peitos não cresceram; veja bem, isso seria um tremendo milagre. E minha menstruação não está atrasada... pelo menos não acho que esteja. — Conto mentalmente os dias. — Bom, pensando bem, talvez uma semana, mais ou menos. Meu Deus, Kim, não posso estar — posso?
— Só há um modo de descobrir.
Kim se oferece para conseguir o material necessário. É uma precaução sensata — dá para ficar surpresa em ver o quanto uma pessoa pode ganhar dando a dica a um dos tablóides de que a mulher de um astro pop comprou um teste para gravidez de farmácia. Quando ela volta eu desapareço em seu banheiro do andar de baixo com o bastão plástico. Realmente não acho que esteja grávida, ainda que meus métodos contraceptivos sejam meio aleatórios.
Após fazer o necessário, fecho a tampa do recipiente de teste, lavo as mãos e entro na sala, onde Kim está andando de um lado para o outro diante da grande janela saliente. Está ainda mais nervosa do que eu.
— Isso é tããão empolgante — diz ela, quando nos sentamos juntas no sofá, joelho encostado em joelho, olhando o bas-

tão que foi posto cerimoniosamente numa mesinha de centro, de vidro, em cima de uma pilha de revistas *Elle Decos*. Bom, prepare-se para ficar desapontada, penso comigo mesma.

— Ah, meu Deus! Está mudando — guincha ela depois de mais ou menos um minuto.

— Não, não está — falo forçando a vista para a janelinha plástica.

— Está, está. Olhe! — diz ela, espremendo meu antebraço com tanta força que eu solto um ganido de dor.

Puta que o pariu. Ela está certa. Uma linha azul. Um azul definitivamente positivo, sem espaço para dúvida. Abro a boca como um peixe fora d'água. Nenhum som sai. Kim me olha. Diabo, seus olhos estão brilhando de lágrimas.

— Eu estou grávida, Kim — digo num tom monótono de dona-de-casa classe média. Então perco completamente as estribeiras. — Aaaarghhhh! — grito, pulando do sofá. — Oooobaaa! — Começo a dar pulos malucos, dançando de um lado para o outro no piso de parquê. — Ha ha! Toby pôs um pãozinho no meu forno!

Kim pula, me envolve com os braços e, aproveitando a deixa, eu irrompo em lágrimas.

SETE

Respiro fundo e dou a notícia na bucha.

— Sinto muito, Alex, mas você não era o que eles estavam procurando desta vez. — Alexander Gaffney solta um monte de palavrões no meu ouvido direito. Graças a Deus, não são dirigidos a mim, e sim ao diretor de elenco da TV Yorkshire que não acha que Alex pode ser escalado como um "brilhante mas perturbado neurocirurgião, assombrado pela morte precoce da esposa num suspeito incidente de afogamento".

— Aquele papel foi feito para mim — diz Alex, fumegando. — Eu tenho a aparência, a maturidade, o alcance emocional. O que mais eles querem, pelo amor de Deus? Ninguém na TV aprecia meu talento. É melhor eu me enforcar.

Enfiando o fone com firmeza embaixo do queixo, começo a fazer um colar com a pilha de clipes de papel coloridos sobre minha mesa. Nos sete minutos e meio seguidos permaneço em silêncio, a não ser por um ocasional "Ahã", ou "coitado", enquanto Alex bota tudo para fora. Ser boa ouvinte e ter paciência de santa são apenas duas das muitas qualidades de que você precisa para trabalhar numa agência de atores. A tarefa de dizer a um cliente que ele fracassou num teste geralmente ficaria para o meu chefe, J.C. Riley, mas J.C. está fora da empresa a manhã inteira, cumprindo compromissos, de modo que a tarefa pouco invejável ficou por minha conta.

Eu deveria saber que Alex iria receber mal. Esses ex-atores de novelas de TV são sempre os piores. Basta um cheirinho de fama e eles acham que estão feitos. Alex estava convencido de que tinha acertado em cheio quando conseguiu o papel de Darren, o mecânico, na novela diurna *Relative Values* (se bem que devo dizer que o papel não exigia uma tremenda capacidade de interpretação, só a capacidade de ficar bonito de macacão). Dez meses e uma premiação no *TV Quick* depois, Alex decidiu que estava destinado a coisas maiores e melhores e — contra o conselho de J.C. — abandonou a novela e anunciou a intenção de se tornar, abre aspas, "o novo Robson Green". Isso foi há quase um ano, e desde então Alex não trabalha na televisão — a não ser que você conte uma participação como convidado no *Wish You Were Here*. E ele ainda está sofrendo porque só o mandaram até Tintagel.

Depois de garantir a Alex que vou dedicar o resto da manhã a investigar novas possibilidades de teste (só uma mentirinha inofensiva), finalmente me livro dele. Normalmente, gosto de bater papo com os clientes — até mesmo os suicidas — mas hoje tenho coisas mais importantes na cabeça.

Praticamente não fechei o olho à noite. Fiquei acariciando a barriga e pensando na criatura informe que se enraizou dentro de mim. Sinto que vou explodir de empolgação, mal posso esperar para dizer ao mundo que estou grávida, mas obviamente não antes de ter dado a notícia a Toby. Não o vejo desde que ele saiu depois de nossa briga há dois dias. Tentei seu celular várias vezes ontem à noite — e de novo hoje de manhã — mas, como sempre, estava desligado, por isso tive de me contentar em deixar mensagem. Sei que ele vai acabar se materializando, e na verdade estou satisfeita por ter algum espaço para respirar, uma chance de pensar no melhor modo de dar a notícia. Veja bem, eu não tenho toda a certeza de como ele vai receber. Vai ficar pasmo, acho. Pasmo, mas satisfeito. Pasmo, satisfeito e talvez um pouco apreensivo. A paternidade é uma responsabilidade enorme, afinal de contas, e Toby está acostumado a fazer o que quer. Não sei com que facilidade ele vai se adaptar à chegada de um dependente minúsculo.

Tento visualizar meu marido com um bebê nos braços, uma trouxinha rosada e de cheiro doce enrolada numa manta macia. Essa imagem vem com facilidade à mente; de fato é de partir o coração. Ceeerto... bom, será que eu consigo vê-lo empurrando um carrinho de bebê pela Camden Parkway? Isso é mais difícil. O problema é o carrinho. Que tal um carregador de bebê? Não, é efeminado demais. Certo, vamos tentar algo totalmente diferente. É o meio da noite e o bebê está chorando porque a fralda precisa ser trocada. Fechando os olhos com força, tento imaginar Toby pulando da cama, pegando a criança que berra, tirando a fralda suja e gentilmente limpando a bunda cagada. Hmmm, não está acontecendo; em vez disso, minha mente fica cheia com a visão de Toby se virando e fingindo que dorme. Provavelmente estou sendo injusta; tenho certeza de que ele vai ser um pai fantástico.

A mãe dele vai ficar felicíssima quando souber que eu estou esperando. Lucy Carson pode ser uma sogra bruxa, mas é uma avó de primeira; ela mima totalmente os filhos da irmã de Toby e sempre lamenta o fato de que eles estão crescendo depressa demais. Gostaria que minha mãe tivesse vivido para conhecer os netos. Fico cheia de tristeza ao saber que meu bebê só terá o amor de um par de avós. Claro, provavelmente há outro avô por aí. Imagino como ele reagiria se eu aparecesse na sua porta. Totalmente sem ser anunciada, simplesmente surjo de surpresa e digo: "Oi, papai. Sou eu; sua filha há muito perdida." Claro que isso não é provável de acontecer. Afinal de contas, não sei quem é o meu pai, de modo que nem sei por que estou me dando ao trabalho de fantasiar sobre ele. Mamãe era a única que poderia me ajudar a achá-lo, e ela não está mais aqui.

O telefone tilinta, interrompendo meu pensamento melancólico.

— Bom dia, J.C. Riley — digo em minha animada voz de relações-públicas. É só Kim, querendo saber se falei com Toby desde que fizemos o teste de gravidez.

— Eu não consegui encontrá-lo — digo. — Ele provavelmente ainda está puto comigo depois da discussão.

— Meu Deus, esse homem certamente sabe escolher o momento certo — diz Kim, cheia de reprovação. — Aí está você, doida para contar que ele está para ser pai e ele curte o mau humor em algum lugar.

— Ah, ele vai aparecer mais cedo ou mais tarde — digo com indiferença exagerada. — Se bem que, quando eu der a notícia, ele vai ficar tão chocado que provavelmente vai se virar e sair de novo de casa.

Kim acha que estou brincando. Ela ri.

— Mas, sério — diz ela —, você não está preocupada com o modo como ele vai receber a notícia, está? Toby quer filhos tanto quanto você... certo?

— Bem, sim. Pelo menos ele sempre me deu essa impressão.

— Então está bem. E daí se isso vem mais cedo do que vocês dois esperavam? Toby vai ficar no sétimo céu, acredite.

— É, claro que vai — digo com muito mais convicção do que sinto. — Mas não consigo deixar de me sentir preocupada com a divisão de responsabilidades. Toby passa muito tempo fora de casa, e eu já consigo me ver criando essa criança sozinha.

— Mas ele vai ajustar o estilo de vida. Vai ter de fazer isso. Quero dizer, quando o bebê nascer ele não vai poder desaparecer durante dias seguidos ou sair numa turnê de uma hora para outra.

— Mas eu não gostaria que o bebê... você sabe... atrapalhasse a vida dele.

— Querida, ter um filho só vai servir para *aumentar* o *status* de deus de Toby — diz Kim, usando sua voz de *Absolutely Fabulous*. — Hoje em dia, a paternidade é praticamente obrigatória para qualquer astro do *rock* de respeito que tenha uma certa idade.

Nesse momento, a luz de *chamada em espera* no meu telefone começa a piscar, forçando-me a interromper Kim depois de prometer colocá-la a par da reação de Toby à gravidez, como e quando isso acontecer.

— Bom dia, J.C. Riley.

— Oi, doçurinha, sou só eu, Danny Boy. Só estava imaginando se você gostaria de um almoço cedo. Um almoço líquido, quero dizer. Eu estou fazendo as compras mais infernais, e seria capaz de assassinar um Malibu com Coca. Não *poooosso* acreditar que ninguém em Londres tenha em estoque meias-calças roxas reforçadas tamanho XXG.

Exatamente do que eu precisava, um pouco de alívio. Danny Newman (nome de palco: Lady Dee) é absoluta e positivamente meu favorito dentre todos os clientes de J.C. É uma *drag queen*, ou *artiste de performance*, como J.C. prefere descrevê-lo, com 1,92m de altura, e é o homem mais doce e divertido que eu conheço. O dinheiro do pão de cada dia de Danny vem de sua apresentação duas vezes por semana no Zsa Zsa's, uma boate do Soho onde todos os empregados são travestis. O *show* é fantástico; eu fui três vezes — uma com Toby e duas com Kim. Mas Danny está claramente destinado a coisas maiores e melhores, e desde que assinou com J.C. no ano passado, teve um papel sem fala num filme inglês, além de dois clipes de música e um anúncio de TV para toalhinhas sanitárias (não peça para eu explicar — era terrivelmente surreal).

— Desculpe, Danny, não posso. J.C. saiu para um compromisso e eu não posso abandonar o posto enquanto ele não voltar.

— Tudo bem, doçurinha, fica pra outra. Você vai ao lançamento dos acessórios da Mulberry na sexta?

— Argh — digo, estremecendo. — Eu não iria nem se minha vida dependesse disso. Todas aquelas mulheres medonhas trocando socos e praticamente gozando por causa de uma porra de capa de fichário.

— É, mas pense em todo aquele champanhe gratuito — arrulha Danny. — E ouvi dizer que as bolsinhas de brinde vão ser de arrasar.

— Francamente, prefiro ficar em casa e arear uma chaleira.

— Ah, Thea, você é medonha — diz Danny em tom brincalhão, em sua melhor interpretação de Dick Emery. — A maioria das garotas iria tropeçar nos seus Manolos para ir a uma boa festa gratuita, mas você, você simplesmente caga e anda, não é? Já pensou que talvez você esteja na profissão errada, que não foi feita para ser mulher de celebridade?

— Cada dia da minha vida — digo, incapaz de afastar a pontada de rancor da voz. — Mas que opções eu tenho? Afinal de contas eu me casei com o emprego.

— O que é isso? Estou sentindo um cheirinho de desarmonia no Château Itchycoo? Certamente não.

— Ah, não é nada. Toby e eu tivemos meio que uma briga anteontem e ele fez um dos seus truques de desaparecimento, e há uma coisa realmente importante que eu preciso... Ah, Danny, sinto muitíssimo, mas preciso desligar, estou com um telefonema na espera.

— Certo, doçurinha, e diga àquele seu marido que se ele precisar de uma acompanhante, eu estou sempre disponível. Posso ser qualquer coisa que ele queira: loura, morena, ruiva...
— Bom dia, J.C. Riley.
— Oi.
— Toby! Onde é que você esteve?
— Por aí — diz ele em tom tranqüilo; cruelmente. — Achei que nós dois precisávamos de um tempo a sós. Dar a você uma chance de esfriar.

Meu Deus, algumas vezes ele pode ser tão arrogante! Mas não quero começar outra discussão, por isso digo para ele arrastar o rabo de volta para casa quando eu voltar do escritório mais ou menos às duas, porque precisamos discutir uma coisa. Assim que desligo o telefone em pânico percebo que só tenho duas horas para compor e ensaiar o discurso do "Vamos ter um neném". Quero tanto que esse seja um momento especial, não posso só ir dizendo, por mais empolgada que esteja.

Chego a Itchycoo e acho Toby na cozinha, colocando queijo e anchovas numa torrada. Já estou totalmente nervosa, mas a visão dele encostado na geladeira faz meu coração disparar ainda mais depressa. Coloco a bolsa de lona na mesa da cozinha, vou até ele e lhe dou um beijo nos lábios. Ele dá uma apertada rápida em minha cintura com a mão livre. Está com um cheiro rançoso e de fumaça, e usa as mesmas roupas com que saiu de casa.

— Quer um pouco? — pergunta ele, levando uma fatia de torrada aos meus lábios.

Normalmente eu adoro anchovas, mas em meu delicado estado atual só o cheiro basta para induzir um ataque de náuseas.

— Não, obrigada — digo, franzindo o nariz e recuando. — Vou fazer uma xícara de chá. Por que não leva isso para a sala de estar?

— Certo — diz ele dando de ombros.

Assim que ele está seguro fora do cômodo, tiro duas taças de champanhe do armário, antes de ir até a bolsa e pegar a garrafa já gelada de Veuve Clicquot que comprei no supermercado perto do escritório da J.C. Passo trinta segundos repassando mentalmente o pequeno discurso que preparei, antes de pegar o champanhe, as taças e levar à sala de estar.

— Meu Deus. — Toby levanta a sobrancelha quando eu ponho a garrafa na comprida mesinha de centro, de madeira.

— Meio cedo, não é?

— Estamos comemorando — falo com um sorriso enigmático.

— O quê?

Perfeito. Ele está seguindo o roteiro perfeitamente.

— Isto — digo simplesmente, levantando minha camiseta Joseph e passando a mão de um lado para o outro sobre a barriga.

— Desculpe, anjo, não saquei.

Se eu não soubesse, diria que ele estava sendo deliberadamente obtuso.

— O neném — digo. — O *nosso* neném.

Seus olhos se arregalam. Ele engole em seco e eu vejo seu pomo-de-adão descer e subir de novo.

— Você está dizendo o que eu acho que está dizendo?

Confirmo com a cabeça lentamente, com um grande riso se espalhando no rosto.

— Estou grávida.

— Mesmo?

— Eu sei, eu mesma mal consigo acreditar, mas tenho a prova aqui. — Vou até a lareira e pego o teste de farmácia de seu esconderijo atrás de uma moldura de estanho.

— Veja — digo, entregando a ele. — Eu fiz dois, só para ter certeza, e deu positivo nas duas vezes.

O JOGO DA FAMA DE THEA CARSON

Ele segura o bastão de plástico ao nível do olhar e franze a vista para a janelinha.

— Cacete. — Em seguida abre um dos seus lindos sorrisos; aquele que faz todas as tietes do Drift ficarem com o joelho fraco. — Isso é fantástico — diz ele, se levantando. — Não posso acreditar, eu vou ser pai.

Ele me envolve com os braços e empurra o rosto na parte funda acima da minha clavícula.

— Você contou a mais alguém? — pergunta ele, com o hálito quente queimando meu pescoço.

— Só para Kim — falo em tom tranqüilo. — Ela estava comigo quando eu descobri. Na verdade, fazer o teste foi idéia dela. Nem tinha me passado pela cabeça que eu podia estar grávida. Só pensei que tinha algum problema no estômago, nem sonhava que fosse enjôo de grávida. Eu nem sei com quanto tempo estou. Tenho uma consulta com o médico amanhã.

Ele me interrompe.

— Nós ainda não podemos contar a ninguém; pelo menos enquanto você não tiver passado pelo estágio do terceiro mês, porque é quando se corre o maior risco de um aborto espontâneo.

— Eu não sabia que você era uma autoridade tão grande nesse tema — falo, provocando. — Mas certamente podemos contar à sua mãe e ao seu pai, não é?

— De jeito nenhum. Você sabe como é minha mãe, ela nunca vai conseguir guardar segredo. Vai contar para a melhor amiga, que vai contar à vizinha, e quando a gente menos perceber a imprensa vai estar dando em cima, que nem mosca na merda.

— Certo, como você quiser, os pais são seus. Mas a imprensa vai descobrir cedo ou tarde, e quando descobrirem é melhor nós termos algum tipo de declaração preparada.

Um pensamento súbito me atravessa a mente.

— Ei, sabe o que a gente devia fazer?
— O quê?
— Esqueça a declaração. Vamos armar alguma coisa com um dos suplementos dominicais; uma bela entrevista com alguém decente como Chrissy Iley, e talvez umas duas fotos também. Não em casa — eu não suportaria um monte de estranhos remexendo tudo em Itchycoo; num hotel, talvez.
— Mas você nunca dá entrevistas.
— É, mas faria uma exceção só essa vez. Veja bem, desse modo a gente coloca tudo às claras num golpe só. Você não vai ser perseguido para dar declarações e eu não vou ser acompanhada por *paparazzi* tentando tirar uma foto de minha barriga crescendo.
— Garota inteligente, eu gosto — diz ele, assentindo. — Escute, anjo, eu tenho uns dois telefonemas para dar, e depois vamos abrir esse champanhe, certo?
— Toby, você está satisfeito, não está? — falo, enquanto ele vai para a porta.
— Satisfeito não é a palavra — diz ele por cima do ombro.
— Eu estou numa porra de um delírio, neném. — E com isso ele desaparece no andar de cima.

De repente me ocorre que nenhum de nós mencionou a briga que o fez sair anteontem. Ah, bem, acho que não importa; agora há um bebê a caminho, as coisas vão ficar muito melhores entre nós.

OITO

Abandonei o suéter de merino de Toby em favor de outro projeto: um lindo xale de angorá para meu neném. Fiquei na loja de lãs durante uma boa meia hora esta manhã, lutando para decidir a cor, até que finalmente escolhi um delicado lavanda andrógino. Sei que é cedo — acabei de entrar na sexta semana de gravidez, segundo os cálculos do ginecologista — mas não consigo deixar de fazer planos. Tenho até uma listinha de nomes: Diva para menina, Hendrix para menino. Brincadeirinha. Isto é, com os nomes; eu falei sério sobre a lista. Kim e eu temos tido longas discussões sobre o assunto.

— Dar o nome a uma criança é uma grande responsabilidade quando você está diante dos olhares do público — disse ela ontem à noite, comendo *tapas* e tomando umas bebidas no Pablo's. (Eu fiquei na Coca, firme na decisão de que, até o nascimento, meu corpo será praticamente um templo.) — Espero que você não vá escolher alguma coisa fresca como Dandelion ou Satchel.

— Como se isso pudesse acontecer! — funguei. — Se bem que Toby poderia fazer isso, se tivesse meia chance.

Depois de horas de debate, finalmente decidimos que curto e simples era o melhor, por isso escolhemos Leo para menino e Ellie para menina. Hoje de manhã contei os nomes a Toby, e ele disse que teria de pensar e que depois falaria comigo. Faz duas semanas e três dias desde que descobri que estava grávida, e Toby ainda está tentando absorver a idéia. Para dizer a verdade, acho que ele está meio apavorado. É perfeitamente compreensível, em especial para alguém como ele, que está acostumado a ter um punhado de figuras da gravadora atendendo a todas as suas necessidades. Nesse aspecto ele é meio como uma criança, de modo que não é de espantar que esteja preocupado em ter de cuidar de outra pessoa. Você deveria ter visto o olhar dele quando falei que não estava planejando contratar uma enfermeira *nem* uma babá para ajudar.

— Ela não precisa morar na casa — disse ele, como se isso fizesse alguma diferença.

— Esse não é o ponto. O ponto é: por que *ter* um filho se você não está preparada para cuidar dele?

— Mas criar uma criança é um trabalho medonho para uma pessoa só.

— *Uma* pessoa? — falo imperiosamente. — Eu pensei que éramos dois neste casamento.

— Ah, sim, claro que somos, anjo. Eu só quis dizer que você provavelmente vai estar fazendo a parte do leão porque... porque você é mulher e há todo esse negócio de amamentar. Mas eu vou fazer minha parte, não se preocupe.

Fiquei feliz em ouvi-lo dizer isso, especialmente porque ele não parece compartilhar meu entusiasmo pelo planejamento antecipado. Há dois dias, por exemplo, ele me pegou tentando decidir sobre balançadores de bebês num catálogo.

— Qual a gente deveria comprar? — perguntei. — Este aqui, com unidade de três velocidades de vibração e duas co-

berturas removíveis ou este, duas velocidades de vibração e console de som interativo?
— Qual é a pressa? Ainda faltam séculos — disse ele, nem se incomodando em me agradar dando uma olhada superficial no catálogo. — Daqui a pouco você vai perguntar de que cor a gente vai pintar o quarto do neném.
Ele estava errado. Eu já tinha decidido isso.
— Pensei em encomendar um mural — falei. — Uma coisa realmente original e divertida. O que acha?
Ele explodiu numa risada.
— Você me mata, anjo — falou, sacudindo a cabeça e se afastando.

Acho que é só porque ele não quer tentar o destino, e talvez esteja certo, talvez eu devesse evitar qualquer compra até termos passado pelo crucial período de três meses — o que me lembra que *preciso* marcar um ultra-som. Vai ser particular, claro. Não que eu tenha problemas com a qualidade do serviço dos hospitais públicos, mas esta é uma circunstância em que acho que vale a pena gastar. Terei de conversar com Toby mais tarde, descobrir quando ele vai estar livre para ir ao hospital comigo. Aposto que ele mal pode esperar para ver pela primeira vez seu filhinho ou filhinha. Eu sei que mal posso esperar. Ele está na gravadora a tarde inteira, encontrando-se com estilistas, diretores de arte e Deus sabe quem mais para discutir o próximo clipe da banda. Eles querem filmar uma parte na Trafalgar Square, o que parece estar causando todo tipo de problemas com permissões, segurança e controle de multidão. Toby anda bem tenso com isso tudo.

Não importa, ele vai poder relaxar esta noite. Nós vamos ao cinema. É uma das poucas coisas "comuns" que ainda fazemos juntos, se bem que não é tão simples como antigamente. Para começar, sempre temos de marcar com antecedência (Toby não entra em filas); e sempre entramos sob a proteção do escuro alguns minutos depois do início da sessão, para ninguém ter a chance de reconhecer Toby. E sempre saímos no instante em que os créditos começam a passar. Olhando para o relógio, vejo que já são seis e cinco. Eu comprei ingressos para a sessão das sete, de modo que era melhor Toby aparecer.

Dez minutos depois estou sentada na sala de estar, folheando um exemplar de *Pais Práticos*, quando o telefone toca. É Toby, e ele está num Range Rover da gravadora, a caminho de casa.

— Eu só estava verificando se você estava aí — diz ele.

— Claro que estou. Onde eu iria estar? Nós vamos ao cinema, não é?

— Vamos?

Suspiro impaciente.

— Nós falamos disso ontem à noite. Eu comprei os ingressos e tudo.

— Merda, esqueci.

A memória desse homem parece uma peneira.

— Não diga que você marcou para se encontrar com um dos seus colegas — digo. — Porque, se marcou, é melhor dar o bolo.

— Não, não. Não marquei nada. — Ele faz uma pausa. — Só que tenho de falar uma coisa com você.

— Bom, você pode falar depois do filme, não pode?

— Não, tenho de dizer antes.

— Por que não pode falar agora?

— Olha, eu vou estar em casa em quinze minutos. Até lá.

O telefone fica mudo antes mesmo que eu tenha a chance de dizer tchau.

Quando vejo o Range Rover parar diante da casa, vou até a porta e abro para Toby. Ele parece cansado e tenso.

— Como foi? — pergunto, beijando-o nos lábios.

O JOGO DA FAMA DE THEA CARSON

— Como foi o quê? — Ele tira a jaqueta de *jeans* e joga sobre a bola de mogno polido na base do corrimão da escada.

— A reunião, claro.

— Ótima. — Ele vai para a cozinha. — Vou tomar uma cerveja. Quer?

— Eu não estou bebendo álcool. Lembra? — falo, apontando para a barriga. Ele não responde.

Volto ao meu lugar no sofá da sala. Alguns segundos depois Toby vem com uma garrafa de Beck's e se senta ao meu lado.

— É melhor tomar isso rápido, porque nós temos de sair daqui a um minuto — falo.

— Acho que você não vai querer ver o filme quando ouvir o que tenho a contar — disse ele, com a voz firme e tranqüila.

Por um segundo ridículo acho que ele vai me dizer que deixou a banda. Que teve uma briga enorme com a gravadora e foi embora.

— Toby? — digo, puxando seu braço para forçá-lo a me encarar. — O que aconteceu?

Ele suspira e começa a puxar o rótulo da garrafa de cerveja.

— Eu andei pensando um bocado. Sobre o neném.

— Continue.

— E sei que isso vai fazer com que eu pareça um escroto total mas... — Ele pára e toma um gole. — Acho que não estou pronto para ser pai.

— Ah, querido — falo, passando o braço pelos seus ombros. — Eu sei que você está apavorado, mas, se servir de consolo, eu também estou. É uma coisa grande, ter um bebê, e a princípio vai ser difícil, não vou fingir que não. Mas vamos conseguir; nós vamos ficar *bem*. E você vai ser um pai fantástico.

Ele afasta meu braço e pousa a cabeça nas mãos.

— Merda, Thea. Você vai me odiar.

— Que diabo você está falando? Claro que eu não odeio você.

— Eu não posso continuar, é isso que estou falando. — Ele se levanta abruptamente e vai até a janela. Então, de costas para mim, diz calmamente: — Eu quero que você faça um aborto.
— O que você disse?
— Eu-quero-que-você-faça-um-aborto — repete ele, cuspindo as palavras em *staccato*.
Uma grande onda de náusea cresce dentro de mim e por um segundo realmente acho que vou vomitar. Bem em cima do caríssimo tapete tecido a mão, da Heal's. Inclino-me para a frente, agarrando a barriga com as duas mãos, deliberadamente tentando absorver o que Toby tinha dito. Ele não podia estar falando sério; *não podia*. Está ali parado, sem me encarar, olhando pela janela. Quero ir até lá e sacudi-lo, fazer com que ele retire aquela palavra maligna, indizível, mas tenho certeza de que minhas pernas vão se dobrar debaixo do corpo.
— De que diabo você está falando? — digo, com a voz tremendo de emoção. — Você disse que estava satisfeito com o bebê, você disse, e as foram palavras suas: "Estou numa porra de um delírio."
— Eu tinha de dizer isso, não tinha? — diz ele, finalmente se virando para mim.
— Não, não tinha. Você poderia ter dito que estava inseguro, que precisava de tempo para pensar.
— Eu estava em choque, confuso, achei que talvez precisasse de tempo para me acostumar com a idéia. Mas quanto mais penso nisso, mais percebo que não é o que eu quero, não neste estágio da vida.
Ele vem e se agacha no chão, na minha frente.
— Eu sei que isso vai parecer uma escrotidão, mas para ser honesto essa gravidez veio na pior hora possível para mim. É um ano fantástico para a banda. Nós vamos fazer a turnê pelo Reino Unido e temos o disco novo para compor. Simplesmente não

sei como posso colocar a paternidade dentro da programação. — Ele passa o indicador pela lateral do meu rosto. — Quem sabe no ano que vem?

— Nós não estamos falando de um carro, porra — grito. — Isso é um neném, o *nosso* neném.

— Bem, ainda não realmente um neném, é? É só um punhado de células.

— E esse *punhado de células*, como você o descreve de modo tão insensível, vem crescendo dentro de mim nas últimas semanas.

— Desculpe, Thea, eu não pretendia magoar você. Só queria clarear as coisas na minha cabeça, garantir que era isso que eu realmente queria. E é.

— Olha, não vamos tomar uma decisão apressada, vamos esperar mais umas duas semanas — falo, hesitante.

Ele dá de ombros e franze os lábios, que formam uma linha fina e cruel.

— Isso é com você, mas eu estou dizendo categoricamente que meus sentimentos não vão mudar. Por que embromar? É melhor você marcar horário numa clínica e acabar com isso o mais rápido possível.

Suas palavras parecem espremer o feto dentro de meu útero como se fossem uma mão gelada.

— Não sei se eu consigo passar por um aborto — falo, abalada.

— Não há com o que se preocupar, você entra e sai numa tarde, nem vai precisar de anestesia geral.

— E se eu recusar? E se eu for em frente e tiver esse bebê?

— Bom, é um direito seu, afinal de contas é o seu corpo. Eu não posso forçá-la a abortar. — Ele me olha diretamente nos olhos. — O negócio, Thea, é que eu não sei como me sentiria com relação a você... a nós... se você fosse em frente e ficasse com o bebê independentemente dos meus sentimentos. Isso mudaria tudo. Trinco os dentes e fecho os punhos com força até os nós dos dedos ficarem brancos.

O fato de eu não ter sentido dor tornou tudo pior. Se tivesse doído, eu teria me sentido mais feliz no conhecimento de que estava sendo **devi**damente punida. Como aconteceu, todo o procedimento **foi** ridiculamente simples: Toby me levou à Clínica Riverview, em Harrow, e eu me deitei na cama de tratamento, com os pés sobre estribos, enquanto o feto de nove semanas era sugado do meu corpo. Tudo acabou em menos de cinco minutos e eu estava totalmente consciente o tempo todo. Algumas cãibras leves e um pouquinho de sangramento aconteceram, mas no dia seguinte eu estava totalmente boa.

Tinha adiado o telefonema para a clínica durante duas semanas inteiras, na vã esperança de que Toby mudaria de idéia. Não mudou. Em vez disso, pareceu ficar mais distante, recusando-se a discutir o assunto comigo e se ausentando de Itchycoo ainda mais do que o usual. No fim eu soube que tinha de ir em frente porque, por mais que quisesse o bebê, meu casamento significa mais para mim. Nós sempre podemos tentar um bebê no ano que vem, se a "programação" de Toby permitir. Depois do aborto, Toby revelou uma sensibilidade inesperada. Liberou sua agenda por dois dias inteiros, o que significou adiar uma grande matéria numa revista, pela qual eu sabia que ele estava ansioso. Ofereceu-se para ligar para J.C. e dizer que eu estava com infecção no ouvido e só iria trabalhar na próxima semana. Enfiou-me no sofá, me trouxe chá com torradas e me abraçou quando eu chorei. Mas eu sabia que ele não sentia culpa; não como eu.

Kim ficou pasma — não, perplexa — quando contei que ia fazer aborto.

O JOGO DA FAMA DE THEA CARSON

— Mas não entendo, você ficou tão feliz quando descobriu que estava grávida! — Então sua voz assumiu um tom mais cortante. — Toby forçou você a isso?

Contei que foi uma decisão mútua.

— Quando nós pensamos direito, concordamos que não era a hora certa. — Eu não podia contar que Toby foi o instigador porque iria me sentir terrivelmente desleal. E eu *tive* a última palavra. Como Toby disse, é o *meu* corpo, e é uma decisão com a qual tenho de viver o resto da vida.

Nas duas semanas depois do aborto, tive o mesmo sonho três vezes. Estou sentada num consultório médico, segurando um bebê no colo, muito bem apertado num macio xale lavanda. A recepcionista me diz: "O doutor vai recebê-la agora, Sra. Carson." E eu entro no consultório. Digo ao homem alto, de jaleco branco, que meu bebê está doente. Ele pega a criança dos meus braços, põe numa mesa com rodas e se vira de costas para mim enquanto remexe numa bandeja de instrumentos. Quando se vira para me encarar, vejo que ele está segurando uma faca enorme. Abro a boca e grito, mas não sai nenhum som. Tento pegar meu bebê, mas meus pés estão grudados em areia movediça. Olho horrorizada o médico levantar a faca acima da cabeça com as duas mãos e baixar na direção do peito do meu bebê. É nesse ponto que eu sempre acordo, tremendo e suando.

Quando contei o sonho a Kim, ela sugeriu que seria bom eu conversar com alguém. Aceitei seu conselho e fui procurar uma terapeuta, uma mulher que a Riverview tinha aconselhado. Foi uma verdadeira catarse. Nós falamos sobre um monte de coisas — meus sentimentos com relação ao bebê, meus sentimentos com relação ao meu marido, meus sentimentos com relação a mim mesma. Até falamos de meu relacionamento com mamãe e o fato de eu ter crescido sem saber quem era meu pai. Admiti que ainda sentia um certo grau de ressentimento com relação a Toby — e desapontamento também, no sentido de que, de certa forma, ele fracassou em atender às minhas expectativas. E então a terapeuta disse uma coisa que tocou fundo:

— Você parece estar com muita raiva. Claro que isso é perfeitamente normal depois de passar por uma experiência traumática como um aborto. Mas você acha possível que parte dessa raiva decorra de um sentimento de que foi abandonada pelo seu pai?

A princípio eu não sabia aonde ela queria chegar.

— Meu pai nem sabe que eu existo — digo. — Então como posso me ressentir dele por não estar perto?

— Bom, isso é verdade. Se você olhar sua situação por um ponto de vista racional. Mas as emoções das pessoas nem sempre se comportam de modo racional, eu só estava imaginando se você não sente uma certa falta de solução nessa parte de sua vida; se você já pensou em tentar encontrá-lo.

Respondi do modo mais honesto que pude:

— Eu penso nele freqüentemente, se é isso que você quer dizer, e sim, algumas vezes pensei que minha vida seria melhor, mais rica, se eu soubesse quem ele era. Mas quanto a tentar achá-lo... eu nem saberia por onde começar. O negócio é que mamãe não tinha certeza de quem a engravidou. Uma vez ela disse que poderia ser um dentre vários, mas eu nem sei o nome deles. E agora que ela se foi, nem tenho a mínima chance de achá-lo.

NOVE

É de manhã cedo e estou sentada na sala de jantar com as velhas agendas de mamãe espalhadas sobre a mesa na minha frente, enquanto o jarro central com lírios estrelados foi relegado ao parapeito da janela. Olhando para os inócuos volumes pretos, postos em ordem cronológica, estou inesperadamente nervosa, quase como se fizesse algo que não deveria, e não posso evitar o alívio por saber que não haverá testemunhas de minha transgressão. Ivy só vai chegar ao meio-dia, e Toby foi comprar roupas com Callum (na filial da Versace na Bond Street, que abriu uma hora antes só para eles).

Faz quase uma semana desde que fui àquela terapeuta, tempo em que meus pensamentos voltaram repetidamente não apenas ao bebê que perdi, mas também ao meu pai. Sei que descartei a sugestão de que poderia rastreá-lo mas, quanto mais penso nisso, mais fico empolgada com a possibilidade de encontrar — ou de *tentar* encontrar, pelo menos. E assim, só por curiosidade, decidi sujeitar as velhas agendas de mamãe a um exame completo. Nesse estágio, não sei o que, ou quem, estou procurando, mas já fiz uma descoberta surpreendente: as agendas remontam há muito tempo, muito mais do que eu pensava — a três anos antes de meu nascimento. O ponto de partida óbvio é o ano de minha concepção. Já fiz as contas: eu nasci em 16 de maio, de modo que nove meses antes disso é 16 de agosto. Mas é um pouco mais complicado do que isso porque nasci prematura, uma coisinha de 1,68 quilo; eles me mantiveram numa incubadora durante a primeira semana de vida. Nasci dias antes do tempo — ou semanas? Mamãe me contou, mas não me lembro. Era melhor eu ser generosa e considerar todo o mês de agosto e setembro como uma época possível para a concepção.

Estendendo a mão sobre a mesa, pego a agenda da época e, ao fazer isso, percebo que minha mão está tremendo um pouco. De repente, sou golpeada pela virtual enormidade de meus atos, e demoro alguns instantes tentando me recompor antes de levantar a capa de curvim. Enquanto viro as páginas finas e amareladas, instantâneos da vida de mamãe saltam diante dos olhos — uma hora marcada no cabeleireiro, uma ida ao Ronnie Scott's, um jogo de futebol no campo de Gunnersbury, e então...

1º de agosto
Roy, Coronet, 7:30 da noite

O nome Roy não significa nada para mim, mas eu conheço bem o Coronet. É o velho cinema em Woolwich, um palácio antiquado em veludo vermelho e enfeites dourados. Mamãe e eu íamos lá o tempo todo quando eu era criança; era um dos meus divertimentos prediletos de fim de semana, e no caminho para casa a gente parava no Wimpy local para um Brown Derby e uma xícara de chá. Enxugando uma lágrima no canto do olho e engolindo em seco, continuo por agosto, procurando outras referências a Roy. Ele não podia ser tão bom assim, porque só é mencionado duas vezes, e em nenhuma delas é acompanhado pelo nome de um ponto de encontro. Mas enquanto rastreava o progresso romântico de Roy, outro nome atraiu meu olhar.

7 de agosto
Kevin, minha casa, lá pelas 8

Parece um jantar íntimo para dois — se bem que eu acho que há uma chance de Kevin estar vindo somente para consertar a máquina de lavar. Talvez não... virando as páginas, conto o nome dele mais seis vezes. Voltando, descubro que ele é mencionado pela primeira vez em meados de julho. Noto que os dois sempre se encontravam numa noite de terça-feira e cada "encontro" era separado exatamente por duas semanas. Sem dúvida tinham algum tipo de relacionamento, mas dado o intervalo entre os encontros, talvez fosse só uma coisa sexual. Perto de uma das anotações há um endereço: Hermitage Road, 83. Ele era obviamente um cara da área. A Hermitage Road fica em Greenwich. Eu passava pelo fim dela todo dia, na ida da escola para casa.

Voltando a agosto, encontro mais uns dois caras, e posso descartar ambos com uma confiança razoável. "Andy" era o filho adolescente de um vizinho que costumava tomar conta de mim algumas vezes, ao passo que "Pete" era um dos colegas de mamãe, da escola de arte. Durante minha infância os dois eram visitantes regulares à casa — e mamãe disse que meu pai nunca pôs os olhos em mim.

Mas há um último sujeito provável:

10 de setembro
Barney, 8 da noite
Rules, Maiden Lane, WC2

Esse Barney devia ser um cara de classe, se estava levando mamãe a restaurantes chiques como o Rules. Toby e eu comemos lá uma vez — o pudim de caramelo era de morrer. O *modus operandi* de Barney me lembra uma anotação que eu vi antes. Atraiu meu olhar por causa da característica chique. Volto para agosto e ali está:

22 de agosto
B — Simpsons-in-the-Strand

Será que "B" seria de Barney? Nesse caso, ele parece ter tomado vinho e comido com mamãe em alguns dos lugares mais finos de Londres. E aqui está ele de novo, se bem que desta vez é um restaurante do qual nunca ouvi falar.

12 de agosto
B — Pierce & Hussey

No total, "Barney" ou "B" aparece mais de cinqüenta vezes na agenda. Surge primeiro em meados de abril — um encontro no Claridge's, nada menos — e desaparece cerca de seis meses depois nos estertores de outubro, quando mamãe deveria estar grávida há mais de um mês. São dados vários pontos de encontro, mas "Pierce & Hussey" é o claro favorito.

Pousando o queixo nas mãos, olho para a agenda na minha frente, sua capa preta e simples negando a Caixa de Pandora de segredos. Meros quinze minutos de trabalho de detetive e eu tenho meus concorrentes: Roy, Kevin e Barney. Será que *esses* três eram os possíveis pais a quem mamãe aludiu há tantos anos? Poderia ser tão simples assim? Claro que não podia, droga. As palavras "agarrar-se às mínimas esperanças" me saltam à mente. Não tenho a mínima prova de que mamãe ao menos trocou líquidos corporais com alguma dessas três figuras. E sempre há a possibilidade de que meu pai nem merecesse uma citação em sua agenda. Ele poderia ser uma transa de uma noite, um encontro bêbado numa festa, uma rapidinha num beco depois de os bares terem fechado. Argh! Nem quero pensar nisso.

O que tenho diante de mim é um ponto de partida, a primeira pista na caça ao tesouro. Mas será que tenho a coragem de *ir em frente*, pegar aqueles três nomes nas duas mãos e tentar transformá-los em alguma coisa real? É um grande desafio e não sei se estou à altura. E, claro, há sempre o risco de rejeição. Digamos que um desses três caras seja realmente meu pai, mas tem família e não quer nada comigo — e aí? Acho que a verdadeira pergunta é: será que eu posso viver comigo mesma se simplesmente esquecer disso tudo, ou será que sempre haverá aquela criaturinha mordendo minha consciência e dizendo para me arriscar só uma vez na vida?

DEZ

Hoje cedo dei adeus ao meu marido. Durante as próximas quatro semanas ele estará distraindo multidões em lançamentos no que é a maior turnê do Drift pelo Reino Unido até agora. Enquanto isso, manterei acesos os fogos do lar — mais ou menos. Eu tinha pensado que nós poderíamos nos encontrar em Leeds na metade da viagem, mas Toby diz que minha presença iria distraí-lo muito. Leeds é muito bom em termos de turnê, aparentemente, e ele precisa manter a cabeça no trabalho. Mas espero que assim que ele tiver umas duas semanas de saudade, vai enfraquecer e mudar de idéia. Veremos.

Nossa última noite juntos foi realmente especial. Os dois nos embecamos de Gucci até o cocuruto e fomos ao Sanderson para uma refeição fantasticamente extravagante: aperitivos, três pratos, champanhe, vinho, café, licor, a coisa toda. É muito raro termos uma noite nossa, só nós dois, e foi maravilhoso ter a atenção integral de Toby. Não fomos assediados por uma única pessoa a noite inteira — além de um pedido de autógrafo do motorista de táxi que nos deixou na Oxford Street, mas ele foi tão educado que nem contou realmente. Não que Toby não aprecie seus fãs — longe disso — mas a não ser que você tenha experimentado em primeira mão o culto dos fãs, não pode entender como isso pode ser desgastante, especialmente quando as pessoas ficam abusadas porque Toby não tem tempo para parar e bater papo.

Saímos do restaurante por volta da meia-noite, empapuçados até não poder mais e num estado de embriaguez bem avançado. Fiquei feliz quando Toby não sugeriu irmos a uma boate, como faz normalmente. Ele é a própria coruja noturna, não sei de onde tira tanta energia. Eu preciso das minhas oito horas de sono, mas ele pode sobreviver com cinco ou seis. No caminho para casa, aninhados num táxi preto, Toby faz uma surpresa na forma de uma caixa de presentes da Asprey & Garrard. Dentro havia a pulseira-amuleto mais linda que já vi; muito delicada e bonitinha. Ele tem muito bom gosto em jóias, o meu marido. E quando lhe dei um beijo de agradecimento, ele me abraçou e disse que me amava. Faz muito tempo desde que ouvi essas três palavrinhas — bem, pelo menos uns dois meses — e nem posso dizer como a sensação foi boa.

Ficamos bem excitados ali no táxi, de modo que quando chegamos em casa os dois só tínhamos uma coisa na cabeça. Sem dizer uma palavra, fomos direto para cima. Eu estava tirando as colchas da cama ao mesmo tempo em que tentava chutar meus sapatos Emma Hope quando Toby sugeriu um banho coital à luz de velas. Por isso percorremos a casa recolhendo cada vela que achávamos — as gordas velas de igreja da lareira, pequeninas velas de chá, velas compridas e perfumadas Jo Malone, a horrenda tigela de vidro com bolotas de cera flutuante que a mãe de Toby nos deu de Natal. E enfileiramos todas em volta no banheiro e subimos na enorme banheira cheia de bolhas com dois Remy Martin. Ficamos ali durante séculos, falando, rindo e beijando, como nos velhos tempos.

E quando estávamos ambos num tesão infernal nos enxugamos, fomos para a cama e fizemos amor durante mais de uma hora. E sabe de uma coisa?, é a primeira vez desde o aborto que eu realmente gostei do sexo. É, foi realmente uma noite boa. Uma noite muito boa.

Mas agora ele se foi e eu estou sozinha. Mas não tenho intenção de ficar andando por Itchycoo durante um mês inteiro, por isso me mudei temporariamente para a casa de Kim e Tim. Eles são amigos de uma generosidade espantosa, nem sonhariam em me pedir alguma colaboração nos gastos da casa, mas eu insisti em pagar ajudando na Party On!. Kim tem um monte de trabalho atualmente — a publicidade da festa de Amba Lazenby praticamente dobrou suas encomendas. E não preciso me preocupar com Itchycoo — o sistema de segurança é de alta tecnologia, e Ivy, cujo apartamento em Camden fica a apenas dez minutos de caminhada, concordou em ficar de olho na casa e fazer uma faxina ocasional.

Passo a tarde fechada no escritório da casa de Kim, fazendo levantamento de adereços para uma festa estilo Velho Oeste. Parece simples, mas está se mostrando um tremendo desafio, vou lhe dizer. Consegui os fardos de feno, os tonéis, os chapéus Stetson — até o touro mecânico — mas estou tendo dificuldade com os cactos. Quero dizer, onde é que eu vou achar duas dúzias de cactos de dois metros de altura com os espinhos removidos? Talvez o Kew Gardens possa me indicar o lugar certo.

Fico muito aliviada quando Kim se vira para mim, em sua mesa perto da janela, e diz:

— Não sei quanto a você, mas para mim o dia já basta. Que tal a gente colocar os telefones na secretária eletrônica e pegar um gim gelado com tônica?

— Parece maravilhoso. Esses cactos estão me deixando doida.

— É, esse é um pedido difícil. Talvez eu possa persuadir Jacinta Doomes-Braithwaite a aceitar cactos infláveis; isso vai ser um saco.

— Ou iúcas, ou aquelas bolas de mato seco que rolam ao vento; qualquer coisa menos essas porras de cactos.

— Vou ligar para o agente dela amanhã e ver o que posso fazer.

— Certo, Kim, isso seria ótimo.

Vamos até a cozinha e Kim prepara duas bebidas em copos altos.

— Saúde — digo. — Ao sucesso contínuo da Party On! e à turnê do Drift.

— Vou beber a isso — diz ela, tomando um gole de gim-tônica. — Imagino que Toby e os rapazes estejam em Newcastle agora, não é?

— Vejamos — digo, olhando meu relógio. — Seis e meia, eles já devem ter ido para o hotel, Callum deve estar soltando os bichos se não recebeu o comprimido antialérgico que pediu; Steve deve estar caçando as arrumadeiras; Luke deve estar procurando o McDonald's mais próximo e Toby explorando o frigobar. Dentro de mais duas horas eles vão bater pernas pela cidade com a equipe de apoio, indo de bar em bar e depois de boate em boate, ficando cada vez mais bêbados e atraindo gente enquanto andam. Imagino que não caiam na cama antes das cinco da manhã.

— Mas o *show* é amanhã. Eles não deveriam dormir cedo?

— Qual é, Kim, isso é *rock'n'roll*. Você acha que Keith Richard veste o pijama às dez da noite e dorme assistindo ao *Livro na hora de dormir*?

— Acho que não. Mas você nunca, você sabe, se preocupa com Toby nessas viagens?

— Se me preocupo com ele transar com outra pessoa?

— Não, não seja estúpida. Você se preocupa com a hipótese de ele entrar numa briga, sofrer intoxicação por álcool ou uma overdose acidental?

— Eu me preocupava, mas agora não me preocupo mais. Acho que Toby tem idade para cuidar de si mesmo. E, de qualquer modo, os caras sempre ficam juntos; nenhum deles sairia sozinho, principalmente numa cidade estranha.

— Sabe de uma coisa, Thea, Toby tem muita sorte em ter uma mulher como você. Não são muitas as que dariam tanta liberdade ao marido, deixar que ele saia saracoteando pelo país. Eu não suportaria deixar Tim solto assim. Não que não confie nele cem por cento, só sinto uma falta louca, só isso.

— Eu vou sentir falta de Toby. Mas quando você é mulher de um astro do *rock*, tem de aceitar o ruim junto com o bom. E a coisa não tem sido muito ruim, quero dizer, veja só minha casa e meu guarda-roupa, querida! — digo com um fingimento de pretensão.

— É, mas essas coisas deixam você feliz? Quero dizer, feliz *de verdade*?

— Veja a coisa assim: eu preferia fazer compras na Next e viver num apartamentinho de dois quartos com um marido que vem para casa todo dia às seis horas do que levar essa existência estranha e fragmentada. Mas você sabe o que eu sinto pelo Toby, ele é o mundo para mim. Claro, nossa vida mudou a ponto de eu não o reconhecer mais, nos últimos dois anos, mas diria que ainda temos um casamento bom — na maior parte do tempo.

Kim inclina a cabeça para o lado e me dá um longo olhar de avaliação.

— O quê? — digo.

— Posso perguntar uma coisa? Você pode dizer para eu cuidar da minha vida, se quiser.

— Claro.

— Eu sei que você disse que o aborto foi uma decisão mútua — diz ela hesitante. — Mas você realmente queria o neném, não queria?

Eu sabia que ela sabia.

— É, queria. Mas Toby obviamente não estava pronto para ser pai, por isso eu tive de optar: o neném ou ele.

Kim balança a cabeça num gesto de compreensão.

— Realmente acho que o nosso relacionamento iria sofrer se eu fosse em frente com a gravidez, e de qualquer modo eu ainda sou nova, de modo que há bastante tempo para filhos. — Olho para minhas mãos e distraidamente giro a aliança de ouro no dedo. — Agora, se você não se importa, podemos mudar de assunto? Eu já fico meio chorona depois de uns gins.

Tim está trabalhando até tarde, de modo que depois dos aperitivos ajudo Kim a preparar uma massa à carbonara e um pão de alho, e nos acomodamos para sentar e comer diante da TV. Meu programa predileto, *The Salon*, passa hoje. Eu adoro esse tipo de documentário, há uma coisa absolutamente envolvente em observar as minúcias da vida de outra pessoa. Veja só esse grupo no cabeleireiro — elas são mais maldosas do que um punhado de mulheres de celebridades almoçando.

— Sabe o que daria um documentário *realmente* interessante? — digo a Kim.

— O quê?

— *Um dia na vida da esposa de uma celebridade*. Ninguém acreditaria no quanto minha existência é incrivelmente monótona. Pense só, eles poderiam me filmar assistindo a *Trisha*, ajeitando as coisas com Ivy, tirando meu bigode com cera quente...

— Separando as calcinhas para lavar, lixando a pele morta do pé, tentando achar Toby pelo celular — continua Kim. — Você deveria escrever uma proposta e levar ao Canal 4. Eles iriam aprovar na hora, tenho certeza.

— Se eu não fosse tão tímida diante das câmeras, poderia me sentir tentada. Pelo menos seria um desafio — digo, pegando o resto do molho carbonara com um pedaço de pão de alho.

— Eu gostaria de ter uma carreira de verdade como você, Kim. Trabalhar na J.C. Riley não me estimula exatamente.

— Por que não lança sua própria grife de roupas de baixo, ou se torna uma Bardot dos tempos modernos e monta um abrigo de animais no quintal dos fundos de Itchycoo? — diz Kim, brincando.

— Muito engraçado. Mas sério, há uma idéia em que eu andei pensando. Estava pensando em conversar com você sobre ela.

— Aahh, conte!

— Eu pensei em procurar meu pai.

— Seu pai... mas você nem sabe quem é seu pai.

— Ainda não, mas eu achei as velhas agendas de mamãe há pouco tempo, e elas renderam algumas informações interessantes.

— Continue.

— Você se lembra de que eu disse há séculos que, quando era adolescente, mamãe disse que meu pai poderia ser um de dois, ou talvez três homens?

— É, e lembro de que fiquei bem chocada.

— Bom, eu fiz uma escala de tempo para a minha concepção, e olhando as anotações na agenda de mamãe naquele ano consegui identificar três homens com quem ela estava se encontrando na época: Roy, Kevin e Barney.

— Quer dizer que um deles pode ser seu pai?

— Talvez. Não sei com certeza. Até agora só consegui o primeiro nome deles.

— Então como você sabe que Shirley dormiu com esses caras?

— Não sei.
— Mas ela *estava* saindo com eles, certo?
— Parece que sim. Segundo a agenda, ela se encontrava com eles regularmente para jantar e ir ao cinema. O relacionamento com Roy parece ter acabado depois de três encontros, o com Kevin durou dois meses, e o bom e velho Barney ficou em cena durante quase seis meses. Mas o importante é que todos eles se sobrepõem.
— E você acha que pode achar esses homens, tendo somente o primeiro nome deles para procurar?
— Eu sei que é uma possibilidade remota, mas achei que poderia tentar.

Kim me olha cheia de dúvida.
— E por que a necessidade súbita de achá-lo? Você nunca esteve nem remotamente curiosa até agora.
— Foi uma coisa que aquela terapeuta disse, sobre eu ter sentimentos represados de raiva e de carecer de um sentimento de decisão porque não sabia quem era meu pai. E quanto mais penso nisso, mais imagino se pode haver alguma verdade.

Paro, dando a Kim a oportunidade de me contradizer, mas ela fica quieta.
— Eu costumava pensar nele; como ele é, onde mora, se tem mais filhos. Ei, pense só, Kim, eu poderia ter um monte de irmãos de quem não sei nada. Não seria fantástico? Eu sempre odiei ser filha única.
— Espere um minuto. Tudo isso pode terminar em desastre, você sabe. Mesmo que consiga encontrá-lo, ele pode bater a porta na sua cara. Não estou tentando fazer você desistir, é só que você já sofreu um bocado nesse mês. Não quero ver você arranjando mais desapontamento.
— Eu pensei muito, e pelo modo como vejo, o que eu tenho a perder? Tenho o tempo nas mãos, dinheiro suficiente se

precisar contratar um detetive, e, mesmo que eu não consiga encontrá-lo, pelo menos vou saber que tentei. E se encontrar, mas ele não quiser me conhecer... bem, eu me virei perfeitamente bem sem um pai até agora.

— Bom, se você tem certeza de que é isso que quer...
— Eu gostaria de pelo menos fazer uma tentativa. Adoro estar casada, cuidar da casa e coisa e tal, mas esta é minha chance de ser totalmente egoísta, de fazer alguma coisa só para mim.
— O que Toby acha da idéia?
— Eu não falei com ele. As coisas andaram tão carregadas ultimamente, com os ensaios para a turnê, que eu não quis jogar mais nada em cima dele.

O olhar de Kim me diz que ela não está impressionada. Mas as pessoas nem sempre entendem que, quando você é casada com uma celebridade, suas necessidades vêm em segundo plano boa parte do tempo.

O cheiro de *bacon* fritando me atrai da cama. Esta é uma das coisas que eu adoro, estando aqui — Tim nunca sai para o trabalho sem primeiro fazer um sanduíche de *bacon*: fatias grossas de Mother's Pride com a gordura retirada, bem passadas, molho inglês, do jeito que eu gosto. E se esta sua criada realmente conseguir chegar à cozinha antes que ele lave os pratos, ele terá o prazer de colocar mais duas fatias na frigideira. Faz doze dias desde que Toby me abandonou pelas delícias da vida na estrada, e em oito desses doze dias eu me sentei na mesa do café da manhã às 7:45h. Para uma verdadeira dama ociosa como eu, isso é um tremendo feito. Tornou-se uma espécie de piada corrente entre Tim e eu. Ele até começou a me chamar de Miss Piggy.

Parece que Kim vai estar participando da festa do porco de hoje, porque quando desço a escada posso ouvir vozes — vozes que parecem numa animação incomum para esta hora da manhã. Mas, no momento em que empurro a porta da cozinha, a conversa pára subitamente e seca de modo suspeito.

— O que há com vocês dois? — pergunto olhando Tim, cuja boca está aberta, como se no meio de uma frase. — Falando besteira, é? Eu não pretendia interromper nada, só vou pegar uma coisa para comer e saio do caminho num instante. — Enquanto passo pela mesa, pego Tim levantando as sobrancelhas de modo interrogativo para Kim. — O quê? — digo, olhando de um para o outro.

— Nada — diz Tim depressa, obviamente mentindo.

— Ah, entendi. Vocês estavam falando de mim, não estavam? Eu fiquei tempo demais? Estão imaginando como se livrar de mim sem magoar meus sentimentos? — Claro que só estou brincando, mas nenhum deles ri, o que é estranho. Tim, em particular, tem um senso de humor bem desenvolvido, uma das coisas que mais gosto nele. E é bonito, à príncipe William, com as bochechas vermelhas. E muito útil em casa; seus armários arrumados são uma verdadeira obra de arte.

— Não seja boba, você sabe que nós adoramos tê-la aqui — diz Kim.

— Bom, isso é um alívio, porque ninguém prepara café da manhã para mim em casa, você sabe, e eu me acostumei com esse serviço cinco estrelas.

Tim dá um meio sorriso estranho, tenso, mas eu detecto uma tensão clara no ar.

— Qual é, gente, confessem — ordeno. — Eu sei que alguma coisa está acontecendo.

— É melhor a gente dizer a ela. É melhor que ela saiba por nós do que por outra pessoa — diz Tim.

— Aahh, parece uma coisa maligna — digo um pouco alegre demais. Não posso imaginar o que eles estão para dizer.

— Acho que você deveria se sentar primeiro — diz Kim, sinalizando para a cadeira ao lado. Porra, isso está ficando pior. Aperto a faixa do roupão branco como Jackie Chan se preparando para o combate, e me sento. Kim olha para Tim, que assente dando coragem e depois empurra um exemplar do *Mirror* para ela, por cima da mesa.

— Há uma matéria no jornal. — Ela solta um pequeno suspiro. — Sobre Toby. — Kim põe a mão no meu braço. — E não é boa.

— Verdade? — digo. — Eu falei com ele pelo telefone ontem à tarde, fizemos planos para eu ir encontrá-lo em Leeds no fim da semana, e ele não disse nada sobre uma matéria.

— Não é exatamente o tipo de notícia que uma esposa queira ouvir.

— O que quer dizer? — digo, começando a me arrepiar.

— Acho que provavelmente é melhor você mesma ler. — Kim abre o jornal e vira as páginas até chegar à sétima. Empurra-o para mim. — Respire fundo. E lembre-se, Tim e eu estamos aqui para dar força.

A matéria se espalha por meia página. "Alexa pega o Drift", diz a manchete acima da foto. É uma foto em preto-e-branco, a clássica celebridade no banco de trás de um Merc com a loura pernalta, uma foto tirada através da janela do carro, com o clarão do *flash* refletido no vidro. Nesse ponto, estou razoavelmente calma. Pode haver um monte de motivos para Toby estar com essa garota cujo rosto eu reconheço, mas não consigo situar exatamente. Talvez seja sua divulgadora de Manchester ou alguma fã que venceu um concurso. As palavras que vêm em seguida detonam todas as minhas teorias.

Com a esposa em casa em Londres, Toby Carson passou cinco horas aninhado num quarto de hotel em Manchester com a apresentadora Alexa Hunt, da MTV. Os dois saíram juntos da boate Humburg às quatro da madrugada, antes de voltar para a suíte do líder do Drift no ultrachique Malmaison. Segundo nosso homem no local, Alexa, de 23 anos, estava com um enorme sorriso no rosto quando finalmente partiu quatro horas depois. O Drift está quase na metade de sua turnê pelo Reino Unido, e parece que Toby está tocando fora de casa de vários modos. Esperemos que sua mulher Thea seja do tipo compreensivo.

Acho bom estar sentada, porque subitamente minha cabeça fica nadando, forçando-me a agarrar a beira da mesa com as duas mãos.

— Você está bem, querida? — diz Kim, gentilmente.

Consigo assentir, mas meu lábio inferior tremendo é uma enorme bandeira.

— Eu sei que parece ruim — continua ela — mas se fosse você eu veria essa matéria com um enorme pé atrás. Você sabe como são os tablóides.

— É, mas não existe fumaça sem fogo — digo amargamente. — Cinco horas é um tempo tremendamente grande e tenho toda a certeza de que eles não estavam jogando buraco.

— Como é que ele pôde fazer isso com você? — murmura Tim, balançando a cabeça.

Kim lança um olhar de alerta, e pegando a dica ele se levanta e diz que está na hora de ir para o trabalho. Enquanto vai para a porta, Tim pára e dá um beijo no topo da minha cabeça.

— Vai haver uma explicação perfeitamente razoável, você vai ver — diz ele.

— É, certo — consigo falar num sussurro áspero, antes de irromper em lágrimas.

ONZE

O resto do dia passa num borrão. Apesar da questão premente dos cactos de dois metros de Jacinta Doomes-Braithwaite (a vaca difícil se recusou a admitir os infláveis), Kim põe sua própria vida em espera para resolver a minha. Sua primeira prioridade é me proteger dos sacanas dos tablóides, que inevitavelmente tentarão ir atrás do furo do *Mirror* perseguindo a "esposa traída" para uma entrevista. E não perderam tempo — um telefonema para Ivy revela que uma multidão de repórteres salivando já acampou do lado de fora de Itchycoo.

— Eu mandei eles irem embora, aqueles escrotos — disse Ivy, furiosa, jamais medindo as palavras. E parece que há um monte de recados na secretária eletrônica; todo mundo, desde o Noticiário do Canal 4 até a revista *Gente Famosa*, querendo uma fala ou uma entrevista. Nosso número não consta da lista, claro, mas esses jornalistas têm formas e meios. Kim instrui Ivy a não revelar meu paradeiro a ninguém — e isso inclui amigos "preocupados". Em situações assim, você não sabe em quem pode confiar.

Espero que nenhum dos jornais possa me encontrar na casa de Kim. Em público, eu sempre fui bastante discreta na questão da nossa amizade, e não consigo pensar em uma única ocasião em que fomos fotografadas juntas. Ela, por sua vez, nunca citou *meu* nome durante seus negócios, mesmo que a ligação com os Carson sem dúvida fosse abrir algumas portas. Deus sabe o que eu diria a algum repórter que me achasse.

— Meu marido trepou com uma apresentadora de TV ridiculamente atraente e nem teve a decência de me ligar para dar uma desculpa esfarrapada.

Isso certamente garantiria alguns centímetros de coluna no jornal de amanhã. Veja bem, não consegui fazer contato com Toby. Tentei o celular vinte vezes ou mais, mas está definitivamente desligado. Liguei para o hotel e me disseram que ele tinha saído. Liguei o número de Callum e fui recebido pela caixa de mensagens. Finalmente, liguei para o celular do empresário da turnê e falei com a secretária, que prometeu fazer com que Toby me ligasse no minuto em que o visse.

O dia inteiro estive repassando isso na cabeça, tentando conjurar um cenário plausível que inocentasse meu marido, mas na verdade ele é culpado que nem o diabo. Mesmo que não tivesse acontecido penetração até a conclusão do sexo, não há como negar que ele levou outra mulher para o hotel — a fotografia foi tirada quando eles chegavam ao Malmaison — e no meu caderno isso é traição. O que me deixa mais enjoada é a lembrança da nossa última noite juntos antes de ele partir para a estrada — o jantar, a pulseira Asprey & Garrard, as velas, o sexo... não deve ter significado nada para ele, era só uma trama para manter a mulherzinha doce enquanto ele ia trepar pela Grã-Bretanha. Não é de espantar que não quisesses que eu fosse na viagem. Ele nem estava muito a fim de me encontrar em Leeds na sexta-feira, mas eu consegui persuadi-lo dizendo que só ia ficar uma noite. Que idiota completa eu tenho sido! Me sinto tão humilhada!

O JOGO DA FAMA DE THEA CARSON

Logo depois do noticiário das dez fui para a cama, desesperada para entrar nos braços de Morfeu e pôr um fim nesse dia odioso. Mas o sono é ainda mais esquivo do que meu marido errante. Uma hora e meia depois ainda estou acordada, olhando o teto e visualizando Toby em cima da linda Alexa Hunt quando há uma batida suave na porta. É Kim, e ela está com o telefone sem fio.

— Adivinha quem é? — diz ela simplesmente, antes de me entregar o telefone e sair do quarto, fechando a porta.

— Alô — digo ao telefone, deitada de barriga para cima.

— Sou eu, neném. E antes de perder a estribeira, pode me dar dois minutos para eu contar meu lado da história?

— Sou toda ouvidos — digo sarcasticamente.

— Em primeiro lugar, desculpe não ter ligado antes. Eu só soube daquele negócio do *Mirror* na hora do almoço. Tentei telefonar, mas não consegui ligação com o seu celular e o número de Kim estava ocupado o tempo todo. Então a banda precisou fazer uma passagem de som, e na metade apareceu o pessoal de uma estação de rádio para uma entrevista...

— Toby — interrompo —, corte o papo furado e vá direto à porra do ponto, certo?

— Desculpe, neném. Certo. Eu sei que isso vai parecer absurdo, mas estou dizendo a pura verdade. Em primeiro lugar, Alexa é minha amiga, ontem não foi a primeira vez que eu me encontrei com ela.

— Engraçado, você nunca falou dela.

— Devo ter falado... O Drift foi o convidado do programa dela na MTV no mês passado. Nós fizemos um acústico.

— Não, não tenho nenhuma lembrança.

Isso parece ter puxado seu tapete, porque há um longo silêncio. Eu nem tento preencher o vazio. Por que, porra, deveria facilitar as coisas para ele?

— Certo. Bem, de qualquer modo, depois disso eu esbarrei com ela algumas vezes em várias festas e lançamentos, e nós conversamos um bocado, você sabe, papo de música principalmente, sem flertar nem nada.
— Continue.
— Bom, Lexy estava no *show* de Manchester...
— Então é *Lexy*?
— Qual é, Thea, dá um tempo. Todos os amigos chamam ela de Lexy.
— Certo.
— E a gente se encontrou no camarim depois, ela só queria dar os parabéns por um *show* fantástico. E estava certa, a gente arrasou com o lugar, Thea. Gostaria que você tivesse visto.
— Bom, alguém se esqueceu de me convidar.
— Ah, é. Desculpe, neném. De qualquer modo, um grupo grande decidiu ir até o Humbug Club. A gente se divertiu um bocado, o DJ era sinistro...
— Toby, eu juro que vou desligar se você arrastar isso muito mais.
— Certo, certo. Todos os pesos-pesados começaram a sair por volta das duas, e na hora de fechar éramos só eu e Lex... Alexa. Nenhum de nós estava com vontade de dormir, por isso não queríamos ir para os hotéis, e eu a convidei ao Malmaison para atacar meu frigobar. Sei que foi um erro, levar uma garota para meu quarto assim, deveria saber que haveria fotógrafos depois do *show*, mas eu estava bebum e tinha cheirado um pouco de pó, não estava pensando direito. Só queria um pouco de companhia...
— Quer dizer que você não achava que os dois seriam apanhados.
— É, quero dizer, não... Eu não estava fazendo nada de errado. Nunca fui infiel a você. Você tem de acreditar.

— Mas cinco horas, Toby... não diga que vocês ficaram bebendo sem parar durante cinco horas.

— A gente tomou as garrafinhas miniatura e depois caiu no sono; não na cama nem nada. Eu fiquei numa poltrona, ela no sofá.

Há um longo silêncio enquanto eu peso a chance de meu marido estar dizendo a verdade, toda a verdade e nada mais do que a verdade. O veredicto: não é muito provável. Eu posso estar apaixonada, mas não sou estúpida. Ele deve ter escondido alguns detalhes. Como a parte em que Lexy desapareceu no banheiro e voltou usando apenas um sorriso e uma borrifada de CKbe — certo, só estou especulando, mas isso é *rock'n'roll*, de modo que tudo é possível.

— Você não falou com a imprensa, falou? — pergunta ele, subitamente.

— Não, mas estão acampados do lado de fora de casa.

— Porra. É melhor você ficar longe de Itchycoo por uns dois dias. Eles logo vão se chatear e vão encher o saco de algum outro pobre coitado. E se encontrarem você, diga "sem comentários", certo?

— Talvez... ainda não decidi.

— Bom, é com você, mas se você der trela a história vai se arrastar e se arrastar, você sabe.

— Tanto faz.

— Você *ainda* vem a Leeds na sexta, não vem? — diz ele, em tom lamentoso.

— Acho que não.

— Qual é, neném, não seja assim.

— Assim como? Como uma pessoa que tem um pouco de respeito próprio? — digo rispidamente. — Eu estou de saco cheio desse tipo de vida. Sem saber onde você está ou com quem está. Que tipo de casamento é esse?

— Então o que é que você vai fazer?
— O que *nós* vamos fazer? O que *você* vai fazer? Eu sempre apoiei você, sempre banquei a boa mulherzinha, e tudo que você fez foi tirar vantagem de mim. Acho que você deveria usar esse tempo de viagem para pensar se está preparado para mudar de vida, passar mais tempo em casa, começar a agir como um marido de verdade em vez de o grande Eu Sou.
— Ou então?
— Ou então eu vou deixar você, Toby; e estou falando isso com toda a sinceridade, porque caso contrário corro o perigo de perder qualquer fiapo precioso de respeito próprio que ainda possuo.
— Certo, bom, você deixou seus sentimentos perfeitamente claros. Vejo você daqui a duas semanas, então. Não vou me incomodar em ligar de novo porque você provavelmente não quer. Mas você sabe onde eu estou, se precisar de mim. E, Thea, eu nunca quis magoar você, quero que saiba disso.

Desligo o telefone sem responder porque há um calombo do tamanho de uma bola de futebol crescendo na minha garganta. E não devo mostrar fraqueza, caso contrário Toby vai saber que estou blefando.

Durmo extremamente bem, considerando-se tudo. De muitas maneiras é um alívio ter dado enfim um ultimato, coisa que eu deveria ter feito há meses. Só espero que tenha o efeito desejado. Não quero romper com Toby — sempre acreditei que o casamento é para toda a vida — mas ao mesmo tempo não estou satisfeita com as coisas como são, nem um pouco. Já cumpri minha parte de apoio e compreensão, e realmente acho que está na hora de mais alguém, além de mim, colocar algum empenho no casamento.

— Você acha que ele está falando a verdade sobre essa garota? — perguntou Kim quando eu lhe fiz um relato detalhado da conversa.

— Eu gostaria de pensar que sim, mas não sei, realmente não sei. Ponha a coisa do seguinte modo: as palavras "fiel" e "astro do *rock*" não costumam andar de mãos dadas.

— Sei o que você quer dizer, mas não acho que Toby seja capaz de adultério serial. Tendo dito isso, acho que você fez a coisa certa enfiando um morteiro na bunda dele desse modo. Você precisa começar a se pôr em primeiro plano, em vez de sempre dançar a música dele. Tenho certeza de que ele vai tomar tino, e quando voltar a Londres será um homem mudado, você vai ver.

Espero que ela esteja certa. E enquanto isso vou me manter o mais ocupada possível, de modo a não ter tempo para ficar pensando nessas coisas. Apesar das preocupações de Kim, planejo começar amanhã a tentar encontrar meu pai. Mas esta tarde pretendo me perder no vácuo absoluto do almoço com as esposas. Se há uma coisa que vá me ajudar a tirar a mente de Toby, é a conversa maldosa mas absolutamente viciante daquelas três rainhas da fofoca.

O caminho para a cidade está livre de tráfego, de modo incomum, e pela primeira vez sou a primeira a chegar ao restaurante — um caríssimo lugar francês em South Ken, e pouso regular para o nosso pequeno clube de almoço. Assim que abro a grossa porta de vidro, o horrendamente obsequioso *maître* vem me cumprimentar.

— Que maravilha vê-la de novo, Sra. Carson — diz ele, efusivo, desajeitadamente tentando me aliviar de meu casaco de alpaca.

— Tudo bem, Bertrand, vou ficar com ele — digo, pegando o casaco.

— Muito bem, Sra. Carson — diz ele, meloso. — Bom, se quiser me acompanhar, sua mesa de sempre está pronta. — Ele me leva até um lugar perto da janela e faz um grande estardalhaço puxando a cadeira e sacudindo meu guardanapo. — Espero que tudo esteja ao seu gosto. Philippe, o nosso garçom principal, estará cuidando das senhoras hoje, de modo que, se precisarem de alguma coisa, qualquer coisa, digam a ele. — Bertrand sinaliza para um sujeito anguloso parado perto de uma iúca gigantesca no canto do salão.

— Obrigada, Bertrand. Mas por enquanto estou bem, honestamente — digo com os dentes trincados. Felizmente ele entende a dica e se manda para sua mesinha perto da entrada do restaurante. Eu não suporto que babem em mim, e desejo ser apenas uma freguesa comum, mesmo que isso significasse ser posta numa mesa perto dos banheiros.

Dentro de dez minutos as outras chegam — Patti primeiro, seguida por Angela e Stella, que aparecem juntas, envoltas numa nuvem sufocante de perfume muito caro.

— Você deveria ter me ligado imediatamente, coitadinha, queridinha — diz Patti, quando estamos todas presentes.

— Perdão?

— Eu conheço um excelente advogado de divórcios — não que você vá se divorciar de verdade, claro, mas a simples ameaça faz milagres. Toby vai logo entrar na linha quando perceber quanto dinheiro pode perder. Quanto tempo faz — um ano? Isso deve valer uns dois milhões, mesmo sem acordo pré-nupcial.

— Ah — digo. — Então você viu a matéria.

— Quem *não viu* a matéria? — diz Stella, estendendo a mão para tocar meu ombro, de modo paternal. — Eu sinto muito por você, sinto mesmo.

Que ingênua eu fui em achar que poderia desfrutar de um almoço calmo sem referências à indiscrição de Toby. Aposto que essas aí estavam ansiosas por este dia. Vai ser a maior fofoca desde que o irrigador de cólon de Angela recusou sua gentil oferta de sexo oral. Quer dizer, ela é uma mulher linda, mas o cara *tinha*

O JOGO DA FAMA DE THEA CARSON

enfiado uma mangueira na bunda dela e visto um mês de merda sair. Uma chupada provavelmente seria a última coisa na cabeça dele.

Philippe aparece junto à nossa mesa.

— Gostariam de pedir alguma bebida, *senhorras*? — diz ele cheio de rapapés.

— Vou querer um Bellini — diz Stella. Angela escolhe champanhe e eu peço um vinho branco. Philippe olha cheio de expectativa para Patti, que não diz uma palavra, mas simplesmente pega um cartão de visita creme com letras em itálico dourado dentro de sua bolsa Kelly e entrega a ele. Philippe olha o cartão, levanta a cabeça surpreso e diz:

— Muito bem, madame — antes de ir na direção do bar.

— O que é, Patti? Não fala com os empregados ultimamente? — pergunto.

— Você ficaria surpresa em saber quantos *barmen* não sabem preparar um coquetel decente — diz ela em tom curto e grosso. — Só estou facilitando a vida para eles. — Ao ver meu olhar interrogativo, ela pesca um cartão idêntico na bolsa e me entrega.

— Martini Smirnoff, puro, extrafrio, uma azeitona, mexido, não sacudido — leio em voz alta. — Como você é organizada! Deveria dizer: que porra de coisa mais anal!

— Bom, não vamos perder tempo com conversa fiada — diz Patti, tirando o cartão da minha mão. — Voto para que façamos as escolhas do menu imediatamente e depois podemos nos concentrar em ajudar Thea.

— Eu não preciso da ajuda de vocês, honestamente — protesto. — Sou perfeitamente capaz de resgatar meu casamento.

— Querida, não precisa ser corajosa. Você está entre amigas — e o que Stella, Angie e eu não sabemos sobre maridos infiéis simplesmente não vale ser sabido. Bom, eu vou querer o *consommé*, seguido por... vejamos... um bom *mangetout* e salada de ovos de codorna...

— Espere um minuto, eu não sei se Toby *foi* infiel. De fato, ele insiste em que não foi, diz que encontrou a garota no camarim, que foram a uma boate e depois voltaram ao hotel dele para tomar uma bebida e nada mais.

— Ah, qual é, Thea. Caia na real — diz Angela sem qualquer gentileza. — Eles provavelmente treparam até cair mortos.

— Calma, calma — intervém Patti. — A verdade está provavelmente no meio-termo. — Ela toma um grande gole do martíni que acabou de ser trazido. — Hmmm, nada mau. Certo, todo mundo, vamos ao que interessa. O fato desagradável é que qualquer mulher em nossa posição espera que o marido seja infiel, o que está bem, desde que ela seja adequadamente compensada.

— Compensada? — diz Stella.

— Peles, jóias, férias cinco estrelas no Caribe — tudo é moeda perfeitamente aceitável no meu caderninho — diz Patti, dando um sorriso presunçoso. — Mas o que nós não aceitamos é esfregarem as coisas na nossa cara. Fofoca entre amigas e conhecidas já é bem ruim, mas uma materiazinha imunda de jornal — nesse ponto ela me olha com simpatia — é uma coisa totalmente diferente. Bom, pelo modo como eu vejo, Thea tem várias opções. A primeira é dar a Toby um gosto do próprio remédio dele. Posso ilustrar usando um exemplo pessoal?

— Por favor, ilustre — falo. Apesar do meu desgosto por essa dissecação muito pública do meu casamento, devo admitir uma certa curiosidade mórbida pelos traumas matrimoniais de Patti.

— Rich e eu só estávamos casados há seis meses quando ele foi infiel pela primeira vez. Era no início dos anos setenta, e o Rough Ryder estava na primeira parte da turnê Bridges to Nowhere pela América do Sul quando fiquei sabendo que meu

marido estava trepando com uma das vocalistas, uma garota americana com um enorme penteado afro e peitos que pareciam melões.
— Mas você não foi naquela turnê? — interrompe Angela.
— Sim, fui. Eu fiz um diário para a *Vogue* — foi um dos números mais vendidos de 1972 — tenho meia dúzia de exemplares ainda, se vocês quiserem pegar emprestado um dia desses.
— Que coisa horrível para você — digo. — Não posso acreditar que Ricky seria tão grosso.
— Está brincando? Esse é o cara que recentemente encomendou uma piscina em forma de guitarra para o jardim — diz Patti em tom gélido, antes de continuar com a história. — Todo mundo naquela turnê sabia do caso de Rich, e quero dizer todo mundo — os *roadies*, o pessoal de palco, minha massagista pessoal... Eu fiquei arrasada.
— O que você fez? — pergunta Stella. — Confrontou Rich? Exigiu que a cantora fosse demitida da turnê?
— Não — diz Patti. — Fiz melhor do que isso. Trepei com Danny D'Silva.
— Danny D'Silva... o baterista do Rough Ryder — diz Angela boquiaberta. — O cara com um pau do tamanho de...
— Um cabo de vassoura — diz Patti, sorrindo da lembrança. — Eu o cavalguei como um vencedor do Derby. Na verdade, posso dizer que foi o melhor sexo que já tive, e claro que não mantive em segredo.
— Rich deve ter ficado furioso — diz Stella.
— Ah, sim, ficou totalmente fora de si: despedaçou o quarto de hotel, o ônibus da turnê, sua Fender predileta... E isso teria sido o fim: ele tinha me traído e eu me vinguei. Só houve uma pequena complicação: aquele meu marido estúpido e egoísta tinha engravidado a cantora. Um filho ilegítimo seria demais para suportar. Eu marquei e paguei o aborto e dei cinco mil li-

bras em dinheiro para ela, o que era uma tremenda grana naquela época. Mas valeu a pena: ela manteve a barganha e ficou de boca fechada. Rich e eu chegamos a um novo entendimento depois daquele pequeno episódio e ele nunca mais esfregou os casos na minha cara. Hoje em dia é a discrição em pessoa.

— Mas você não está sugerindo a sério que eu devo trepar com um dos colegas da banda de Toby — digo incrédula. — Porque eu digo agora, eles não aceitariam nem que eu fosse oferecida numa bandeja... eles se conhecem desde o sexto ano do colégio, pelo amor de Deus.

— Não precisa ser um cara da banda, só alguém próximo dele; um irmão, ou alguém da gravadora — diz ela.

— De jeito nenhum. Não concordo com essa mentalidade de olho por olho. E, de qualquer modo, como estou dizendo, eu não sei se Toby *foi* infiel.

— Bom, talvez então você devesse partir para a opção dois: uma matéria de seis páginas na revista *Gente Famosa*.

Aponto dois dedos para minha boca aberta e faço som de vômito.

— Qual é, Thea, o que poderia ser melhor do que uma bela entrevista *em casa* com uma jornalista simpática e aprovação integral para texto e fotos? Você provavelmente sairia na capa e até poderia insistir em ser fotografada por Terry O'Neill e receber as ampliações de brinde. Dá para ver: você e Toby batendo copos de cristal Waterford naquela linda mesa de jantar de nogueira. Os dois naquela cama *kingsize*... você poderia usar um daqueles pijamas Donna Karan. Para a entrevista, você poderia jogar de dois modos: Toby poderia *a)* sair limpo e considerar o delito um momento de pura loucura provocada pelo álcool e publicamente declarar amor e fidelidade imorredouros por você, sua linda esposa, ou *b)* negar tudo. De qualquer modo, você sairia com sua dignidade intacta e ganharia uns belos trinta mil pela barganha.

— Eu preferiria me dar um tiro antes de abrir a porta para aqueles puxa-sacos. E não acho que seria muito bom para o crédito de Toby na rua.

— Bom, isso nos leva de volta à sugestão original: esvaziar a conta conjunta, pegar o melhor advogado de divórcio que puder e levá-lo à porra da lavanderia. E se você conseguir que ele a engravide primeiro, melhor: vai dobrar a sua pensão.

Nesse ponto devo dizer que Patti não sabe do aborto — ninguém sabe, só Toby e Kim — caso contrário ela não teria dito isso.

— Mas eu não quero me divorciar — digo com petulância.

— Não culpo você — diz Stella. — Se eu fosse casada com aquele garanhão, iria enforcá-lo. Se você deixar Toby fora das suas garras, ele vai ser arrancado em segundos... isto é, se Alexa Hunt já não cravou as garras nele.

— Stella, você precisa fazer isso? — sibila Patti. — Nós estamos tentando animar Thea, e não mandá-la para uma depressão suicida. — Ela se vira de novo para mim. — Se bem que se você realmente precisar de um estimulozinho, eu sei onde se pode conseguir um suprimento ilimitado de Prozac, sem receita.

— Bom, certamente eu aviso no minuto em que bater no fundo rochoso — digo sarcástica — mas por enquanto gostaria de garantir a todas que estou perfeitamente bem. Agora, por favor, podemos falar sobre a vida amorosa de outra pessoa, para variar?

— Estraga-prazeres — diz Stella, baixinho. — Só estou brincando! — ela trina quando eu a encaro cheia de ira.

— Vamos falar de mim, então — diz Angela. — Eu comecei a sair com o homem mais lindo do mundo.

— É o *personal trainer* dela — acrescenta Stella.

— Eu não sabia que você malhava — digo.

— Ah, sim, tudo faz parte da minha nova onda de saúde. A estada no Anderson Center realmente ajudou a reavaliar todo o meu estilo de vida. As toxinas não estão com nada, o exercício está com tudo. Nem posso dizer como estou me sentindo viva.

— E sem dúvida você vem tendo um bocado de atividade extracurricular com o Sr. Supino — digo.

— Sem dúvida! Jake é uma tremenda trepada — tem grandes olhos castanhos e uma barriga onde a gente pode fazer moedas quicarem. E além disso é boa companhia. É uma pena não haver futuro na coisa.

— Por que, querida? O sujeito parece divino — baba Patti, inutilmente tentando atrair a atenção de Philippe estalando os dedos no ar.

— Não tem dinheiro — diz Angela, desconsiderando. — O sujeito não tem nem um cartão ouro, o carro dele tem seis anos, ele faz compras na Gap e, pior de tudo, vive em cima de uma loja. — As últimas palavras são ditas num sussurro embaraçado.

— Mas afora tudo isso você gosta do cara, certo? — pergunto.

— Ah, sim, gosto muito. Mas vamos encarar, a não ser que ele consiga o Elton John como cliente, nunca vai ganhar dinheiro suficiente para me manter no estilo ao qual estou acostumada. É tudo culpa daquele juiz sacana. Se não fosse por ele, eu estaria rolando na grana.

Nesse ponto devo explicar que o acordo de divórcio de Angela foi finalizado há duas semanas. Em vez dos dois milhões de libras que ela esperava, o lorde juiz Boothby lhe deu modestos quinhentos mil — "Não é o suficiente para pagar meus esmaltes de unha", como ela disse a Nigel Dempster.

— Você já pensou em voltar a trabalhar? — pergunto. Ela fica perplexa.

— Você *deve* estar brincando. Eu não voltaria a ser recepcionista nem por todos os sapatos da Prada. Não, eu só tenho de continuar procurando até achar um homem rico. Stella prometeu me apresentar a Roger Bowles, não foi, querida? — diz ela, paparicando a amiga.

— Ele vai ser moleza — diz Stella sobre o eminente locutor da BBC. — Segundo Titus, ele baba — e estou falando literalmente — por um par de peitos, e certamente Angie não é carente nesse departamento — diz ela, sinalizando para o generoso decote de Angela.

— Mas ele não é meio velho? Deve estar perto da aposentadoria.

— Tem sessenta e um — diz Stella em tom casual. — Mas ela não terá de fazer sexo com ele, todo mundo sabe que ele é impotente. O sujeito gosta de infantilismo. Você sabe como é... ela só precisa limpar a bunda dele — colocar uma fralda gigante, *amamentar*. — Como se agissem a partir de alguma dica invisível, ela e Angela começam a rir.

— Isso é absolutamente revoltante — diz Patti, que finalmente atraiu a atenção de Philippe. — Angela, você não pode considerar sair com esse tarado. Tenho certeza de que pode conseguir alguém melhor. Thea, você deve conhecer um monte de jovens disponíveis — diz ela, enfatizando o "jovens".

— Hmmm, na verdade não sei, eu teria de pensar. — De jeito nenhum vou sacanear um dos meus amigos juntando-o a Angela. A mulher é uma parasita completa.

Philippe está parado junto à mesa, esperando pacientemente para pegar nossos pedidos. As outras, pouco imaginativamente, quiseram um *consommé* para começar, seguido por saladas quentes e um cozido de legumes para dividir. Tudo no cardápio parece tão delicioso, eu simplesmente não consigo decidir, por isso peço a recomendação de Philippe.

— A torta de queijo de cabra com tomate seco seria uma excelente escolha para começar, madame — diz ele. — E para o prato principal eu recomendaria o fígado de novilha com creme e molho de conhaque.

— Parece bom. E o mil-folhas de framboesa ainda está no cardápio de vocês?

— Certamente, ou talvez a madame preferisse o especial de hoje: profiteroles de caramelo com *crème anglaise*.

— Aaah, vai ser uma escolha difícil — digo, sorrindo para ele. Nesse ponto noto que Stella está me olhando com uma expressão de nojo mal contida.

— Alguma coisa errada? — pergunto a ela.

— De jeito nenhum. Eu gostaria de esquecer as coisas como você — diz ela em tom maldoso. — Nunca conheci alguém com um... como é que eu posso dizer?... apetite tão *saudável*. Não me entenda mal, Thea, mas talvez você devesse pensar em diminuir o consumo de calorias. Eu acho que a contenção é muito importante para mulheres na nossa posição. Afinal de contas, você não pode culpar Toby por procurar outra pessoa se você está acumulando quilos, pode?

Fico muda de indignação. A vaca escrota. Enquanto as escuto falando gracinhas, imagino por que, diabos, me incomodo em manter amizade com essas bruxas. Veja bem, não é a primeira vez que penso isso — e ouso dizer que não será a última.

DOZE

Chego na estação Maze Hill em Greenwich logo depois das sete e meia. Agora que estou aqui o nervosismo começou. Kim se ofereceu para vir comigo, e agora eu gostaria de seu apoio, mas não posso ficar contando com outras pessoas a vida inteira; isso é uma coisa que eu preciso fazer sozinha. Claro, não acredito seriamente que "Kevin" ainda vá estar morando na Hermitage Road, 83, depois de quase três décadas, mas os moradores atuais podem ter alguma vaga lembrança dele e, se eu tiver realmente sorte, o endereço para onde ele se mudou. Vou para a Trafalgar Road, fechando o zíper do casaco por causa do ar frio da noite. Deliberadamente não vesti nada chique demais — esta parte de Greenwich é meio barra-pesada —, mesmo quando eu era criança mamãe não queria que eu viesse para cá sozinha. Nós morávamos mais para o oeste, nos limites de Lewisham — que não era mais rico, exatamente, mas pelo menos tinha um pouquinho mais de personalidade.

Quando chego ao Hospital Greenwich, um medonho monolito cinza agachado malevolamente ao pé da colina Vanbrugh, dou uma olhada rápida no guia que está na bolsa, para refrescar a memória, antes de atravessar a rua e pegar a primeira à esquerda. A Hermitage Road é uma rua estreita, sem árvores, de pequenas casas vitorianas. Enquanto conto os números um a um, fico consciente de um afrouxamento nas entranhas. E se Kevin ainda morar aí? E se o homem que abrir a porta tiver meus olhos ou meu nariz? Devo inventar uma desculpa dizendo que estou procurando um velho amigo ou ir ao ponto imediatamente? Não quero lhe dar um ataque cardíaco. Pensando bem, nem sei se Kevin morava na Hermitage Road, 83 — só que uma vez ele se encontrou com mamãe lá. De repente percebo que não pensei direito nesse plano maluco.

Ridiculamente, sinto um pequeno brilho de orgulho quando descubro que o número 83 é uma das casinhas mais bonitas da rua. Uma cerca baixa, de madeira, cerca o jardim pequeno mas bem cuidado, e a porta da frente é pintada num amarelo ensolarado. Alguém está em casa porque, através da fenda entre as cortinas, posso ver as luzes acesas. Meu Deus, eu realmente quero passar por isso? Imagino o que mamãe diria se pudesse me ver agora. Ela nunca me encorajou a fazer contato com meu pai, mas não creio que tivesse impedido se eu mostrasse algum interesse verdadeiro. "Qualquer coisa que deixe você feliz, Thea meu amor", era a sua frase típica. Então, antes de mudar de idéia, abro o portãozinho do jardim, vou até a porta amarela, aliso o cabelo, respiro fundo e aperto a campainha com força. Depois de alguns segundos ela se abre para revelar um homem gorducho, de trinta e poucos anos, com pele vermelha e segurando uma concha de aço inoxidável.

— Sim? — diz ele bastante irritado. — Se você é Testemunha de Jeová, eu não estou interessado.

— Ah, não, estou tentando encontrar um velho amigo da minha mãe — digo, tentando parecer confiante, ainda que minhas pernas tenham virado geléia. — Ele morava aqui há muito tempo. Eu estava imaginando se o senhor o conhece.

O JOGO DA FAMA DE THEA CARSON

— Meu Deus, duvido muito. Nós mudamos para cá no verão passado — diz ele com um pouco mais de gentileza. — Escute, não quero ser grosseiro, mas estou com uma panela de espaguete à bolonhesa lá dentro e uma criança de oito anos sem ninguém vigiando, de modo que é melhor eu entrar.

— Por favor, eu agradeceria muito se você pudesse me dar só dois minutos — imploro.

Devo parecer tremendamente patética, porque ele dá uma espécie de meio sorriso e diz:

— Bem, então é melhor você entrar.

Entro e ele sinaliza para uma sala que dá no corredor.

— Quer esperar na sala com Ben enquanto eu desligo o fogo da panela? Não vai demorar um segundo.

Ele segue pelo corredor e entro na sala, onde um garotinho louro está sentado nos calcanhares diante da TV, envolvido com os *Power Rangers*.

— Olá — digo ao garoto, enquanto empoleiro uma nádega no braço de um sofá de veludo marrom. Ele vira a cabeça uma fração de centímetro, me dá um pequeno sorriso tímido e depois se vira para a tela. Eu olho a sala em volta, vendo as luminárias de parede e as cortinas pesadas com estampa William Morris. Meio exagerado para o meu gosto, mas é tudo coisa cara. Então o homem aparece sem a concha.

— A propósito, eu sou Alan — diz ele, enxugando a mão na lateral dos *jeans* antes de estendê-la para mim.

— Thea, Thea Carson — digo apertando a mão dele. — Foi tremendamente gentil me convidar assim.

— Bom, dá para ver que isso é importante para você; se bem que, como eu disse, não creio que eu possa ajudar muito. Bom, quem é o cara que você está procurando?

— Infelizmente não tenho muitos dados. Ele se chama Kevin, não sei o sobrenome, e morou aqui no início dos anos setenta.

— Isso é muito tempo para mim — diz ele, coçando o queixo. — Eu nunca vivi ao sul do rio até a gente se mudar para cá. Mas Cheryl, minha mulher, poderia ajudar, ela morou no leste de Greenwich a vida inteira, na verdade cresceu na próxima rua. E se *ela* não se lembrar do seu Kevin, as chances são de que conheça alguém que se lembre. Ela vai voltar num minuto, pegou o trem de sete e cinqüenta. Você pode esperar.

— Eu não quero ser incômoda...
— Sem problema, honestamente.
— Bom, vai ser ótimo. Muito obrigada.

Alan se senta numa poltrona e nós temos uma conversa tensa enquanto o personagem de A *aldeia dos amaldiçoados* continua a olhar a tela de TV com olhos vítreos. Depois de uns dez minutos começo a pensar em pedir licença e ir embora, quando ouço uma chave virando na fechadura. Alan salta para receber a mulher e eu ouço vozes abafadas no corredor. Instantes depois, uma mulher loura, baixa e meio gorducha com capa de chuva cor de massa de vidraceiro aparece na porta da sala.

— Mamãe! — guincha o garoto, que pula como se tivesse acabado de receber 10.000 volts. Corre até ela, envolve sua cintura com os braços e, com o risco de parecer meio sentimental, tenho de dizer que acho uma cena bem tocante. Deve ser espantoso ter uma pessoazinha tão absolutamente apaixonada por você. Talvez um dia eu descubra como é. A mulher me lança um sorriso hesitante e Alan nos apresenta.

— Amor, esta é... — Ele faz uma pausa.
— Thea — digo.
— Sim, Thea, claro. Thea está tentando encontrar um velho amigo da mãe dela, que já morou aqui, na nossa casa. Eu não fui de utilidade nenhuma, mas achei que você poderia saber de alguma coisa, já que cresceu por aqui.

— Bom, certamente vou fazer o máximo — diz ela.

Digo o que sei e acrescento que Kevin provavelmente teria vinte e poucos ou trinta anos quando morava nessa casa.

— Nossa, isso não é muita coisa — diz ela. — Eu cresci na outra rua, mas não posso dizer que conheci algum dos moradores anteriores desta casa, a não ser os que viviam aqui antes de nós, claro, e eles também só ficaram uns dois anos. *Kevin*... não, sinto muito, não conheço nenhum Kevin.

Meu desapontamento é óbvio.

— Bom, obrigada mesmo assim — digo desanimada, levantando e pendurando a bolsa no ombro. — Acho que terei de riscar este.

— Espere um momento — diz Cheryl subitamente. — Há uma pessoa que talvez possa ajudar você.

— É? — digo, com os olhos se iluminando.

— Tom Bailey, do número 22, mora nesta rua desde os anos sessenta, acredite ou não, de modo que ele sabe de praticamente tudo que aconteceu por aqui. Provavelmente é sua melhor opção.

— Ele é uma luz guia no Vigilantes da Vizinhança, e o bisbilhoteiro residente — diz Alan, levantando os olhos para o céu. — Você não pode passar pela casa dele sem que as cortinas se abram um pouquinho.

— Ora, ora, Alan — repreende Cheryl gentilmente. Em seguida ela se vira para mim e diz: — Você provavelmente vai pegar Tom em casa agora. Ele raramente sai à noite.

Depois de agradecer profusamente aos dois, vou pela rua até o número 22. Todas as luzes estão apagadas, mas atrás das cortinas de filó posso ver o tremor azulado de uma tela de televisão. A casa não é tão bem cuidada quanto a de Cheryl e Alan. Um pé de alfena crescido demais ameaça derrubar a cerca, e as janelas precisam desesperadamente de pintura. Mesmo assim, ele é um cara velho, de modo que o "faça você mesmo" não está muito no topo de sua lista de prioridades. Vou até a porta mal cuidada, que tem um adesivo do Vigilantes da Vizinhança e um aviso escrito a mão, muito bem grudado com fita adesiva perto da carta de correspondência, dizendo: "Nada de panfletos ou circulares, por favor."

Não parece haver uma campainha ou aldrava, por isso bato com força com os nós dos dedos. Depois de três ou quatro minutos ainda não há resposta, por isso bato duas vezes com a tampa da caixa de correspondência. Ouço sinais de movimento, um som de pés arrastados, seguido pelo de trincos sendo puxados. Finalmente, a porta se abre rangendo lentamente e uma cabeça branca com dois olhos fundos aparece acima de uma corrente de latão.

— Em que posso ajudar? — diz ele numa voz nobre, que não tem qualquer traço de sotaque do sudeste de Londres.

— Sr. Bailey? — pergunto.

— Sou eu.

— Desculpe incomodar, mas estou tentando encontrar um velho amigo da minha mãe, que já morou nesta rua. Alan e Cheryl, do número 83, disseram que talvez o senhor se lembrasse dele.

— Foi mesmo? — diz o velho cheio de suspeitas.

— Prometo que não vou tomar muito do seu tempo.

— Geralmente eu não deixo estranhos entrar em casa, todo cuidado é pouco hoje em dia. Eu sou presidente do Vigilantes da Vizinhança do bairro, você sabe.

— Sim, sim, eu sei. Alan e Cheryl falaram muito bem do senhor. Disseram que, se alguém pudesse me ajudar, seria o senhor — digo, batendo os cílios numa demonstração descarada de puxa-saquismo.

— Bem, já que você foi recomendada, abrirei uma exceção dessa vez.

O JOGO DA FAMA DE THEA CARSON

A porta se fecha e eu o ouço mexer nas correntes, depois ela se abre de novo e eu vejo que, apesar da idade avançada, ele tem uma figura bastante bem arrumada, com calças de *tweed* e suspensórios sobre uma camisa clara. Ele me leva para a escura sala de estar, onde está passando *Brookside* no volume máximo, e acende um abajur fora de moda, com cúpula de tecido pregueado.

— Posso lhe servir alguma coisa, uma xícara de chá, talvez? Ou um copo de limonada?

— Não, obrigada, estou bem.

— Digestivo de chocolate, uma fatia de Battenberg?

— Verdade, não quero incomodá-lo.

— Ah, não é incômodo, minha cara, nenhum incômodo. Eu não recebo muitas visitas, veja bem, por isso gosto de paparicar as que aparecem. — Ele pega o controle remoto no braço da poltrona e aperta aleatoriamente até que a TV fica quieta, depois senta-se no sofá de chintz, de dois lugares, e me convida a juntar-me a ele. — Eu moro nesta rua há mais de quarenta anos — diz com orgulho.

— Acho que o senhor deve realmente gostar desta parte de Greenwich.

— Acho que sim, se bem que mudou e ficou irreconhecível nos últimos vinte anos. Não existe mais sentimento de vizinhança, as pessoas estão muito fechadas nas próprias vidas para se incomodar com os outros. Se não fosse pelos Vigilantes da Vizinhança ninguém por aqui nem mesmo saberia o meu nome — ele resmunga. — Para ser honesto, é a casa que me mantém aqui; este lugar tem muitas lembranças felizes. Depois que minha mulher morreu, há doze anos, eu soube que nunca iria me mudar. Gosto de estar aqui, rodeado por todas as coisas dela. Se quiserem me carregar para algum asilo de velhos, vão ter de me levar chutando e gritando.

— O senhor deve sentir muita falta dela.

— Nem diga. O câncer a roubou de mim: três meses entre o diagnóstico e a morte, três meses curtos para dizer adeus. Foi rápido demais, tremendamente rápido.

Para meu horror, uma lágrima gorda salta do olho dele e começa a descer lentamente pelo rosto. Ele a enxuga e pigarreia ruidosamente.

— Minha mãe morreu de câncer há dois anos — digo rapidamente, numa tentativa de poupar seu desconforto. — Sei como é perder quem a gente ama.

— Sinto muito, ela não poderia ser muito idosa.

— Cinqüenta e nove. Eu pensei que meu mundo tinha acabado, mas é verdade o que dizem, sobre o tempo curar. A dor não foi embora, mas fica mais fácil de ser enfrentada.

Ele assente com tristeza, reconhecendo nossa emoção compartilhada.

— Então, por que você está querendo tanto achar esse amigo dela, depois de tanto tempo?

Merda. Eu não estava preparada para isso, e digo a primeira coisa que me vem à mente.

— Minha mãe deixou umas coisinhas no testamento, umas jóias e... bem... livros. Eu queria entregar a ele pessoalmente.

— Sei. E esse sujeito morava aqui na Hermitage Road, é o que você disse.

— Acho que sim, no número 83. Foi há muito tempo, no início dos anos setenta.

— E o nome dele?

— Kevin.

— Kevin de quê?

— Sinto muito, não sei o sobrenome.

— Certamente sua mãe escreveu o nome dele inteiro no testamento; o advogado pediria isso.

O JOGO DA FAMA DE THEA CARSON

— Ah, não foi um testamento oficial — improviso às pressas. — Só uma carta que ela me escreveu, com uma lista de amigos e do que ela queria que ficasse com eles. Eu consegui achar a maioria dos outros, mas fiquei no vazio completo com Kevin.

— Sabe de uma coisa? Acho que você pode estar com sorte.

— Acha mesmo! — exclamo, inclinando-me para a frente.

— Porque, por acaso, eu me lembro de um cavalheiro chamado Kevin que morava no 83.

— Ah, meu Deus, é incrível!

— Ele e a mulher se mudaram por volta de... vejamos, meu filho tinha acabado de emigrar para a Austrália, portanto deve ter sido em 1973. Ele era um sujeito legal, sempre tinha tempo para um *bom dia* e *como vai o senhor?*

— Ele tinha uma esposa, pelo que o senhor disse.

— Isso mesmo, Jenny. E era muito bonita. Enormes olhos castanhos e cabelos compridos e encaracolados, quase até a cintura.

O que significa, claro, que Kevin era casado quando se encontrava com mamãe.

— Bom, qual era o sobrenome deles, mesmo? — diz Tom, recostando-se no sofá e fechando os olhos. — Era alguma coisa italiana, começando com F... Franco, Franconi, não... Fanconi, era isso. Fanconi! — diz ele, golpeando o dedo no ar, com triunfo.

— Fan-co-ni — digo a palavra lentamente, revirando-a na boca. — O senhor sabe se eles ficaram em Greenwich quando saíram da Hermitage Road?

— Não, foram para o norte, para a Turnpike Lane, acho. Ou era o Turnell Park? Lembro que tinha alguma coisa a ver com o trabalho dele. Ele era técnico de aquecedores: uma vez consertou meu boiler a preço de custo, o que foi muita gentileza.

Mal posso acreditar, a primeira peça do quebra-cabeça se encaixando lindamente. E agora que eu sei o sobrenome, a tarefa de encontrá-lo será infinitamente mais fácil. Kevin Fanconi... quase posso visualizá-lo, moreno com sobrancelhas grossas e cabelo grosso e ondulado.

— Como era o Kevin? O senhor se lembra? — pergunto gentilmente a Tom.

— Posso fazer melhor do que isso, eu tenho uma foto em algum lugar — diz ele, levantando-se lentamente e arrastando os pés até uma escrivaninha de madeira escura no canto da sala.

— Naquela época nós fazíamos um monte de reuniões de vizinhos, não era como hoje quando ninguém nem se importa em cumprimentar os outros na rua.

Olhando-o remexer na gaveta larga e rasa da escrivaninha, sinto a empolgação crescer. Pense só, dentro de dois minutos eu posso estar cara a cara com meu pai pela primeira vez.

— Aqui está — diz ele, segurando uma foto com as bordas amassadas. — A festa de rua da Hermitage Road no Jubileu de Prata da rainha. — Levanto-me e chego perto dele na escrivaninha. A foto colorida mostra uma fileira de compridas mesas de cavaletes, enfeitadas com guirlandas em azul, branco e vermelho e cheias de garrafas de vinho e Coca-Cola, com palitinhos espetados com queijo e abacaxi e fatias de bolo de frutas. Há três homens na foto, e não é imediatamente óbvio qual deles é Kevin.

— Este é o seu homem — diz Tom, sinalizando para um sujeito louro de camisa rosa e um cardigã cintado estilo Starsky, que está levantando um copo de Babycham para a máquina fotográfica. É baixo, de pele clara e meio atarracado; nem um pouco parecido comigo. Forçando a vista para a foto, examino seu rosto em busca de alguma semelhança — meus malares altos ou as sobrancelhas arqueadas, mas não há nada discernível.

Mesmo assim, isso não prova nada. Muita gente não se parece nem um pouco com os pais.

— Eles têm filhos, Kevin e a esposa? — pergunto.

— Não, pelo menos na época que eu conhecia. Eram recém-casados e tinham vinte e poucos anos quando vieram para a rua. Aquela ali é Jenny Fanconi — diz ele apontando para uma mulher magra e de cabelos compridos no primeiro plano. Sua cabeça está ligeiramente inclinada para o lado e ela está sorrindo, com os olhos semicerrados para o sol. Tom está certo, ela é bonita.

— O senhor ajudou muito — digo, devolvendo a foto. — Muitíssimo obrigada.

— Bom. Eu gosto de ser útil — diz ele com um sorriso brilhante. — Não deixe de dar minhas lembranças se e quando você achar Kevin, está bem?

— Claro que vou fazer isso. E obrigada de novo, Tom. Não sei o que teria feito sem você.

Quando nos despedimos na porta, ele de repente estende a mão e aperta a minha.

— Espero que você ache o que está procurando — diz ele.

— Eu também — digo, apertando sua mão de volta. — Eu também.

Viajando de volta para Londres de táxi, sinto bastante orgulho de mim mesma. Além de estar um passo mais perto de achar Kevin, fico espantada por ter tido a confiança de bater em duas portas de estranhos e extrair informações úteis deles. Geralmente não sou muito boa em me afirmar, sempre fui dependente demais dos outros.

Estou tão empolgada quando chego na casa de Kim que vou direto ao escritório dela, ver se posso levar minha investigação um passo adiante. Ela e Tim foram a um jantar esta noite, e vão demorar séculos para voltar. Jogando a bolsa no chão, tiro a capa de chuva, ligo o computador, abro o Internet Explorer e digito a URL da lista telefônica da BT. Graças a Deus Kevin tem um nome tão incomum, eu não teria a menor esperança de achá-lo se o sobrenome fosse Brown ou Jones. A página de busca se abre e eu rapidamente preencho os campos:

NOME: Fanconi
INICIAL: K
ÁREA: Londres

Aperto o botão de busca RESIDENCIAL, recosto-me e cruzo os dedos. Alguns segundos depois uma nova página aparece: "Desculpe, não pudemos completar seu pedido." Droga. Isso significa que ele não está na lista ou se mudou da cidade. Estou para desconectar quando tenho outra idéia. Voltando à página de busca, aperto o botão de COMERCIAL. Anda, anda... por que essa coisa estúpida é tão lenta?

Enquanto espero a informação baixar, começo a remexer na bandeja de papéis da mesa de Kim, separando em pilhas: faturas, correspondência, recibos, e assim por diante. Não resisto a ler a carta pessoal de agradecimento de Amba Lazenby. Escrita a mão num cartão com monograma dourado, ela diz: "Querida Kim, queria agradecer por ter montado uma festa tão espetacular. Foi uma noite que eu nunca esquecerei..." Isso é uma piada, já que ela estava doida e/ou inconsciente durante a maior parte do tempo. Coloco-a na pilha de correspondência e olho a tela do computador. Puta que o pariu. Não acredito. A belezinha achou uma coisa:

Fanconi, K. Aquecimentos
Quentin Road, 35, N7

O JOGO DA FAMA DE THEA CARSON

Tudo se encaixa: o nome, o trabalho, o código postal de Tufnell Park. Estou tão empolgada que pego o telefone e digito o número imediatamente, sem pensar no que vou dizer. Depois de dois toques uma secretária eletrônica atende: "A Aquecedores Fanconi está fechada neste momento", diz uma voz masculina comum. — Por favor, ligue de novo entre nove e dezoito horas, ou, se precisar de um serviço de emergência, por favor ligue para o Kevin no... — Anoto o número do celular antes de desligar o telefone. Será que devo esperar até amanhã, quando estiver me sentindo mais fria, calma e racional ou agora, quando estou acesa e pronta para agir? Olhando o relógio, vejo que falta pouco para as dez... ah, porra, não há momento como o presente.

Meus dedos estão tremendo enquanto eu digito o número. Quando o telefone toca eu quase pulo fora da pele. Respire fundo, Thea, fique calma; você está muito perto, não estrague tudo agora.

— Alô, Kevin falando — diz uma voz masculina.

De repente fico atarantada.

— Alô? — diz a voz de novo.

— É... Kevin Fanconi, técnico de aquecedores? — digo, parecendo uma tremenda idiota.

— Eu mesmo. Você precisa de ajuda?

— Ajuda? Que tipo de ajuda?

— Fale você — diz ele, rindo bem-humorado. — Boiler pifado, cano entupido, está sem água quente?

— Ah, certo. Não, quero dizer, sim. Quero dizer, o senhor *pode* me ajudar, mas não como pensa.

— Desculpe, meu amor, não entendi.

Respiro fundo e nos poucos segundos que levo para exalar formulo minha próxima frase, a frase crítica.

— O senhor não me conhece, mas meu nome é Thea, Thea Carson. Não sei se estou falando com o Kevin Fanconi certo, mas há muito tempo, há vinte e oito anos para ser exata, acho que o senhor conheceu minha mãe.

Segue-se um longo silêncio. Começo a imaginar se ele desligou o telefone, quando o ouço dizer:

— Estou revirando o cérebro, amor, mas acho que o nome Carson não faz lembrar nada. Sua mãe era minha cliente ou eu a conhecia socialmente?

Rio aliviada, um riso nervoso e idiota.

— Ah, não, Carson é meu nome de casada. Meu nome de solteira é Parkinson.

— Shirley Parkinson! — As palavras praticamente explodem na sua boca.

— Sim, sim, é ela. Então o senhor se lembra dela?

— Se lembro? Como eu poderia esquecer Shirley Parkinson, a mulher que mudou o rumo da minha vida? — diz ele empolgado. — Como é que ela está? Ainda morando em Greenwich?

— Não, não está. Na verdade ela morreu; morreu de câncer há quase dois anos.

— Ah, não, *realmente* sinto muito em saber disso. Sua mãe foi uma boa amiga quando eu estava passando um momento difícil, uma amiga muito boa. Eu não a via há anos, veja bem, mas ela esteve freqüentemente nos meus pensamentos.

Uau. Parece que os dois eram muito íntimos, e obviamente se separaram em bons termos.

— Eu estou tentando rastrear alguns dos velhos amigos de minha mãe, e foi preciso um bocado de trabalho de detetive para encontrá-lo, porque ela deixou algumas coisas no testamento e eu sei que queria que o senhor ficasse com alguma coisa. O senhor estaria interessado em se encontrar comigo um dia desses, só para um café ou uma bebida rápida? — sugiro.

— Por que não? Quando você está livre?

— A qualquer hora.

— Para alguns é fácil... tem marido rico, não é? — diz ele rindo, não um riso maldoso, mas um grande riso de sacudir a barriga, como se realmente estivesse brincando... se ao menos ele soubesse.
Rio com ele.
— Por sorte meu trabalho é flexível — explico.
— Bom, para mim é melhor à noite. Eu tenho uma saída amanhã e na quarta-feira, então que tal na quinta, por volta das seis e meia?
— Vai ser ótimo. Nós dois estamos no norte de Londres, então vamos nos encontrar em algum lugar central, como Islington.
— Certo... Você conhece o Prince of Wales na Upper Street?
— Certamente; encontro o senhor lá.
— Perfeito. Ah, como é que nós vamos nos reconhecer?
— Como é o senhor? — pergunto. É melhor não dizer que vi uma foto dele, pelo menos ainda não.
— Bem, eu sou louro, com o cabelo ficando meio ralo... e sou meio baixo. E tenho uma barriga de cerveja; a esposa vive dizendo que eu devia malhar. Não estou pintando um retrato muito lisonjeiro de mim mesmo, estou?
Rimos simultaneamente.
— Eu acho você.
— Bem, Thea Carson, estou ansioso para conhecê-la.
Ponho o fone no gancho e dou um soco no ar, em triunfo. Dentro de dois dias vou conhecer o homem que pode ser meu pai. Minha história sobre o testamento de mamãe parece bem convincente, e Kevin não pareceu nem um pouco com suspeitas. Na verdade pareceu um sujeito bem legal, mal posso esperar para conhecê-lo. Desligando o computador, solto um grande bocejo. Não estou acostumada a tanta agitação num dia só. E, enquanto subo para a cama, subitamente percebo que não pensei em Toby desde o almoço.

TREZE

Quando acordei hoje cedo e desci para o café da manhã, havia uma surpresa maravilhosa me esperando na mesa da cozinha de Kim. Um enorme buquê de flores — e não estou falando de um amarrado sem graça de rosas de haste longa, estou falando de um buquê seriamente caro, da pesada, um filho da puta de um buquê — com lírios, orquídeas e grandes coisas tipo samambaia verde cujo nome eu nem sei. *Para minha estupenda esposa*, dizia o cartãozinho. *Fora das vistas, mas não fora da mente. Todo o meu amor, neném, Toby.*

Depois de nossa briga pelo telefone eu tinha imaginado que Toby iria me colocar firmemente no fundo do pensamento. É seu modo usual de enfrentar um problema: ignorar e esperar que mais alguém eventualmente assuma a responsabilidade de resolver. Mas talvez eu o tenha julgado mal. Fiquei realmente tocada por sua sensibilidade. Não que um buquê de flores vá curar a mágoa que senti, mas é um sinal de que ele quer perdão — não é? Fiquei meio tentada a usar o presente como desculpa para ligar para ele; honestamente, estou louca para ligar para ele há dias, mas Kim insistiu que eu ficasse firme.

— Vocês concordaram em dar um tempo até ele voltar da turnê, e só falta uma semana — disse ela. — Se você ligar para Toby agora, vai parecer que está recuando e ele vai saber que segurou você pela coleira.

Ela está certa, claro. E eu ainda *estou* fumegando com aquela coisa da Alexa Hunt. Mas a verdade é que sinto uma falta louca dele. Por isso decidi que, se ele voltar da viagem adequadamente contrito e fizer um esforço verdadeiro para passar mais tempo em casa, estou disposta a deixar tudo para trás. Mesmo que ele tenha dormido com aquela garota, não posso deixar um erro arruinar nosso casamento. Patti está certa, uma mulher de celebridade tem de ser flexível — se bem que eu acho que há um limite claro entre ser flexível e ser um capacho.

Mal posso esperar para contar a Toby sobre a busca ao meu pai. Ele vai ficar pasmo em ver quanto eu consegui num tempo tão curto; certamente consegui. Nos dois dias desde que falei com Kevin, tudo que fiz foi fantasiar sobre nosso encontro, que vai acontecer hoje. Não seria incrível se ele fosse o meu pai? Teríamos de fazer teste de DNA, claro, só para garantir, mas isso é bem simples. Kim está tão empolgada quanto eu. Nós devíamos ter passado o dia pensando numa festa supermaneira para o décimo aniversário da empresa, mas só conseguimos discutir o encontro — o que eu devo usar, o que devo dizer, como vou abordar o delicado assunto da paternidade. Nós duas concordamos que eu não deveria mencionar minha conexão com a fama, pelo menos não no primeiro encontro.

— Você não quer que a celebridade embace a questão — alertou Kim. — Você quer que Kevin goste de você por si mesma, e não pelo que seu marido é.

Quando o táxi chega para me levar ao Prince of Wales às seis e dez, estou numa tremenda ansiedade. Sofri pensando no que usar, mas no fim escolhi um vestido Whistles rosa com botas de couro até o joelho e meu casaco de couro marrom.

— Boa sorte — diz Kim, dando-me um grande abraço enquanto me leva à porta. — E lembre-se, não saia daquele bar com ele, por mais legal que ele pareça, porque afinal de contas você não faz a mínima idéia de quem o sujeito é. E ligue se houver algum problema.

— Sim, mamãe — digo insolente quando entro no táxi.

Chegando ao Prince of Wales cinco minutos antes da hora, dou uma olhada rápida em volta só para o caso de Kevin também ter chegado cedo, mas o lugar está pela metade, e não há sinal de um louro gordo com cinqüenta e tantos anos, por isso peço um gim duplo com tônica limão para acalmar os nervos e me acomodo num lugar de canto. Depois de vinte minutos e um segundo gim (um simples dessa vez), estou começando a achar que ele não vai aparecer. Por que os homens da minha vida são tão indignos de confiança? Estou imaginando se devo ligar para o seu celular quando de repente ele entra. Sei que é ele imediatamente. Pode ter vinte e cinco anos a mais do que o homem na foto de Tom, mas quase não mudou, se você ignorar as rugas de riso em volta dos olhos e o cabelo ralo. Ah, e a roupa azul-marinho de técnico de aquecedores é meio bandeira. Ele examina o bar até finalmente seus olhos se assentarem em mim. Dou um sorriso hesitante e um acenozinho, e ele abre o riso mais gigantesco e vem andando.

— Thea? — diz ele.

Confirmo com a cabeça.

— Você tem os olhos de sua mãe.

— Verdade? Eu nunca achei que a gente se parecesse.

— Não, dá para ver sua mãe em você, dá mesmo.

Imediatamente fico mais relaxada.

— Eu fiquei engarrafado na North Circular — explica ele. — Vim direto para cá depois do último serviço, nem tive tempo de ir em casa trocar a roupa — diz sinalizando para o macacão azul-marinho.

— É maravilhoso conhecê-lo — digo estendendo a mão.

— O mesmo — diz ele, apertando-a com força.

Depois de ele ter terminado meia Guinness, começamos o negócio desajeitado de nos conhecermos. Digo que sou casada e que meu marido "trabalha numa gravadora", o que é torcer a verdade ligeiramente, e ele por sua vez revela que ainda é casado com Jenny, ainda que continuem sem filhos. Moram numa casa de três quartos na Halloway Road, de onde Kevin faz seus negócios nos últimos vinte anos, saindo-se muito bem, por sinal. Ele pergunta como consegui encontrá-lo, e eu dou uma versão resumida da ida à Hermitage Road.

— Diabos, Tom ainda está lá, é? Que maravilhoso ele se lembrar de mim depois de todo esse tempo. Vou dar uma ligada para ele — diz. — Parece que você se esforçou um bocado para me achar.

— Na verdade, eu gostei — digo. — Só lamento ter demorado tanto para fazer contato com você. Depois que mamãe morreu eu consegui manter contato com a maioria dos amigos que ela citou na carta, e pude dar as lembrancinhas que ela quis deixar para eles. Mas mamãe só tinha escrito seu primeiro nome, e sem endereço, por isso achei que nunca iria encontrá-lo. Então estive examinando algumas antigas agendas dela e achei uma referência a "Kevin" e o endereço na Hermitage Road, e somei dois e dois.

— Bom, foi muito inteligente da sua parte, mas devo dizer que estou surpreso por Shirley ter se incomodado em me deixar alguma coisa. O que foi?

— Ah, nada muito valioso. Só... é... uma echarpe de *chiffon*. Eu queria trazer, mas fiquei tão empolgada com o encontro que deixei em casa. Mas posso pôr no correio.

— Uma echarpe de *chiffon*... que maravilhosamente adequado da parte dela.

Não posso imaginar por que ele acha isso um presente particularmente adequado. Foi apenas a primeira coisa que me saltou à mente.

— Shirley era uma mulher adorável — continua ele. — E sempre cheia de energia; nunca conheci ninguém com tanta alegria de viver.

Assinto e tomo um gole de gim, sentindo a emoção começar a borbulhar por dentro.

— Você está bem, meu amor? — pergunta Kevin gentilmente. — Desculpe, não quis perturbar você.

— Estou bem, verdade — digo. — É só que faz um tempo desde que falei de mamãe com alguém que a conhecia; quero dizer, que a conheceu intimamente como você obviamente conheceu.

Ele parece meio pasmo com isso.

— Bom, você sabe, nós não nos conhecemos por muito tempo, só alguns meses. Mas naquele tempo acho que ficamos bastante próximos. Foi um relacionamento bem intenso.

— Por que vocês se separaram, se é que não se importa de eu perguntar?

— Separamos? Ah, não, acho que você entendeu errado — diz ele num tom que é mais divertido do que ofendido. — Nós nunca formamos um casal, minha nossa, não. Nossa amizade era puramente platônica. Eu tinha acabado de me casar quando conheci Shirley, e o fato de ainda estarmos juntos se deve à sua mãe, honestamente.

Merda. Que embaraçoso. Eu naturalmente presumi que havia algum tipo de romance. Por que outro motivo mamãe e Kevin teriam um encontro noturno a cada duas semanas, regular como um relógio? Minha confusão deve ser óbvia porque Kevin se inclina para mim e diz num sussurro teatral:

— Eu imagino que Shirley nunca tenha lhe contado sobre meu... como é que eu posso dizer?, odeio a palavra *desvio*. Sobre minhas *tendências*, que tal? — Ele vira a cabeça para trás e dá um grande riso saboroso.

Tendências — de que porra ele está falando? Imagens desagradáveis de sadomasoquismo e exibicionismo flutuam diante dos meus olhos.

— Para ser honesta, ela nunca falou de você — digo na defensiva.

— Bom, deixe-me pegar a próxima rodada, e quando eu voltar tudo será revelado — diz ele misteriosamente.

Assim que ele está em segurança no balcão, eu tiro o celular da bolsa e busco o número de Kim na memória, de modo que, se precisar contatá-la, basta apertar um botão. Epa, ele está voltando. Jogo o telefone no bolso, para estar perto da mão, e forço um sorriso quando Kevin põe a bebida à minha frente. Ele se senta e, sem qualquer esforço, parte direto para a história de como conheceu mamãe.

— Eu tinha sido chamado a um apartamento em Lewisham, para consertar um aquecedor com vazamento — começa. — Na volta para a Hermitage Road parei numa banca de jornais no Blackheath Hill para comprar um maço de mentolados. Alguma força estranha — não sei o quê, gosto de chamar de destino — me fez olhar os cartões na vitrine. Um em particular me atraiu a atenção: *Costureira hábil. Qualquer tipo de trabalho. Contatar Shirley Parkinson* — ou alguma coisa assim. Foi o *qualquer tipo de trabalho* que me atraiu; por isso voltei ao furgão para pegar uma caneta e anotei o número.

Não faço a mínima idéia de onde isso vai dar, e estou doida para ir ao banheiro, mas não quero interromper o fluxo de Kevin, por isso assinto encorajando-o.

— Levei vários dias para juntar coragem de telefonar, mas quando fiz isso e disse a Shirley o que queria, ela não pareceu nem um pouco surpresa; bom, talvez só um pouquinho. Ela ouviu tudo no seu ritmo e disse que sim, claro, ficaria feliz em fazer o serviço, e por que a gente não se encontra qualquer hora para decidir os modelos e as cores? Até se ofereceu para trazer alguns tecidos e me mostrar. — Nesse ponto ele pára e toma um grande gole de Guinness. Depois me olha direto nos olhos e diz: — O negócio, Thea, é que eu gosto de me travestir, gosto desde os oito anos. E não sinto vergonha de mim; sentia, mas não sinto mais.

Bem, é um tremendo alívio; eu tinha imaginado alguma coisa infinitamente pior. Não tenho nada a temer de um homem que veste calcinha de mulher. Poderia ficar meio pirada há alguns anos, mas digamos que minhas experiências no mundo do *show biz* ampliaram os horizontes. Veja Danny Newman, por exemplo: ele é mais sensual do que a maioria das mulheres que eu conheço. Mas tenho de dizer que não consigo imaginar que Kevin fique tremendamente bem todo montado. Dou-lhe um olhar avaliador... não, não consigo visualizar esse homem atarracado, de ombros largos, francamente hirsuto (a julgar pelos antebraços, ele daria inveja a Robin Williams), vestido de mulher. Ele é absolutamente não-feminino.

— O que há? Tentando me imaginar de vestido? — diz ele, sorrindo.

— Mais ou menos — rio.

— Bom, pelo menos você não está a caminho da porta. Muita gente acha difícil lidar com isso. Eu tinha dezenove anos quando meu pai descobriu, ele me chamou de "veado desgraçado" e jurou nunca mais falar comigo.

— E cumpriu?

— Não teve chance. Morreu de ataque cardíaco três semanas depois. Minha mãe disse que foi o choque da minha revelação, não importando que ele sofresse de angina há anos. Depois disso não ousei compartilhar essa parte da minha vida com ninguém. Mantive o segredo trancado dentro de mim. Isto é, até que conheci Shirley.

— Espere um minuto, eu pensei que você tinha dito que tinha acabado de se casar quando conheceu mamãe.

— Isso mesmo.

— Então Jenny não sabia do negócio de travesti?

— Não, na época ela não sabia. Nós estávamos juntos há dois meses antes de nos casarmos, mas eu tinha me esforçado tremendamente para esconder isso dela. Todas as minhas coisas — as roupas, a maquiagem, as perucas — ficavam no sótão, onde eu sabia que ela nunca se aventurava, e eu só punha os vestidos quando ela estava fora de casa. Eu me odiava por enganá-la, mas estava desesperadamente apaixonado e não podia suportar a idéia de perdê-la. Estava convencido de que ela não poderia lidar com a verdade, que ela acharia que eu gostava de homens ou que queria mudar de sexo. Mas, como um monte de travestis, eu *não* sou *gay*, gosto de mulheres tanto quanto qualquer cara. Para mim, me travestir não é uma coisa sexual, não me deixa excitado. É só um alívio da pressão, um modo de exprimir emoções que normalmente mantenho trancadas. Eu sempre tive um forte lado feminino, e usar vestido me deixa mais relaxado. Sei que provavelmente é difícil para você entender, mas é como eu sou.

— Não, não, eu entendo — garanto. — Mas o que não entendo é o que, afinal, persuadiu você a confiar numa estranha como mamãe.

Ele sorri.

— A princípio o relacionamento entre Shirley e eu era de negócios. Veja bem, eu encomendei que ela fizesse um guarda-roupa completo para Natasha.

O JOGO DA FAMA DE THEA CARSON

— Natasha? — digo franzindo a testa.
— Meu *alter ego* feminino.
— Certo... belo nome.
— Obrigado, eu pensei um bocado até escolher.
— Bom, vá em frente.
— Eu queria tudo: calcinhas de renda, vestidos elegantes justos, blusas bonitas com gola alta e saias justas chiques, nada de golas rendadas e saias pregueadas. Shirley levou meses para fazer tudo, e fez um trabalho fantástico. A qualidade da costura não ficava abaixo de nenhuma outra, e tudo servia lindamente. Eu nunca me senti tão feminina, tão realizada.
— É, acho que devia ser estranho para você comprar roupas em lojas femininas. Quero dizer, você não podia exatamente experimentar tudo, não é?
— De jeito nenhum. Hoje em dia, claro, se travestir virou uma coisa mais comum — e há todo tipo de *websites* onde você pode comprar roupas, próteses e assim por diante. Mas na época era diferente. Meu Deus, eu andava pela House of Fraser como um ladrão de lojas, fingindo que estava comprando coisas para minha mulher. Por isso conhecer sua mãe foi a resposta às minhas preces.

"Nós costumávamos nos encontrar a cada quinze dias, sempre numa quinta-feira, porque era o dia em que Jenny ia visitar sua irmã em Bexleyheath. Geralmente eu ia à casa de Shirley, mas uma ou duas vezes ela foi à minha. Shirley tinha um olho muito bom, sugeria cores e estilos em que eu nem havia pensado. Sabia instintivamente que modelos iam me cair bem e afastar a atenção das minhas feições masculinas. Desde o início nós nos demos bem. Ela era uma mulher muito calorosa e boa ouvinte, e à medida que passamos a nos conhecer melhor eu me peguei confiando cada vez mais nela. De fato, comecei a ficar ansioso para nossas provas de roupas, porque eu sabia que podia tirar um fardo dos ombros — é egoísta, eu sei, mas Shirley não parecia se importar. Ela mal pareceu acreditar quando eu disse que minha mulher nem sabia sobre Natasha; não que ela tenha feito julgamentos ou algo do tipo, só disse que devia ser um fardo medonho para mim. E era. Nosso casamento estava começando a mostrar sinais de tensão depois de apenas alguns meses. Acho que Jenny suspeitava de que eu estava tendo um caso. Meu comportamento deve ter parecido muito furtivo em várias ocasiões, e uma vez ela achou um lápis de sobrancelha no banheiro. Só que, claro, não era de outra mulher, era meu. Eu tinha estupidamente esquecido de guardar quando usei maquiagem numa tarde em que Jenny tinha saído para fazer compras.

— Meu Deus, o que você contou a ela?

— Disse que tinha feito um serviço no boiler de uma freguesa, e que devo ter apanhado por engano, pensando que era minha esferográfica. Não creio que Jenny tenha acreditado, mas não falou nada. Eu queria contar a verdade, mas depois de ver como meu pai e minha mãe tinham recebido mal aquilo, não podia suportar um trauma semelhante com Jenny. Provavelmente nunca teria me revelado se Shirley não tivesse me persuadido de que a honestidade era a melhor política.

Estou literalmente na borda da cadeira enquanto Kevin revela como, durante aquelas provas quinzenais de roupas, mamãe o ajudou a sentir confiança e o convenceu de que Jenny talvez pudesse enfrentar a revelação de que era casada com um travesti enrustido. Também observou que ele não estava se fazendo nenhum favor guardando um segredo tão grande, e que somente ele tinha o poder de mudar as coisas. Eu achava que Toby e eu tínhamos "questões" para resolver, mas nossos problemas são uma mijada no oceano comparados com o dilema que Kevin enfrentou há tantos anos.

O JOGO DA FAMA DE THEA CARSON

— Depois de semanas e semanas conversando as coisas com Shirley, eu percebi que simplesmente tinha de dizer a verdade a Jenny — pela minha sanidade e por nosso casamento.

— Como ela reagiu? — pergunto, desesperada para saber como o drama se desenrolou.

— Ela ficou pasma, magoada, furiosa... mas acho que parte dela também ficou aliviada porque eu não estava tendo um caso, afinal de contas. Depois do choque inicial, houve as perguntas inevitáveis: "Você é *gay*?" e "Você quer ser mulher?". Eu tive um trabalho enorme para persuadi-la de que a resposta às duas perguntas era um inequívoco *não*. Depois ela me perguntou por que eu não tinha contado antes, e o que mais estava escondendo. Eu fiz todo o possível para tranqüilizá-la, mas dava para ver sua situação — afinal de contas, comprar roupas de mulher e me vestir com elas em segredo não era um comportamento que tivesse probabilidade de inspirar confiança entre nós.

— Mas ela não disse que ia deixá-lo?

— Não, nem uma vez ela ameaçou fazer isso. Nós conversamos durante a noite toda, e de manhã acho que ela estava começando a entender por que eu tinha agido como agi. Mas se passaram meses antes de ela aceitar totalmente — bem, não tanto aceitar, foi mais uma resignação. Ela disse que só podia lidar com "Natasha" se determinássemos algumas regras básicas. De modo que eu só tinha permissão de me vestir de mulher nos fins de semana e só em casa. Ela sabia que eu tinha conversado sobre o travestismo com Shirley e, mesmo que as duas nunca tivessem se encontrado, sei que ficou grata à sua mãe por me fazer ver o bom senso. Dito isso, ela me fez prometer que não contaria a mais ninguém... disse que não suportaria a vergonha.

Ele olha para o copo de cerveja e suspira. Eu estico o braço e aperto de leve sua mão.

— Mas vocês ainda estão juntos depois de todos esses anos. Ela deve realmente amá-lo, para aceitar Natasha.

— Ah, sim, na verdade Jenny e Natasha se tornaram grandes amigas. Na primeira vez em que ela me viu travestido irrompeu em gargalhadas; acho que devo ter parecido muito estranho. Mas com o passar do tempo ela começou realmente a gostar de Natasha, que era mais sensível do que Kevin, e mais fácil de conversar. Disse que era como ter uma irmã ou uma amiga muito boa. Jenny e Natasha tiveram grandes conversas, mais íntimas do que qualquer uma que ela pôde ter com Kevin. E nós nos divertimos muito juntos; ela me deu dicas de maquiagem, ajudou a arrumar as perucas, até me acompanhou nas compras para escolhermos as roupas para Natasha. Eu realmente sou um homem de muita sorte.

"Então, veja bem, eu devo muitíssimo à sua mãe. Se não fosse ela, tenho certeza de que meu casamento teria desmoronado em poucos anos. Há uma coisa que toda essa experiência me ensinou — que é preciso haver honestidade total entre duas pessoas num relacionamento.

Ele está totalmente certo. Pena que Toby e eu não temos esse nível de confiança. Eu repassei e repassei na cabeça, e o relato dele sobre o que aconteceu com Alexa Hunt ainda não soa verdadeiro.

— Você e mamãe mantiveram contato depois de ela ter terminado suas roupas?

— Durante algum tempo, sim. Eu lhe contei como Jenny e eu tínhamos conseguido resolver as coisas, e ela ficou bastante feliz por mim. Mas gradualmente perdemos contato, e depois, claro, eu saí de Greenwich e me mudei para o norte de Londres. Deveria ter feito mais um esforço; Shirley era uma mulher muito especial. Seu pai é um homem de muita sorte... Ele ainda está vivo, não é?

— Ah... é... sim. Ele e mamãe se separaram quando eu era pequena, e nós não somos muito chegados. Eu não falo com ele há anos.

— É uma pena. Eu sentiria muito orgulho de ter uma filha como você: bonita, inteligente e, se é que posso dizer, uma boa ouvinte, como sua mãe.

Dou um sorriso tímido, adorando o elogio. Que homem bom! De fato, quando o *barman* avisa que o bar vai fechar, Kevin e eu estamos conversando como velhos amigos. Quando nos despedimos na Upper Street, damos um abraço e eu prometo colocar a echarpe de mamãe no correio. Vou ter de comprar uma e amarrotar um pouco para parecer velha. Sinto-me um tanto má em enganá-lo assim, mas ele não saberá a diferença.

Mais tarde, contando tudo a Kim enquanto tomamos uma xícara de chocolate quente, percebo que estou um bocado desapontada porque Kevin não é meu pai — travesti ou não — mas fico feliz por termos nos conhecido. Eu pensava que conhecia mamãe por dentro e por fora, mas a história de Kevin fez com que eu a visse a uma luz diferente. Ela era uma borboleta social, sempre adejando aqui e ali, gostando de estar no centro das coisas. Tinha um grupo sempre mutável de amigos, e eu sempre imaginei que suas amizades existiam num nível bastante superficial. Não sabia que ela era capaz de uma empatia e uma compreensão tão profundas, e não consigo evitar um calor de orgulho por ela. Que droga, mamãe salvou o casamento de um homem — não é espantoso?

QUATORZE

Na sexta-feira passada o Drift fez o último *show* da turnê pelo Reino Unido. Na hora do almoço do dia seguinte o nme.com tinha posto no ar uma crítica elogiosa: "O Drift inundou o famoso Corn Exchange de Edimburgo com vibração, energia e jorros de ruídos de guitarra vibrantes", alardeou o crítico. E eu adorei a descrição de Toby como "um curioso híbrido entre um cara comum e um anjo... machão e frágil ao mesmo tempo", que é como eu também penso nele. Sei que parece idiota, mas não pude deixar de acariciar a foto de meu marido de *jeans* e testa suada no *site*, meu marido deus do amor. Então, quando o telefone tocou, foi como uma espécie de telecinese maluca.

Tive um sentimento incrível de alívio ao escutar a voz de Toby. Veja bem, afora aquelas flores lindas que ele me mandou, nós não nos comunicamos desde a briga pelo telefone, e eu estava começando a imaginar o que aconteceria no fim da turnê. Será que ele simplesmente chegaria a Itchycoo sem se anunciar — ou poderia decidir baixar acampamento na casa de Callum? Cheguei a fantasiar sobre ele aparecendo na porta com Alexa Hunt para dizer que nosso casamento tinha acabado. Feito uma idiota sintonizei a MTV ontem à noite, bem na hora de vê-la fazendo a contagem dos vinte mais da Europa. E ela estava bonita pra caralho. Vaca.

Senti um presunçoso tremor de prazer quando Toby perguntou:

— Por que você não me telefonou? Eu verificava a caixa de recados todo dia, mas você não ligou nem uma vez. — Seu tom lamentoso puxou as cordas do meu coração e eu me peguei dando uma desculpa e murmurando algo sobre precisar de tempo para pensar. — Eu realmente senti saudade de você, neném — continuou ele. — Estou perdoado? Posso ir para casa?

— Claro que pode. Estou louca para ver você — falei. Eu tinha decidido não lhe dar moleza na volta, mas minha decisão estava desmoronando rapidamente. Ele me disse que tinha marcado o vôo das quatro da tarde para Stansted. Era a boa notícia. A má notícia era que, em vez de vir direto para casa, ele ia parar na casa de Stefan em Ladbroke Grove no caminho — Stefan é DJ e o traficante de Toby. Eu não quis começar uma discussão, não ao telefone, por isso disse que estava bem, desde que ele estivesse de volta a Itchycoo a tempo para o jantar. Ivy tinha preparado seu sensacional frango assado com azeitonas e limão, e eu só precisava colocar no forno a 180 graus durante uma hora e meia. Pedi que a loja de vinhos nas proximidades mandasse duas garrafas de Batard Montrachet e depois passei séculos arrumando a mesa de jantar com flores e velas para montar o palco de nossa reunião romântica.

Meu grande erro foi não qualificar o que a expressão "a tempo para o jantar" realmente significava. Quando Toby passou pela porta da frente, logo depois das dez da noite, a comida estava arruinada e eu tinha engolido três quartos de uma garrafa de vinho muito caro. Eu estava bêbada, ele estava doidão, eu estava fumegando, ele não pediu desculpas, ele gritou, eu chorei, nós bebemos o resto do vinho, fizemos as pazes (mais ou menos) e caímos na cama. É estranho como o sexo furioso é sempre o mais satisfatório — fisicamente, quero dizer.

No dia seguinte, Toby me surpreendeu sugerindo um piquenique no Regent's Park. Eu estava com uma ressaca latejante, mas não iria perder essa oportunidade. Não me lembro da última vez em que Toby e eu fizemos uma coisa tão... bem, normal. Não nos incomodamos em preparar um cesto, por isso paramos no McDonald's em Camden. Apesar do boné de beisebol e dos óculos Gucci, Toby era instantaneamente reconhecível, não que alguém tivesse coragem de pedir um autógrafo, mas recebemos um monte de olhares de lado, e o garoto espinhento atrás do balcão gaguejou enquanto entregava nossos hambúrgueres:

— Eu vi você na Brixton Academy, e você botou pra foder, cara.

O garoto praticamente desmaiou quando Toby tirou o boné e enfiou na cabeça dele, em cima do boné do McDonalds; eu achei esse gesto realmente doce.

Estava decidida a não desperdiçar essa chance de um momento de coração para coração enquanto caminhávamos de braços dados pelo parque. Perguntei de novo a Toby sobre seu relacionamento com Alexa Hunt. Ele repetiu a afirmação anterior, de que nada indevido acontecera no Malmaison, e disse para eu não ser tão paranóica. De modo que acho que terei de deixar isso de lado. Não posso ficar pressionando, ele só vai se ressentir. Então questionei Toby sobre o que eu considero sua socialização excessiva. Calma e racionalmente, expliquei por que odeio quando ele desaparece porque: *a)* eu me preocupo com a hipótese de alguma coisa ter acontecido com ele; *b)* eu fico solitária; e *c)* não é um comportamento normal, pelo menos para um homem casado, seja astro do *rock* ou não. Por sua vez ele explicou por que é impossível ter uma boa noite fora se você não fizer exatamente isso: passar a noite toda fora. Talvez ele simplesmente não tenha articulado muito bem, mas realmente não entendi; eu, de minha parte, posso sair de casa às oito horas e voltar à uma da madrugada sentindo-me perfeitamente satisfeita com a diversão. De qualquer modo, ele concordou em limitar as saídas de noite inteira a uma vez a cada quinze dias, mas mesmo então deve voltar para casa não mais do que vinte e quatro horas depois da partida de Itchycoo. Em troca, eu prometi me esforçar mais para acompanhá-lo nas cerimônias de premiação e festas da área musical. Por isso acho que estamos de volta a um barco estável. Certamente estou muito mais otimista sobre nosso relacionamento do que há três semanas. E, meu Deus, é *tão* bom tê-lo de volta! Não posso manter as mãos longe dele — e ele age do mesmo modo.

O único desapontamento foi a reação de Toby quando falei que estou procurando meu pai. Eu estava doida para contar sobre meu projeto, achando que ficaria satisfeito e impressionado com minha engenhosidade. Mas em vez disso pareceu mais preocupado com a hipótese de a coisa ricochetear nele.

— Não vá arrastando *meu* nome para o negócio, independentemente do que você faça — disse ele. — A última coisa de que preciso é de alguma porcaria de jornal montando uma história sobre mim e meu sogro desaparecido.

Entendo por que Toby se sente assim: quando você está diante dos olhos do público a mídia aproveita cada coisinha e distorce a ponto de não ser mais reconhecida — e mesmo que você se esforce ao máximo para ignorar, a coisa começa a irritar depois de um tempo. Só gostaria de que ele não fosse tão contundente.

— Você não acha honestamente que vai descobrir seu pai, acha? — ele me perguntou.

— Por que você precisa colocar a coisa assim? — respondo chateada.

O JOGO DA FAMA DE THEA CARSON

— Assim como?

— Do modo negativo. Por que não podia ter dito: "Você acha que vai achar seu pai?"

— Isso realmente importa?

— Sim, importa. Claramente você está presumindo que todo o projeto está condenado ao fracasso.

— *Projeto*. Que diabo, nós *estamos* levando isso a sério, não estamos?

— Bom, é uma coisa que me diz muito ao coração. Por que não deveria levar a sério?

Para demonstrar até que ponto eu estava comprometida em achar meu pai, contei a Toby sobre o encontro com Kevin. Devia ter pensado melhor. Ele se mijou de rir quando cheguei na parte sobre o travestismo.

— Você nem consegue escolher os caras, Thea — riu ele, como se de algum modo eu tivesse selecionado esses candidatos à paternidade em vez de simplesmente descobrir seus nomes na agenda de mamãe. No fim eu não quis falar mais disso, e mudei de assunto. Mas ele não me fez desistir, nem um pouco; sua zombaria só fortaleceu minha decisão. Vou continuar com as investigações, e se, e quando, eu encontrar meu pai, vou me sentir vingada.

Ontem Toby e eu passamos a noite com Luke, o guitarrista do Drift, e sua nova namorada, Lucy, que trabalha no escritório de divulgação da Run Records. Luke é o meu predileto da banda (depois do meu marido, claro!). Ele é muito gentil e modesto, de modo que não é de espantar como as tietes do Drift o adoram. Luke não tem uma namorada de verdade há meses — desde que acabou com uma conhecida deusa das telenovelas, que realmente o embromou um bocado — por isso estou feliz em vê-lo com alguém pé no chão como Lucy. Na verdade, acho que ela pode se mostrar uma aliada útil, alguém com quem fofocar quando todos saímos numa turma enorme, porque realmente não me dou com as outras namoradas. Steve, o baixista do Drift, aparece com uma diferente a cada vez que o vejo, e não tenho muita coisa em comum com a modelo desmiolada de Callum, Chantal. Até Callum a sacaneia. Na última vez em que nós quatro nos encontramos — acho que foi algum babado da gravadora no Sugar Reef —, ele a fez repetir uma história tremendamente embaraçosa. Dava para ver que ela não queria, mas Callum pode ser um saco quando quer.

— Eu estava fazendo uma sessão de fotos num armazém velho na Mile End Road — começou ela, hesitante. — E estava morrendo de vontade de fazer xixi, por isso perguntei à maquiadora onde era o banheiro... — Nesse ponto ela olhou para Callum, como se pedisse permissão para ir em frente, mas ele só disse com a voz tingida de irritação:

— Continue, Chantal.

Então a modelo foi forçada a continuar.

— E ela disse: "Fica no corredor, a primeira porta à esquerda — mas não tem porta."

Nesse ponto Callum começou a rir como um maníaco, antecipando o desfecho.

— E eu disse: "Então como é que eu vou entrar, porra?"

Callum e Toby tiveram um ataque, como se fosse a coisa mais histérica que jamais tinham ouvido. Eu não ri. Era uma história engraçada, mas não achava divertido Callum humilhando publicamente sua namorada.

Graças a Deus Luke não tinha convidado Callum e Chantal ao seu *loft* junto ao Tâmisa, de modo que éramos só nós quatro. Lucy preparou uns *tapas* incríveis e nós dividimos umas garrafas de Rioja. Quase incrivelmente, Toby não se embebedou, só ficou meio alegre. Na verdade, ele acordou às nove da manhã, oferecendo-se para pegar os jornais e uns *croissants* na padaria. Eu estou ansiosa por uma manhã de domingo relaxante, só nós dois. Preparei um bule de café expresso, bom e forte, do modo como Toby gosta, e chá Earl Grey para mim. Quando ouço a porta da frente se abrir, arrumo rapidamente os pratos e canecas no balcão do café da manhã e um grande prato de porcelana para os *croissants*.

— Ponha os *croissants* no forno para esquentar. Já está ligado — digo, quando ele entra na cozinha.

— Não tenho nenhuma porra de *croissant* — responde ele rispidamente.

— Por que diabos não? — digo meio brincando, girando para confrontá-lo.

— Por isso — diz ele, estendendo um exemplar do *News of the World*.

— Não diga que você saiu nesse jornaleco de novo, eu gostaria que eles achassem alguma notícia de verdade, para variar. O que foi dessa vez? Não, não diga, deixe-me adivinhar. Vejamos... *Líder do Drift preso por porte de drogas?* Ou que tal *Toby admite usar calcinhas da mulher?* Isso *seria* uma grande notícia! — rio enquanto remexo no *freezer*, esperando redescobrir algum pão meio esquecido.

— Tente: *Mulher de astro faz aborto em segredo.*

As palavras me acertam como um tapa no rosto.

— Como é que... deixe-me ver esse negócio — digo, arrancando o jornal da mão dele e rasgando a primeira página ao fazer isso.

— Página nove — diz Toby em voz chapada.

A mulher do astro do Drift Toby Carson se internou recentemente numa clínica particular para um fazer um aborto. Segundo um informante, Thea Carson, 27 anos, estava com pouco mais de dois meses de gravidez de seu primeiro filho quando fez a operação no exclusivo Hospital Riverview em Middlesex, alimentando as especulações de que o casamento do casal, que completou um ano, está sofrendo tensões. No mês passado, Toby teve uma noite de paixão com a apresentadora da MTV Alexa Hunt no elegante Hotel Malmaison em Manchester, durante a turnê do Drift pelo Reino Unido...

Não posso ler mais porque meus olhos estão cheios de lágrimas. Toby está ali parado, com rosto de pedra, só me olhando.
— Qual é, então? Para quem você andou abrindo a boca?
Estou incrédula.
— O quê? Você não acha que eu sou responsável por isso, acha?
— Bom, certamente não fui eu. Eu sei que você não ficou exatamente empolgada com a idéia de fazer um aborto, mas se esse é o modo de se vingar de mim...
— Seu merda escroto! — grito, jogando-me contra ele e dando socos em seu peito. Durante alguns segundos ele fica ali passivamente, mas quando não dou sinais de que vou parar, ele segura meus pulsos e prende meus braços dos lados do corpo até eu ficar frouxa. Ele agarra meus ombros e me puxa num abraço, como uma boneca de trapos.
— Para quem você contou? — diz ele com intensidade súbita, o rosto contorcido numa emoção horrenda.
— Só Kim, eu juro — gaguejo.
— Bem, se a história não saiu de você, veio de sua suposta melhor amiga — diz ele, cuspindo as palavras enojado. — Ela nunca gostou de mim, não é?
— Não seja ridículo. Kim nunca faria uma coisa dessas. Nunca.
Ele solta meus braços e sai da cozinha. Segundos depois ouço-o bater a porta da frente. Cruzando os braços sobre os om-

bros fecho os olhos e respiro várias vezes para me acalmar. Quem disse que ser mulher de celebridade é fácil devia levar um tiro.

Faz três dias desde que Toby saiu, e isso é um recorde, mesmo para ele. Não fiz qualquer tentativa de contatá-lo, e vice-versa. Estou com raiva, magoada, me sentindo traída — mas, acima de tudo, exausta. Pus tanta energia em manter esse relacionamento e não sinto que me reste mais alguma coisa a dar. Nada que eu diga ou faça parece causar a mínima diferença; Toby simplesmente segue ao seu doce modo, existindo no centro de seu universo com todo mundo orbitando em volta, como satélites.

Kim ficou sem fala quando contei sobre a matéria do jornal e a reação de Toby. Ela não viu os jornais do fim de semana porque estava na França com Tim, aproveitando umas miniférias românticas para procurar adereços para uma festa estilo Saint Tropez que está organizando para celebrar o lançamento de uma butique de roupas de banho. Ficou furiosa com Toby por ter sugerido que eu — ou ela — poderia ser responsável pela matéria, e ultrajada com o desaparecimento dele.

— Esse cara é tão previsível! — disse ela, com a voz gotejando desprezo. — Afinal de contas, por que ficar e enfrentar a música quando se pode fugir como uma criança? Você é uma santa, Thea. Juro por Deus que eu o teria matado, se ele fosse meu marido. Quero dizer, imagine só suspeitar de que a própria mulher plantou uma história assim... Sabe quem eu acho que foi?

— Quem?

— Pense bem: não fui eu nem você. Se Toby realmente não contou a ninguém sobre a gravidez, só resta um nome, e é a Riverview.

— Você está brincando; é uma das clínicas mais exclusivas do país, Toby nem pôde acreditar quando viu a conta.

— Simplesmente não consigo imaginar quem seria.

— Puta que o pariu. Isso é que é garantia de sigilo.

— Eu posso telefonar para eles, falar com o chefe de relações públicas e dar uma boa cacetada em seu nome.

— Obrigada, Kim, mas não precisa. Acho que eu não deveria estar surpresa. Não ter nenhuma vida privada é o preço que se paga por ter um marido famoso. Eu já deveria estar acostumada — falei exausta, sabendo que nunca, *nunca* vou me acostumar. — Sabe qual foi a coisa mais dolorosa sobre aquela matéria estúpida? Não foi o fato de que todo o país sabe que eu fiz um aborto — se bem que isso já é bem ruim —, mas a sugestão de que meu casamento está pelas pontas. A J.C. repassou um bocado de cartões de simpatia dos clientes da agência, achando que eu estou a um passo dos tribunais de divórcio.

Finalmente, no quarto dia, Toby volta — e há uma coisa muito estranha nele. Está barbeado, com um cheiro doce (uma loção após-barba desconhecida, e não sua Hugo Boss de sempre) e usa roupas que eu nunca vi antes — uma camiseta Ted Baker e calça de couro. Estranho; ele costumava dizer que só otários usavam calça de couro. Aparece na hora do almoço quando estou na frente da televisão comendo biscoitos Ritz e assistindo a algum programa idiota do tipo "Faça você mesmo". É só o que eu pareço fazer ultimamente: comer e assistir à TV. Deveria estar lá fora tentando achar meu pai, mas estive estressada demais e incapaz de entrar no clima certo.

— Ei, neném — diz Toby, e me dá um beijo no topo da cabeça antes de se deixar cair numa poltrona.

— Há quanto tempo não te vejo! — digo, com a voz densa de sarcasmo.

— Estive na casa do Callum — diz ele em tom indiferente.

— Verdade? — digo, igualmente indiferente.

— Escute, desculpe eu ter acusado você de dar aquela matéria para os jornais. Sei que você nunca faria uma coisa assim, e Kim também não. Eu só estava me sentindo meio emocional. Você sabe como eu fico depois de uma turnê, irritado e tenso. É difícil voltar à vida real depois de um mês de total hedonismo, de não me preocupar com nada a não ser afinar a guitarra e garantir que tenha maconha para a noite inteira. Mas eu deveria aprender a lidar com isso e não pegar pesado com você.

— E levou quatro dias inteiros para compor esse discurso?

— É... quero dizer, não. Quero dizer que levei quatro dias para pôr a cabeça no lugar.

Levanto as sobrancelhas numa incredulidade explícita e volto o olhar para a TV como se estivesse desesperada para aprender a colocar lambris numa parede de banheiro — quando o tempo todo estou desejando que Toby arranje uma desculpa melhor, alguma coisa mais convincente, mais amorosa, para eu poder cair nos seus braços e dizer que o perdôo.

— De qualquer modo — diz ele, enfiando a mão na tigela de frutas sobre a mesa e pegando uma nectarina. — Acho que sei de onde aquela matéria saiu.

— Verdade? — digo entediada.

— Tem de ser da Riverview; alguma enfermeira ou recepcionista deve ter falado com a imprensa.

— É o que Kim acha.

— Ah, então você discutiu o assunto com ela?

— Sim, Toby, eu *discuti* o assunto com minha melhor amiga, já que é uma das poucas pessoas que me ouvem.

— Calma, neném, não precisa se alterar — diz ele com a boca cheia de nectarina.

Deus me dê forças.

— De qualquer modo, é a última vez que você vai à porra daquele hospital.

— Bom, eu não estava planejando fazer outro aborto.

— Não, não, claro que não. Não é o que eu estava dizendo. Só quis dizer... Bom, só quis dizer que peço desculpas — por tudo.

E com isso ele vai à cozinha fazer um café, portanto acho que a conversa é *finita*. Recebi meu pedido de desculpas, mas não posso deixar de me sentir enganada; ele não pareceu terrivelmente sincero e eu ainda não entendo por que Toby desapareceu durante quatro dias inteiros. Gostaria de falar um pouco mais sobre isso, mas não suporto outra discussão.

Toby passa o resto do dia andando pela casa como um adolescente entediado. Sugiro que a gente pegue um vídeo ou vá dar um passeio, mas ele não se interessa, por isso me ocupo podando as roseiras que ladeiam o caminho da frente.

— Deixa para lá, neném, é para isso que a gente paga o jardineiro.

— Por acaso eu acho terapêutico — é minha resposta cortante.

Por volta das cinco da tarde comecei a fazer um tricô e ele está lendo um exemplar antigo da *Vanity Fair* quando seu celular toca. Ele sempre deixa a *All or Nothing* do Small Faces como o toque do celular, e eu sempre canto junto. É nossa piadinha, porque eu sou uma cantora de merda — sério, mal consigo emitir uma nota. De modo que, mesmo ainda estando meio irritada, não consigo resistir a cantarolar; é uma reação pavloviana. — *"Things could work out/just like I want them to/If I could have/ The other half of you"*.* Canto enquanto ele pega o telefone na jaqueta de camurça, que está pendurada nas costas do sofá. Ele olha para ver se reconhece o número, depois franze a testa ligeiramente e sai

---

*"As coisas poderiam dar certo/como eu queria/se eu pudesse/ter a outra metade de você."

da sala com o aparelho. — "A-llll or nothing"* — canto enquanto a música continua. Diabo, agora ele está subindo a escada. Não vai atender àquela porcaria? — "A-llll or nothing." — Alguns segundos depois a música pára e eu ouço Toby dizer:

— Oi, o que é que há? — numa voz suave que é meio... bem, meio som de flerte. Então ouço o som de uma porta se fechando e depois o silêncio. Dou de ombros e continuo tricotando. O suéter de Toby está ficando bom. A manga esquerda ficou ligeiramente mais comprida do que a direita, mas acho que ninguém vai notar. Depois de uns cinco minutos decido que estou com sede, por isso vou à cozinha pegar um suco de uva-do-monte. Quando estou levando o suco de volta para a sala, Toby vem descendo a escada de dois em dois degraus e eu vejo que ele está com a jaqueta de *jeans*.

— Era o Jason, ele quer que eu dê um pulo na sala dele. Há uns negócios de impostos que ele quer que eu assine, senão vou ser multado por não cumprir o prazo. — O contador de Toby vive perseguindo-o por causa de alguma coisa. É muito bom ganhar um montão de dinheiro, mas os impostos de Toby são enormes. — Vou pegar um táxi no Harverstock Hill. Vão ser só duas horas, prometo. Ou três, dependendo de se a gente sair para tomar uma bebida. — Ele passa um braço atrás do meu pescoço e beija minha testa. — Tchau.

— Tchau — digo para as suas costas de partida.

É uma pena. Eu achava que a gente poderia ir ao cinema esta noite. Há um novo filme do Pedro Almodóvar que eu quero ver, mas duvido que Toby volte a tempo para a sessão das oito no Screen on the Hill. Não importa, talvez amanhã. O que vou fazer agora? Sei, vou separar umas roupas para lavar a mão. Meu cardigã rosa de lã de carneiro está esperando no fundo do cesto de roupa suja

---

*Tuuuudo ou nada.

há semanas. Lá em cima no quarto pesco o cardigã, mais dois pares de meias e uma camisa de seda de Toby. Quando estou saindo, vejo o celular dele caído na cama em meio ao edredom amarrotado. Droga, isso significa que não vou poder encontrá-lo se precisar. Coloco as roupas na cama e pego o telefone, pretendendo pôr na mesinha-de-cabeceira de Toby, para não cair. Bom, eu não sou uma pessoa naturalmente cheia de suspeitas, mas já que aquele Siemens de ponta está ao meu alcance, algum instinto primitivo toma o controle e, quase antes de saber o que estou fazendo, apertei a tecla do menu e fui até *chamadas recebidas*. Nesse ponto hesito um segundo, consciente de que o que estou para fazer é igual a remexer os bolsos de Toby ou ler seu diário secreto — se ele o tivesse, claro. Tendo tomado uma decisão consciente de prosseguir, aperto a tecla *OK* e uma lista de números saltam, com o mais recente em cima.

Dá para ver imediatamente que não é o número de Jason. O escritório dele fica em Bloomsbury e tem código 0207. Este número é 0208, o que significa que Toby mentiu para mim. Por que, diabos, ele faria isso? Talvez seja Stefan, ligando para falar de algum novo derivado de *skunk* que ele *tem* de provar. Eu vivo dizendo ao Toby que ele fuma maconha demais, então é possível que tenha contado uma mentirinha inofensiva. Mas Stefan mora em Ladbroke Grove, de modo que o código também é 0207. Sou tomada pelo desejo — não, pela *necessidade* — de saber quem é a pessoa misteriosa que ligou para Toby, e por que ele mentiu para mim. Portanto, sem pensar mais, aperto a tecla de ligação. Depois de dois toques uma voz de mulher atende:

Oi, você ligou para Alexa. Desculpe se não posso atender agora, mas se deixar seu nome, número e um recado eu ligo assim que puder.

Exatamente três horas e dezoito minutos depois de partir para seu suposto compromisso com o contador, Toby volta para casa.

Viro o rosto para ele quando ele me dá um beijo de chegada, mas por dentro meus órgãos vitais parecem se encolher afastando-se do abraço.

— Desculpe a demora, neném. Eu teria ligado para dizer que ia tomar uma bebida com Jason, mas deixei o celular aqui — diz ele casualmente.

— Foi mesmo?

— É, devo ter deixado no quarto.

— Eu não vi, não fui lá em cima — digo, tentando parecer indiferente. Deixei o telefone onde tinha achado, no meio da cama. Até recoloquei a roupa no cesto, para que Toby não tivesse motivo para suspeitar que eu estivesse falando uma inverdade.

— A que bar vocês foram? — pergunto.

— Hmm... aquele na esquina do escritório do Jason, o que tem livros nas paredes.

É minha imaginação ou meu marido parece meio desconfortável — e por que não me olhou nos olhos quando respondeu à pergunta?

Toby se acomoda para assistir a *Quem quer ser milionário?* na TV e eu o sujeito a uma avaliação disfarçada enquanto finjo estar concentrada na *Radio Times*. Seu cabelo está mais revolto do que o usual? Os botões da camisa estão abotoados certo? Sua pele está cheia de um jorro pós-coital? Mas não, não há nada para entregar o jogo. Imagino se ele passou aqueles quatro dias com ela e não com Callum, como falou. Nesse caso, por que se incomodou em voltar para casa e para mim?

QUINZE

O escritório da J.C. Riley está cheio de aspirantes. Semana passada, numa tentativa de atrair novos clientes, ele pôs um anúncio em *The Stage*, convidando novatos para um dia de visita. O único problema é que todos decidiram aparecer ao mesmo tempo. Meia dúzia de indivíduos estão amontoados no sofá da pequena sala de recepção, enquanto outros três se empoleiram desajeitados na janela. Eu gostaria que J.C. agisse. Ele chegou ao escritório há mais de vinte minutos e ainda não começou as entrevistas. Se mais alguém chegar, eu vou ter de pedir que espere no corredor.

— Agora não vai demorar — digo ao pessoal na recepção, enquanto passo por eles para a sala de J.C. Depois de bater na porta, entro direto, como sempre. J.C. está sentado à sua mesa com a cabeça virada para trás, engolindo faminto o conteúdo de uma garrafa de Gaviscon.

— Tudo bem? — pergunto.

— Só um pouco de descontentamento — diz ele, enxugando a boca com um grande lenço branco. — Tem quantos lá fora?

— Nove. Mas uma é acompanhante.

— Não diga que tem uma criança aí.

— Tem. A habitual pequena Shirley Temple com cachos e vestidinho frufru.

J.C. suspira. Ele odeia crianças. Deixe-me dizer de outro modo: ele odeia *trabalhar* com crianças; não acha que sejam uma boa proposta de negócios, dadas todas as regras e regulamentos para o emprego delas.

— Eu sabia que deveria ter posto *somente acima de dezoito anos* naquele anúncio — diz ele, puxando uma gaveta e escondendo a garrafa de Graviscon. — Dê-me cinco minutos e depois mande o primeiro, certo? Depois disso vá mandando os outros.

Volto ao meu cubículo (*sala* é uma palavra grandiosa demais), que fica diretamente do outro lado da recepção. Deixando a porta aberta, ligo o computador e inclino a tela para que os aspirantes no sofá não estejam mais à vista. Estou começando a me arrepender de ter concordado em trabalhar o dia inteiro.

Normalmente não me importo em fazer algumas horas extras, mas hoje não consigo deixar de pensar se Toby está usando minha ausência para passar algum tempo com Alexa. Apesar de suas negativas anteriores, eu sempre suspeitei de que houvesse alguma coisa entre os dois. Eu esperava que tudo não tivesse passado de uma transa de uma noite, mas obviamente é um pouco mais do que isso. Mas não acho que seja sério; Toby continua afetuoso comigo como sempre, e sempre volta para casa no final. No mundo de alta pressão do astro do *rock*, Alexa é provavelmente apenas outra forma de liberação; como a bebida ou as drogas — uma diversão atraente mas essencialmente sem significado. Se ao menos eu conseguir aceitar isso, talvez nosso casamento possa sobreviver; talvez fique mais forte como resultado. Não que eu esteja preparada para aceitar indefinidamente a infidelidade de Toby. De jeito nenhum. Eu decidi lhe dar exatamente um mês para tirar a tietezinha de campo, e enquanto isso não vou falar a respeito com ninguém; não com aquelas supostas especialistas na arte de cônjuge de celebridade, Patti, Stella e Angela; nem mesmo com Kim. Vou simplesmente fingir que Alexa Hunt não existe, e se, no fim do meu prazo, Toby não tiver conseguido extirpá-la, talvez eu peça a Patti o nome daquele advogado.

O interfone da minha mesa toca.

— Thea, estou esperando...

— Desculpe, J.C. Eu estava a quilômetros de distância.

Entro na recepção e peço que um cara magricela com um monociclo me acompanhe. Ele está aqui desde as sete e meia, e nós só abrimos às dez. Estava esperando do lado de fora junto com o leite quando cheguei para abrir. Entro na sala de J.C. e seguro a porta enquanto ele entra pedalando o monociclo. J.C. vai adorar esse. Não.

De volta à minha mesa começo a abrir a correspondência, mas não demora muito até que meus pensamentos voltem à situação do meu casamento. No meu ponto de vista, o problema é de integração — ou melhor, da falta de. Na maior parte do tempo Toby vive num casulo fofo e branco, onde é almofadado, abrigado e protegido das duras realidades da vida, como ter de entra na fila para entrar numa boate ou pagar em dinheiro um novo par de tênis Nike. Em contraste, minha vida é enraizada firmemente no mundano, e gira em torno da casa (comprar novas cortinas/esperar o homem do gás/garantir que as contas sejam pagas a tempo) e do escritório de J.C. Riley (digitar/arquivar e lidar com babacas). Dada a disparidade dos nossos estilos de vida, é de espantar que tenhamos nos afastado?

Os dois somos culpados de indiferença, de não trabalhar o suficiente para garantir que nossos mundos convirjam regularmente. Meu crime é a relutância em me engajar em situações relativas à celebridade — por isso vou fazer um esforço consciente para acompanhar Toby a mais festas do *showbiz*, de boa vontade e não de má vontade, e terei a oportunidade perfeita de mostrar meu entusiasmo recém-encontrado na premiação de música independente da semana que vem.

A porta da sala de J.C. se abre e o magricela sai. Parece desanimado. Acho que o monociclo não impressionou. Sigo-o até a recepção e sorrio para um homem de idade indefinida com um topete que não combina.

— Poderia vir?

Num instante a mãe obesa de Shirley Temple está de pé.

— Espere um minuto — diz ela com raiva. — Nós chegamos antes *dele*. De qualquer modo, Candice-Louise tem um teste para o Dairylea às onze e meia, e se não falarmos com o Sr. Riley agora vamos nos atrasar.

Reviro os olhos para o céu. Sei que isso parece grosseiro, mas não posso evitar. Odeio mães que forçam a barra, e vi muitas delas quando era atriz infantil.

— Tenho certeza de que este cavalheiro chegou antes — digo com firmeza.

— Tudo bem, eu não me importo — diz o homem com voz rouca. Ele parece muito nervoso. Sua testa está brilhando de suor e ele cheira a casaco de lona úmido.

— É muita gentileza sua — digo com os dentes trincados.

— Poderiam me acompanhar, senhoras?

Depois de depositar a mãe e a filha em segurança na sala de J.C., volto à minha mesa para continuar abrindo a correspondência e contemplando o principal defeito de Toby, que, pelo que vejo, consiste em uma apatia geral com relação a qualquer assunto relativo ao meu trabalho, meus amigos ou o desejo de achar meu pai; se bem que devo admitir que em parte é minha a culpa por sua estudada falta de interesse no último quesito. Meu erro foi não falar com ele logo no início. Tudo bem, ele estava atolado com ensaios e depois saiu na turnê, e, claro, a gente não se falou durante duas semanas, mas eu poderia ter pelo menos mencionado. Ele provavelmente se sente meio relegado, e talvez um pouquinho ciumento com a hipótese de essa busca ao meu pai me afastar dele. Quando você é casada com um homem que tem um ego enorme, precisa se esforçar muito para fazê-lo se sentir amado. A partir de agora vou fazer um esforço verdadeiro para envolver Toby em meu pequeno projeto.

Por falar nisso, já decidi que o próximo alvo será Barney. Ele parece ter tido um relacionamento mais longo com mamãe do que Roy, e de qualquer modo gosto do nome. Só gostaria de ter mais alguma coisa em que me basear. Kevin tinha pelo menos o endereço, mas a única pista da identidade de Barney são aqueles três restaurantes anotados na agenda de mamãe: Rules, Simpson's-in-the-Strand e Pierce & Hussey. Imagino que tipo de lugar seria o Pierce & Hussey — bem caro, se for comparável aos outros dois.

A porta de J.C. se abre bruscamente e a gorda sai com rosto de trovão. Dois passos atrás dela, soluçando ruidosamente, está a menininha.

— Venha, Candice-Louise. Ignore aquele homenzinho malvado — diz a mãe enquanto arrasta a criança pela recepção. — Ele obviamente não reconheceria um talento nem se isso aparecesse e lhe desse um soco na cara.

Entro na recepção.

— Certo, então quem é o próximo? — digo, animada.

Às cinco horas, mais de quarenta esperançosos passaram pela porta de J.C. A maioria foi despachada depois de menos de dez minutos. Não posso dizer que estou surpresa, sei que não deveríamos julgar pelas aparências, mas eles pareciam uma turma bem inútil, se bem que *houvesse* um cara que atraiu meu olhar. Foi o último a chegar e não tinha o mesmo ar de desespero dos outros. Simplesmente ficou ali sentado no sofá, lendo sua revista de *mountain-bike* e totalmente calmo, e só agora, quando saiu da sala de J.C., sorriu para mim e disse:

— Muito obrigado.

Uma simples cortesia com a qual nenhum dos outros se incomodou.

Passo meia hora arrumando a recepção e terminando de arquivar umas coisas, depois enfio a cabeça na porta de J.C. para dizer que estou indo.

— O dia foi bom? — pergunto.

— Bem frustrante — diz ele, mal-humorado. — Duvido que eu pegue algum desses amadores.

— E o último cara? Eu gostei do jeito dele.

— Rick Borracha? É, o garoto tem talento, mas não posso fazer nada por ele. É especializado demais.

— É?

— Ele é contorcionista. — J.C. empurra uma fita de vídeo sobre a mesa. — Aqui, ele deixou o *videobook*. Olhe se quiser.

— Obrigada, vou olhar — digo, enfiando a fita na bolsa.

A Linha Norte está ainda mais fodida do que o normal, e eu demoro séculos para chegar em casa. Pelo menos Toby teve o bom senso de enfiar uns dois pratos indianos no forno.

— O que você fez hoje? — pergunto casualmente enquanto ponho facas e garfos na mesa da cozinha.

— Não muita coisa. Ouvi música, fumei um bagulho...

— Sozinho?

— É. Sozinho. Por quê?

— Nada.

Mais tarde, durante o jantar, coloco o assunto do meu pai.

— Você já ouviu falar de um restaurante chamado Pierce & Hussey?

— Não — diz ele com a boca cheia de frango *jalfrezi*. — Por quê?

O JOGO DA FAMA DE THEA CARSON

Explico que estou tentando encontrar o pai potencial número dois, e que Pierce & Hussey é um dos pontos de encontro citados na agenda de mamãe.

— A gente tem um guia Egon Ronay por aí em algum lugar — diz ele, solícito.

— Eu já verifiquei. Lá não diz nada.

— Talvez tenha fechado — diz Toby, partindo um pedaço de *nan*. — Ou talvez não fosse um restaurante. Por que não olha na internet, para ver o que aparece?

Ansiosa para capitalizar a inesperada demonstração de interesse de Toby, eu o convenço a surfar um pouco comigo depois do jantar. Ele gastou uma grana preta no nosso PC de último tipo, com todos os badulaques: câmera digital, *scanner* de mesa, DVD e toneladas de programas. Toby gosta de ter o melhor de tudo. Talvez por isso tenha adquirido Alexa Hunt como último acessório. Afinal de contas, ela é uma das mulheres com menos de vinte e cinco anos mais bem vestidas e mais bonitas aos olhos do público — e de certa forma está envolvida no ramo da música, de modo que seu quociente de maneirice é bem alto... Puta que o pariu, eu deveria estar fingindo que a vaca não existe. Enquanto espero o *modem* conectar, imagino um estilete gigantesco descendo do céu e esmagando Alexa no chão.

Assim que a página do Freeservice aparece, executo uma busca no Reino Unido com as palavras *Pierce* e *Hussey*. Um único nome de *site* aparece: *www.piercehussey.co.uk*.

— Isso foi moleza — diz Toby. — Vá à página deles.

Longe de ser um belo estabelecimento de refeições, fico sabendo que Pierce & Hussey é uma firma de advogados, *especializados em mídia, diversão e leis de licenciamento*. E a julgar pelo *website* chique e o endereço em Aldgate, eles estão no topo do ramo.

Estendendo a mão sobre meu ombro, Toby clica o botão *Quem somos*, na página, e começa a ler em voz alta a longa e auto-elogiosa história da firma: "Os cinqüenta anos de bons serviços prestados pela Pierce & Hussey deram à empresa uma posição única como uma firma que combina com sucesso valores tradicionais e as práticas progressivas de uma organização comercial moderna. Estabelecida em 1952 pelos amigos John Pierce e Daniel Hussey, rapidamente se estabeleceu como uma das principais firmas ligadas à mídia na Square Mile..."

Arrancando o *mouse* de Toby, aperto o retorno no *browser*, convencida de que essa pomposa firma de águias da advocacia não pode ser o mesmo Pierce & Hussey anotado na agenda de mamãe.

— Espere aí — diz Toby. — Acho que eu vi alguma coisa ali.

Aperto o *Quem somos* de novo. Os olhos de Toby percorrem rapidamente a tela.

— Aí está — diz ele animado, apontando um parágrafo na metade da tela.

Leio a frase em voz alta.

— Em 1969 entrou para a firma o sobrinho de John Pierce, Barnabas Russell, que ocupou um cargo-chave até sua aposentadoria em 1999... — Paro e respiro fundo. — Ah, meu Deus, Barnabas... Barney, você acha que é o mesmo cara?

— Pode ser. As datas certamente combinam, e se Barney trabalhava na Pierce & Hussey, faria todo o sentido sua mãe encontrá-lo lá.

— Toby, você é um gênio! — guincho, girando na cadeira executiva de couro preto.

Ele dá um sorriso tímido.

— Não foi nada.

— Quantos B. Russell você acha que existem na lista telefônica?

— Provavelmente centenas.

— Você acha que Barney pode ter mantido algum tipo de ligação com a Pierce & Hussey, mesmo estando aposentado?

— Sem dúvida. Ele é sobrinho do fundador, não é? Por que você não liga para lá de manhã? Ou, se não pode esperar, mande um e-mail. — Ele começa a ir na direção da porta.

— Aonde você está indo? Não quer me ajudar a escrever o e-mail?

— Não posso. Eu disse que ia encontrar o Callum para uma bebida rápida em Camden, só vou demorar umas duas horas.

— Ah, certo — digo, desapontada por ele já ter perdido o interesse.

Dois minutos depois ouço a porta da frente batendo. Imagino se ele realmente vai encontrar Callum ou se foi ver Alexa. Talvez, se eu der meia hora e depois ligar para o celular... pelo ruído de fundo deve dar para saber se ele está no *pub* ou não.

— Pare! — grito com fúria súbita, dando um soco no *mouse*. Sacudo a cabeça numa tentativa de banir todos os pensamentos *naquela* mulher e começo a escrever o e-mail. Mantenho-o curto, dizendo simplesmente que estou tentando entrar em contato com um ex-funcionário, Barnabas Russell, já que minha mãe, Shirley Parkinson, deixou-lhe um pequeno legado no testamento e que eu só tenho o endereço do trabalho dele. Pergunto se eles poderiam ter a gentileza de repassar o número do meu celular e o e-mail, e pedir que o Sr. Russell entre em contato assim que for conveniente.

Com o e-mail despachado, acomodo-me em frente da TV e me preparo para mais uma noite sem Toby. Ah, bem, pelo menos não estou totalmente sozinha; ainda tenho a companhia de Rick Borracha.

DEZESSEIS

Se eu não soubesse, diria que meu marido era o paradigma da virtude. Nos três dias desde que seu celular revelou a mentira, a traição, não houve mais telefonemas suspeitos, nenhuma loção após-barba nova, nenhuma ausência sem explicação, absolutamente nenhuma indicação de que ele está pulando a cerca. De fato, nós estamos nos fazendo companhia quase continuamente, e ele não demonstrou a menor inclinação para sair do meu lado. Chegou a implorar para eu acompanhá-lo à festa de celebridades em Stanford Bridge, ontem, onde eu o aplaudi a distância. Depois, em vez de ir encher a cara com os outros, ele me levou para jantar no Nobu. Gwyneth Paltrow estava sentada à mesa ao lado, e eu não pude deixar de ficar olhando-a a noite inteira. Toby odeia quando eu fico descaradamente fascinada — fica me chutando por baixo da mesa e sibilando "Você precisa fazer isso?" com os dentes trincados. Ele já havia me perdoado quando chegamos a Itchycoo, onde trepamos com gosto sobre a mesa da sala de jantar.

E há mais boas notícias. Chegaram num telefonema hoje de manhã.

— Aqui é Barnabas Russell — disse a voz do outro lado do meu celular. — Estou respondendo ao seu encantador e-mail. O escritório acabou de repassar para mim.

— Barney! — digo num embaraçado guincho de colegial. Ele respondeu dando uma risada elegante.

— Ha, ha, ha. Desculpe eu rir, devo ter parecido terrivelmente deseducado. Só que é estranho ser chamado de Barney de novo depois de todos esses anos. Ninguém em toda a minha vida me chamou de Barney — com uma exceção notável, claro, a sua mãe. Então vamos marcar um encontro, certo? Estou louco para conhecê-la.

— Está mesmo? — digo estupidamente.

— Sem dúvida. Eu imaginei se você estaria livre esta tarde.

— Ah, ah, sim, seria maravilhoso.

— Por que não vamos tomar um chá? O Claridge's é sempre horrivelmente decadente. O convite é meu.

Então este é o motivo para eu estar num táxi indo para Mayfair. Até mesmo me lembrei de trazer um dos livros de mamãe — um velho exemplar de *Enquanto agonizo*, de William Faulkner — que vou apresentar como o legado dela para Barney. É uma pena dar o livro, mas não posso aparecer de mãos vazias. Eu esperava que Toby fosse junto para oferecer apoio moral, mas ele tinha horário num cabeleireiro da pesada que ele conheceu fazendo fotos para uma revista. Mas me desejou sorte, e disse que estava ansioso para saber de tudo quando eu voltasse.

Quando entro no elegante saguão *art déco* do Claridge's, meu estômago está dando saltos mortais. Eu realmente não deveria esperar muito, mas tenho uma boa sensação com relação a Barney. Deliberadamente cheguei alguns minutos atrasada para lhe dar a chance de chegar primeiro. Olhando o salão em volta, não demoro muito para ver o homem solitário. Está vestindo um terno cinza-carvão bem cortado e camisa rosa

O JOGO DA FAMA DE THEA CARSON

aberta no colarinho, e parece quase celestial, banhado na claridade da elaborada escultura luminosa de Dale Chihuly diretamente acima de sua cabeça. Sobre a mesa coberta com toalha de linho à sua frente há um jornal, se bem que estou longe demais para ver se é o *Telegraph*, que ele prometeu trazer como sinal de identificação. Dou um sorriso hesitante e ele pega o jornal e o levanta discretamente como um participante de leilão na Sotheby's. Enquanto vou até lá, ele se levanta para me receber e eu vejo que Barney é alto, com mais de um metro e oitenta, e muito distinto. Hmm, eu não acharia nada mau se descobrisse que era fruto do ventre *dele*, se bem que não haja qualquer semelhança física óbvia entre nós, a não ser a altura, acho.

— Thea, presumo — diz ele, estendendo a mão com manchas de idade.

Sorrio e aperto sua mão.

— Obrigada por ter concordado em se encontrar comigo. Eu fiquei muito feliz por você decidir fazer contato — digo, sentando-me na cadeira dourada que Barney puxou para mim e alisando a saia justa Dolce & Gabbana.

— Como eu poderia resistir? Seu e-mail foi delicioso, e sua mãe... bem, não é exagero dizer que ela foi o grande amor da minha vida.

Meu Deus. Eu não esperava uma admissão tão franca tão no início dos procedimentos, mas mesmo assim estou deliciada — um namorado de verdade, finalmente!

— Fiquei arrasado quando Shirley faleceu — continua ele. — Claro que o nosso relacionamento terminou antes de você nascer, mas eu nunca a esqueci, nem o tempo especial que nós passamos juntos.

— Então você sabia que ela teve câncer... eu não tinha certeza.

— Só depois de ela morrer. Nós não fazíamos contato há muitos anos, mas eu soube da triste notícia através de um amigo mútuo. Foi uma perda devastadora de vida. Sua mãe foi a mulher mais incrível que eu já conheci, e ser ceifada no auge assim... — As palavras parecem engasgá-lo, e ele demora um segundo para se recompor. — Mandei uma coroa para o enterro, mas não achei adequado comparecer pessoalmente. Afinal de contas sou um completo estranho para você. Devo dizer que fiquei muito tocado por Shirley me deixar algo para lembrar. Depois de todos esses anos imaginei que ela teria se esquecido de mim.

— Ah, sim, eu trouxe comigo. Não é grande coisa, só um livro, mas era um de seus prediletos — digo, abrindo o zíper da minha bolsa Prada e fazendo uma oração silenciosa a mamãe, pedindo perdão por essa mentira pequena mas necessária. Ao mesmo tempo um garçom aparece junto ao meu cotovelo e começa a descarregar sua bandeja de minúsculos sanduíches, bolinhos, doces, um bule de chá e duas taças de champanhe.

— Eu tomei a liberdade de fazer o pedido para nós dois — diz Barney. — Escolhi Chá com Champanhe, era o predileto de sua mãe.

— Vocês dois costumavam vir aqui, então? — pergunto, entregando o livro de bolso com os cantos amassados pelo uso.

— Certamente — diz ele, pegando o livro e passando a mão pela capa desbotada. — Por isso este lugar sempre terá lembranças especiais para mim. Vamos brindar à memória dela, certo? — Ele me entrega uma *flûte* de champanhe e nós batemos as taças. — A Shirley, uma mulher verdadeiramente maravilhosa.

— Mamãe — digo. Não quero ficar com os olhos lacrimosos, pelo menos não por enquanto, de modo que, como distração, pego um gordo bolo de passas e começo a cobri-lo de geléia e creme. — Como vocês se encontraram, se é que não se importa de eu perguntar? Devo admitir que mamãe nunca falou de você, de modo que fiquei bem intrigada quando vi seu nome na carta-testamento.

— Num jantar dado por um dos meus colegas da Pierce & Hussey. Foi amor à primeira vista, pelo menos para mim — diz ele, sorrindo como um colegial tímido. — Meu colega era amigo do namorado de sua mãe na época, um assistente social cabeludo, e naquela noite eu estava acompanhado por uma namorada ocasional, Diana, uma mulher adorável, mas não se comparava à sua mãe. Durante a sobremesa, Shirley e eu estávamos flertando abertamente. Durante o café eu estava caído. — Ele dá um risinho. — Quando saí no fim da noite com Diana, que estava totalmente mal-humorada, tinha o número do telefone da sua mãe rabiscado sub-repticiamente no meu lenço de linho. Liguei para ela no dia seguinte, nós nos encontramos para tomar um coquetel no Savoy e à meia-noite tínhamos prometido largar nossos respectivos parceiros, impetuosos loucos idiotas que éramos!

— Que coisa mais romântica — digo, limpando a boca com o guardanapo para remover qualquer migalha de bolo.

— Ah, Thea, você não faz idéia — exclamava ele. — Eu estava no sétimo céu, ela era a mulher mais empolgante que eu já havia conhecido. Eu tive uma criação bastante convencional... escola de alto nível, curso de direito em Saint Andrews, um trabalho pouco exigente e que pagava bem na firma do meu tio, de modo que conhecer uma jovem boêmia como Shirley foi realmente mágico. Ela me fazia sentir vivo. Era como se minha existência até então fosse apenas meia vida. Nunca pude entender o que ela viu em mim, especialmente considerando que eu era quatro ou cinco anos mais velho do que ela. Acho que foi um caso de opostos se atraindo, cada um abria os olhos do outro — eu a apresentei aos vinhos finos e à comida de *gourmet*, ela me levava para dançar em boates de *jazz* enfumaçadas.

Quase posso imaginá-los, grudados em alguma escura pista de dança no Soho, e que casal de atrair os olhares eles deviam formar! Mamãe, bonita e meio roliça numa saia de muitas camadas e blusa de musselina com o ombro caído, que ela própria teria feito. Barney, alto e elegante, ligeiramente mais formal com calças de veludo cotelê e suéter de gola pólo. Que pena o relacionamento deles não ter dado certo.

Servindo-me de um segundo bolinho, de repente percebo que Barney não comeu absolutamente nada desde que chegamos. Espero que ele não me ache uma glutona.

— Quer um bolinho? — digo, estendendo o prato oval para ele.

— Obrigado, acho que sim — diz ele, delicadamente colocando um em seu prato. — Vou querer um pouco daquela geléia também, e talvez só um pouquinho de creme... na verdade eu não deveria, o nível de colesterol e coisa e tal, mas um bolinho sem creme simplesmente não vale a pena. — Ele me dá um sorriso conspirador.

— Exatamente o que eu acho — digo, empurrando o pote de creme para ele.

— Sabe, Thea, você lembra muito sua mãe; não tanto na aparência quanto no estilo. Você tem a graça, a elegância dela... e vejo que está usando aliança de casamento. Seu marido deve estar contando as estrelas da sorte.

Posso me sentir ruborizando.

— É gentileza sua dizer isso.

— Você é casada há muito tempo?

— Pouco mais de um ano.

— Aah, então deve estar na fase de lua-de-mel, onde os dois não suportam ficar longe um do outro.

— Não exatamente. O trabalho dele faz com que ele vá para longe de casa, de modo que não passamos tanto tempo junto quanto gostaríamos.

— Que pena. Qual é a linha de trabalho dele?
— É músico. Toca guitarra... e canta.
— Que maravilha. Eu sou fã das *big bands*, Glenn Miller e coisa e tal. Sem dúvida o gosto de seu marido na música é mais moderno.
— É, pode-se dizer que sim.

Por motivos óbvios não estou disposta a seguir essa linha de conversa, de modo que há uma breve calmaria. Nós terminamos o champanhe, ou pelo menos eu terminei — o copo de Barney ainda está pela metade — por isso sirvo uma taça de chá para nós dois, o que me dá tempo de formular um modo de levar a conversa para a questão da minha paternidade.

— Então, por que você e mamãe se separaram, se é que não se importa de eu perguntar? — eu me aventuro. — Parece que os dois tinham um relacionamento perfeito.

— Eu gostaria de saber. Nós passamos seis meses abençoados juntos — num minuto tudo no jardim estava róseo, no outro Shirley disse que precisava de um pouco de "espaço para respirar", como disse. Na verdade, isso é ingenuidade minha... acho que a verdade é que ela nunca me amou tanto quanto eu a amei. Olhando para trás, a disparidade na força de nossos sentimentos era óbvia desde o início, mas foi uma coisa que eu, idiotamente, optei por ignorar. Se tivesse escolha, eu teria passado cada minuto livre com sua mãe, mas ela sempre foi mais reservada — um ou dois encontros por semana era mais do que bastante para ela. Acho que no fim eu a sufocava. Veja bem, eu estava pronto para me acomodar, mas ela era um espírito livre. Eu chorei durante uma semana, não sabia o que fazer da vida. Bombardeei-a com flores, telefonemas, cartas de amor, mas ela tinha decidido e insistiu em que estava agindo no *meu* interesse, além de no dela. Na época eu não tinha a menor idéia do que ela estava falando, mas logo ficou claro.

Ele pára e toma um gole lento e deliberado de chá.

— De qualquer modo, agora são águas passadas.

— O que quer dizer com "logo ficou claro"?

— Ah, não preste atenção no que eu digo, Thea. Sou apenas um velho idiota que teve o coração partido há muito tempo.

Barney parece nitidamente desconfortável, como se estivesse com medo de ter dito algo que não devia.

— Por favor, conte toda a história, Barney — digo com gentileza. — É tão raro eu ter a oportunidade de conversar sobre mamãe com pessoas que a conheceram... por favor, não se preocupe se está sendo indiscreto; você não me ofende, honestamente.

— Muito bem, se você tem certeza...

— Toda a certeza.

Ele pigarreia e olha fixamente para a distância, enquanto junta alguma coragem interna.

— Cerca de um mês depois de nós termos rompido eu ouvi um boato de que sua mãe estava grávida de você. Parece que ela tinha outro namorado, se bem que ninguém parece saber quem ele era.

— Meu Deus, ela trabalhava rápido! — exclamo. Então, preocupada com a hipótese de Barney ter achado de mau gosto minha observação, acrescento: — Deve ter sido muito perturbador para você, o fato de que aparentemente ela conseguiu esquecê-lo tão depressa.

— Bastante. Mas foi pior do que isso.

— É?

— Veja bem, Shirley já estava grávida de *três* meses, o que significa...

Termino a frase:

— O que significa que ela devia estar dormindo com outra pessoa enquanto se encontrava com você.

— Certamente foi meu modo de entender a situação. E o pensamento de que Shirley tinha sido infiel foi como uma faca se retorcendo no meu coração. Eu prometi nunca mais fazer contato com ela, e fui fiel à palavra.

Uau, isso estava ficando pesado, *realmente* pesado. Se mamãe estava dormindo com dois caras ao mesmo tempo, como ela poderia ter certeza de quem era o pai? Não acho que houvesse exames de DNA naquela época. Se bem que há outra possibilidade: talvez mamãe *estivesse* grávida de Barney, mas espalhou a notícia de que tinha outro amante, temendo que Barney fizesse alguma coisa idiota como insistir em que os dois se casassem, ou que tentasse garantir algum direito paterno sobre mim. Não tenho dúvida de que mamãe preferiria trilhar o caminho difícil da maternidade solteira do que ficar presa a um homem por quem não estivesse apaixonada. Se quero descobrir a verdade, é melhor prosseguir com cuidado.

— Que terrível para você! Não posso imaginar como você se sentiu — digo, franzindo a testa com simpatia. — Na verdade, sei exatamente como você se sente... Estou passando por uma coisa semelhante. Veja bem, eu descobri recentemente que meu marido está tendo um caso. — Merda, eu não deveria estar falando de mim. Isso simplesmente escapou.

Barney me olha pasmo.

— Coitadinha. Aqui estou eu, arengando sobre feridas antigas enquanto você está passando pelo inferno neste momento.

— Tudo bem, honestamente — digo com pouca convicção. — Acho que foi só uma coisa casual, tenho certeza de que já esfriou.

— Fico feliz em ouvir, mas não posso imaginar por que seu marido iria se sentir tentado a pular a cerca... de qualquer modo, não sou eu que vou julgar. Só espero que vocês consigam pôr o casamento de volta nos trilhos. Algumas vezes eu gostaria de ter tentado mais intensamente com Shirley, em particular quando soube que ela havia rompido com o seu pai antes mesmo de você nascer. Mas pelo menos ele tinha lhe dado a coisa que ela tanto desejava — a única coisa que eu sabia que nunca poderia dar.

— Sinto muito, Barney, mas não entendi. O que outro homem, quero dizer, meu pai, poderia lhe dar que você não poderia?

— Idiota que sou, esperando que você lesse minha mente. Eu quis dizer um bebê. Shirley sempre quis filhos, eu sabia.

— Mas você não queria?

— Pelo contrário. Veja bem, eu sou estéril, resultado de uma crise ruim de caxumba com vinte e poucos anos. Fiz um monte de exames, mas os médicos disseram que eu era incapaz de ter filhos.

Clunc. Tudo se encaixa — e não me importo de admitir que me sinto praticamente estripada. Realmente esperava que Barney fosse O Cara, mas sem dúvida essa é uma impossibilidade biológica.

— Mamãe sabia que você não podia ter filhos?

— Sim, nós falamos disso logo depois de nos conhecermos. Isso nunca foi uma fonte de tensão óbvia, mas eu me perguntava se o fato poderia ter contribuído para o eventual fracasso de nosso relacionamento — diz ele em tom lamentoso.

— Bom, se serve de consolo, o negócio com meu pai foi bastante casual; mamãe nunca disse a ele que estava grávida.

— É, eu ouvi dizer que ele deu no pé bem depressa. Você tem algum contato com ele?

— Não, nada. Nunca tive.

— Que pena. Escute, Thea, isso vai parecer bem idiota, mas eu freqüentemente me perguntei se seu pai era alguém que eu conhecia, especialmente porque Shirley fazia tanto segredo sobre ele. Meu Deus, como me torturei com o pensamento de que eu mesmo posso ter apresentado os dois. Acho que agora não faz muita diferença. Mesmo assim, eu me pergunto se você poderia pôr um fim no mistério.

Se ao menos... Mas espere um minuto, talvez eu *possa* ajudar a aliviar o sofrimento do velho.

— Não era ninguém especial, só um cara que ela conheceu no Ronnie Scott's — digo. Meus olhos, girando pela sala em busca de inspiração, se fixam na enorme escultura de vidro suspensa acima de nós. — O nome dele era Dale. Dale Brightman. Não foi amor nem nada, só uma coisa casual. Ao passo que você... ela realmente gostava de você. Caso contrário não teria deixado esse livro, não é?

— É, é, provavelmente você está certa. Não posso dizer como isso me consola, mesmo agora, tantos anos depois. Vou guardar esse livro como um tesouro até o dia da minha morte.

— Ele olha para o livro, ainda em seu colo, e aponta para o título. — Uma escolha de palavras bem apropriada.

Nós dois rimos, o que ajuda a diminuir a melancolia.

— Vejo que você também é casado — digo, assentindo para a fina aliança de ouro em seu indicador. — Obviamente achou o amor de novo.

— Na verdade, não — diz ele com tristeza. — Eu me enforquei apenas seis meses depois de sua mãe e eu termos rompido. Foi muito cedo, cedo demais, e é uma decisão que lamentei pelo resto da vida.

— Você ainda é casado com a mesma mulher, então?

— Sim, Diana e eu ainda estamos juntos.

— Diana, a garota que você levou ao jantar em que conheceu mamãe?

— A mesma. Ela sempre deixou claro que eu só precisaria estalar os dedos e ela viria correndo, e foi exatamente o que aconteceu. Acho que foi uma vingança estúpida. Eu até mandei um convite de casamento à sua mãe, o que foi muito infantil da minha parte. Ela não respondeu e eu não a culpo. No caso, a única pessoa que eu estava magoando era a mim mesmo. Tentei me convencer de que amava Diana, e de um modo engraçado acho que amo, mas é uma espécie de amor confortável, de companheiro, nunca foi a paixão grandiosa que tive pela sua mãe. Eu ficava esperando que as coisas mudassem, que quanto mais tempo eu passasse com Diana, mais iria gostar dela, mas não funcionou assim. Eu nunca deveria ter me casado com ela, deveria ter ficado sozinho e esperado até achar o verdadeiro amor de novo.

— Por que simplesmente não pediu o divórcio assim que percebeu o erro?

— Eu teria feito isso, se fôssemos apenas Diana e eu. Mas as coisas ficaram um pouquinho mais complicadas. Dois anos depois do casamento nós adotamos um bebê, Alice, seguida por um menino, Edward, um ano depois. Depois disso eu nunca mais poderia deixar Diana; aquelas duas crianças me deram mais alegria do que qualquer coisa na vida. Claro que os dois são adultos agora, e estão se saindo muito bem. Alice é professora em Surrey e Edward está estudando advocacia, os dois são casados, ambos muito felizes. Mas não vejo sentido em virar a mesa agora, não seria justo para com Diana. Por isso prosseguimos como estamos, vivendo em nossa bela casa em Wimbledon — ela com sua Lady Taverners, eu com meu golfe dos domingos — e não é uma vida muito ruim, acho. Sem dúvida o casamento com sua mãe teria sido mais empolgante, mas não era para ser.

Ele inclina a cabeça para o lado, de modo que a luz suave e amarela da escultura de Dale Chihuly bate no seu rosto, e de repente tenho a impressão de como ele deveria ter sido na juventude. Posso ver por que mamãe se sentiu atraída por Barney; ele tem um rosto muito gentil.

O JOGO DA FAMA DE THEA CARSON

Quando nos despedimos perto de uma fila de táxis, Barney segura minha mão.

— Fico feliz pela oportunidade de conhecer você, Thea. E aceite um conselho de um velho maluco: se está realmente apaixonada por seu marido, apesar do que ele fez, lute por ele com cada energia do corpo. Mas se tiver alguma dúvida, qualquer dúvida, então deixe-o ir. Ouça quem sabe, um casamento sem paixão é como... — Ele hesita, e depois sorri. — Um bolinho sem creme.

De volta a Itchycoo, encontro Toby na sala de estar, esparramado no sofá e assistindo futebol pela Sky Sports. Estranhamente, seu cabelo não parece muito diferente, só um pouco mais desgrenhado.

— Como foi, então? — pergunta ele, baixando o volume da TV.

Lanço-me num relato detalhado da tarde com Barney, mas Toby só parece levemente interessado, e seus olhos ficam voltando para a tela.

— Então foi uma completa perda de tempo? — diz ele tenso quando chego à parte em que Barney me disse que não podia ter filhos.

— Eu não diria isso — digo. — Ele é um sujeito adorável, e falou sobre mamãe com afeto enorme. De um modo curioso, ele a fez reviver para mim.

— Isso é legal. Escute, neném, não entenda mal, mas eu realmente acho que você deveria tirar esse esquema estúpido da cabeça... esse negócio de ficar correndo por Londres se encontrando com estranhos de meia-idade. Você nunca vai achar o seu pai, nem em um milhão de anos.

Ele pega o controle remoto e aumenta o volume da TV.

DEZESSETE

Estou dividida entre um vestido de pétala de seda de Carlos Miele e o justo de seda preta de Ruti Danan. Acho que vou optar pelo Ruti — é ligeiramente mais malicioso e, como observou a dona na Koh Samui, há uma coisa tranqüilizadoramente exclusiva numa microetiqueta. Imagine que embaraçoso seria ver outra pessoa no Indie Music Awards desta noite usando exatamente a mesma roupa. Na verdade, *eu* provavelmente veria o lado divertido; mas Toby ficaria mortificado.

Minha ida ao IMA é um modo de consolidar a posição, de demonstrar que *sou* capaz de ser a perfeita mulher de celebridade quando a situação exige. E mais, vou me certificar de parecer tão tremendamente sensual que Toby nunca mais vai se sentir tentado a pular a cerca. Tenho uma confiança tranqüila de que esse caso com Alexa Hunt se queimou — somente duas ausências sem explicação nos últimos dez dias, e nenhuma delas durante a noite inteira. Acho que fiz a coisa certa — não o confrontando, simplesmente dando tempo em silêncio. Agora parece que tudo acabou com a mínima perturbação de todos os envolvidos.

Acho que Toby está realmente satisfeito por eu fazer o esforço esta noite. Ele perguntou se eu estava a fim, há umas duas semanas.

— Talvez — falei, o que geralmente é traduzido como "Você deve estar brincando, porra". Então imagine como ele ficou surpreso hoje cedo ao me ouvir ao telefone, marcando o carro para nos levar ao Docklands Arena.

— Então você decidiu ir? — perguntou ele, incrédulo.

— Sem dúvida. Estou até ansiosa de verdade.

— Mas você odeia cerimônias de premiação.

— Eu não *odeio*, só acho um trabalho duro, toda aquela coisa de ter de ficar com o pessoal da gravadora, mas Patti e Rich vão estar na nossa mesa, de modo que pelo menos estaremos com amigos.

— Rich Talbot, aquele velho. Por que ele vai, porra?

— Rich vai receber um prêmio especial pelo conjunto da obra; e não ouse ser grosseiro com ele.

Toby estreitou os olhos para mim.

— Você sabe que vai haver um monte de fotógrafos, não sabe? E sabe como você odeia que tirem sua foto.

— Honestamente, Toby, pelo modo como você está agindo parece que não quer que eu vá!

— Claro que quero, neném. Só estou preocupado com a hipótese de você não se divertir.

— Não se preocupe comigo. De qualquer modo, o Drift está concorrendo a Melhor Banda, e eu não perderia por nada o seu discurso de aceitação para o mundo.

— Talvez a gente não ganhe, você sabe. Vai haver uma competição dura.

— Claro que vão ganhar — digo tranqüilizando-o, dando um beijinho na sensual marca marrom ao lado de seu nariz. Espere até ele me ver nessa chiqueza de seda preta. O vestido cai bem em todos os lugares certos, e agora que coloquei dois enchimentos com gel no sutiã, até consegui uma espécie de fenda no decote. Minhas pernas estão suficientemente morenas para ir sem meia-calça, e estou usando os mais fabulosos Gina salto agulha, o que me faz ficar com cerca de um e oitenta. Brincos de diamante Tiffany e a pulseira de talismã Asprey & Garrard que Toby me deu antes de ir para a turnê são os toques finais.

Geralmente uso o cabelo solto, mas queria uma coisa especial esta noite. Mais cedo, por recomendação de Patti, fiz uma visita ao Anthony no Nicky Clarke's, e devo dizer que ele fez um serviço fabuloso, prendendo-o num coque pequeno, com alguns fios delicados escapando em volta do rosto.

— Nada mau — digo em voz alta enquanto examino o reflexo no espelho de corpo inteiro. Espero que Toby goste do resultado; eu o fiz prometer ficar lá embaixo até eu estar pronta.

O táxi deve chegar a qualquer minuto, por isso pego minha bolsinha Lulu Guiness e jogo algumas coisinhas de maquiagem dentro e uma minilata de fixador Elnett para o caso de o penteado começar a cair no meio da noite. Agora que estou para fazer minha grande entrada fico subitamente nervosa — não é idiotice? Vou até o topo da escada e me inclino sobre o corrimão.

— Toby! — grito para o corredor. — Estou *pron-taaaa!*

Olho quando ele sai da sala.

— Bom, desça logo esse rabo, certo? O táxi está lá fora — é sua resposta irritada enquanto ele vai para a porta da frente sem ao menos olhar para cima. Imagino que esteja sentindo um pouquinho de tensão pré-premiação.

— Vire-se, Toby, eu tenho uma coisa para mostrar.

Ele gira, com as mãos nos quadris como um adolescente ranzinza. Mesmo dois andares acima, posso ver seus olhos se arregalando enquanto desço.

— Uau — diz ele quando chego ao primeiro andar. — Você está incrível — diz enquanto desço o último lance. — Quer umazinha para tremer os joelhos? — oferece quando chego ao pé da escada.

— Eu pensei que você disse que o táxi estava esperando.

— Giro uma mecha de cabelos no dedo, de um modo que espero ser sedutor.

— Espere aqui — diz ele, e anda (não, corre) até a porta da frente, abre e grita para o motorista: — Cinco minutos, meu chapa. — Depois bate a porta e volta para mim. — Calcinha, fora — ordena.

Obedientemente eu tiro minha Collette Dinnigan's com acabamento de renda. Ele me empurra contra a parede e me beija com aspereza, segurando o seio esquerdo ajudado pelo gel com uma das mãos, enquanto com a outra levanta o vestido.

— Você quer, não quer? — sussurra no meu ouvido.

— Quero — gemo. E quero mesmo. Muito. Ele remexe na frente de seu *jeans* Evisu e aperta sua dureza contra mim. Eu seguro sua bunda e, num movimento rápido, empurro-o bem no fundo de mim. Ele dá um gemido baixo e começa a se mexer freneticamente. Quatro minutos depois tudo acabou. Ele acaricia meu rosto.

— Eu amo você, neném. Você é a melhor. — Depois ajeita o *jeans*, pega minha mão e me leva até o táxi que espera. Meu vestido está todo amarrotado e o batom borrado, mas não me importo. Meu trabalho está feito, não há mais ninguém que eu precise impressionar esta noite.

Do lado de fora do Arena uma multidão considerável se espreme atrás das barreiras de segurança e um certo frenesi explode quando Toby e eu aparecemos. Ele sorri e dá alguns autógrafos, enquanto eu espero no tapete vermelho tentando não parecer mui-

O JOGO DA FAMA DE THEA CARSON

to uma peça sobressalente. Em ocasiões assim, sempre imagino se as pessoas percebem que eu *sou* sua mulher, e não somente uma beldadezinha alugada. Provavelmente não — e acho que realmente não importa. Quando nos aproximamos do cercado da imprensa, perto da entrada, uma enorme quantidade de *flashes* espoca. Faço como Liz Hurley — grande sorriso, peito para fora, uma perna na frente da outra (faz você parecer mais magra) — e então somos levados para dentro pelo pessoal da segurança.

Temos uma boa mesa, perto do palco, mas não a ponto de ficarmos torcendo o pescoço. Patti e Rich estão lá, com Callum e Steve (ambos desacompanhados e claramente bêbados, já), além de Luke e Lucy.

— Querida — diz Patti, beijando-me nas duas bochechas. — Você está fabulosa. Eu disse que Anthony faz milagres. — Ela examina meu novo penteado, aprovando. — E Toby, que bom conhecer você finalmente. — Toby lhe dá um dos seus sorrisos mais charmosos e ela praticamente derrete no chão na frente dele.

— Este é meu marido, Rich — diz ela. Os dois se apertam as mãos.

— Gostei do trabalho que você fez com Santana no ano passado — diz Toby gentilmente. Legal, Toby!

— Obrigado, cara — diz Rich.

Circulo a mesa cumprimentando os outros. Callum e Steve estão ocupados demais batendo papo com duas louras fascinadas na mesa ao lado — provavelmente vencedoras da competição — para prestar muita atenção, mas Luke me dá um abraço e Lucy elogia meu vestido.

— Gostei do seu terninho também — digo.

— É só French Connection — diz ela, num sussurro embaraçado. — Estou me sentindo meio mal vestida.

— Bom, não se sinta — digo, sabendo como pode ser perturbador se sentir deslocada. — Acho que você está muito chique.

Uma equipe de garçons já começou a servir o jantar, por isso ocupo rapidamente meu lugar entre Toby e Patti. Alguém enche minha taça com champanhe e logo todo mundo está falando e rindo. Quando chegamos ao café Toby e Lucy trocaram de lugar para nós três, as meninas, batermos papo, enquanto Rich regala os caras com histórias da vida na estrada capazes de dar vergonha ao Spinal Tap. A atmosfera é animada e bem-humorada, e quase sinto desapontamento quando uma voz sem rosto, estrondeando pelo auditório, anuncia o início da cerimônia de premiação.

Durante a próxima hora e meia fico ali sentada, morta de tédio, mas sorrindo e aplaudindo educadamente, enquanto os prêmios de Revelação, Melhor Artista Solo, Melhor Disco etc. etc. etc. são entregues. Nossa mesa fica louca quando Rich vai pegar seu prêmio pelo Conjunto da Obra, o único que sempre é anunciado antecipadamente na imprensa. De modo bastante tocante, ele presta tributo a Patti no discurso de aceitação — "minha preciosa musa", é como a chama — e vejo os olhos dela se encherem de lágrimas. Acho que ele deve realmente amá-la, apesar de todas as infidelidades.

Então vem o momento que todos estamos esperando, o último e mais prestigioso prêmio da noite: Melhor Banda. Duas gigantescas telas de plasma de cada lado do palco mostram clipes dos cinco grupos indicados, e um silêncio cheio de expectativa baixa sobre o Arena enquanto Danny Belmont, líder da banda vencedora no ano passado, The Belmonts, vai ao palco e abre o grande envelope prateado.

— E o prêmio de Melhor Banda vai para... Drift!

Todo o lugar parece explodir. Toby e Steve batem as mãos no ar, Callum tenta pular na mesa, mas é sensatamente impedido por Luke. Eu quero parabenizar Toby antes de ele ir ao palco, mas de algum modo perco minha chance na confusão, e antes de eu perceber eles estão serpenteando entre as mesas para pegar o que é seu de direito. Lucy aperta minha mão por baixo da mesa enquanto Toby aceita o prêmio em nome da banda, e os quatro se amontoam em volta do pódio.

— Gostaríamos de dedicar este prêmio a Sonny McGregor — diz Toby, levantando o troféu de estanho e vidro acima da cabeça.

— E a todos os nossos fãs — acrescenta Steve.

— E às nossas mães — diz Callum com um riso maníaco.

A platéia aplaude e uiva em apreciação, e muitos estão de pé; o Drift é claramente uma escolha popular. Não posso dizer como estou orgulhosa, vendo *meu* marido *naquele* palco. Ganhar como Melhor Banda é um reconhecimento a todo o trabalho duro e à dedicação. Ele realmente merece, todos eles merecem.

Olho impaciente enquanto eles começam a voltar à mesa. Há tantos tapinhas nas costas e apertos de mão pelo caminho que demoram séculos. Finalmente, Toby está ao alcance, mas assim que vou dar meus parabéns especiais, Sonny McGregor entra em quadro.

— Obrigado, Toby. Realmente apreciei, meu chapa — diz Sonny, e os dois se dão um abraço de macho. Então a namorada de Sonny, a tola Tanya com pernas intermináveis, decide entrar em ação, agarrando o braço de Toby e falando sem parar sobre como está empolgada. Eu passei algumas noites dolorosas na companhia dela e, acredite, aquela mulher pode entediar a Inglaterra inteira. Tento atrair o olhar de Toby por cima da cabeça dela. Ele me vê e dá uma piscadela, mas passam-se mais dois minutos antes de Toby finalmente escapar.

— Muito bem, querido — digo, cruzando as mãos na nuca dele. — Eu sabia que vocês iam ganhar.

— É incrível, eu estou empolgadíssimo — diz ele. — Vamos ter uma tremenda festa esta noite. Você está a fim ou quer que eu arranje um carro para levá-la para casa?

— Esta é uma das noites mais importantes da sua vida, claro que eu estou a fim — digo indignada.

O sistema de som começa a tocar e os funcionários do Arena começam a limpar as mesas, de modo que o pós-festa possa começar. Callum e Steve foram para o banheiro começar suas comemorações pessoais, e o resto de nós vai para cima, para a área VIP. Ocupamos um reservado forrado de veludo e Toby e Luke pegam os pedidos de todo mundo e vão para o bar, enquanto eu disparo até o banheiro. Estou absolutamente explodindo, e graças a Deus não há fila para os cubículos; se bem que na frente dos espelhos é cada mulher por si. Depois, enquanto estou lavando as mãos, noto que meu coque escorregou ligeiramente, por isso pego os grampos de emergência na bolsa e começo a arrumar, o que é uma operação bastante complicada, dado o número de mulheres disputando espaço. Quase terminei quando de repente ouço uma nítida voz rouca que faz meu sangue gelar.

Olhando pela fila de mulheres, quase no fim, meus piores temores se confirmam: Alexa Hunt, em carne e osso. Nunca me ocorreu que a vagabundinha idiota estaria aqui, se bem que acho que não deveria ficar surpresa. Ela está passando *blush* em seus malares perfeitos e conversando com uma ruiva pequenina, que reconheço de algum programa infantil idiota do Canal 5. Tenho quase certeza de que não me viram. Ganhando tempo, remexo na bolsa e pego um tubo de rímel. Enquanto passo nos cílios, tento ouvir o que elas estão dizendo acima do ruído de descargas e de mulheres batendo papo.

— Como foi a sessão? — está dizendo a ruiva.

— Legal. Bob Parker-Thomas é um dos meus fotógrafos prediletos — diz A Vagaba. — Acho que ele realmente capturou minha essência, se é que você sabe o que quero dizer.

— É — confirma sabiamente a ruiva, enquanto aplica brilho labial.

— E o melhor foi que eu não somente recebi um pagamento monstruoso, mas também passei dez dias nas Ilhas Maurício, cortesia da revista *Upfront*. Só voltei ontem, olha só meu bronzeado. — Ela estende um membro liso e bronzeado e o acaricia narcisisticamente.

— Você tem tanta sorte, Lexy — diz a ruiva em tom de adoração. — Por que as revistas masculinas nunca quiseram me fotografar?

Não ouço a resposta de Alexa enquanto elas estão indo para a saída. Apressadamente enfio o rímel na bolsa e sigo as duas para fora, com a cabeça baixa para evitar o reconhecimento — não que A Vagaba ao menos saiba, ou se importe em saber, como é a Sra. Carson. Elas estão indo direto para o bar, imagino se Toby ainda estará lá. Olhando para o nosso reservado no canto, vejo o familiar cabelo ruivo e dou um suspiro de alívio. Espero que ela passe por nós mais tarde, para ver como estamos felizes comemorando o sucesso de Toby. Isso vai tirar o sorriso da cara daquela vaca.

Abrindo caminho pela multidão até o reservado, de repente fico pasma com uma coincidência maligna. Há quanto tempo Toby ficou mais amoroso, mais atencioso, mais... bem, mais como um marido? Dez dias. Exatamente. E segundo ela própria disse, faz dez dias desde que Alexa Hunt foi de jato para as Ilhas Maurício mostrar o ventre liso, recém-depilado com cera, para algum fotógrafo salivante.

Não tenho mais tempo para pensar na "coincidência" porque Patti me puxa para o lado.

— Eu estava imaginando aonde você tinha ido — diz ela. —Mesmo assim, não posso reclamar; enquanto você estava longe eu conheci melhor seu querido esposo. Ele realmente é adorável; Stella e Angie vão ficar verdes de inveja quando eu disser que finalmente conheci o deus do amor em pessoa!

— É, bem, as aparências podem enganar — murmuro, olhando furiosa para Toby, que está batendo papo com Rich como se não tivesse uma preocupação no mundo.

— O que foi? — diz Patti, empurrando uma taça de champanhe para mim.

— Nada — digo, carrancuda.

Enquanto a noite prossegue, vou ficando cada vez mais bêbada. Eu só tinha beliscado o medíocre bife com vinho tinto no jantar, por isso estou bebendo com o estômago vazio — champanhe, depois gim, e depois tequila. Todo mundo está indo fundo; menos Rich, que parece praticamente em coma, a cabeça pendendo num ângulo estranho, encostada na parede. O selvagem homem da pedra está obviamente melhor em seu tempo antigo. Enquanto isso, Patti, em seu elemento, flutua como uma borboleta doida de *speed*. Faz muito tempo que ela não ia a um acontecimento de alto nível como o IMA.

— É como nos velhos tempos — guincha ela, babando para algum pré-adolescente que passa a caminho do bar. — De repente estou sentindo uma sede terrível. Vou pegar uma bebida, ver se a velhinha ainda dá no couro — diz ela, piscando lúbrica e me cutucando nas costelas antes de seguir na esteira do jovem.

Mal tive chance de falar com Toby a noite inteira. A intervalos de minutos um novo acólito presta tributos na nossa mesa ao recém-coroado rei do *rock* independente. Lucy fica tentando conversar comigo, mas não estou no clima para papo furado. Tenho outras coisas na mente. Por fim ela desiste e se vira para Luke. Eles não conseguem manter as mãos longe um do outro. Imagino se Toby é — *era* — assim com Alexa. Fico examinando a multidão, procurando-a perto daquela colega puxa-saco, mas as duas não estão à vista. Talvez tenham ido para a festa lá embaixo. De fato, pensando melhor, eu também estou a fim de dançar.

— Toby — digo, puxando a manga de sua camisa. Ele está conversando atentamente com um magrelo fumando cigarro. — Toby — digo de novo. Ele continua me ignorando. — Ei! — digo alto, simultaneamente dando-lhe um soco no braço; com força. Ele pára de falar e gira para me olhar, claramente irritado com a interrupção.

— Você se importa, eu estou conversando — sibila ele.

— Eu sei. Você esteve conversando a noite inteira, com todo mundo, menos comigo.

— Desculpe, neném, mas há muita gente importante aqui esta noite. — Depois, em voz alta, diz: — Thea, gostaria que você conhecesse Dave Scully, chefe de elenco da EMI. Dave, esta é minha mulher, Thea.

Consigo dar um sorriso forçado e um aperto de mão desanimado. Depois me viro de novo para Toby.

— Eu quero dançar — digo com petulância.

— Então vá.

— Sozinha?

— Luke e Lucy vão com você, não vão, pessoal? — diz ele, sinalizando para o casal que só está interessado um no outro. — Lá embaixo, com Thea, dançar?

— É claro — diz Luke, sempre gentil. — Vamos, Thea.

Franzo a testa uma última vez para Toby, desaprovando, antes de ir para baixo com os outros. O lugar está um agito só. Guio Luke e Lucy até um minúsculo espaço livre na pista logo abaixo do palco e começo a me mover junto com a música. Droga, esses sapatos realmente não foram feitos para o conforto. Curvo-me, tiro-os e jogo na beira da pista. Pés descalços, é melhor, agora realmente posso dançar. Depois de uns quinze minutos Luke e Lucy dizem que vão respirar um pouco, e eu aceno, insistindo em que vou ficar bem sozinha. Agora que estou obviamente liberada, dois caras partem para cima de mim, mas eu dou gelo.

Não somente estou perfeitamente feliz dançando sozinha, mas Toby iria me matar se me visse com outro homem. Depois de trinta e cinco minutos encharcados de suor estou louca por uma bebida. Demoro séculos para achar os sapatos, e quando acho eles estão completamente arrebentados, pisados pelos outros dançarinos. Ah, bem, são umas duzentas libras indo pelo ralo. Não importa, eu sempre posso comprar outro par — meia dúzia de pares — se quiser.

Olhando em volta, não vejo sequer um rosto familiar, o que me lembra do motivo para geralmente evitar esse tipo de evento. Pego uma Coca no bar e dou um tempo. Ainda não há sinal de Luke e Lucy, mas vejo Callum, com a língua enfiada na garganta de uma das louras vencedoras. Decido voltar para Toby lá em cima, mas quando chego descubro que nosso reservado foi tomado por outro grupo ruidoso. Rich ainda está lá, ainda em coma, mas Toby não está à vista. Verifico Rich, para ver se ainda está respirando. Ele vira a cabeça e murmura alguma coisa ininteligível quando toco seu ombro, por isso acho que está bem. Gostaria de saber aonde Toby foi. Que egoísmo da parte dele desaparecer assim. Faço um exame rápido da área VIP para o caso de ele estar escondido em algum canto escuro. Vejo Patti numa conversa animada com o rapaz, mas nada de Toby.

Vou na direção do banheiro masculino, para o caso de ele ter decidido dar um tapinha rápido. Dave Scully está saindo.

— Você sabe se Toby está lá dentro? — pergunto.

— Acho que não — diz Dave, ajeitando a braguilha. — Na última vez que o vi ele disse que ia dar uma saída para pegar um ar puro.

Estranho, Toby geralmente não é esse tipo de peso-leve. Volto para baixo e circulo pela massa de corpos. Estou me sentindo levemente ridícula. Aqui estou eu, Thea Carson, mulher do

O JOGO DA FAMA DE THEA CARSON

líder da Melhor Banda, andando descalça e procurando meu marido e senhor como um cachorrinho perdido. São duas da madrugada e eu sinto a ressaca já começando a bater. Droga, já chega, vou para casa. Tenho certeza de que há dezenas de táxis lá fora. No caminho da saída passo por uma cabine de vidro com uma placa que diz "Segurança". Eu poderia entrar, dizer quem sou e para onde estou indo, para o caso de Toby me procurar mais tarde. Talvez eles possam fazer um anúncio pelo alto-falante ou algo assim: "Sr. Toby Carson, procurando sua esposa desaparecida, por favor contate a segurança..." Ah, imagine como ele ficaria embaraçado.

Enfio a cabeça na cabine.

— Com licença — digo a um dos guardas de roupa azul.

— Só queria dizer que estou indo para casa agora.

— Certinho, amor — diz ele. — Os táxis estão esperando na entrada principal.

— O negócio é que eu perdi meu marido. Posso deixar meu nome com vocês para o caso de ele me procurar?

— Sim, amor, só um minuto. — Ele se vira para procurar uma caneta e um pedaço de papel numa gaveta, e ao fazer isso eu tenho uma visão clara das telas de circuito interno atrás dele. Cada uma das cerca de meia dúzia de telas mostra uma visão diferente da parte externa do prédio, visão bastante chata, na verdade. Mas então um movimento numa das telas atrai meu olhar. São um homem e uma mulher trepando encostados na fria fachada de metal do Arena. Minha nossa, faz um frio de rachar lá fora, eles devem estar desesperados. O guarda se vira de novo para mim, com a caneta preparada. — Como é mesmo o seu nome? — Por cima de seu ombro esquerdo ainda posso ver o casal trepando. A garota tem cabelos louros compridos e a cabeça está virada para trás em êxtase enquanto o cara com a bunda de fora bombeia de um jeito ligeiramente cômico. Ela parece vagamente familiar. Na verdade os dois parecem familiares... Merda.

— Meu amor... o seu nome?

— Sra. Otária do Caralho — digo, com a voz tremendo de emoção, antes de sair correndo para a noite.

DEZOITO

Hoje é o primeiro dia em que me senti remotamente normal desde a noite do IMA. Nas últimas duas semanas e meia me arrastei entre o destroço babão e a diva histérica, daí para a louca vingadora e de volta. A dor ainda está lá, crua e supurando, mas vou começando a enfrentá-la... isto é, se você chamar de enfrentamento estar entocada no quarto de hóspedes de Kim e me recusar a pôr o pé fora da casa.

A única coisa boa em tudo isso é que a história jamais chegou aos jornais; o que é bastante milagroso, quando se considera que *meu* marido estava fodendo uma apresentadora desmiolada da MTV num enorme evento do *showbiz* — certo, então foi *fora* de um enorme evento do *showbiz*, mas mesmo assim ele teve uma sorte enorme por ninguém tê-los visto. Pelo menos fui poupada da humilhação pública e de uma praga de repórteres na minha porta.

Quando vi aquela imagem em preto-e-branco na tela do circuito interno não chorei, não desmoronei e certamente nem pensei em confrontar Toby ali, na hora. Optei por um modo autoprotegido: peguei um táxi de volta a Itchycoo e liguei para Kim perguntando se ela podia me receber de novo. Ela fez mais do que dizer "sim" (não importando que eu a tivesse acordado de madrugada), foi me pegar de carro, anjo que é. Dentro de vinte minutos, eu tinha arrumado uma bolsa e ido embora. Mas antes de sair escrevi um bilhete rápido para o Adúltero e grudei na porta da geladeira com o ímã rosa de coração que Toby ganhou num brinde de Natal na casa de sua mãe no ano passado e fez grande estardalhaço me dando de presente.

Espero que Alexa tenha gostado da umazinha para "tremer os joelhos" (duas numa noite — você deve estar muito satisfeito consigo mesmo). Tenha uma vida de merda, seu escroto.

T

Realmente pensei em fazer alguma coisa bem vingativa, como destruir seu sistema de som ou arrebentar com um martelo aquela porra de candelabro do qual ele tanto gosta, mas não pude ver o sentido, principalmente quando ele pode substituí-los no dia seguinte sem nem perceber uma mossa na carteira.

Na primeira noite não derramei uma única lágrima, estava com raiva demais para isso. Simplesmente arenguei furiosa sobre o sacana que Toby era, enquanto Kim fazia expressões adequadas de nojo e desprezo. Acho que ela ficou meio magoada por eu não ter contado antes minhas suspeitas sobre Alexa Hunt, mas não questionou meus motivos, é uma amiga boa demais para isso. Finalmente fomos para a cama por volta das cinco da manhã, mas eu não dormi. Só fiquei ali deitada, pensando em todo tipo de punição maligna contra Toby e imaginando qual seria meu próximo passo. Estava bem satisfeita comigo mesma por deixar Itchycoo daquele jeito e não ficar para ouvir Toby inventar alguma desculpa. No passado fui muito paciente — humilde, alguns poderiam dizer — mas desta vez ele me levou ao limite.

O primeiro contato aconteceu por volta das quatro da tarde. O telefonema foi dado para a linha fixa de Kim, e como ela estava trancada no escritório, bolando uma noite de extravagância para um estilista de moda, eu mesma atendi. Mal o reconheci. O astro pop confiante, arrogante, seguro de si, tinha sumido, e no lugar dele havia um garotinho patético, hesitante, varrido pela culpa. Acho que ele também estivera chorando — sua voz tinha aquele tom denso, de nariz entupido.

Ele implorou que eu fosse para casa, implorou que eu lhe desse outra chance, implorou que eu não fosse para a imprensa com a história (eu me senti bem insultada por esse último pedido), mas foi bom ouvi-lo rastejando assim, e me senti superior no papel de "esposa traída".

Claro, Toby não sabia que eu tinha descoberto que ele continuava o caso com Alexa *antes* daquela noite, por isso formulei um testezinho. Se ele passasse, eu lhe daria uma audiência justa. Se mentisse, seria o fim — para sempre: *Você é o elo mais fraco, Toby. Adeus.*

— Então diga, Toby, foi uma transa única, bêbada, com Alexa, ou os dois estão tendo um caso? — perguntei na minha mais gélida voz de Anne Robinson.

Houve silêncio por um segundo ou dois enquanto ele pensava na resposta.

— Vou ser totalmente honesto com você — disse ele em voz baixa. — Eu tenho me encontrado com Lexy, é... Alexa, há um tempo. Começou quando o Drift foi convidado ao programa dela na MTV, na semana antes do início da turnê. Nós fomos tomar uma bebida depois e ela deu em cima com tudo. Eu fui estúpido e fraco... não parti para ter um relacionamento com ela, juro, a coisa só meio que aconteceu.

— E então continuou acontecendo?
— É, mais ou menos.
— Então aquela matéria do *Mirror* era verdadeira, você trepou com ela no Malmaison.
— É, sim. Eu sei que disse que a gente só tomou uma bebida e caiu no sono, mas o negócio foi que, naquela noite em Manchester, eu disse a ela que tudo tinha acabado, que não podia continuar me encontrando com ela porque isso estava me roendo por dentro — quero dizer, ser infiel a você.
— Isso foi antes ou depois de você trepar com ela?
— Depois, quero dizer, antes. Na verdade, não lembro, eu estava bem doido naquela noite. Por isso não vi o sentido de admitir para você na ocasião, já que a coisa estava acabada.
— Mas não estava, estava? Porque você continuou se encontrando com ela.
— Eu não pretendia, a gente só ficou se esbarrando e, deixa eu dizer, ela é uma mulher bem insistente.
— E muito bonita, claro.
— Nem de longe tão bonita quanto você, neném, e nem de longe tão inteligente. Ela é meio desmiolada.
— Bom, isso faz com que eu me sinta muito melhor — eu disse. — Não somente meu marido foi infiel, mas não é especialmente seletivo quanto a onde enfia o taco.

Ele deu um grande suspiro e disse:

— O que estou tentando dizer é que não estou apaixonado por ela; só foi sexo estúpido, egoísta. Eu deveria ter acabado com isso há séculos, mas fui muito fraco. Ela esteve fora do país na última semana mais ou menos, fazendo uma sessão de fotos, e quando ela estava longe eu percebi como estava sendo estúpido — prejudicando meu casamento assim. Decidi que, quando ela voltasse, ia acabar com tudo de uma vez por todas.

O JOGO DA FAMA DE THEA CARSON

— Então ontem à noite você decidiu dar uma última em nome dos velhos tempos?
— Ontem à noite foi um erro terrível. Eu sabia que ela ia estar no IMA...
— Por isso tentou me convencer a não ir.
— Acho que sim, mas achei que ia ficar tudo bem. Eu sabia que Alexa não ia causar um escândalo nem nada, só não gostava da idéia de vocês duas estarem no mesmo lugar.
— Para o caso de eu captar as vibrações entre vocês?
— Não... não sei, só não gostava da idéia. Alexa parecia estar mantendo a distância, mas quando você foi dançar ela veio direto até mim e começou a flertar descaradamente na frente do Dave Scully, por isso eu a arrastei para fora, para dizer que não ia me encontrar com ela de novo. Mas então ela começou a me beijar e uma coisa levou a outra. Antes que eu notasse nós estávamos com a mão na massa e...
— Me poupe dos detalhes, por favor.
— Desculpe, neném. De qualquer modo, quando eu voltei vi Dave e descobri que ele tinha dito a você que eu tinha saído para respirar. Acho que você foi procurar a gente e viu, não foi?
— Mais ou menos.
— Eu sei como iria me sentir se visse *você* com outro homem, você deve ter ficado enjoada.
— Enjoada não é a palavra. Experimente cheia de repulsa, revoltada, pasma, enojada...
— Calma, neném... mas escute, eu juro que acabei com Alexa. Liguei para ela hoje cedo e disse para nunca mais me contatar de novo — e ela aceitou, ela sabe que o jogo acabou e não quer prejudicar a carreira sendo rotulada de destruidora de casamentos.

— Meu Deus, que egoísmo o meu em não pensar nos sentimentos de Lexy nessa hora — falei com o máximo de sarcasmo que consegui. — Aqui estou eu, sentindo pena de mim mesma, quando tudo que tenho a perder é o meu casamento. Quero dizer, toda a carreira de Lexy está em jogo.

— Só estou dizendo que ela aceitou que nós nunca mais vamos nos ver.

— Mas como é que eu sei que você não vai me trair com outra?

— Você só precisa acreditar em mim, neném... Alexa foi uma coisa idiota. Eu nunca fui infiel a você antes, e nunca mais vou ser.

— Mas por que você teve um caso com ela? Nossa vida sexual sempre foi muito boa. Uma mulher não basta, é isso?

— Não é tão simples assim. Quando conheci Alexa eu estava muito estressado, gravando o disco, preparando a turnê. Acho que você realmente não entendia como essa merda toda foi difícil para mim, mas ela me ouvia, acariciava meu ego, ela estava *ali* para mim. Puxa, foi uma coisa lisonjeira. O que mais eu posso dizer?

Para mim foi a última gota.

— Você é realmente um merdinha superficial, não é? — falei com um riso cheio de escárnio. — Você não acredita a sério que eu vou aceitá-lo de volta depois do modo desprezível como se comportou. Nada que você disse me convenceu de que você valoriza nosso casamento ao menos num nível infinitesimal. Não se incomode em ligar para mim de novo; você vai ter notícias do meu advogado em breve.

Com isso bati o telefone e irrompi imediatamente em lágrimas — soluços grandes, feios, ranhentos. Depois de cerca de um minuto Kim saiu de sua sala.

— Thea? — gritou ela do corredor. — É você? — Quando viu meu estado ela me abraçou, sem se importar se eu cobri de muco seu cardigã que só podia ser lavado a seco, como somente uma amiga verdadeira faria. Numa voz soluçante contei os pontos altos — ou seriam os baixos? — de minha conversa com Toby.

— Ele mudou muito desde que ficou famoso — funguei. — Ele não é o homem por quem me apaixonei. Ele... ele... ele... é um punheteiro escroto e eu o odeio. — E meu choro começou de novo.

Pelo resto do dia e durante a noite não pude parar de chorar. Foi embaraçoso. O pobre do Tim não sabia o que me dizer, ali sentada uivando na frente de *Plantão médico* (não recomendável para qualquer pessoa com disposição emotiva, quanto mais alguém vulnerável como eu). Devo ter parecido uma coisa fantástica — meu nariz estava vermelho e bulboso, os olhos pareciam fendas — e as têmporas latejavam, mas mesmo assim eu não conseguia parar de chorar. Depois de um tempo, Tim pediu desculpas educadamente e foi para a cozinha estudar o relatório da Bolsa.

Gradualmente, durante a semana seguinte, eu consegui me controlar. Toby fez duas tentativas de falar comigo — eu me recusei a atender — e numa ocasião até veio à casa. Kim não o deixou entrar. Eu poderia ter considerado a idéia, mas espiando de trás da cortina no quarto do andar de cima vi que Toby tinha pedido para o táxi esperar na rua — de modo que obviamente não estava tão doido para me ver.

— Diga para ele ir se foder! — gritei para baixo; uma mensagem que Kim repassou devidamente, conseguindo de modo notável manter a cara-de-pau.

Na semana seguinte fiquei ainda mais calma. Acho que o grande ponto de virada aconteceu há dois dias quando finalmente percebi que Toby não ia fazer algum grande gesto romântico, como contratar um avião para arrastar uma faixa pelo céu, dizendo "Thea, desculpe ter sido tão escroto". E eu não ia me metamorfosear em Jerry Hall e estar preparada para perdoar e esquecer (se bem que no fim até ela encheu o saco de bancar a cega).

Andei me perguntando: *Por que estou tão chateada? Por que não lhe dou outra chance?* Afinal de contas, eu sabia que Toby estava tendo um caso e, de certa forma, tinha aceitado. A percepção posterior é uma coisa maravilhosa, e talvez eu o devesse ter questionado desde o início, mas não fiz — e agora reconheço que foi muita estupidez. Mas o que não posso perdoar é: *a)* trepar com aquela vaca numa festa à qual eu estava presente, *b)* mentir sobre a noite dos dois no Malmaison, e *c)* ser um idiota tão babão ao telefone — quero dizer, "ela estava *ali* para mim" —, nunca ouvi uma merda tão grande em toda a vida. E vamos encarar, eu agüentei muita coisa nesse casamento — as farras de noite inteira, a falta de interesse na minha busca por meu pai, aquele negócio medonho do aborto... Acho que Alexa foi simplesmente a gota d'água.

Mas e quanto à casa linda, ao guarda-roupa cheio de peças de grife, aos restaurantes chiques?, ouço você dizer. Sem dúvida ela não está preparada para abrir mão de tudo isso, não é? Não há dúvida, eu *vou* sentir falta desse estilo de vida — especialmente de Itchycoo, eu adoro aquele lugar — mas há coisas mais importantes na vida do que as posses materiais, como felicidade, confiança e respeito. E eu não recebi muito disso vivendo com Toby. **Não me** importo ao dizer que a idéia de morar sozinha me **deixa** cagando de medo, mas nas palavras dos Small Faces, é tudo ou nada. De modo que vou escolher a opção do "nada".

Ontem eu estava tentando lembrar todos os tempos bons que nós tivemos juntos, e sabe de uma coisa?, não houve muitos; pelo menos desde que nos casamos. A fama *realmente* muda as pessoas; eu mesma vi isso. Acho que é fácil começar a acreditar no seu próprio pique, achar que você é uma espécie de intocável, que pode tratar as pessoas como quer porque é um astro e seus sentimentos são mais importantes do que os deles. Não é de espantar que os casamentos no *showbiz* sejam famosos pela vida curta, acho que o meu só está seguindo uma tradição grandiosa.

Posso parecer *blasée*, mas não me sinto assim. Aceitar o fim do meu casamento é uma das experiências mais perturbadoras que já tive, e apenas ligeiramente menos dolorida do que a morte de mamãe. Pelo menos o câncer dela foi um ato de Deus e estava fora do meu controle, ao passo que o rompimento de meu casamento é totalmente de feitura humana. Se vou chamar os advogados? Ainda não. Primeiro preciso de tempo para me ajustar à situação. Verifiquei minha conta bancária, e Toby não parou com os créditos diretos mensais. E ainda estou usando o cartão de crédito — mas não torrando — porque não posso esperar que Kim ou Tim me sustentem. Acho que eventualmente terei de viver de um acordo financeiro com Toby, e talvez deva pensar em pedir para J.C. me aceitar de novo em horário integral. Mas por enquanto só estou me concentrando em chegar ao fim do dia.

Com todo o trauma das últimas duas semanas, mal pensei no meu pai desaparecido. Mas hoje, como parte de meu regime auto-imposto de volta à normalidade, planejo começar a procurar o último candidato — Roy. Para ser honesta, mesmo que eu tenha sucesso em achar Roy, não tenho muita esperança de que ele seja meu pai. De fato, passei a perceber como fui tremendamente ingênua em achar que as agendas de mamãe poderiam ter a chave para a identidade dele. A vida nunca é tão simples. Mesmo assim estou decidida a levar esse projeto até o amargo fim, e espero que, quando Roy for eliminado, eu possa deixar que um fantasma descanse e continuar com o resto de minha vida — sem pai e sem marido, mas graças a Deus não sem amigos. Tendo relido de novo a agenda de mamãe, na esperança de captar mais pistas, percebo que desta vez não tenho nada além de um primeiro nome. Não quero envolver ninguém especialmente na busca — afinal de contas, é uma coisa muito particular — mas parece que desta vez não tenho escolha. Depois de pensar cuidadosamente, tenho duas pessoas que poderiam lançar alguma luz sobre Roy. Uma é Marty — ele e mamãe eram excepcionalmente íntimos, mas não tenho certeza de que ela teria contado a ele sobre um ex-namorado com quem esteve apenas por pouco tempo, e eu não iria magoar os sentimentos dele indagando. A outra fonte de informação mais provável é Val, que tinha a barraca de artigos de couro ao lado de mamãe no mercado de Greenwich. Eu não diria que as duas fossem as melhores amigas, mas saíam um bocado juntas antes e depois de eu entrar em cena. Não vejo Val desde o enterro de mamãe, mas consigo achar seu número no meu Filofax — não nos endereços de A a Z, e sim na parte de Aniversários. Posso lembrar da própria Val escrevendo ali durante o velório de mamãe, uma reunião íntima e excepcionalmente emocional para cerca de uma dúzia de pessoas do contingente de Greenwich, que eu dei na sala de trás de um *pub* local no dia do enterro.

— Sua mãe era uma em um milhão — disse ela cheia de lágrimas. — A gente não deve perder contato.

Inevitavelmente, fizemos exatamente isso. De fato, eu não mantive contato com nenhuma daquelas pessoas que expressaram condolências sentidas naquele dia pavoroso — nem mesmo com Marty — e eles por sua vez perderam a minha pista quando me mudei de Greenwich para Kilburn e de lá para a nata do Belsize Park. Deveria ter me esforçado mais. Fiquei tão arrasada naqueles primeiros meses que não podia suportar pessoas que conheciam mamãe, preferindo espojar em meu sofrimento privado. Agora superei isso — uma percepção que só baixou quando conheci Kevin e Barney. Apesar do desapontamento ao descobrir que não tinha parentesco com nenhum deles, fiquei empolgada em ouvi-los lembrar dela, e eles me fizeram ter orgulho de ser sua filha. Se não fosse por eles, acho que não teria coragem de contatar Val. Só espero que ela não fique chateada demais com meu reaparecimento súbito depois de dois anos de silêncio.

No caso, Val ficou desproporcionalmente satisfeita em ter notícias minhas.

— Thea Parkinson, não acredito! — exclama ela. — Claro, agora é Thea Carson, não é? Eu quase tive um ataque cardíaco quando vi sua foto no jornal com seu marido cantor. Levei direto para mostrar a Eileen, a vizinha. "Olha só para isso, é a menina da Shirley, crescida e se dando bem." Ahhh, meu amor, você floresceu desde que a gente se viu pela última vez. Não me entenda mal, você sempre foi uma coisinha bonita, mas agora, agora é uma verdadeira beldade, sem dúvida.

Ela pára para respirar e eu aproveito a oportunidade para levar a conversa na direção certa.

— Desculpe não ter feito contato durante tanto tempo — digo. — Especialmente depois de você ter sido tão gentil quando mamãe morreu.

— Não precisa se desculpar, Thea meu amor, tenho certeza de que você está ocupada com sua vida nova — diz ela generosamente. — Aah, você é digna da sua mãe, é uma pena ela não ter vivido para ver você tão feliz.

Pergunto sobre sua família — o marido Mick se aposentou precocemente por motivo de saúde, o filho Dominic está no último ano da faculdade de administração — e nós conversamos sobre os altos e baixos do negócio de couro (Val abriu sua loja no início dos anos *noventa* e agora diversificou para móveis e almofadões), e então eu vou ao ponto.

— É fantástico falar com você, Val, mas acho que tenho um outro motivo.

— Não diga, você está fazendo uma matéria para uma daquelas lindas revistas de celebridades e quer que sua tia Val descubra algumas fotos antigas — diz ela com um risinho. — Você ficaria feliz em saber que eu tenho umas de arrasar! Lembra de quando sua mãe e eu deixamos você brincando direitinho no jardim e voltamos meia hora depois e descobrimos que você tinha tirado o short e a camiseta e posto no gato? Ali estava você, com a calcinha e a camisetinha Victoria Plum e balançando no colo seu "neném", como você chamava o pobre e velho Ginge. Eu ri tanto que a máquina tremia.

— Merda, eu tinha esquecido isso. Quantos anos eu tinha, seis, sete? Prometa que vai destruir os negativos no minuto em que desligar o telefone, caso contrário nunca mais vou poder mostrar minha cara em público — digo, e nós duas rimos um bocado. Eu tinha esquecido como Val podia ser divertida.

— Mas, sério, Val, eu esperava que você pudesse me ajudar a encontrar uma velha amizade de mamãe.

— Bom, se eu puder — ela diz. — Qual é o nome dela?

— Na verdade é *ele*, e o nome é Roy. Toca algum sino?

— Roy. Hmm, é vagamente familiar, mas não tenho certeza. Pode me dar mais algum detalhe?

— Eu só sei que ele namorou mamãe no verão antes de eu nascer, e acho que foi um relacionamento bem casual.

— Já sei! — diz ela em triunfo. — Roy Potter, um garoto da área, bonito, moreno, o pai veio de uma daquelas ilhas do Oceano Índico, Ilhas Maurício, acho. Só lembro porque uns dois anos depois ele se casou com outra garota que tinha uma barraca, Debbie não sei das quantas.

— Val, você é incrível! — digo empolgada. — Ele ainda mora em Greenwich?

— Ahh, não sei, amor. Eu não o vejo há séculos. Mas Debbie ainda trabalha no mercado, ela tem uma barraca de roupas de segunda mão. Os dois não estão mais juntos; tiveram dois filhos, acho, e depois tudo ficou azedo.

— Mas Debbie deve saber onde encontrá-lo, não é, já que eles têm filhos e coisa e tal?

— Acho que sim... se não se importa com a pergunta, por que você está tão doida para achar Roy Potter? Shirley só saiu com ele umas poucas vezes, e não acho que os dois tivessem muito em comum; ele era meio machão, pelo que lembro, e francamente sua mãe merecia coisa melhor.

Não vejo sentido em mentir, principalmente quando Val foi tão solícita, por isso conto toda a história — que achei as agendas de mamãe, fiz uma lista de três candidatos, e os encontros infrutíferos, mas muito agradáveis, com Kevin e Barney.

— Meu Deus, você *teve* um trabalho enorme! — exclama. — Eu sei que você não teve contato com seu pai, mas não achava que nem sabia quem ele era. Sua mãe nunca contou?

— Não exatamente. Era um assunto com o qual ela nunca se sentiu muito confortável... na verdade, ela deu a entender que poderia ser um dentre vários homens, e que nem contou a nenhum deles que estava grávida. Acho que ela nunca mencionou os nomes a *você*, não é?

— Infelizmente não. Acho que não era da minha conta; nós éramos colegas, mas não amigas do peito. A única vez em que falamos disso foi quando ela estava passando um período difícil. Você devia ter uns quatro anos, e o imposto de renda tinha cobrado uma grana enorme dela. Eu sugeri que ela entrasse em contato com seu pai e pedisse que ele emprestasse algum dinheiro, só até ela se levantar de novo.

— O que ela disse?

— Descartou a idéia. Acho que falou algo como: "O pai de Thea não faz parte de nossa vida, e nunca fará." Depois disso eu não quis puxar o assunto de novo. Inferno, mamãe jogava com as cartas perto do peito. Parece que não confiava em ninguém — pelo menos com relação ao meu pai.

— Val, posso perguntar uma coisa?

— Manda ver, amor.

— Eu me pareço com Roy Potter? Quero dizer, ao menos um pouquinho?

— Vejamos... não existe semelhança óbvia, afinal de contas ele é meio negro. Mas você tem esse lindo cabelo escuro e sempre se bronzeia muito bem, não é? Eu lembro de quando você veio daquelas três semanas em Barbados com o tal de Adam, com quem você costumava sair — ficou tão morena que parecia uma índia!

— É, você pode ter razão. — Eu nunca tinha considerado que pudesse ser mestiça, mas acho que é uma possibilidade.

— Como é que você vai descobrir se Roy é seu pai, quando nem sua mãe sabia quem a engravidou?

— Um teste de DNA, é bem simples.

— Bem, tenha cuidado... o passado pode ser uma coisa perigosa, você sabe — diz ela com gentileza.

— Vou ter. E se não conseguir nada com Roy, vou esquecer essa coisa toda.

— Bem, eu lhe desejo toda a sorte. E sei que você tem uma vida nova e chique a milhões de quilômetros de Greenwich, mas não se esqueça de nós, certo?

Se ao menos Val soubesse como minha "vida nova e chique" desmoronou ao meu redor. Mas não quero despedaçar suas ilusões sobre minha existência perfeita, por isso prometo fielmente manter contato, dou o número do meu celular e omito qualquer referência ao fim do meu casamento e ao fato de que agora estou sozinha, deprimida e sem teto. Mesmo assim, ela vai estar lendo nos tablóides em pouco tempo.

DEZENOVE

Este lugar praticamente não mudou em vinte anos: com mais turistas e mais descuidado, pelo jeito, mas a energia é a mesma, e aqueles cheiros familiares — chocolate feito em casa, couro quente e lona úmida — trazem um milhão de lembranças. Quando era menina eu conhecia esse mercado como a palma da minha mão, e todo barraqueiro *me* conhecia. Os sábados e domingos sempre seguiam a mesma rotina: mamãe e eu chegávamos às oito em ponto, arrastando três malas enormes e a arara desmontável que tínhamos trazido no minitáxi. Outros tinham de chegar horas antes para garantir lugar, mas mamãe era dos poucos felizardos com posição garantida — e a nossa barraca era uma das melhores, aninhada no canto esquerdo superior do mercado coberto, perto da cafeteria e de uma fileira de lojas de antiguidade caras.

Enquanto mamãe montava a arara de roupas, eu desfazia as malas, separando as roupas em pilhas — calças numa pilha, saias na outra, e assim por diante. Então mamãe pendurava as roupas maiores na arara, separando as peças melhores, que atraíam mais o olhar, para suspender na estrutura de metal da barraca. Os itens menores, camisetas e echarpes, eram postos num cavalete; não empilhados um em cima do outro, e sim espalhados lindamente para as pessoas verem a qualidade dos modelos e da costura.

— Tudo está na apresentação — dizia mamãe com uma certa dose de orgulho, e só quando estava totalmente satisfeita tínhamos permissão de abrir nossos banquinhos dobráveis, destampar a garrafa térmica de chá e esperar os primeiros fregueses.

O verão era a época mais lucrativa, graças aos viajantes que enchiam a histórica Greenwich, vindo admirar o *Cutty Sark* ou pisar na famosa linha do Meridiano. De todas as nacionalidades que apinhavam a rua turística, os americanos eram os que gastavam mais. Eles se juntavam em volta da barraca e entoavam loas às camisetas com estampas abstratas e às leves blusas transparentes, e nem hesitavam para comprar sete ou oito peças de uma vez, presentes para o pessoal em casa. Como eu me sentia adulta, pegando o troco na caixa e dobrando às compras dos fregueses em bolsas brancas enrugadas! Hoje em dia mamãe seria provavelmente processada por alguma lei de trabalho infantil, mas na época ninguém olhava duas vezes para uma criança ajudando a mãe.

Hoje a antiga barraca de mamãe é ocupada por um sujeito cabeludo de dezenove ou vinte anos que vende jóias de prata. Ainda é cedo, e eu olho da porta de um sebo de livros enquanto ele arruma as peças, colocando anéis e brincos em bandejas de veludo e pendurando colares delicados num mostruário giratório. Vendo-me ali parada, ele fala em tom de desculpa:

— Vou abrir em dois minutinhos.

Agora que ele me notou, parece bobagem não dar uma olhada, por isso vou até a mesa de cavalete e finjo que estou escolhendo. Um par de brincos bonitos, com uma estrela cheia de raios de prata esterlina, atrai meu olhar e eu compro dois — um para mim e um para Kim.

O JOGO DA FAMA DE THEA CARSON

— Você sabe se Debbie está aqui hoje? — pergunto em tom casual, enquanto ele embrulha minhas compras em papel de seda. — Ela tem uma barraca de roupas.

— Debbie Potter?

Confirmo com a cabeça.

— Deve estar, ela vem na maioria dos domingos. A barraca dela é lá na frente, perto da loja de comida natural.

Agradeço, guardo os brincos no bolso do casaco e vou pelos paralelepípedos até a entrada do mercado, onde as barracas encontram a rua engarrafada e um arco de estuque mostra o lema vitoriano: *Um equilíbrio falso é uma abominação para o Senhor, mas um peso justo é seu deleite.* Graças à descrição de Val encontro Debbie quase imediatamente: "se veste como se tivesse a metade da idade", foi a frase que ela usou, e não estava errada. A mulher coberta de *lycra* com cabelo com luzes cor de palha e um bronzeado da cor de uma Vuitton falsa que faria Bet Lynch correr para pegar seu dinheiro.

— Debbie? — digo, injetando uma falsa nota de amabilidade na voz.

— É — responde ela, e continua colocando preço em velhas jaquetas de couro sem levantar os olhos.

— Desculpe incomodar, mas eu sou amiga de Val Stephenson. Ela tinha uma barraca de couro aqui — digo hesitando.

Debbie baixa a máquina de etiquetar e me olha.

— Ahã — diz sem se abalar.

— Ela disse que talvez você pudesse me ajudar — digo. — Eu estou tentando achar alguém, na verdade é o seu ex-marido, Roy.

— Tá brincando? — diz ela num fortíssimo sotaque do sudeste de Londres. — Não vejo Roy há meses. E o que você quer com ele? Ele deve dinheiro, é?

— Não, não, nada disso — digo hesitante e murmuro alguma coisa vaga sobre ele ser amigo do meu namorado.

— Como eu disse, não vejo ele há séculos, nem tenho o número dele, mas se você está desesperada provavelmente vai achar o cara na estação... isso é, se ele estiver de plantão hoje.
— Na estação DLR?
— Não, na estação da linha principal na High Road... ainda não consigo acreditar que ele arranjou um emprego decent.
— diz ela. — Veja bem, ele provavelmente continua derramando o dinheiro garganta abaixo, como fazia o tempo todo em que nós fomos casados; ele não daria um tostão de pensão aos filhos se eu não tivesse colocado o juizado em cima dele.
— Verdade? Puxa — digo sem jeito, sem saber o melhor modo de reagir a essa revelação não solicitada. Debbie pode ter ficado com o sobrenome do marido, mas certamente não parece restar muito amor.

Ela olha por cima do ombro para um freguês mexendo numa arara de Levi's antigas.
— Já atendo você num minuto, amor — diz ela. — Tenho de ir — ela se vira de novo para mim. — Dê minhas lembranças ao Roy se achar ele... pensando bem, nem se incomode, porra.
— Ela dá um risinho.

A estação Greenwich fica a alguns minutos de caminhada, e enquanto sigo pela High Road percebo que não tenho a menor idéia do que Roy faz — é condutor de trem, faxineiro, vendedor de bilhetes? Com sorte, logo vou descobrir.

Na entrada da estação um homem corpulento com uniforme da Connex está dando orientação a um grupo de estudantes estrangeiros — do tipo com os quais eu costumava ficar muito chateada quando morava aqui, por causa do modo como pareciam ocupar toda a calçada com suas mochilas enormes e a conversa em voz alta. Assim que ele os mandou a caminho, eu me aproximo e pergunto se Roy Potter está de serviço hoje.

O JOGO DA FAMA DE THEA CARSON

— Bilheteria — diz ele rapidamente, assentindo para o saguão. Atrás da divisória de vidro posso ver mais ou menos um homem de aparência exótica e idade indefinida. Entro na fila de passageiros — aparentemente é o único modo de atrair a atenção de Roy — e enquanto a fila anda eu me esforço para olhar melhor. Pelo que dá para ver, ele não é tão feio, e parece rir um bocado, o que é sempre bom sinal.

Finalmente, é minha vez. Antes de abrir a boca, olho pelo vidro e verifico seu crachá — bom, é o homem certo.

— Desculpe incomodar — começo. — Eu não quero um bilhete, só queria conversar com o senhor; quero dizer, mais tarde, não agora.

Ele parece achar divertido, e a mulher na fila atrás de mim faz "tsk-tsk" impaciente.

— Vou ser rápida porque dá para ver que o senhor está ocupado... — continuo. — Meu nome é Thea Carson. O senhor não me conhece, mas conheceu minha mãe, há muito tempo.

— E ela era bonita como você, querida? — pergunta ele numa voz cantarolada.

Ele está flertando comigo? Que indecente! Mas, afinal de contas, ele não sabe o que eu sei. Mesmo assim dou um sorriso e digo animada:

— Que tal, então?

— Você está me convidando para sair? — diz ele, inclinando-se perto do vidro e me olhando de cima a baixo.

— Olha, você vai comprar o bilhete ou não? — diz irritada a mulher atrás de mim.

— Desculpe, só vai demorar um segundo — digo, virando-me de novo para Roy. — Quando é sua parada para o almoço? Será que eu poderia lhe pagar uma bebida?

— Você *está* me convidando para sair — diz ele, parecendo muito satisfeito consigo mesmo. — Conhece o Anchor?

Confirmo com a cabeça.

— Vou estar lá na folga do almoço, saio ao meio-dia e meia.

— Depois acrescenta brincalhão: — E não me dê bolo.

— Vou estar lá — digo, enquanto a mulher passa por mim dando um encontrão de ombro, em sua pressa de chegar à bilheteria.

Com duas horas para matar, decido ir ao Greenwich Park, antigo local de caça de Henrique VIII. Também é o lugar onde fumei meu primeiro cigarro ilícito, bebi minha primeira lata de Diamond White antes de ter idade e fui agarrada no roseiral por Ben Thomas, meu primeiro namorado (nosso relacionamento só durou três semanas, acho que ele ficou desapontado com minha falta de peitos — mas afinal de contas eu *só* tinha doze anos). Armada com uma lata de Diet Coke e um bolinho, acomodo-me num banco que dá para o lago com barcos e começo a me preparar psicologicamente para o encontro com Roy. Não posso dizer que estou especialmente ansiosa por isso. Ele parece meio fanfarrão e nem de longe é material ideal para a paternidade. Estou meio tentada a esquecer a coisa toda e voltar para a casa de Kim, mas cheguei tão longe que é melhor ir até o final.

Conheço bem o Anchor. Provavelmente é o boteco menos elegante de Greenwich, enfiado numa ruazinha meio arruinada perto do Riacho Deptford e longe do caminho turístico. Kim e eu costumávamos ir lá ocasionalmente na adolescência, beber rum vagabundo com Coca e olhar os caras barra-pesada. É um *pub* tradicional e sombrio, com muita madeira escura, couro comido por traças e gigantescas janelas panorâmicas dando para o melancólico Tâmisa.

Quando chego, meio-dia e meia em ponto, o bar está pela metade. Meia dúzia de mesas foram ocupadas por um grupo de aposentados de rosto azedo comendo peixe com batata frita, sem dúvida atraídos pela promessa de grude barato e assento garantido, e no canto perto da máquina caça-níqueis vários homens de meia-idade estão envolvidos num jogo de baralho. Parece que Roy ainda não chegou, por isso peço meia cerveja com lima e ocupo uma mesa perto da janela. Uma placa na parede revela que o *pub* data de 1870, quando era uma das famosas "tavernas de arenques" de Greenwich, que alimentava ministros do governo e, supostamente, até Charles Dickens. Olhando o rio sujo, tento imaginar como seria na época em que Greenwich era um grande centro marítimo. O trecho de água estaria cheio de embarcações mercantes, trazendo produtos e matérias-primas para as docas, mas não hoje — só balsas apinhadas de turistas e alguma draga ocasional.

Cinco minutos se passam, seguidos por dez, quinze e vinte. Talvez Roy estivesse brincando quando falou em me encontrar; o que vou fazer se ele não aparecer?

Quando estou pensando em ir embora ele entra, trinta e cinco minutos atrasado. Ainda está usando o pouco lisonjeiro uniforme da Connex, calça azul-marinho e camisa branca, o medonho paletó azul pendurado no ombro. Olha casualmente o *pub* em volta, fazemos contato ocular e ele levanta as sobrancelhas para mim. Mas, em vez de vir direto, começa a bater papo com a mulher que serve bebidas no balcão, e é óbvio pelo tom que este é o local dele. Durante um ou dois minutos continuo sentada, sacando. Ele tem altura mediana e é muito magro — o que você poderia chamar de quadril de cobra — e realmente é bonito para um cara velho; uma versão madura de Imran Khan. Espero até a mulher ter servido a bebida dele, antes de ir até lá.

— Que bom que você veio — digo.

Ele sorri.

— O prazer é meu, querida. — Mas não pede desculpa pelo atraso. Remexe no bolso da calça e pega um punhado de moedas, mas eu ponho a mão em seu braço.

— Deixe-me — digo, tirando uma nota de cinco da bolsa.

— Faz muito tempo desde que uma dama me pagou uma bebida, especialmente uma tão bonita como você — diz ele numa voz embaraçosamente alta.

Rio nervosamente, notando que temos uma platéia na forma dos quatro caras perto da máquina caça-níqueis, que interromperam o jogo de cartas para observar minha conversa com Roy.

— Ela não é para o seu bico, Roy. Você não tem chance! — grita um deles e os outros explodem em risadas.

— Meus supostos amigos só estão com ciúme, ignore-os — diz Roy com um riso lupino que mostra uma fileira de dentes regulares e brancos, destacados pela pele de traços marcantes, cor de café. — Vamos ficar confortáveis, certo?

Vou na frente até minha mesa perto da janela, e sentamo-nos frente a frente. Roy parece incrivelmente relaxado. Imagino se ele realmente acha que estou tentando lhe dar uma cantada. Ele só está ali sentado, com um sorriso sonolento no rosto, olhando para mim que olho para ele, e esperando minha jogada inicial. Já decidi que não há sentido em usar o testamento imaginário de mamãe como desculpa para contatá-lo — afinal de contas, os dois mal se conheciam. E mais, estou ansiosa para deixar claro que isto não é um encontro amoroso, de jeito nenhum — e assim, de modo bastante brusco, mergulho de cabeça.

— Como eu falei antes, nós nunca nos encontramos — digo, observando-o atentamente em busca de mínimas reações. — Mas acho que há uma chance de termos alguma relação.

Seus olhos se abrem e ele se move em sua cadeira, claramente pouco à vontade.

— Verdade? — diz ele, pegando a cerveja e tomando um longo gole. Olho para a mão dele, segurando o copo. Como a minha, ela é delicada e estreita com dedos compridos e afilados, "mãos de artista", costumava dizer mamãe. — E o que faz você pensar isso, querida?

Respiro fundo e me lanço num monólogo sobre minha mãe — o nome dela, como ela era, quem eram seus amigos, onde ela morava até a morte há dois anos. A princípio Roy não se lembra de uma mulher chamada Shirley Parkinson, mas quando menciono a barraca no mercado e o encontro no Coronet há quase três décadas ele concorda que sim, lembra-se de um romance fugaz com essa mulher.

— Garota animada, muito divertida, uma pena ter morrido tão nova — diz ele. — De qualquer modo, onde é que ela se encaixa nisso tudo?

— Bem, o negócio, Roy... — paro, bem cruelmente, para causar efeito dramático — é que eu acho que há uma possibilidade de você ser meu pai.

Tenho um estranho prazer no ar de horror abjeto que atravessa o rosto dele. Não está tão petulante agora, está?, penso comigo mesma.

Ele se inclina sobre a mesa, estreita os olhos e me dá um olhar longo e duro, como se procurasse uma semelhança familiar. Depois se recosta na cadeira e cruza os braços defensivamente na frente do peito.

— Não, definitivamente não, você pegou o cara errado — diz com firmeza, balançando a cabeça, tendo desaparecido qualquer traço de sua intimidade cheia de flerte. — Não sei como você me achou ou do quê está a fim, mas está perdendo seu tempo. Eu tenho uma ex-mulher e dois filhos para sustentar, não tenho dinheiro, nada.

— Eu não quero nada de você, Roy, especialmente não quero dinheiro — digo, indignada. — Não espero que você me receba de braços abertos nem me ponha em seu testamento, só queria descobrir se você é meu pai ou não.

— Shirley disse que eu engravidei ela? — pergunta ele, subitamente agressivo.

— Não. Para ser perfeitamente honesta, ela não tinha cem por cento de certeza sobre quem a engravidou e, francamente, acho que não se importava. Ela ficou mais do que feliz em me criar sozinha, e fez um serviço muito bom.

De repente as feições dele relaxam.

— Aha, então eu não sou o único cara provável? — diz com triunfo.

— Não é o *único*... mas eu estreitei a busca e você é um forte concorrente. Você estava se encontrando com mamãe na época em que eu fui concebida, e mais, eu tenho as agendas antigas dela para provar.

Os olhos dele circulam rapidamente até o lugar onde seus colegas estão sentados, como se lhes mandasse um SOS silencioso.

— Olha, querida, estou dizendo, você está latindo na árvore errada. Nós só saímos umas vezes, na verdade eu nem tenho certeza se dormi com ela. Bom, se não se importa, eu tenho de voltar ao trabalho. — Ele empurra a cerveja pela metade e se levanta, derrubando uma cadeira na pressa de escapar.

Tento uma tática mais suave:

— Eu sei que ter aparecido assim deve ter sido um tremendo choque para você, mas, por favor, ao menos pense nisso. É bastante fácil estabelecer a paternidade com um teste de DNA.

— Ele me olha cheio de suspeitas, mas não se afasta. — Aqui, pegue o número do meu celular e me ligue se mudar de idéia — digo, procurando uma caneta na bolsa e rabiscando o número atrás de um descanso de copo. Ele hesita um momento, pega o descanso, me dá um último olhar cheio de dúvida e vai para a porta.

— O que houve? Ela não gosta de velhos? — zomba um dos colegas quando ele passa pela mesa deles.

— Fecha essa matraca — é a resposta curta e grossa de Roy.

Graças a uma combinação de trabalho de engenharia e os horários dominicais, a viagem de volta ao norte de Londres leva mais de uma hora, dando-me tempo suficiente para refletir sobre o breve encontro com Roy. Ele certamente pareceu muito defensivo, e eu tive a impressão nítida de que realmente não contou a história inteira. Mas o que posso fazer? Não há sentido em persegui-lo — afinal de contas, não posso forçá-lo a fazer exame de DNA — e, de qualquer modo, parte de mim está aliviada por ele não ter me reivindicado como sua filha há muito perdida. Não gostei dos modos dele — flertando e presunçoso, e muito cheio de si. Não sei o que mamãe viu nele... bom, na verdade sei, ele devia ser lindíssimo na juventude, olhos pegando fogo e pêlos densos no peito. Imagino se era bom de cama... duvido, provavelmente ficava ali deitado e deixava a mulher fazer todo o serviço.

VINTE

É oficial: Toby e eu nos separamos. Nossa declaração conjunta, divulgada pela Run Records e aprovada por meu advogado, foi breve, direta e ligeiramente desonesta:

Depois de treze meses de casamento Toby e Thea Carson decidiram tentar uma separação. A decisão é mútua e amigável. O casal agradeceria se a mídia respeitasse sua privacidade nesse momento difícil.

...sem chance — nos cinco dias desde a declaração eu recebi mais de uma dúzia de pedidos de entrevista. Não que eu queira falar — como parte do acordo redigido por nossos respectivos advogados concordei em "não dar qualquer entrevista à mídia — impressa, radiotelevisiva ou internet — até segundo aviso". Realmente me senti meio chateada ao assinar na linha pontilhada; não que me sentisse tentada a lavar a roupa suja em público, mas é sempre bom saber que temos a opção, particularmente quando somos a parte inocente.

A conselho de Charles Henley, meu advogado, decidi não correr nos procedimentos do divórcio.

— Agir depressa é se arrepender devagar — alertou ele. — Espere a poeira assentar e depois poderá tomar uma decisão racional, de cabeça limpa. Quem sabe, talvez até possa haver uma reconciliação. Não sei se posso perdoar Toby por ter me traído, mas acho que não faz mal esperar um pouco.

Kim e Tim disseram que posso ficar com eles quanto quiser, mas não é justo ocupar espaço, por isso tenho de começar logo a procurar um lugar para mim. A generosa pensão de Toby, negociada por Charles e paga na minha conta no dia primeiro de cada mês, significa que poderei alugar um apartamento decente — um espaçoso *flat* em Kensington ou até um *loft* nas docas. Não decidi. Para ser honesta, a idéia de morar sozinha é tão aterrorizante que nem quero pensar.

Ontem Kim e eu voltamos a Itchycoo para pegar o resto das minhas coisas — outro arranjo feito através dos advogados. Toby não estava lá, eu tinha garantido isso. Não o vejo desde a noite do IMA; bem, a não ser por algumas imagens antigas na GMTV. Eles fizeram uma matéria idiota sobre a expectativa de vida chocantemente curta dos casamentos das celebridades, inclusive com a presença do inevitável especialista em relacionamentos, presunçosamente dando conselhos sentado no sofá.

Ivy estava esperando para nos deixar entrar. Apesar de seu conhecimento interno dos altos e baixos do casamento dos patrões, ela pareceu genuinamente preocupada com a separação.

— Não posso acreditar que chegou a esse ponto — falou numa voz estrangulada. — A casa não é a mesma sem você.

E estava certa. As diferenças eram sutis, mas mesmo assim apertavam meu coração: a tigela de frutas, normalmente cheia, continha uma única tangerina murcha, as fotos emolduradas tinham sumido e, o mais doloroso de tudo, minha penteadeira de marchetaria tinha sido tirada do quarto principal e descuidadamente empurrada contra um armário no depósito.

Eu estava planejando levar o máximo que conseguisse no pequeno Peugeot de Kim — a TV portátil, uns dois abajures *art déco*, um punhado de CDs... mas na hora fiquei tão desesperada para sair dali que simplesmente enfiei algumas roupas na mala, joguei alguns artigos de toalete numa bolsa, peguei meia dúzia de pares de sapatos e fui embora.

Não chorei nem fiz confusão, mas Kim pôde ver que aquilo me abalou.

— Sabe do que você precisa? — disse ela no carro durante a volta. — De uma boa noite fora. Eu recebi convites de brinde para a Dowagers, aquela nova boate privativa na Hanover Square. Acho que esperam usá-la como local para uma das minhas festas. Amanhã é sexta-feira; por que não vamos dar uma olhada, tomar umas bebidas, talvez dançar depois, só você e eu?

— E Tim? — perguntei.

— O que é que tem? Ele pode se contentar com um jantar congelado e assistir à Sky Sports, vai ficar bem.

Eu não tinha certeza se conseguiria sair em público, especialmente quando meu rosto tinha sido jogado em todos os jornais há apenas alguns dias. Praticamente todos usaram aquela foto de Toby comigo na estréia do Tom Cruise; nós estávamos rindo e de mãos dadas, e eu não tinha a menor preocupação no mundo. Quem pensaria que apenas alguns meses depois nosso casamento seria outra baixa provocada pelo *rock'n'roll*?

Mas Kim não aceitaria um não como resposta. Garantiu que a Dowagers era um estabelecimento muito classudo, e não o tipo de lugar onde eu seria incomodada.

— Acredite, ninguém nem vai reconhecer você; você fica totalmente diferente nas fotos, e seu cabelo cresceu desde aquela estréia — disse. — Você não pode ficar se escondendo para sempre, está na hora de pôr sua vida de volta nos trilhos e começar a se divertir de novo. Pense só: você está livre agora, pode fazer o que quiser, ir aonde quiser, não precisa se preocupar em fazer alguma coisa que possa prejudicar a preciosa reputação de Toby.

— É, mas o negócio é que eu estou acostumada demais a ser a metade de um casal, não sei se consigo funcionar bem sozinha — digo, carrancuda.

— Não seja ridícula — ralhou. — E, de qualquer modo, você não vai ficar solteira muito tempo, acredite.

No fim cedi. E agora que bebi duas Smirnoff com cranberry e meia garrafa de Shiraz estou até ansiosa pela minha primeira noite fora como uma garota recém-solteira. Kim insistiu que a gente se vestisse para arrasar, por isso optei por meu vestido de crepe Ossie Clark e sandálias de salto cônico douradas.

— Você deveria usar preto com mais freqüência, cai bem em você — diz Kim, encostando o queixo no meu ombro e olhando meu reflexo no espelho de corpo inteiro. Toby sempre disse que o preto fazia minha pele ficar pálida, mas a opinião dele não conta mais. Como Kim diz, agora posso fazer o que quiser.

A Dowagers acaba sendo uma surpresa agradável, uma casa do século XIX recém-restaurada, cheia de antiguidades e lareiras abertas. Kim me diz que ela foi restaurada por um dos melhores decoradores do país, e parece que o chefe dos *barmen* acabou de sair do avião vindo de Manhattan. Depois de examinar o enorme *menu* de coquetéis, escolho um daiquiri de maracujá e Kim opta pela segurança de um Cosmopolitan. Nós nos acomodamos num macio sofá de camurça e dentro de meia hora me sinto começando a relaxar. Se alguém aqui me reconhece, está guardando isso para si — é esse tipo de lugar, muito caro, muito discreto. Mesmo quando duas modelos conhecidas se encontram e começam a falar em voz alta ninguém olha uma segunda vez.

Kim e eu estamos debatendo se vamos ou não continuar com os coquetéis quando um garçom aparece ao lado e coloca duas taças de champanhe na mesa de vidro à nossa frente.

— Com os cumprimentos do cavalheiro ali — diz ele, assentindo para um grupo de três homens sentados nos sofás que flanqueiam uma esplêndida lareira georgiana. Quando olho, o que está mais perto sorri e levanta a taça de vinho num brinde.

— Ah, meu Deus, a gente já está pegando! — exclama Kim.

— Ou melhor, *você* já pegou. Eu *pensei* que tinha visto aquele cara sacando você antes.

— Ah, não, ele está vindo — digo quando o homem se levanta.

— Não reclame, garota, ele é lindo de morrer — diz Kim com o canto da boca.

Está certa. Ele é alto, bronzeado e transpira classe em seu terno azul-marinho lindamente cortado e sapatos italianos, e tem um incrível cabelo tipo Antonio Banderas, denso e escuro, do tipo que você pode agarrar nos estertores do orgasmo.

Agora está parado na nossa frente, e este sofá é tão baixo que eu tenho de inclinar a cabeça para olhá-lo.

— Boa noite, senhoras — diz ele numa voz profunda e sensual. — Não tenho intenção de interromper sua conversa, só queria me apresentar. — Ele estende a mão e eu não posso deixar de ver o Rolex espiando por baixo do punho da camisa. — Cameron Kennedy, e tenho um prazer enorme em conhecê-la.

— Amanda — digo, apertando sua mão e vendo as sobrancelhas de Kim se levantarem ligeiramente com minha mudança súbita. — Obrigada pelo champanhe.

— O prazer foi meu — diz ele. Em seguida me olha direto nos olhos e dá o sorriso mais sensual de todos. Minhas partes íntimas estremecem obedientemente e por um segundo imagino-o ali parado, sem roupas. Eu não me acreditaria capaz de uma luxúria tão devassa logo depois do recente trauma do casamento. Para ser honesta, achava que nunca mais ficaria a fim de outro homem, mas aqui estou, toda cheia de tesão e abalada pelo primeiro cara que me olha.

A voz de Kim me traz de volta à realidade.

— E eu sou Kim — diz ela.

— Prazer em conhecê-la, Kim — diz ele, esticando-se por sobre a mesa para apertar sua mão. Mas não dá o sorriso, isso foi só para mim. — Não quero incomodar, por isso vou deixá-las desfrutando o resto da noite.

Merda, ele está indo embora.

— Por que não se junta a nós um pouquinho? — diz Kim. Ela tirou as palavras direto da minha boca.

— Bom, se vocês têm certeza... — diz ele, olhando direto para mim. Noto que seus lábios são cheios e num tom rosa-peônia, um contraste agradável com o bronzeado forte do rosto.

— Certeza — digo firmemente, sem que meus olhos jamais se afastem dos dele.

Remexo-me pelo sofá para lhe dar espaço. Estamos sentados tão perto que posso sentir o calor de sua coxa através de duas camadas de tecido. Isso me deixa com um tesão inacreditável, como uma cadela no cio. Mal posso me concentrar, deve ser o álcool.

Conversamos um pouco sobre a boate e como ela é legal — ou melhor, ele e Kim conversam, eu só estou começando — e Cameron diz que está saindo com alguns colegas de trabalho.

— Onde você trabalha? — pergunta Kim.

— Na KPMG, sou consultor de administração. Pronto, agora eu praticamente matei a conversa, não foi? — diz ele, o que faz Kim e eu rirmos. — E vocês duas?

— Eu tenho uma empresa de planejamento, e Amanda é minha principal *designer* — diz Kim sem se abalar um segundo. — Ela é extremamente talentosa, eu tenho muita sorte de tê-la.

— Não duvido nem por um segundo — diz ele, de algum modo fazendo com que as palavras inócuas pareçam sugestivas.

De repente sinto pânico com a hipótese de talvez não estar com a melhor aparência. Está bem quente aqui, e provavelmente fiquei com um pouco atraente brilho facial. Peço licença e vou ao banheiro. Assim que estou diante do espelho, pego meu compacto Clinique. Uma rápida camada de pó e uma nova passada de batom e eu estou pronta para o segundo *round*. Quando volto para o bar, vejo que os amigos de Cameron se juntaram a nós. Um deles está sussurrando alguma coisa no ouvido de Kim, e ela está virando a cabeça para trás e rindo. Ela é ótima para essas conversas. Tem que ser, no seu tipo de trabalho. Não me entenda mal, ela não é galinha, nunca seria infiel a Tim, nem daqui a um milhão de anos. Mas é extrovertida, uma engenheira social.

— Amanda, gostaria que você conhecesse meus amigos, Tom e Andrew — diz Cameron. Eu sorrio e digo "oi". Eles também estão vestidos com roupas caras. A consultoria de administração deve ser um trabalho chato, mas é claramente lucrativo. Um balde de gelo apareceu no meio da mesa e Cameron me serve uma taça de Laurent-Perrier perfeitamente gelada. Kim se inclina.

— Você está bem? — sussurra ela. — Diga se quiser ir embora.

— Estou ótima — sussurro de volta.

Kim mantém Tom e Andrew falando, deixando que eu me concentre em Cameron. Quando ele me faz alguma pergunta pessoal eu minto descaradamente. Então ele acha que eu cresci em Surrey, gosto de andar a cavalo e de *tai chi*. Ele, por sua vez, revela que tem trinta e dois anos, estudou em escola de alto nível, gosta de *karts* e esportes aquáticos. Clássico garoto urbano. Eu não estou realmente ouvindo o que ele diz, só olho seus lábios cheios e úmidos se abrindo e fechando.

Depois de mais algumas taças de champanhe ele ataca.

— Tenho certeza de que os caras dão em cima de você o tempo todo. — Nossas cabeças estão tão perto que praticamente se tocam. — E não quero parecer um total idiota, mas só queria dizer que acho você absolutamente estupenda.

— Obrigada — digo. Ora, dá um tempo... faz séculos que eu não flerto com ninguém, estou sem prática.

— Eu notei você assim que as duas entraram, falei comigo mesmo: "Eu *vou* conversar com aquela mulher esta noite, nem que seja a última coisa da minha vida." Claro que imagino que você já seja comprometida, o contrário seria sorte demais para mim.

Graças a Deus não estou usando meu anel de noivado. Abri mão da aliança de casamento há muito tempo — para ser exata, na noite do IMA. Está no fundo da jarra de cerâmica cheia de canetas em cima da geladeira em Itchycoo. Acho que Toby nem percebeu que ela está lá. Mas guardei o anel de noivado porque é lindo, um pequeno cacho de diamantes num fino aro de platina. Tirei hoje cedo quando estava colocando creme para as mãos e esqueci de pôr de novo.

— Na verdade, não. No momento estou sem namorado — digo. Sei que pareço presunçosa, mas não me importo.

— Bom, nesse caso, que tal a gente se encontrar para jantar uma noite dessas?

Jantar? Qual é a dele? Espero que não vá estragar o jogo. Não estou interessada em sua mente, só em seu corpo.

— Talvez a gente possa se conhecer melhor *esta noite*, não? — sugiro. Geralmente não sou tão escancarada, mas não quero um relacionamento, apenas sexo sujo, direto, descomplicado.

O JOGO DA FAMA DE THEA CARSON

Ele parece ligeiramente pasmo, e por um segundo acho que estraguei tudo. Mas se recupera rapidamente e coloca a mão quente na minha coxa.

— Sei que é um clichê terrível, mas na sua casa ou na minha? — diz em voz baixa.

— Sua — digo rapidamente. Não acho que Kim gostaria de que eu usasse sua casa como antro de trepadas.

— Eu moro em Clerkenwell, não vamos demorar muito para chegar lá. — Agora ele está excitado, suas pupilas estão tremendamente dilatadas, provavelmente mal pode acreditar na sorte.

— Vamos sair agora — digo a ele. — Só preciso dar uma palavrinha com minha amiga.

Digo a Kim que estou saindo com Cameron, e ela me faz prometer deixar o celular ligado, para poder me contatar.

Na rua conseguimos chamar um táxi preto imediatamente. Depois de dar o endereço, Cameron não perde tempo para me conhecer melhor. Seus beijos mandam arrepios dentro da minha calcinha, enquanto suas mãos exploram meus seios e a parte de cima da coxa. Posso ver o motorista de táxi nos olhando pelo retrovisor. Imagino se o estamos deixando excitado. Ele atrai meu olhar e nem tem a decência de parecer embaraçado. De fato, ele pisca para mim.

Parte de mim não acredita que estou fazendo isso. Só tive duas transas de uma noite em toda a vida, e não foram intencionais — isto é, eu esperava totalmente ver os caras de novo. Só que eles não estavam interessados em nada mais do que uma transa rápida: um saiu na ponta dos pés da casa de mamãe enquanto eu ainda estava dormindo, o outro me deu um número de telefone inventado. Sacanas. Mas ao mesmo tempo me sinto extraordinariamente liberada (para não dizer enormemente excitada) com a busca objetiva do prazer. Gostaria que Toby pudesse me ver agora... Droga, saí esta noite para me esquecer dele, por isso me concentro na língua de Cameron, que está sondando úmida meu ouvido. Ele tem uma ereção gigantesca, posso senti-la pressionando minha coxa. Será que devo tentar libertá-la aqui no táxi ou esperar até chegarmos à sua casa? Melhor esperar, não quero que nosso motorista *voyeur* bata o carro.

Quando chegamos à casa de Cameron — uma impressionante remodelação do quarto andar de uma fábrica — estou, para ser franca, babando pela coisa. Descartando a oferta de uma bebida por parte do anfitrião, exijo ser levada ao quarto. Caímos um em cima do outro famintos e em menos de um minuto os dois estamos nus.

Cameron se revela um amante generoso e imaginativo: as preliminares são fantásticas, o sexo sublime. O único defeito é a incapacidade de achar uma camisinha.

— Eu sei que elas estão por aí em algum lugar — diz ele enquanto remexe freneticamente um armário ao lado da cama. Não posso esperar mais e o puxo para mim.

— Só tenha cuidado, só isso; eu não estou tomando pílula — aviso quando ele me penetra. Ele cede alegremente, ejaculando copiosamente na minha coxa segundos depois de meu clímax estremecido.

Afundando de novo nos lençóis úmidos, sinto-me estranhamente triunfante. Trepei com outro homem — e gostei, de modo que talvez haja vida depois de Toby. E Cameron certamente não está reclamando.

— Amanda, você é uma mulher infernal — diz, beijando-me no nariz.

Enquanto Cameron vai à sala achar um cigarro pós-coito, eu me sirvo de seu potente chuveiro Pegler. Quando saio do banheiro, enrolada num macio roupão cor de vinho, ele está deitado na cama fumando e há dois copos de vinho na mesinha-de-cabeceira.

— Achei que talvez você quisesse uma bebida. É Chardonnay chileno, muito bom. Comprei duas caixas pela internet.

— Não, obrigada — digo, pegando minhas roupas amarrotadas no chão do quarto. — Na verdade, será que você poderia me chamar um táxi?

Ele parece confuso.

— São três da madrugada. Você não vai passar a noite aqui?

— Não — digo tranqüilamente. Devo estar parecendo uma puta medonha, mas recebi o que vim pegar, então qual é o sentido de permanecer?

— Bom, me dê o seu número e talvez a gente possa combinar um jantar na semana que vem. Eu conheço um lugar europeu moderno fantástico em Shoreditche...

— Não, obrigada — digo peremptoriamente, cortando-o no meio da frase. — Escute, Cameron, esta noite realmente foi ótima, mas isso não significa que eu queira me envolver — digo, parecendo mais confiante do que me sinto.

O queixo dele cai.

— Mas eu pensei... não importa — diz, balançando a cabeça. — Vou chamar o táxi. — Ele sai da cama, puxando o lençol em volta da cintura, e pega o telefone. — Vou colocar na minha conta, para você não ter de pagar.

Graças a Deus não preciso esperar muito. Enquanto me leva à porta da frente, Cameron aperta seu cartão de visita na minha mão.

— Só para o caso de você mudar de idéia — diz, apertando os lábios no meu rosto.

Dou-lhe um sorrisinho tenso e saio. Enquanto o táxi vai para o norte, sinto uma leve pontada de arrependimento. Talvez não devesse ter sido tão grosseira com Cameron, ele parece um sujeito doce. Mas não há sentido em pular de cabeça em outro relacionamento enquanto ainda estou superando o anterior. Cometi esse erro muitas vezes no passado.

No meio do caminho percebo de repente que esqueci de ligar o celular como prometi a Kim. Verificando a caixa de mensagens, vejo que há uma, deixada às dez da noite, e não reconheço o número.

Oi, Thea, é o Roy. Desculpe se peguei meio pesado com você no outro dia, só que foi um choque muito grande... descobrir que eu poderia ter uma filha que nunca soube que existia. Mas andei pensando muito nos cinco dias desde que a gente se encontrou, e apesar do que falei antes, acho que há uma chance de eu ser seu pai. Então, estava imaginando se a gente poderia se encontrar de novo. Aqui está o meu número... Espero ter notícias suas em breve.

VINTE E UM

A perspectiva de outra ida ao Anchor era deprimente demais, por isso persuadi Roy a me encontrar em algum lugar mais salubre — o bar da Oxo Tower. Dessa vez ele não se atrasa; na verdade, quando chego às oito e cinqüenta, dez minutos antes da hora, ele me venceu e está sentado a uma mesa, tomando um líquido âmbar num copo atarracado. Sem certeza do tipo de cumprimento mais adequado — um aperto de mão parece informal demais, um beijo no rosto íntimo demais — finalmente me decido por um "oi" simples. Mas Roy está num clima mais efusivo. Saltando de pé, aperta-me num abraço desajeitado, sufocando-me numa nuvem de loção após-barba com cheiro de limão.

— É fantástico ver você, Thea — diz ele em sua voz cantarolada. — E posso dizer como está linda esta noite?

Ele obviamente está sendo educado, porque eu pareço uma cachorra. Uso velhas Levi's de veludo cotelê, o cabelo fede a cigarro e minha maquiagem é inexistente. A verdade é que estou me sentindo uma merda depois da noite de bebidas e sexo casual, e passei a maior parte do dia acalentando uma ressaca gigantesca.

— Posso lhe pagar uma bebida? — pergunto a ele.

— Não, não, eu cuido disso — diz ele com formalidade fingida. Enquanto vai até o bar, eu me maravilho com a transformação. O cara escorregadio e machão que conheci na semana passada se metamorfoseou em alguém de muito melhor gosto. Ele até *parece* diferente. Aquele uniforme da Connex não lhe caía bem, mas esta noite ele saiu direto do catálogo da Next com sua calça de flanela e a camisa de botão.

O recado de Roy me intrigou e me perturbou ligeiramente, por isso liguei para ele logo cedo... bem, quando digo logo, quero dizer ao meio-dia (não se esqueça, eu só cheguei em casa às três e meia). Roy ia sair para o trabalho, de modo que não havia tempo para falar, nós só marcamos o encontro desta noite.

Eu estava cheia de expectativas quando saí de casa.

— Sei que você está empolgada, mas tente ser objetiva — alertou Kim. — Escute o que esse tal de Roy tem a dizer e depois considere as evidências... Só porque ele *acha* que é seu pai não significa que *seja*. — Ela está certa, mas vai ser difícil permanecer calma e racional se todas as evidências apontam na mesma direção.

— Há muitas perguntas que eu quero fazer — digo a Roy quando ele volta com as bebidas.

— Você pode perguntar o que quiser. — Ele lambe os lábios nervosamente. — Mas, primeiro, gostaria de pedir desculpas sinceras pelo modo como me comportei quando a gente se conheceu, tentando descartar você daquele jeito. Eu não estava pensando bem, estava em estado de choque. Imagine como me senti — uma garota linda aparece do nada, se oferece para me pagar uma bebida e depois anuncia que pode ser minha filha.

— Acho que eu peguei meio pesado, dá para ver agora — admito. — Mas, com ou sem choque, como foi que você mudou de idéia tão rapidamente? O que o faz pensar que talvez seja meu pai?

— É melhor começar do início. — Ele engole um pouco de bebida, sedento, depois passa as costas da mão na boca. — Foi há muito tempo, e alguns detalhes ficaram meio turvos. Conheci Shirley no Tunnel Club em Greenwich. Não lembro como a gente começou a conversar, mas conversamos, e ela me causou uma tremenda impressão, se você não se importa que eu diga. Ela era uma garota muito bonita e muito animada, mas eu gosto assim. Nesse momento ele me cutuca com o cotovelo, como se compartilhasse uma piada particular. O problema é que eu não entendi.

— Ela disse que tinha um namorado, acho que um cara mais velho, mas eu não deixei ela me dispensar e consegui convencê-la a ir comigo ao cinema alguns dias depois. Nós nos divertimos; pelo menos eu acho. Depois disso, saímos mais umas duas vezes... — A frase fica no ar e ele começa a balançar o uísque no copo. — Tenho bastante certeza de que a gente fez sexo. Pelo menos uma vez, talvez mais.

— Bastante certeza, mas não toda a certeza? — digo, consciente do tom desconfiado na voz.

— O máximo de certeza que posso ter — diz ele, sorrindo como se pedisse desculpas. — Na época eu circulava um bocado, e realmente não anotava as coisas.

— E *na época* você usava camisinha? — digo com desdém.

— É... algumas vezes, nem sempre. Lembro de que Shirley disse que tomava pílula, por isso acho que a gente não se incomodou.

— Engraçado — digo secamente. — Mamãe sempre me disse que não podia tomar pílula, tinha dores de cabeça horríveis.

— Talvez ela só tenha fingido que estava tomando pílula, para me enganar e ficar grávida — diz Roy cheio de esperanças. — De jeito nenhum eu teria dormido com ela se achasse que ela ia engravidar. Eu certamente não queria ser pai, pelo menos naquele estágio da vida.

É quase plausível. Eu não diria que mamãe era do tipo de tramar, mas o que foi que ela me disse há tantos anos...? *Eu queria desesperadamente um bebê, mas tinha perdido a esperança de achar o homem certo... Joguei a cautela fora, deixei as coisas seguirem o rumo natural.* Roy podia ser uma proposta atraente — bonito, meio solto na vida, o tipo de homem que correria um quilômetro se, por acaso, descobrisse que ela estava grávida.

— Mas as coisas não deram certo para vocês dois... — Deixei as palavras pendendo entre nós.

— Não, só esfriou — diz ele dando de ombros, embaraçado.

— Acho que a gente não tinha muito em comum. Eu não me encaixava na turma dela, com todos aqueles *hippies* esquisitos.

— Vocês mantiveram algum contato depois de se separar?

— Não. Um vez eu esbarrei nela no *pub*; foi um bom tempo depois, mais de um ano. Eu disse "oi" e perguntei como ela ia, mas ela não ficou muito satisfeita em me ver; na verdade agiu como se mal pudesse esperar para se afastar.

Meu cérebro faz alguns cálculos rápidos... Nesse estágio eu já deveria estar em cena.

— Você sabia que mamãe tinha tido uma filha?

— Na época não. Eu me mudei para Portsmouth logo depois. Eu devia dinheiro a um cara e precisei sair de cena durante um tempo — diz ele com um riso sem jeito. — Passaram uns bons anos antes de eu voltar a Londres, e foi aí que eu vi Shirley de novo, no mercado de Greenwich, e havia uma garotinha ajudando ela na barraca. Acho que eu presumi que fosse filha dela, mas realmente não pensei muito nisso.

O JOGO DA FAMA DE THEA CARSON

— Era eu mesma — digo, sorrindo da lembrança. — Você conversou com mamãe naquele dia?

— De jeito nenhum, eu estava com Debbie e ela não gostava de me ver falando com outras mulheres, especialmente com ex-namoradas... Ela sempre foi do tipo ciumento. Agora nós estamos divorciados.

— Eu sei.

Seus olhos se arregalam.

— Sabe?

— Sei. Foi ela quem me disse onde achar você.

— Você disse por que estava me procurando? — diz ele, com um olhar preocupado.

— Não, só disse que você era amigo de um amigo.

— Fico surpreso por ela ter sido tão solícita. — Ele faz uma careta. — A gente não se separou exatamente numa boa.

— É, eu meio que tive essa impressão. Mas vocês têm dois filhos, não é?

— Isso mesmo, um garoto e uma garota. Eles são adultos agora, claro.

— Você se encontra muito com eles?

Ele franze os lábios.

— Não tanto quanto eu gostaria, a mãe envenenou os dois contra mim. Ei, por que eu não marco uma noite para nós todos? Não a Debbie — só você, eu e os garotos. Afinal de contas, há a chance de eles serem seus irmãos — diz ele empolgado.

— Um passo de cada vez — digo, estendendo as mãos na defensiva. — Não vamos bancar a família feliz até sabermos da verdade.

— Mas a gente se parece, não é? — diz ele. — Eu não imagino que você tenha considerado a possibilidade de ser mestiça, mas você é meio moreninha, não é? E não se esqueça de que eu sou só pela metade de origem mauriciana, meu pai era de Dublin.

— Acho que sim — admito de má vontade, enquanto meus olhos são atraídos para suas mãos delicadas, de dedos compridos.

— Você não disse que havia mais dois nomes em jogo... outros caras que Shirley estava vendo mais ou menos na mesma época que eu?

— Isso mesmo.

— E algum deles admitiu?

— Hmm... não. Na verdade, eu consegui descartar os dois.

— Então eu sou o principal — diz ele ansioso. — Eu sei que Shirley e eu só saímos umas duas vezes, mas só é preciso... Debbie ficou grávida com facilidade. *Sr. Super Esperma*, era como ela me chamava.

Reprimo um tremor.

— Você está envolvido com alguém atualmente?

Ele balança a cabeça.

— Eu tive algumas namoradas no passar dos anos, mas ninguém a sério.

— Você acha que vai se casar de novo algum dia?

— Não sei. O rompimento com Debbie partiu meu coração; o divórcio foi a coisa mais difícil pela qual eu já passei, e o fato de que a gente tem filhos tornou a coisa dez vezes pior... que bom que *você* não tem nenhum.

Ponho a mão reconfortante no antebraço de Roy; talvez ele seja mais sensível do que imaginei. De repente tiro a mão bruscamente.

— O que você disse? — pergunto incisiva.

— É... nada. Não sei, esqueci.

— Você disse: "*você* deve agradecer por não ter nenhum..." Como é que você sabe se eu tenho filhos ou não? — Encaro-o com ar acusador. — Você sabe sobre mim, sobre meu marido, não é?

O JOGO DA FAMA DE THEA CARSON

Ele não fica vermelho — sua pele é morena demais para isso — mas evita meu olhar e começa a cutucar o gelo em seu copo de uísque.

— Roy?

Ele me olha e assente sem jeito.

— Eu só percebi quem você era quando vi sua foto no *Sun* na segunda-feira. A princípio não reconheci, o cabelo estava diferente, mas obviamente o nome entregou. Eu não sei muito sobre música pop, curto mais *ska*. Mas *ouvi* falar do Drift... minha Lisa é louca por eles.

Merda. Esta é exatamente a situação que eu queria evitar, mas como fui ingênua em achar que Roy não teria visto um tablóide na semana passada! Isso muda tudo. Eu passei praticamente toda a vida de casada tentando deduzir quem era genuíno e quem não era, quem realmente gosta de mim e quem só queria um pedaço de Toby. E agora estou aqui, diante do mesmo dilema outra vez; só que desta vez a cartada é infinitamente mais alta.

Roy obviamente leu meu pensamento.

— Espero que você não ache que eu mudei minha história sobre ser seu pai porque descobri que seu marido é um grande astro.

— Bom, você deve admitir que é meio coincidência — digo rispidamente.

— É, dá para ver o que parece, mas acredite que para mim não faz a mínima diferença quem é seu marido. Eu sou um cara simples; aceito as pessoas como elas são. E escute, eu sinto muito mesmo em saber que o seu casamento escorreu pelo ralo, deve ser difícil para você. Mesmo assim, acho que você não vai ficar com a mão totalmente vazia, vai? Eu já li tudo sobre aqueles contratos pré-nupciais.

— Eu estou cagando e andando para o dinheiro — digo com frieza. — É disso que você está atrás, Roy, do dinheiro? Você acha que se disser que é meu pai você pode ganhar uma parte do negócio?

— Não, você entendeu tudo errado — diz ele, balançando a mão em protesto. — Só estou tentando fazer a coisa certa. Foi você que me procurou, lembra? Você perguntou se havia uma chance de eu ser seu pai, e eu estou dando os fatos. Mas se você não quiser ouvir, tudo bem. Vou embora agora e deixar você com sua vida. — Ele se levanta e começa a ir para a porta. Por um momento fico ali sentada, imóvel, mas depois algo me cutuca para agir.

— Roy, espere — grito para ele. O casal na mesa ao lado pára de falar para ver o que está acontecendo; eu lanço-lhes um olhar do tipo cuidem da sua vida. Enquanto isso, Roy parou. — Desculpe — digo. — Volte e vamos terminar o que começamos.

Uma hora depois Roy e eu chegamos a um acordo. Os dois vamos fazer exames de DNA assim que puder ser marcado, e eu pago a conta. A única preocupação de Roy é seu medo de agulhas, mas, graças à pesquisa que fiz na internet na preparação para essa eventualidade, posso garantir que um chumaço de algodão passado dentro da bochecha é tão confiável quanto uma amostra de sangue. Quanto ao que vai acontecer assim que recebermos os resultados... não consideramos isso.

Na semana seguinte, Roy e eu nos encontramos numa discreta clínica particular na Harley Street. Eu meio esperei que ele perdesse a coragem e me desse o bolo. Acho que seu aparecimento prova que não é só um caçador de ouro, que realmente acredita que pode ser meu pai. Mesmo assim, não tenho ilusões. Agora que Roy sabe de minha ligação com Toby, meu valor como filha potencial é infinitamente maior. É como a empolgação quando você morde um KitKat e percebe que é chocolate sólido, ou quando sai da banca de jornais e descobre que o vendedor lhe deu troco de dez, em vez de cinco.

O procedimento é simples e indolor, e o consultor explica que, ainda que um teste de paternidade possa provar com 100 por cento de certeza que Roy *não* é meu pai biológico, só pode provar com 99,9 de certeza que ele *é* meu pai — mas francamente, se é o que basta para o tribunal, é o que basta para mim. Ficamos sabendo que o resultado estará disponível em dois dias. A clínica concordou em ligar primeiro para mim, e depois para Roy.

Enquanto vamos até o metrô de Regent's Park, Roy sugere um café. Eu não estou desesperadamente ansiosa para passar mais tempo em sua companhia do que o absolutamente necessário, por isso descarto-o dizendo que tenho de encontrar uma amiga no centro.

— Vamos esperar que daqui a dois dias a notícia seja boa — diz Roy enquanto nos separamos.

Sorrio, confirmo com a cabeça e aceno, mas o problema é que realmente não sei o que *seria* boa notícia. Quero desesperadamente achar meu pai; depois que mamãe se foi, e agora Toby, sinto-me flutuando num vácuo, desesperada para alguém dizer que eu lhe pertenço e me puxe de volta à Terra. E no entanto não posso imaginar que a descoberta de que sou filha de Roy vá me lançar num fascínio. Eu preferia de longe ser produto de algum relacionamento longo e significativo, filha de um homem interessante e culto — alguém como Barney, por exemplo — em vez de fruto do ventre do Roy de fala mansa mas totalmente sem sofisticação, que compartilhou alguns encontros esquecíveis com mamãe. Mas nas palavras do velho ditado, você pode escolher os amigos, mas não pode escolher a família. E mesmo que Roy realmente seja o Sr. Super Esperma, isso não significa que eu precise gostar dele.

VINTE E DOIS

É aquela época do mês de novo. Deixei de ir ao último almoço das esposas. Foi logo depois do IMA, e eu não estava em condições de encontrar pessoas de nenhum tipo. Kim pediu desculpas a Patti por mim, pelo telefone, dizendo que eu estava grudada no toalete depois de um ataque particularmente violento de gastroenterite. Claro, quando a notícia da separação bateu nos tablóides, as outras descobriram o verdadeiro motivo de minha ausência — e tenho de dizer que todas têm sido terrivelmente gentis.

Angela me mandou um lindo buquê de rosas amarelas de caule longo (segundo a tradição, claro, rosas amarelas são a flor da infidelidade, mas estou presumindo que ela não saiba disso), e recebi uma linda carta de Stella (se bem que não achei especialmente reconfortante sua afirmação de que havia "muito mais peixe no mar... mas provavelmente nenhum tão bonito quanto Toby"). E a boa e velha Patti despachou um vale-presente da Clarins e um belo panfleto promocional da *Only Dinner*. Não sei exatamente por que ela achou que eu estaria interessada num "serviço de apresentações para pessoas de integridade", mas acho que é a intenção que conta.

Para dizer a verdade, fiquei surpresa com a sensibilidade delas. Eu meio que esperava ser abandonada como um tijolo quente assim que descobrissem que meu casamento estava morto, mas parece que ainda sou Alguém que Merece Ser Conhecida. E Deus sabe que vou precisar de todos os amigos que puder, se quiser montar uma nova vida de solteira. Então, quando Patti me telefonou há três dias para ver se eu estava a fim do almoço, aceitei imediatamente. Mas não sou estúpida, sei que há um preço: as fofocas do fim de meu casamento em troca de sua demonstração pública de apoio.

Sem dúvida, no minuto em que entro no restaurante — um francês perto de Cambridge Circus, que está tendo uma espécie de renascimento graças ao patrocínio de uma certa garota *It* supervalorizada — elas me atacam como uma matilha de lobos famintos.

— Nós ficamos *tããão* preocupadas com você — diz Patti, enquanto o *maître* desdobra meu guardanapo com um floreio.

— Coitadinha — arrulha Angela, dando um tapinha na minha mão.

— Você está tremendamente bem, considerando — diz Stella, parecendo desapontada. Ela olha para meus pés antes de perguntar: — Esses sapatos são Miu Miu?

— Não, são Nine West.

Ela alarga as narinas, enojada.

— Isso significa que Toby cortou o seu cartão de crédito?

— Sim, na verdade, mas foi o que meu advogado combinou — digo em tom despreocupado. — É perfeitamente razoável... pense só, caso contrário eu poderia estar gastando o dinheiro dele impensadamente em roupas, jóias e acessoriozinhos lindos.

— Exatamente — diz Angela. — Ordenhe o escroto enquanto puder, é o que eu digo. — Acho que ela ainda não superou a perda da batalha do divórcio com Titus.

O JOGO DA FAMA DE THEA CARSON

— Ele está me dando uma pensão decente por mês, de modo que não me sinto tão na pior — garanto.

— E o que vai acontecer com Itchycoo? — pergunta Patti.

— Certamente você não vai deixar o lar matrimonial escorrer pelos dedos.

— Toby que se sirva dele — digo, e falo sério. Não ia querer morar lá sozinha; tem lembranças demais.

Ela franze a testa, desaprovando.

— Ninguém diz que você precisa morar lá, querida. Só faça com que ele entregue e depois ponha no leilão; você vai se dar bem, os preços dispararam em Belsize Park neste ano. Eu conheço um corretor fantástico...

— E comece a compilar uma lista de despesas — interrompe Angela. — Estilista pessoal, serviços domésticos, cuidados com os bichinhos de estimação, etcetera. Você vai precisar de tudo isso quando for finalizar o acordo de divórcio.

— Mas, Angela, eu não pedi o divórcio. E, de qualquer modo, não vou exigir nenhum *serviço doméstico*, sou perfeitamente capaz de limpar minha sujeira.

Ela respira fundo.

— Nunca, jamais, deixe-me ouvir você dizer isso de novo em público — ela se zanga. — Para o juiz, você nem pode cozinhar um ovo... limpar sua própria sujeira. Daqui a pouco você vai dizer que não tem bichinho de estimação.

— Bom, na verdade não tenho.

— Vamos arranjar um rapidinho — sibila ela. — E certifique-se de ser do tipo que precisa de muitíssimos cuidados.

Graças a Deus sou resgatada pelo garçom, que veio pegar os pedidos. As outras estão partindo para sua festa de salada e champanhe de sempre. Eu escolho deliberadamente o prato mais engordante do cardápio: escalope de vitela com creme Dijon e batatas *dauphinoise* com crosta de parmesão.

— Você arranjou um homem novo? — pergunta Stella.

— Me dê um tempo. Faz menos de um mês que eu me separei de Toby, é cedo demais para me envolver com alguém.

— Bem, Toby certamente não deixou criar teia de aranha — diz ela, com um sorriso torto e peculiar brincando nos lábios com muito brilho.

— De que diabo você está falando?

— Quer dizer que não soube? — diz ela, toda arregalada e inocente. — Aaai! — ela guincha subitamente e se curva debaixo da mesa para esfregar a perna.

— Eu achei que tinha dito para você ficar de matraca fechada — diz Patti, encarando-a furiosa.

— O quê? — digo, olhando de uma para outra.

— Ela teria descoberto sozinha logo — diz Stella. — É muito melhor que saiba por uma amiga.

— Bom, será que alguém vai me tirar do sofrimento? — digo mal-humorada.

Patti confirma com a cabeça e Stella enfia a mão em sua macia bolsa Hermès e pega um exemplar bem manuseado da *Gente Famosa*.

— Saiu hoje — diz ela. E então acrescenta, desnecessariamente: — Eu assino.

Tenho um enjoativo sentimento de *déjà vu*. Passei metade da vida de casada descobrindo coisas sobre Toby nas páginas de revistas e tablóides. Imagino o que me reserva esta vez. Mesmo assim, tranqüilizo-me, eu superei Toby... bem, *estou* superando, pelo menos. Nada que ele faça vai me ferir. Famosas últimas palavras.

A matéria se espalha não em duas, não em quatro, mas em *nove* páginas brilhantes.

O JOGO DA FAMA DE THEA CARSON

EXCLUSIVO!

Alexa Hunt: os homens, o casamento e eu
A estonteante apresentadora da MTV fala pela primeira vez sobre o novo homem de sua vida, o astro do Drift, Toby Carson

Minha boca se abre e fecha como a de um peixe fora d'água. Tenho uma leve consciência da mão de Patti apertando meu braço e algumas palavras de consolo abafadas, mas não estou ouvindo, estou concentrada demais nas páginas e páginas de fotos medonhas na minha frente: Alexa preparando uma exótica salada de frutas em sua cozinha de aço inoxidável "de último tipo"; Alexa acendendo velas para um jantar incrivelmente romântico para dois em sua "elegante" sala de jantar; Alexa numa sedosa camisola Janet Reger esparramada numa cama redonda ("Minha cama feita sob encomenda é perfeita para o amor", alardeia a legenda embaixo). O que mais embrulha o estômago é uma foto na página cinco, com Toby e Alexa juntos. Não faz parte do cenário *em casa*, mais parece um instantâneo. Os dois estão a cavalo e atrás deles posso ver árvores e um céu azul pintalgado de nuvens de algodão. Alexa está estupenda com um culote creme justo, o cabelo louro solto chicoteando o rosto bronzeado, e quanto a Toby... mal o reconheço; de tão despreocupado e relaxado que parece.

Olho a legenda da foto: "Como mostra esta foto da coleção particular de Alexa, o casal adora escapar das tensões de suas vidas agitadas cavalgando." Cavalgando... desde quando Toby gosta de ar puro e exercício? E, mais ainda, ele odeia animais, todos os animais. Eu implorei por um cachorrinho, só para me fazer companhia, mas ele recusou, dizendo que não queria chegar em casa e ver pêlos e merda na escada.

A voz de Patti interrompe meu devaneio.

— Querida, você está bem? Você ficou tão quieta!
— Espere um minuto, estou lendo — digo.

Frases aleatórias pulam para mim enquanto meus olhos examinam o exemplar xaroposo: *Desta vez eu realmente acho que encontrei o Homem Certo... Eu tenho um caderno de casamento desde os doze anos... um monte de bebês e um chalé no campo.* Alguém me passe o balde de vomitar.

O garçom aparece com nossa comida e eu levanto a revista sem tirar os olhos da página, para ele colocar o prato embaixo. Vejo que meu nome foi relegado a um parágrafo insignificante no fim da segunda página. Bom, era de se esperar. A *Gente Famosa* não quer que sua história linda, adorável, estupenda, seja manchada por um feio rompimento de matrimônio, quer? Aposto que eles ofereceram baldes de dinheiro a Toby para posar ao lado da "elegante sem esforço" Lexy. Imagino se ele se sentiu tentado... não, ele é mais inteligente do que isso.

Vejo que Alexa é deliberadamente vaga com relação a há quanto tempo ela e Toby têm alguma coisa. *Nós só estamos nos encontrando há algumas semanas, mas parece muito mais*, alardeia. Claro, graças àquela história do *Mirror* sobre o encontro dos dois no Malmaison há tantos meses, vai ficar escancaradamente óbvio a qualquer observador de celebridades que se preze que Toby estava tendo um caso com Alexa enquanto nós ainda vivíamos juntos. Absolutamente maravilhoso para cacete. Parece que Alexa Hunt está decidida a destruir qualquer vestígio de dignidade que eu ainda possa ter.

— Então aquela história do *Mirror* era verdade? — diz Angela.

Confirmo com a cabeça.

— E *ela* foi o motivo para vocês se separarem? — pergunta Stella.

Confirmo de novo.

O JOGO DA FAMA DE THEA CARSON

Ela me olha presunçosa.

— Foi o que eu achei. Não engoli aquele negócio de *mútuo e amigável* na declaração conjunta de vocês.

— Escute, Thea, eu sei que provavelmente isso não é o que você quer ouvir agora, mas você não podia ter se forçado a desviar os olhos diante de uma indiscriçãozinha adolescente? — pergunta Patti. — Não é nada comparado com o que eu tive de enfrentar com Rich, como você bem sabe.

— De jeito nenhum — digo em tom cortante. — Não é só que Toby tenha sido infiel, é que ele mentiu para mim quando perguntei se ele estava tendo um caso. E isso só prova que ele é mais mentiroso do que eu pensava — digo, cutucando um dedo na revista. — Ele me fez acreditar que era só sexo, jurou que tinha terminado com ela... pelo amor de Deus, ele até descreveu a mulher como "desmiolada", e agora está embolado num... num... como é que essa vaca chama isso? — Viro as páginas, procurando o clichê monstruoso: — Aah, aqui está: *um relacionamento intensamente completo e significativo*. Então não me venha com "uma indiscriçãozinha adolescente" quando eu poderia cortar o saco dele com uma faca cega.

Falei essa frase meio alto, e as duas senhoras idosas e perfeitamente penteadas na mesa ao lado pararam de comer e estão me olhando pasmas.

— Posso ajudá-las? — digo em tom maldoso. Elas desviam o olhar, embaraçadas.

— Desculpe, querida, foi tremendamente insensível da minha parte — diz Patti. — Eu não deveria presumir que você quisesse seguir meu exemplo... nem toda mulher é tão tolerante quanto eu.

Ou tão estúpida, penso comigo mesma.

— Deus sabe por que você está preocupada com a possibilidade de gastar o dinheiro dele enquanto o escroto de duas caras está se esbaldando com uma vagabunda pop — cospe Angela.

— E acho que o fato de ela ser alguns anos mais nova do que você não torna as coisas mais fáceis — diz Stella, sorrindo maligna.

Aperto os braços da minha cadeira para me impedir de nocauteá-la com um soco.

— Escutem, todas — digo. — Sinto muitíssimo, mas vocês se importariam se eu as deixasse a sós? De repente perdi o apetite e gostaria de ficar sozinha agora.

Patti assente com simpatia.

— Nós entendemos perfeitamente, não é, meninas? — diz, olhando para as outras. O sorriso de Angela sinaliza sua concordância, mas Stella está com uma expressão ligeiramente dolorida, como se lutasse com uma hemorróida; sem dúvida se sente diminuída pela quantidade e/ou qualidade de meus jorros emocionais. Coitada.

— Agora não vá ficar se escondendo — diz Patti, mandona, descartando meu dinheiro para pagar o almoço não comido. — E se precisar de alguém para conversar, sabe onde eu estou, mas não esqueça: segunda-feira não pode, porque tem cabelo, unhas e compras, se bem que não necessariamente nessa ordem; terça à tarde é aromaterapia, quarta é meu dia de escrever, às sextas é sempre meio complicado porque logo cedo eu vou ao psicoterapeuta, e isso em geral me acaba para o resto do dia, e sábado é pólo — mas afora isso sou toda sua.

Eu *realmente* riria, se não fosse pelas lágrimas pinicando atrás das pálpebras. Engulo em seco.

— Obrigada, Patti, é bom saber quem são meus amigos. — E consigo sair fora. O *maître* traz meu casaco e eu dou um beijo de despedida nas três mulheres. Quando faço o contato fugaz com a bochecha perfumada de Stella, ela aperta a revista maligna na minha mão.

— Fique com ela, eu posso comprar outra.

— Viva, Stella! — digo, enfiando aquela coisa ofensiva na minha bolsa.

Andando pela Shaftesbury Avenue em direção ao metrô, imagino por que a matéria daquela revista estúpida me deixou tão abalada. Eu já sabia que Toby era um sacana mentiroso e traidor, de modo que não deveria ser uma surpresa enorme ele ainda estar se encontrando com Alexa. O que realmente me chateia é o modo como eles alardeiam o relacionamento, elevando-o do âmbito de uma trepadinha suja a um caso amoroso estupendo e romântico. E certo, ele não participou realmente daquela espantosa matéria de nove páginas, mas deve ter dado sua bênção. Por que ele está esfregando meu nariz nisso? Já não meu causou dor suficiente?

Eu não admiti isso a ninguém, mas estava alimentando um fio de esperança de que Toby e eu pudéssemos, quem sabe, voltar a ficar juntos. Veja bem, eu ainda sinto uma saudade louca dele — e me chame de idiota, mas apesar de tudo que aconteceu eu ainda o amo.

Consigo conter as emoções durante a maior parte do caminho para casa, mas assim que viro a esquina da rua de Kim as primeiras lágrimas quentes começam a borbulhar.

— Você voltou cedo — grita Kim de seu escritório quando a porta da frente bate atrás de mim. — Não diga... o *maître* arranjou uma mesa com a perna bamba e vocês todas foram embora em protesto? — Ela funga, rindo. — O *foie gras* não estava à altura? Ou eles ousaram oferecer Mumm em vez de Krug?... Thea?

Quando não respondo, ela vem me encontrar.

— Querida, o que aconteceu? — diz, vendo-me sentada frouxa no primeiro degrau da escada, enxugando os olhos com o áspero cinto de lã do casaco, com o conteúdo da bolsa espalhado no chão onde eu procurei, sem sucesso, um lenço de papel. Sinalizo para o exemplar da *Gente Famosa* caído aos meus pés.

Ela pega e analisa a capa.

— O maravilhoso casamento do astro do futebol inglês na praia? — diz, me olhando interrogativamente.

— N-n-não, a outra matéria — soluço.

— Ah, *você* quer dizer *Apresentadora da MTV abre o coração e as portas de sua casa estupenda* — diz mal-humorada. — Espero que isso não seja o que eu imagino.

Ela vira as páginas até ver Alexa reclinada em sua banheira cheia de bolha e com pés em forma de garras, com uma taça de vinho na mão bem manicurada.

— *Não há nada de que eu goste mais depois de um dia difícil no estúdio do que um banho quente e demorado* — lê Kim em voz alta. — Diabo, isso é material digno do prêmio Pulitzer. *Mas não me entenda mal... eu adoro o meu trabalho. Afinal de contas, foi através dele que eu conheci Toby.* — Seus olhos saltam da página para mim e voltam às páginas. — Ah.

— A coisa fica pior — digo.

Ela levanta as sobrancelhas incrédula e continua a ler. Eu espero em silêncio enquanto Kim digere as perguntas e respostas hipócritas, olhando sua expressão mudar da surpresa para o ultraje.

— Que sujeira — diz ao terminar, jogando a revista no chão, enojada. — Mas eu receberia isso com uma certa desconfiança, se fosse você. Alexa Hunt é viciada em publicidade, pura e simplesmente; entra em pânico quando passam dois dias e ela não vê a cara numa revista. Eu não ficaria surpresa se ela tivesse inventado tudo isso.

Um leve brilho de esperança se agita em minhas entranhas.

— Meu Deus, eu não pensei nisso — digo, empolgada. — Só presumi que Toby fosse um cúmplice silencioso. Você realmente acha que Alexa iria mentir tão descaradamente, fingir que os dois estavam se encontrando quando ele realmente lhe deu um pontapé há semanas?

— Ah, não, tenho certeza de que os dois ainda estão transando — diz Kim com brutalidade involuntária. — Nem *ela* é suficientemente estúpida para se arriscar a um processo por difamação. O que quero dizer é que talvez ela esteja exagerando, fazendo crer que eles sejam o próprio sonho jovem do amor quando na verdade não passam de companheiros de trepadas.

Minha cara cai.

— Ah. Certo — murmuro. Como sou patética, me agarrando a esperanças vãs. De qualquer modo que você olhe, meu marido é um merda calculista que não dá a mínima para mim ou meus sentimentos.

— Não leve isso para o lado pessoal, mas aquele seu marido é realmente um porco — diz Kim, ecoando meus pensamentos. — Imagino se ele terminou com Alexa e depois voltou para ela quando descobriu que você não iria querê-lo de volta, ou se simplesmente não se incomodou em terminar com ela.

— Quem sabe? — digo, trincando o queixo numa tentativa inútil de impedir que o lábio inferior trema.

— Isso realmente deixou você no chão, não foi? — diz Kim, com a voz se suavizando.

Confirmo com a cabeça.

— Eu achei que estava superando o Toby — digo pousando o queixo nas mãos. — Mas nesse momento parece que meu coração foi rasgado e passado num processador de alimentos. Deus sabe, eu deixei que ele me pisasse quando nós éramos casados, mas mesmo agora que estamos separados ele ainda tem muito poder sobre mim. E eu odeio isso.

— Eu sei, querida — diz ela, sentando-se ao lado e acariciando meu cabelo. — É natural que você ainda tenha sentimentos por ele, mas isso vai melhorar, garanto. Só dê um tempo. E não seria ruim você sair um pouquinho mais, fazer alguma coisa para afastar sua mente dele.

Mais tarde, quando lavei o rosto e tomei uma sopa de macarrão com galinha em copo, decido começar a procurar casa. Não posso continuar sendo um peso para Kim e Tim — é embaraçoso o modo como sempre esbarro neles quando alguma coisa está errada — e além do mais isso vai me fazer parar de pensar em Toby.

Enquanto Kim está no escritório tentando organizar a importação de três mil velas de açúcar mascavo da Tailândia para um casamento da sociedade, eu me retiro para a cozinha com as Páginas Amarelas e o suplemento de imóveis disponíveis que apareceu na caixa de correspondência de Kim ontem de manhã. Decidi me manter no norte de Londres — Islington ou Highgate — para ficar perto de Kim. E vou ter de alugar, em vez de comprar. Apesar de a pensão mensal de Toby ser extremamente generosa, não tenho capital suficiente para um depósito. De fato, não tenho capital nenhum. A verdade revoltante é que sou completa e absolutamente dependente de Toby.

Na próxima meia hora, mais ou menos, ligo para cada imobiliária da região que me interessa, declarando as exigências: um ou dois quartos, armários embutidos e alto nível de segurança. Quando digo quanto dinheiro estou disposta a gastar, eles ficam terrivelmente empolgados. Alguns ficam ainda mais empolgados quando ouvem meu nome. Parece que obtive uma certa notoriedade graças ao rompimento muito divulgado.

— Você é *a* Thea Carson? — pergunta um deles. Gostaria de que as pessoas cuidassem da porra de suas vidas.

— A única — digo sarcasticamente. — Mas, como tenho certeza de que o senhor deve avaliar, estou querendo manter muita discrição, de modo que, a não ser que o senhor possa me dar uma garantia absoluta de que meus detalhes vão permanecer absolutamente confidenciais, não vou continuar com a conversa. — Olha só, eu ficando toda provocativa e cheia de importância! Na verdade não sou eu que está falando; só não quero ser cagada de uma altura muito grande. Já tive o suficiente disso para uma vida inteira.

— Posso garantir a nossa maior discrição — baba o corretor. — A Winford, Warboys & Johnston ficaria honrada em receber suas instruções.

Honrada, realmente. Que babaca pomposo.

No segundo em que desligo depois de falar com William, Edward ou sei lá o nome dele — esses corretores sempre parecem iguais — o telefone começa a tocar.

— Oi, aqui é Thea falando — digo, pensando que poderia ser um dos outros agentes ligando de volta.

— Sra. Carson, é o Dr. D'Silva da Clínica Regent's Park. Este é um momento conveniente para falar?

Merda. Eu estive tão preocupada com a porcaria da matéria daquela revista que esqueci totalmente que os resultados do teste de DNA sairiam hoje.

— Sim, é. — De repente minha boca ficou bastante seca.

— Eu tenho os resultados aqui. — Ele pára um segundo, deixando as palavras se assentarem.

— E?

— E posso lhe dizer, bastante categoricamente, que Roy Potter *não* é seu pai.

Eu estava esperando experimentar um grande jorro de alguma coisa... raiva, desapontamento, até mesmo alívio. Mas só sinto um vazio estranho e frio, como se minhas entranhas tivessem sido retiradas sob anestesia e todas as minhas emoções puxadas com aspirador de pó.

— Sei — digo calmamente. — E o senhor tem cem por cento de certeza?

— Absoluta. Os padrões genéticos são completamente diferentes.

— Bem, muito obrigada por dizer, Dr. D'Silva. O senhor pode ligar para Roy imediatamente com a notícia?

— Certamente — diz o bom doutor. — E tenha em mente que nós oferecemos toda uma gama de serviços de aconselhamento, caso a senhora precise — diz ele às pressas, tentando fazer a venda antes que eu tenha a chance de desligar.

— Obrigada, mas não será necessário.

Então aí está. Todas as portas estão fechadas, todas as avenidas foram bloqueadas. Nunca descobrirei a identidade do meu pai; agora oficialmente sou órfã de mãe, de pai e de marido. Mas não devo sentir pena de mim mesma. Deste momento em diante é para cima e para a frente. Deus sabe, não posso afundar ainda mais.

VINTE E TRÊS

Acabo de ver o apartamento mais divino — ou devo dizer *superior apartamento duplex*, como o descreveu amorosamente William da Winford, Bundão & Bundinha. É uma linda remodelação georgiana no coração de Highgate Village — interfone com vídeo na entrada, tetos altos, lareiras originais e um *closet* que poderia servir como terceiro quarto. Faço um depósito na hora, antes de perder a coragem. A decoração é sem graça, consistindo principalmente em cremes e castanhos pouco imaginativos, mas vou trabalhar nisso assim que me mudar no mês que vem. Cores de jóias, é o que eu quero; mantas luminosas em verde-esmeralda para os sofás e cortinas de damasco âmbar. E posso garantir que não haverá uma porra de um candelabro em todo o lugar.

Estava me sentindo tão satisfeita comigo mesma que quando voltei à casa de Kim decidi pegar o touro pelos chifres e ligar para Roy, uma tarefa que vinha adiando desde que os resultados do DNA chegaram há três dias (não que ele tivesse feito qualquer tentativa de me contatar — eu estava esperando que seu silêncio não fosse indicação de que estava tramando algum plano de chantagem). Para ser brutalmente honesta, assim que eu soube que Roy não era meu pai há muito desaparecido, simplesmente quis esquecê-lo. Não temos nada em comum, e eu ainda tenho minhas suspeitas quanto aos seus motivos. Mas achei que lhe devia pelo menos um telefonema de cortesia. Ele acabou se mostrando bastante estóico com a coisa toda — até mesmo indiferente.

— Claro que estou meio desapontado, querida, mas não era para ser — falou laconicamente, antes de acrescentar que a gente deveria manter contato.

— É, eu gostaria — respondi sem entusiasmo. Acho que devo mantê-lo na minha lista de cartões de Natal, se ele tiver sorte.

Antes de desligar o telefone, eu tinha um último pedido a Roy.

— Você não vai à imprensa, vai? — sobre mim, e o fato de estar procurando o meu pai? É uma coisa tão pessoal que eu não suportaria ser jogada na coluna de fofocas de algum tablóide.

— O que você acha que eu sou? — disse ele, e por um segundo eu pensei que seriamente o havia irritado. Mas então ele deu um risinho. — Eu posso estar com pouca grana, querida, mas não sou imprestável.

Não posso evitar meu cinismo. Se há uma coisa que aprendi durante o ano que passei como mulher de celebridade, é que você não pode confiar muito nas pessoas. Na questão da confiança, acabo de fazer uma descoberta chocante com relação ao meu patrão, J.C. Riley. A primeira sugestão de alguma coisa errada veio na semana passada quando J.C. me ligou tarde da noite, cheio de ansiedade.

— Não se incomode em vir trabalhar amanhã — disse ele. — De fato, não se incomode em vir de novo até segunda ordem. Eu estou tendo problemas com a empresa.

Ele não quis dar mais detalhes, e depois disso fiquei sabendo — através do imposto de renda — que J.C. passou os últimos dez anos desfalcando dinheiro de seus clientes. Parece que a coisa só veio à luz quando o contador de Alex Gaffney percebeu alguma discrepância. Eu nunca acreditaria que J.C. era capaz de uma coisa dessas; se bem que, olhando para trás, ele obviamente levava uma vida muito confortável com seu carro espalhafatoso, ternos de grife e a casa de quatro quartos na parte mais chique de Dulwich. A empresa nunca foi *tão* bem-sucedida assim, de modo que eu sempre presumi que ele tivesse algum tipo de renda particular. Agora, claro, está correndo o risco de uma sentença de prisão.

Perder meu emprego foi um tremendo golpe, especialmente porque eu ia pedir a J.C. para começar a trabalhar em tempo integral. Terei de começar a procurar outra coisa logo, mas enquanto isso ajudo Kim. Ela está montando uma festa Hospício para um daqueles chatos psicólogos pop que aparecem nos programas de realidades no Canal 5 para dizer coisas que você, eu ou qualquer pessoa com um mínimo de bom senso poderia articular facilmente. O lugar está reservado, bem como a equipe de projetistas que vão transformá-lo numa gigantesca cela almofadada para a noite, e a costureira regular de Kim foi contratada para fazer doze pijamas estilo prisão para os garçons e garçonetes. O que Kim está desesperada para arranjar agora é um artista performático para complementar o tema "mental" e maravilhar os 200 convidados, uma lista variada de figuras tipo-C da TV que iriam à inauguração de uma linha de ônibus se isso significasse uma taça grátis de champanhe e uma fotografia pouco lisonjeira na revista *Gente Famosa*.

— Eu estou revirando o cérebro há dias — diz Kim. — Malabarismo com moto-serra é perigoso demais, mímico é fraco demais e engolidores de fogo está fora de cogitação com toda aquela almofada combustível nas paredes. Acho que a coisa precisa de um par de olhos novos.

Uma hora depois estou perdendo a esperança de achar alguém que se encaixe. Pensei que tinha acertado na mosca com um duo de engolidores de espada chamado Nutter Brothers, mas o agente deles viu que estariam na metade de uma turnê circense na noite da festa. Mas então tenho uma inspiração súbita na bela forma de Rick Borracha. A fita de dez minutos que ele trouxe ao escritório de J.C. era incrível: não somente ele mostrava sua habilidade de passar através de toda uma gama de objetos incrivelmente pequenos, inclusive um assento de vaso sanitário e a cabeça de uma raquete de tênis, mas o mais impressionante é que ele vestia uma camisa-de-força e depois dobrava todo o corpo dentro de uma mala grande — o número perfeito para o Hospício de Kim. Eu deixei o vídeo em Itchycoo, mas fiquei com o cartãozinho de visitas que veio junto, e pus no meu Filofax; não pergunte por quê, só chame de instinto. Dez minutos depois consegui marcar com Rick Borracha. E mais, consegui por setecentas pratas — trezentas abaixo do orçamento — além de despesas de viagem de Leeds.

Kim está na lua.

— Você é um gênio! Ele é perfeito, as pessoas não vão acreditar no que estão vendo — guincha ela. — Sabe, Thea, você tem um verdadeiro talento para isso.

Eu positivamente brilho de prazer. Este dia está se mostrando realmente bom.

Depois do almoço, Kim me garante que não precisa mais dos meus serviços, por isso me decido por uma terapia de compras em Portobello. Eu *estava* esperando conseguir umas coisinhas bonitas para o apartamento novo — desculpe, *apartamento duplex superior*. Claro, o que termino fazendo é gastando cem libras num vestido antigo e numa bolsa floral bonita. Mas que diabo, eu mereço. E há outra coisa que mereço ainda mais — um belo *cappuccino* cremoso com três cubos de açúcar.

O JOGO DA FAMA DE THEA CARSON

Sentada no Costa Coffee, com os cotovelos apoiados no comprido balcão debaixo da janela, percebo que pela primeira vez em séculos me sinto totalmente sem estresse. Kim estava certa; eu precisava sair, assumir o controle da vida, começar a conhecer gente nova. Por falar nisso, há um cara bem bonito com *dreadlocks* e olhos bovinos do outro lado do balcão, e ele fica olhando para mim. Só agora eu o encarei e ele me lançou um risinho atrevido, mas eu não sorri de volta, só desviei o olhar. Como posso ter certeza dos motivos dele? Veja bem, pode ser que ele simplesmente tenha gostado da minha cara, mas não posso descartar a possibilidade de que só esteja sorrindo porque me reconheceu; é impossível dizer. Meu Deus, eu odeio essa situação estúpida — famosa por ser mulher de alguém, é loucura. Vou ter de pensar em tingir o cabelo, deixar a barba crescer ou algo do tipo.

De repente o celular — aninhado na bolsa no meu colo — solta um trinado baixinho, sinalizando a chegada de uma mensagem de texto.

> EI, CRIANÇA, QUANTO TEMPO!
> VAL DISSE Q VC PROCURA SEU PAI.
> ACHO Q POSSO AJUDAR.
> VC SABE ONDE ESTOU. CUIDE-SE.
> MARTY X

Minha reação inicial é de culpa: este é o homem que religiosamente me mandou cartões de aniversário todo ano desde que eu fiz onze anos e eu não telefono nem escrevo para ele desde o dia do enterro de mamãe. Eu ficava querendo, mas nunca conseguia; nem quando soube que Alison, a namorada muito mais nova de Marty nos último oito anos, tinha dado à luz uma menininha — Bonnie, acho que é o nome dela. Imagine só: Marty, pai pela primeira vez aos cinqüenta e nove anos. Eu realmente deveria ter dado os parabéns. Olhando para trás, percebo como fiquei isolada depois de conhecer Toby. Virei uma prisioneira voluntária de uma gaiola de ouro, não era uma coisa saudável, afinal de contas.

Alguns segundos depois um grande jorro de empolgação me acerta direto nas entranhas; de repente meu cérebro está cheio de perguntas... Caralho, o que Marty sabe que eu não sei? Será que *ele* pode ser a chave para achar meu pai? Se mamãe não sabia que garanhão tinha fertilizado seu óvulo, como Marty poderia ter idéia?

Pego o número de Marty no menu de *telefonemas recebidos* e logo ouço impaciente os toques do outro lado. Anda, Marty, atenda, é urgente.

— Marty-sou-eu-Thea-liguei-assim-que-recebi-sua-mensagem — solto num jorro quando ele atende, enfim.

— Thea, que maravilhoso ouvir você! — diz ele, calorosamente.

— Desculpe não ter feito contato antes — prostro-me. — Eu pensei em mandar flores quando Alison teve o neném, mas a coisa me escapou da mente. Parece uma tremenda sacanagem, não é?

— Não se preocupe, meu amor. Tenho certeza que você tinha coisas mais importantes na cabeça, especialmente desde que se separou de Toby — diz Marty com generosidade.

Dou uma pequena fungadela.

— Então você ficou sabendo.

Subitamente cônscia de que o Sr. Dreadlocks está ouvindo minha conversa, ao mesmo tempo em que finge estar concentrado rasgando um guardanapo de papel, pego as bolsas de compras e saio do café, com o telefone aninhado no ouvido.

— Não pude evitar, saiu em todos os jornais — está dizendo Marty. — Eu pensei em fazer contato, mas achei que você já estava com gente demais chateando em volta, e não sabia onde você estava. Até que na semana passada esbarrei em Val na Sainsbury's grande de Greenwich e ela disse que você fez contato dizendo que tinha investigado duas possibilidades e precisava da ajuda dela para achar um cara chamado Roy Potter. E me deu o número do seu celular.

Val nunca poderia ficar de boca fechada — tem coração de ouro e coisa e tal, mas discreta? Você deve estar brincando.

— Isso mesmo, eu pensei em pedir sua ajuda, mas achei que poderia ser meio insensível da minha parte, já que você era ex de mamãe e coisa e tal — digo, empoleirando-me num muro baixo perto de uma banca de jornais e tentando não ficar cheia de bosta de passarinho no meu jeans Earl.

— Bom, eu não tenho a mínima idéia de quem é Roy Potter. Mas ele não é seu pai, disso eu sei.

Momentaneamente, fico pasma. Tive todo aquele esforço para encontrar Roy, sofri com relação ao que faria se ele fosse meu pai, gastei quinhentas libras num teste de DNA — quando Marty sabia que era uma busca infrutífera o tempo todo.

— Desculpe, amor, eu não deveria ter falado assim de repente. Foi um choque? — pergunta Marty, interpretando mal o meu silêncio.

— Ah, não, não é isso — digo depressa. — Eu sei que Roy não é meu pai. A princípio ele pareceu um competidor provável: hora certa, lugar certo, até me convenci de que a gente se parecia um pouco; mas o teste de DNA disse que não.

— Diabo, você chegou a se incomodar com um teste de DNA? Eu gostaria de ter encontrado Val antes, poderia ter economizado um troco para você.

Agora estou realmente confusa.

— Marty, eu não estou entendendo direito — digo. — Como você sabia que Roy não é meu pai? Nem mamãe sabia quem a engravidou... pelo menos foi o que sempre me disse.

Ele responde com uma pergunta:

— Escute, Thea, até que ponto você *está* decidida a encontrar seu pai? — Ele está subitamente sério. — Quero dizer, é só uma curiosidade boba ou você está realmente decidida?

— Bom, devo admitir que a coisa começou como uma espécie de passatempo. Eu estava fazendo uma limpeza no armário e encontrei umas agendas antigas de mamãe, foi isso que deu o pontapé inicial — expliquei. — Mas quanto mais eu pensava no meu pai, em como ele é, onde mora, se tem outra família, mais queria encontrá-lo. Não é que eu queira ter exatamente um relacionamento com ele... segundo mamãe, ele nem sabe que tem uma filha; só que sinto que há um pedaço enorme de mim do qual não sei nada. — Paro, lutando para canalizar as emoções num caminho coerente. De súbito é vital que Marty entenda como me sinto. — Quando estava crescendo nunca me faltou nada, material ou emocionalmente, e no entanto eu sempre me senti incompleta. É como se eu fosse um quebra-cabeça faltando algumas peças no canto. Estou feliz com quem sou, no fundo. Só gostaria de preencher a figura. Acho que o que estou tentando dizer é: todo mundo não tem o direito de saber a história de sua família, de saber de onde veio? E é só isso que estou pedindo.

Esses são sentimentos que nunca articulei — não em voz alta, nem mesmo em meus pensamentos particulares. Que estranho tudo isso sair agora. Por um momento nenhum de nós fala — e então eu rompo o silêncio.

— Você sabe quem ele é, não sabe? O meu pai.

— Não exatamente. — Ele hesita. — Mas posso apontá-la na direção certa.

Nesse momento os pêlos da minha nuca ficam de pé.

— Isso significa que mamãe mentiu para mim... quando disse que não sabia quem era meu pai? — digo, já sabendo a resposta.

O JOGO DA FAMA DE THEA CARSON

— Eu realmente não gostaria de falar isso pelo telefone — ele diz. — Podemos nos encontrar e conversar cara a cara?

— Claro. Vai ser fantástico ver você. No momento eu estou hospedada com minha amiga Kim; você se lembra dela, não é, loura, da Lucy Jaeger's?

— Aah, a adorável Kim. Como eu poderia esquecer? Vocês duas eram praticamente coladas pelo quadril.

— Ainda somos. Ela tem sido uma amiga fantástica desde que eu me separei de Toby. Eu ainda seria um farrapo emocional se não fosse ela. Por que não vem almoçar comigo um dia dessa semana; amanhã, se puder?

Misericordiosamente Marty *pode* — acho que eu explodiria se tivesse de esperar mais — mas isso não me impede de fazer uma última tentativa de extrair alguma informação.

— Você não pode me dar uma pista, só alguma coisa para eu ficar pensando?

Ele ri.

— Você sempre foi impaciente, mesmo quando era pequenina. Espere até amanhã e tudo será revelado. Esse negócio é muito grande e eu quero fazer as coisas direito.

— Então está certo, vejo você amanhã. E, Marty, obrigada por fazer contato. Isso realmente significa muito para mim.

Deitada na cama à noite, fantasio sobre as várias possibilidades. Talvez o homem que me gerou fosse mais novo do que mamãe — e quero dizer tremendamente mais novo — um adolescente, digamos. É um pensamento maligno, e nunca imaginei mamãe como uma papa-anjo, mas pelo menos seria um modo de explicar por que não se sentiu capaz de me contar. Poderia ser o marido de alguma amiga? Um primo em segundo grau? Ou seria — e isso faz meu sangue gelar — um estuprador? Até mesmo considero brevemente a idéia romântica de que o próprio Marty seja meu pai, conseguindo convenientemente deixar de lado o fato de que ele e mamãe só se juntaram quando eu tinha dez anos. Quando Marty chega para o almoço eu sou um saco de nervos. Fico muito emocionada quando o vejo ali diante da porta de Kim. Ele ganhou um pouco de peso em sua estrutura esguia, mas o velho *hippie* continua com um belo rabo-de-cavalo, agora grisalho. Ele sorri para mim e eu atravesso o portal e envolvo seu pescoço com os braços, respirando seu característico Paco Rabanne.

— É tão bom ver você! — digo. — Você está bem, muito bem. A paternidade obviamente combina com você.

— Eu estou adorando cada minuto. Bonnie é uma verdadeira menininha do papai. Você precisa vir conhecê-la um dia desses.

— Ah, eu vou, mal posso esperar, e enquanto isso você vai ter de me contar tudo sobre ela — digo, puxando-o para a casa. Esta tarde tenho o lugar só para mim. Tim está no trabalho na City, como sempre, e Kim saiu para uma escova e uma manicure. Ela normalmente não faz tratamentos de beleza nos dias de semana, por isso acho que só está sendo solícita. Kim está tão ansiosa quanto eu para saber da revelação de Marty, e eu lhe disse que poderia almoçar conosco, mas ela disse que não, que era uma questão particular entre Marty e eu, e se eu quisesse contar a novidade mais tarde, era por minha conta.

A cortesia dita que eu passe vinte minutos agonizantes ouvindo as novidades de Marty enquanto almoçamos pizza com salada. Apesar da idade, ele está claramente adorando o papel de pai. E tem outra notícia empolgante: ele e Alison vão se casar daqui a dois meses.

— Nós estamos juntos há oito anos, e agora que temos Bonnie acho que está na hora de assumir o compromisso. É só uma coisa rápida no cartório, mas depois vamos dar uma festa de arromba. Você vai receber convite, claro. Quero todas as minhas garotas especiais em volta no meu grande dia.

Ele diz isso em tom casual, mas esse momento realmente me toca. Durante alguns anos Marty, mamãe e eu formamos uma pequena família, e quando eles romperam eu fiquei arrasada. Marty fez um esforço verdadeiro para manter contato comigo, com nós duas. Eu esperava que ele e mamãe voltassem a ficar juntos, mas não era para acontecer. De modo que é bom saber que ele ainda pensa em mim como "especial", mesmo agora que tem uma família. E de algum modo parece justo que, na ausência de mamãe, seja ele a dar a informação vital que levará ao meu pai.

Quando todas as amenidades estão fora do caminho, vamos ao verdadeiro assunto do dia.

— Ponha a chaleira no fogo — diz Marty quando termina o último pedaço de pizza. — E eu vou dizer tudo que sei.

Eu faço duas xícaras de café e ponho sobre a mesa, voltando à bancada para pegar o açucareiro e decidindo na última hora arrumar umas raspas de coco queimado nos pires. Posso me sentir adiando o momento da verdade — como quando você está morrendo de sede, abre uma lata de 7UP e durante alguns segundos apenas olha para ela, adiando o prazer, aquele momento delicioso em que o líquido gelado desliza pela garganta. Marty olha enquanto eu embromo, mas não tenta me apressar. Quando finalmente me sento do outro lado da mesa ele diz:

— Você está muito longe aí, meu amor. Venha se sentar perto de mim.

Obedeço. Então Marty pigarreia. Vira a cadeira quarenta e cinco graus para me encarar e segura minhas duas mãos.

— Quero avisar que o que você vai ouvir pode ser um choque — começa.

— Prometo que estou preparada — eu o tranqüilizo.

— É uma coisa que sua mãe me contou numa noite de janeiro, uns dezoito meses depois de nós começarmos a nos ver. Nós estávamos na sua casa; você estava enfiada na cama em segurança e nós estávamos no andar de baixo, tomando uma garrafa de vinho e fumando um baseado. Posso visualizar. Nossa sala de estar multicolorida, uma vela gorda piscando sobre a lareira, mamãe e Marty esparramados em duas almofadas no chão, passando o baseado de um para o outro.

— Nós estávamos apaixonados, almas gêmeas, e eu realmente achava que íamos ficar juntos para sempre — diz Marty, meio triste. — Não sei o que a levou a falar sobre seu pai, mas acho que estava cansada de guardar o segredo durante tanto tempo, ela precisava dividir com alguém. Sei que pode parecer estranho para você, mas até aquela noite sua mãe e eu nunca tínhamos falado do assunto de sua paternidade, pelo menos não em detalhes. Eu só presumia que seu pai fosse algum namorado antigo, não estava realmente incomodado com quem ele era ou o que tinha sido feito dele. Sabia que ele não tinha nenhum contato com você e era só isso que me importava. Veja bem, naquele ponto eu quase via você como minha filha. Então nós estávamos ali, meio bêbados e meio doidos quando de repente sua mãe disse: "Marty, quero contar uma coisa". Assim, sem aviso. E me fez prometer que não contaria a mais ninguém, nem a você.

— Ahã — digo lentamente com a boca cheia de fiapos de coco, tentando não trair o desapontamento por mamãe ter contado a Marty uma coisa que não podia me contar. Acho que eu teria preferido se ele tivesse tropeçado por acaso na verdade; achando uma carta de amor esquecida atrás de uma gaveta, digamos, ou um maço de fotos incriminadoras.

O JOGO DA FAMA DE THEA CARSON

— Eu tinha toda a intenção de levar o segredo para a sepultura — continua Marty. — Mas quando soube que você estava procurando seu pai e que estava numa pista furada, fui forçado a rever a situação. Acho que você está absolutamente certa quando diz que toda pessoa tem o direito de saber de onde veio — e agora que sua mãe se foi acho que está na hora de saber a verdade. Não é uma decisão que eu tomei com facilidade, mas sei que Shirley não gostaria de ver você infeliz, caçando inutilmente um bocado de caras porque acha que um deles podia ser seu pai, e ficando desapontada repetidamente.

A tensão está ficando intolerável. Sinto que estou num cenário de cinema. Estou quase esperando a música dramática começar — uma coisa entrecortada e aguda — como quando a garota do *Psicose* está para ser esfaqueada no banheiro. Marty me olha com um ligeiro franzido na testa, como se verificasse se tenho a força de caráter para enfrentar o que está para dizer.

— Aah, qual é, Marty. Não me deixe no suspense — digo, rindo nervosa. — Eu não agüento mais.

Ele dirige o olhar através da janela, para a grande macieira no jardim de Kim, e então volta o rosto para mim.

— O negócio, Thea, é que sua mãe estava desesperada para ter um filho. Ela já tinha mais de trinta anos e não parecia haver qualquer perspectiva de relacionamento de longo prazo no horizonte.

— É, ela me disse isso.

— E não estava mentindo quando disse que não sabia quem era seu pai...

— Foi uma transa de uma noite, então? — interrompo.

— Não do modo como você pensa. Ele era anônimo...

— Quer dizer que ela não perguntou o nome do cara?

— Thea, você entendeu completamente errado — diz ele com gentileza. — Se me deixar terminar...

— Desculpe, Marty — digo obediente. — Continue.

Ele aperta minha mão com tanta força que posso sentir seu anel de sinete cortando a pele fina da minha palma.

— Não há um modo fácil de dizer, meu amor, então vou simplesmente...

Rufam os tambores.

Ele diz as palavras lentamente e com grande cuidado, como se estivesse explicando a uma criança.

— Ela concebeu você usando esperma de um doador anônimo.

Uma fração de segundo depois tudo fica esquisito. É como se eu estivesse tendo uma experiência extracorpórea. Posso ver a cabeça tombando para trás sobre os ombros, ouvir o som alto do coração batendo nas costelas. Minhas pálpebras se fecham e eu ponho as mãos nas têmporas. Mesmo meus olhos estando fechados, posso ver as mãos de Marty nos meus ombros. Seus lábios estão se movendo, mas não consigo entender as palavras, e de repente estou engasgada; tossindo, ofegando e buscando o ar.

VINTE E QUATRO

A verdade foi muito pior do que tudo que eu poderia imaginar. O pobre Marty ficou horrorizado com a hipótese de ter provocado algum tipo de ataque de pânico, mas manteve a calma, pegando o saco de papel das raspas de coco e instruindo para eu respirar profundamente dentro dele. E quando me acalmei ele me fez deitar no sofá e me forçou a beber litros de chá doce e quente.

— Você não deve pensar mal de Shirley — ficou dizendo. — Ela foi uma mãe maravilhosa, e essa é a coisa mais importante para lembrar.

— Mas você não ficou horrorizado quando ela contou? Não perguntou por que ela fez isso? — eu quis saber, com a voz aguda de emoção. — Puta que o pariu, Marty, esse era um tremendo segredo para guardar. Aposto que depois disso você me olhou de outro modo, não foi? *Coitadinha da Thea, filha de banco de esperma.*

Interroguei Marty durante mais de uma hora, de um modo tremendamente acusador. Não podia evitar. Estava desesperada para entender a motivação de mamãe, para colocar seus atos em algum contexto e, de modo bastante cruel, pus Marty no papel de cúmplice. Ele não estava por perto quando ela me concebeu, claro, mas sabia mais sobre esse período da vida dela do que qualquer outra pessoa viva, e agora que tinha aberto essa lata de vermes iria sem dúvida me ajudar a fechar a tampa de novo.

Na verdade, não havia muito mais a dizer. Aparentemente Marty recebeu com bastante calma a informação de mamãe.

— Era a vida *dela*, Thea, a decisão era *dela*, uma decisão que ela havia tomado mais de uma década antes de eu conhecê-la — falou com tranqüilidade, enquanto meu interrogatório ficava cada vez mais histérico. — Ela fez isso porque estava desesperada para ter um filho, é simples, e a seus olhos uma inseminação com material de um doador era a opção mais eficiente. E não, eu não passei a ver você de modo diferente depois de descobrir, se bem que acho que me senti mais protetor com relação a você.

— *Eficiente* — cuspi cheia de escárnio. — Ela usou essa palavra?

— Pode não ter sido exatamente a palavra que ela usou. Mas foi o que quis dizer.

Fiquei cheia de um desprezo súbito e chocante pela mulher que me pôs no mundo de um modo tão calculado. Ter sido criada a partir de uma única noite de paixão, mesmo que sem qualquer amor, seria preferível a um homem de jaleco branco com uma seringa cheia da semente de um sujeito estranho, produzida por uma punheta num cubículo com um exemplar da *Razzle* e um béquer de vidro — por mais "eficiente" que possa ter sido.

Implorei que Marty revirasse o cérebro em busca de mais detalhes sobre a inseminação, mas ele nem sabia o nome do lugar onde eu fui concebida, só que tinha sido numa clínica particular no oeste de Londres. Mas ele se lembrou de mamãe dizendo que tinham sido necessárias duas sessões para engravidar.

Depois de sugar Marty totalmente, eu só quis ser deixada sozinha para refletir e trincar os dentes em particular. Mas ele se recusou peremptoriamente a sair.

— Não com você nesse estado — disse ele. E que estado era? Enojada, com raiva, mas acima de tudo traída.

Ele ficou comigo até Kim voltar, recém-penteada e com as unhas pintadas no salão. Ela me deu uma olhada e disse:

— Má notícia, imagino.

— Nem diga — falei amargamente.

E quando Marty foi embora, prometendo me ligar dentro de dois dias, "para ver como você está enfrentando a coisa", eu sabia que ele tinha se arrependido da decisão de contar o segredo de mamãe, dava para ver em seus olhos.

— Não é tanto a *concepção*, mas a *decepção* que estou tendo dificuldade para encarar — digo a Kim e Tim, depois de lhes dar a versão resumida de minha espantosa conversa com Marty.

— Ninguém parou para pensar como eu poderia me sentir com tudo isso. Todas essas pessoas — mamãe, meu pai, a clínica — decidiram deliberadamente me criar, mas aparentemente acharam normal esconder uma informação que todas as outras crianças têm o direito de ter.

— Mas isso porque nunca imaginaram que você iria descobrir — diz Tim diplomaticamente.

— E isso é outra coisa — arengo. — Por que diabos mamãe não me disse a verdade, em vez de deixar que eu acreditasse que era resultado de um *relacionamento normal?* Todas as vezes em que eu perguntava sobre o meu pai, ela simplesmente descartava minhas perguntas. Não posso acreditar que ela levou esse segredo para o túmulo... enquanto isso, aqui estava eu, tentando rastrear estranhos e perdendo dinheiro em exames de DNA. Estou me sentindo uma idiota.

— Ela só estava tentando proteger você, só isso — diz Kim. — E tenho certeza de que achava que estava agindo no seu interesse. Eu também conhecia Shirley, não esqueça. E ela nunca teria feito intencionalmente qualquer coisa para magoar você.

— Por que ela teve de usar uma porra de um doador anônimo? Não poderia ter feito sexo com algum cara? Pelo menos eu saberia o nome dele — digo irritada. — E saberia qual a altura dele e qual a cor de seus olhos.

— Bem, se você acha que isso vai ajudá-la a resolver alguma coisa, por que não vê se consegue descobrir a clínica onde foi concebida? — sugere Tim. — Talvez eles tenham uma ficha do seu pai. Não creio que possam dar o nome dele, mas podem ter alguns detalhes: idade, profissão, esse tipo de coisa.

— É, certo, e como é que vou fazer isso? — digo com rispidez. — Marty só sabe que a clínica que mamãe usou ficava no oeste de Londres. Eu nem sei se ela ainda existe.

— Você conseguiu descobrir três antigos namorados, ou sei-lá-o-quê, da sua mãe, não foi? E o que tinha para isso? Só umas agendas antigas — observa Tim. — Dê-se um pouco de crédito, Thea. Aposto que, se você realmente decidir, consegue achar essa clínica.

Naquela noite, depois de jantar com Kim e Tim e assistir a um daqueles imbecis *Antes da fama* na TV, peço licença, dizendo que quero dormir cedo. Mas em vez de ir dormir me sento durante séculos na beira da cama, me olhando no espelho de corpo inteiro, examinando o rosto em busca de alguma evidência da herança genética de algum estranho. Tento imaginar mamãe desesperada por um filho e avaliando as diversas alternativas. Por mais que a idéia me revolte, deve ter exigido um bocado de coragem optar por uma inseminação com esperma de um doador, especialmente há tantos anos, quando essa prática ainda era mais tabu do que hoje. Com o tempo, acho que provavelmente vou poder enfrentar essa parte da coisa. Estou tendo mais problema para encarar a mentira deliberada de mamãe.

— Ah, mamãe — digo em voz alta —, por que não me contou? Teria sido muito melhor vindo de você.

Sinto-me vazia e abandonada, uma verdadeira órfã. Com lágrimas escorrendo pelo rosto, percebo que agora nunca vou poder completar o quebra-cabeça. Penso no que Tim disse, sobre tentar descobrir mais sobre meu pai doador. Imagino se há alguma pista na agenda de mamãe, na do ano de minha concepção. Duvido, eu li aquelas páginas tantas vezes que devo saber de cor cada palavra.

Levantando-me da cama, abro a gaveta de calcinhas, onde estão guardados os finos volumes pretos, e pego o de cima. Folheando, paro em agosto. Bom, será que deixei escapar alguma coisa? Roy, Kevin, Barney, é, é, é... hora no cabeleireiro, ida a Brighton, curtição no Ronnie Scott's. Folheio agosto e setembro, mas não há nada que não vi antes. Pense, Thea, pense lateralmente. Mamãe escrevia tudo nessas agendas. Sua consulta na clínica seria uma data muito importante para ela. Sem dúvida ela anotaria algo para lembrar. Voltando ao início de agosto, examino metodicamente cada página de novo. Desta vez uma anotação atrai meu olhar.

5 de setembro
11h. Gunnersbury FC

Eu nunca soube que mamãe fosse fã de futebol. De fato, tenho certeza de que ela odiava futebol; nem assistia à Copa do Mundo pela TV. E onde fica Gunnersbury, afinal? Acho que perto de Chiswick. Eu nem sabia que lá havia um clube de futebol;

devia ser da segunda divisão. Espere um minuto, talvez eu esteja concluindo errado. Quem disse que FC é *footbal club*? Será que poderia ser... *fertility clinic?* Luto para lembrar as palavras de Marty... *a primeira tentativa de inseminação de sua mãe falhou, mas no mês seguinte, quando ela estava ovulando de novo, voltou para uma segunda tentativa e dessa vez teve sucesso.*
Freneticamente, recuo as páginas até o início de agosto.

7 de agosto
11h. Gunnersbury FC

Puta que o pariu, achei. As datas são a dica. Agora dá para ver que Roy estava realmente fora de quadro quando fui concebida em 5 de setembro — o que significa que nasci dois... não, quase três meses prematura. Também vejo que mamãe estava saindo com Barney o tempo todo em que estava tentando engravidar. Por que ela o manteve assim, só para dispensá-lo dois meses depois da concepção, depois de dizer que precisava de "espaço para respirar"? Acho que nunca vou saber. Mas não estou surpresa por ela não ter dito a verdade. Ele teria pirado — que homem não teria? Veja bem, poderia ter sido mais fácil de aceitar, para ele, do que sua conclusão eventual, de que ela tinha sido infiel.
Ansiosa para confirmar a teoria, vou até o quarto de Kim e pego o telefone. Com o coração galopando, disco o Auxílio à Lista e pergunto pela Clínica de Fertilidade Gunnersbury, no oeste de Londres.
A telefonista digita em seu computador durante alguns segundos.
— Desculpe, esse nome não consta.
Merda. Devo ter entendido errado — é isso ou o lugar fechou.

— Mas eu tenho um *Centro* de Fertilidade Gunnersbury, poderia ser? — pergunta ela.
— Sim! — grito de alívio.
— Aqui está o número...
A voz em *staccato* começa a cuspir o número, mas estupidamente não estou preparada. Olhando o quarto em volta, vejo uma daquelas esferográficas vermelhas e pequenas que a gente vê em casas de apostas, em cima de um *Financial Times* na mesinha-de-cabeceira de Tim. Esticando-me por cima da cama — e praticamente arrancando o telefone da parede — pego a caneta e consigo rabiscar os números nas costas da mão enquanto a voz robótica os repete.
É tarde, mas não consigo resistir a experimentar o número, só para ter certeza de que o lugar onde minha vida começou ainda funciona. Uma secretária eletrônica, pedindo que eu ligue entre nove da manhã e sete da noite, tranqüiliza minha mente.

Dois dias depois estou chacoalhando pela District Line, indo para um encontro com Judy Mabb, administradora-chefe do Centro de Fertilidade Gunnersbury. Eu estava terrivelmente nervosa ao telefone, gaguejando e pedindo desculpas, mas Judy, com sua voz rouca e empresarial, foi um modelo de paciência e compreensão. Tenho certeza de que não sou a primeira filha de um doador anônimo a bater na sua porta, procurando o pai. Depois de um papo de dez minutos, em que lhe contei tudo que consegui juntar sobre as circunstâncias do meu nascimento, ela concordou em examinar meu caso. Mas alertou para não ter muitas esperanças, já que antes de 1990 não havia obrigação legal de manter registros dos doadores de esperma.

A hora disponível mais próxima com Judy era dali a agonizantes dois dias. Passei um período inteiro de vinte e quatro horas numa fantasia obsessiva; imaginando Judy perdida em algum arquivo labiríntico e empoeirado, tirando teias de aranha de velhas pastas de papel pardo e procurando desesperadamente "a ficha de Parkinson", quando o tempo todo ela havia caído entre duas prateleiras, para jamais ser descoberta. Depois de uma noite insone tentei me distrair embarcando em alguma pesquisa pessoal, percorrendo a internet em busca de cada informação em que pudesse pôr as mãos.

Descobri algumas coisas fascinantes. Você sabia que o primeiro registro de uma inseminação com doador — ou ID, como dizem os especialistas — aconteceu em Filadélfia em 1884? O processo foi envolto em tanto segredo que nem a mulher sabia o que estava acontecendo. William Pancoast, professor no Jefferson College of Medicine, estivera tentando tratar a infertilidade da mulher de um comerciante quacre. Só quando finalmente decidiu examinar o sêmen do marido sob um microscópio ele descobriu que o sujeito estava atirando balas de festim. Então, sob o pretexto de realizar um pequeno procedimento cirúrgico, nosso Pancoast fez a mulher apagar com clorofórmio e a inseminou com o sêmen de um dos seus alunos de medicina. Ela concebeu com sucesso, mas nem o médico nem o marido jamais lhe disseram o que aconteceu enquanto ela estava inconsciente.

Além disso, eu fiquei sabendo que agora a lei estipula que nenhum indivíduo pode ser pai de mais de dez filhos através de ID. Mas nos anos quarenta era outra coisa, e alguns doadores campeões contribuíram para o nascimento de mais de cem filhos. E mais, naqueles tempos pioneiros em que os doadores eram raros, não era incomum os médicos usarem seu próprio esperma.

O fato mais surpreendente e também mais reconfortante que descobri foi que, segundo vários estudos, somente por volta de dez a vinte por cento dos casais que usam doadores de esperma contam aos filhos — de modo que o segredo de mamãe não foi tão incomum, e talvez eu não seja tão monstruosa quanto imagino.

Por acaso o Centro de Fertilidade Gunnersbury é um prédio elegante, de estuque branco, numa arborizada rua residencial. Longe de ser o cenário frio e estéril que eu tinha imaginado, povoado por enfermeiras malignas e médicos de aparência pervertida com as mãos nos bolsos, o interior é caloroso e acolhedor, mas imagino que foi redecorado algumas vezes desde que mamãe esteve aqui. A recepcionista anota meu nome e me direciona para o chique sofá preto sob a janela saliente, enquanto digita a extensão de Judy. Estou nervosa demais para me sentar e girar os polegares, por isso vou até um quadro de feltro na parede, onde estão dúzias de fotografias e cartões.

À medida que chego mais perto, vejo que cada foto mostra um bebê — alguns dormindo, alguns aninhados nos braços de um adulto, alguns sentados num sofá ao lado de um irmão mais velho. Não resisto a espiar um dos cartões, um cartão grosso e creme com a imagem de centáureas no campo na frente e *Obrigado*, gravado em letras douradas.

"A todos os médicos e ao pessoal", diz ele. "As palavras não podem expressar gratidão por sua ajuda fantástica e pelo apoio. Vocês realmente completaram nossa vida. Obrigado do fundo do coração por nossa menininha maravilhosa. Desejando tudo de bom, William e Gina Sutcliffe."

Preso com um clipe na parte de baixo do cartão está a foto da coisinha mais linda que você já viu. Um anjo de cabelos dourados e narizinho pequeno, com um grande sorriso babão e um Teletubby apertado com força numa das mãos. Apesar de eu nem conhecer aquelas pessoas, uma lágrima me brota no olho.

— Sra. Carson? — diz uma voz rouca. Giro e vejo uma mulher de quarenta e poucos anos com o cabelo tingido de *henna* preso num coque e um pesado colar étnico no pescoço.

— Sou Judy Mabb — diz ela. — Vejo que esteve admirando nossas histórias de sucesso. Ela sinaliza para o quadro. — Todos nascidos a partir de inseminação com doador — diz com orgulho.
— Ah, sim. Parece que vocês tornaram muitas pessoas felizes.

Ela dá um sorriso apreciador e me guia, passando pela mesa da recepcionista e subindo um lance de escada até uma sala pequena, mas mobiliada com conforto, dominada por um enorme pé de mamona — de verdade, não uma daquelas armadilhas de poeira, feitas de plástico — num vaso de barro.

— Sente-se — diz ela. — Vou estar com você num segundo. — Empoleiro-me numa das poltronas fofas perto da janela e olho enquanto ela abre um arquivo e pega uma pasta de papelão azul na gaveta de cima.

— Você disse ao telefone que tinha acabado de descobrir sobre sua concepção — diz ela, sentando-se na poltrona à minha frente. — Deve ter sido um certo choque.

— Sim — digo, com os olhos na pasta azul agora aninhada nas dobras da volumosa saia de brim de Judy. — Estou tentando botar a cabeça no lugar. Só gostaria que mamãe ainda estivesse viva para nós falarmos disso, e então talvez eu pudesse descobrir por que ela tomou essa atitude.

— Ela devia querer você demais, para ter tido todo esse problema para conceber — diz Judy, afastando uma gavinha de cabelo avermelhado de cima dos olhos.

— Acho que sim — digo de má vontade. *Abra a porcaria da pasta*, grita meu cérebro.

— É só minha opinião, mas acho que os atos de sua mãe demonstram um grande sentimento de responsabilidade — diz Judy com gentileza. — Eu não a conheci, claro, só entrei para o

Centro há quatro anos, mas tenho certeza de que ela pensou durante muito tempo, e muito intensamente, antes de decidir fazer inseminação com material de um doador.

Confirmo com a cabeça educadamente, espremendo as laterais da poltrona para não agarrar a pasta do colo dela.

— Quando um indivíduo descobre subitamente que nasceu através de inseminação com doador, é muito comum sentir que toda a sua identidade está ameaçada, que sua vida até esse ponto se baseou numa mentira — continua Judy, enquanto mexe distraidamente nas contas de madeira do colar. — Freqüentemente é pior para os que cresceram com a mãe *e* o pai. Imagine descobrir que o homem que você achava que era seu pai nem mesmo é parente consangüíneo.

— É, isso seria realmente maluco — admito. Acho que eu deveria me considerar com sorte por nunca ter sido submetida a *esse* nível de mentira.

— De qualquer forma — diz ela, bruscamente, abrindo a pasta azul —, estou certa de que você está louca para saber que informação pude encontrar sobre o seu pai doador.

Inclino-me para a frente, ansiosa, enquanto ela escolhe um documento.

— Posso confirmar que sua mãe, Shirley Parkinson, *foi* paciente do Centro nas datas que você especificou — diz Judy, olhando o papel.

É, é, eu já sabia disso. Vá direto ao que interessa, pelo amor de Deus.

— Bom, como creio que expliquei, antes de 1990 as clínicas como a nossa não eram obrigadas pela lei a manter fichas de doadores. Mas Christopher Goodwyin, o ginecologista que fundou o Centro de Fertilidade Gunnersbury em 1958, foi um pioneiro nesse campo e achava que certos detalhes físicos de cada doador deveriam ser anotados, principalmente para que as futuras mães e seus parceiros pudessem escolher um doador que compartilhasse de algumas de suas características físicas. Atualmente essa é uma prática comum, mas na época não era.

Ela pega outro documento e ergue até o rosto, deixando-me olhando para o verso em branco.

— Seu pai biológico estava cursando o último ano de medicina no Hospital Saint Luke: era branco, 1,92m, cabelos castanhos escuros e olhos castanhos — diz ela numa voz lenta e comedida.

Cada palavra é uma revelação, um prêmio dourado e brilhante. Estudante de medicina — devia ser um sacana inteligente, então... um sacana alto, inteligente; agora sei de onde veio minha altura.

— Qual é o nome dele? — pergunto cheio de esperança, sabendo que essa informação está oficialmente fora do meu alcance.

— Sinto muitíssimo, mas as leis de sigilo me impedem de revelar o nome de qualquer doador — diz Judy. — Em geral usamos números para identificação. Seu pai biológico era... deixe-me ver. — Ela lambe o indicador e folheia as anotações. — Doador número 148. E há outra coisa que talvez você queira saber: o mesmo homem foi pai de mais cinco crianças através de inseminação com material de doador.

— Uau! Quer dizer que eu tenho cinco irmãos por aí?

Judy assente.

— Pelo menos meio-irmãos.

— Meninos ou meninas?

— Sinto muito, a ficha não diz.

— Isso é espantoso para caralho! — Minha mão vai até a boca. — Desculpe o palavreado — digo às pressas.

Judy sorri, entendendo.

— Eu odiava ser filha única. Teria adorado uma irmã, mais velha ou mais nova, tanto faz. Imagino que não haja como encontrá-los, há?

Judy balança a cabeça.

— Não, a não ser que eles procurem o Centro pedindo informações sobre o doador. Nesse caso eu poderia, com a sua concordância, passar seu contato.

— Imagino que não há muita chance de isso acontecer, há? — digo, olhando-a com dúvida.

— Nunca se sabe, coisas estranhas acontecem.

Apoiando os cotovelos nos joelhos, faço uma leve pressão nas têmporas. Depois de toda uma vida de ignorância total com relação ao meu pai, esses poucos detalhes quase são demais para eu absorver. Sinto-me com a cabeça estranhamente leve, quase tonta.

— Quem fez a inseminação de minha mãe? Você sabe? Eu adoraria conhecer essas pessoas.

— Os registros não dizem, mas provavelmente deve ter sido o próprio Dr. Goodwin. Ele trabalhava praticamente sozinho até os anos setenta — explica Judy. — Mas infelizmente você não poderá conhecê-lo. Ele morreu há dois anos; nós temos uma esplêndida placa em sua memória, na recepção.

— Que pena — digo, desapontada.

— Mas tenho uma informação sobre o seu pai — diz Judy, remexendo a pasta azul. — Estive guardando o melhor para o final.

Olho-a cheia de expectativa.

— Ele lhe deixou um pequeno legado, por assim dizer — diz ela ambiguamente, tirando uma única folha de papel dobrada ao meio.

— Como eu disse, o Dr. Goodwin era um pioneiro em seu campo. Não somente registrava as características físicas dos doadores, mas também pedia que, voluntariamente, eles dessem uma explicação por escrito do motivo para terem decidido ser doadores. É um procedimento que continuamos até hoje — ajuda nossos clientes a sentir que estão lidando com uma pessoa real, e não apenas uma amostra num tubo de ensaio. Alguns doadores fazem isso simplesmente por dinheiro — mas outros têm motivos mais filantrópicos. Claro, nem todo mundo se incomoda em escrever... — Ela pára e me entrega o papel. — Seu doador era diferente.

Enquanto meus dedos se estendem para pegar o papel, vejo que a mão está tremendo visivelmente.

— Acho que você gostaria de ficar alguns instantes sozinha — diz Judy, com tato. Depois se levanta e sai da sala, levando a pasta azul. Durante alguns minutos só olho para o verso do papel. É uma folha única de papel pautado, com a parte esquerda ainda amassada onde foi arrancada de um caderno, e posso ver a sombra da tinta preta do outro lado. Lentamente desdobro-a, segurando com as pontas dos dedos para não amassar nem marcar de nenhum modo.

São apenas algumas linhas, e a letra do doador 148 é firme e ligeiramente inclinada. Começa com *Por que eu decidi doar meu esperma?*. Em seguida vêm duas linhas em branco e uma lista de pontos, cada um começando numa linha nova.

Como estudante de medicina, estou ansioso por ajudar o avanço da ciência da inseminação artificial para ajudar mulheres que não podem conceber através de métodos naturais.

Gostaria de contribuir para o caldeirão genético da próxima geração.

Sinto-me bem em doar e sentir que faço parte da vida — espero que feliz — de outra pessoa.

Recosto-me de novo na poltrona, pouso o papel cuidadosamente, quase com reverência, no colo, e fecho os olhos, deixando as palavras flutuarem livremente na cabeça. Sinto uma confusão de emoções: orgulho, por meu pai ser obviamente um sujeito inteligente e articulado; alívio, porque mesmo ele não conhecendo minha mãe, de algum modo pequeno ele se preocupava com a felicidade dela; e tristeza, porque a coisa só vai até aqui. De algum modo esse fim não parece certo. Há muitas pontas soltas.

— Tudo bem?

Abro os olhos e vejo Judy sentada no canto de sua mesa. Eu estava tão absorta que nem a ouvi retornando à sala.

Confirmo com a cabeça.

— Isso é muito espantoso, ver a letra dele, saber o que o inspirou a ser doador de esperma.

— Nós precisamos ficar com o original para os arquivos, mas eu posso fazer uma cópia se você quiser.

— Ah, meu Deus, sim, por favor.

— A copiadora fica no corredor, vai ser num instante. — Judy pega o papel na minha mão estendida e sai da sala, fechando a porta.

Estou tão empolgada em levar um pedaço de meu pai para casa que se passam uns bons trinta segundos antes de eu notar. A pasta azul. Na mesa de Judy. Sem ninguém vigiando. Ela pousou-a quando voltou à sala e não pegou de novo quando saiu para a copiadora. Para ela, um deslize; para mim, uma oportunidade de ouro.

Sem hesitar um nanossegundo, salto para a mesa, que está somente a uns sessenta centímetros da porta. Abrindo a pasta com dedos trêmulos, tiro os papéis. Meu coração bate tão forte que ameaça pular do peito. *Este é um crime passível de prisão?* Imagino enquanto reviro as cerca de meia dúzia de páginas, todas com um carimbo de *Estritamente Privado e Confidencial* em tinta ameaçadoramente vermelha. Acho um documento chamado *Detalhes do Doador*, desesperadamente examinando as letras desbotadas escritas à máquina em busca do nome importantíssimo. Porra, ela vai me pegar com a boca na botija. A porta se abre mais alguns centímetros, mas Judy não aparece. Posso ver sua mão na maçaneta de latão, mas parece que está falando com alguém — um colega no corredor lá fora.

— Vou levar minha cliente para fora e já falo com você — está dizendo. Enfio os papéis de novo na pasta e atravesso a sala em dois passos gigantes, de modo que quando Judy entra estou parada na janela, olhando a rua embaixo.

— Eu estava admirando a vista — digo com os lábios secos.

— Nada má, não é? — diz ela, entregando a cópia. — Desculpe não poder dar mais informações sobre seu pai, mas nós temos uma obrigação moral e legal de proteger a identidade dos doadores.

— Entendo totalmente e me sinto extremamente grata por ter me recebido. — Nós nos apertamos as mãos e Judy me leva até o topo da escada.

Durante todo o caminho de volta para casa repito duas palavras sem parar, para não esquecer: *Gareth Blake Gareth Blake Gareth Blake Gareth Blake*.

Quando cheguei à casa de Kim, eu estava queimando de vontade de contar meu triunfo. Infelizmente ela ainda estava no West End, aonde tinha ido avaliar uma boate recém-inaugurada que poderia servir para festas. Mas Tim — tendo chegado cedo em casa de uma reunião de negócios e sem estar envolvido em nada mais exaustivo do que cortar legumes para um cozido — se mostrou uma platéia bem-disposta.

— Então qual é o seu próximo passo? — perguntou ele, depois de eu tê-lo regalado com meu ato de ousadia na sala de Judy Mabb.

— Vou tentar achar Gareth Blake, claro — foi minha resposta tranqüila.

Eu já havia pensado num curso de ação frouxo e francamente pouco imaginativo, que envolvia identificar possíveis candidatos numa busca na lista telefônica do Reino Unido pela internet (como Blake era um nome relativamente comum, eu esperava encontrar centenas), seguidos por telefonemas intermináveis e embaraçosos enquanto ia riscando os rejeitados. Esperava acelerar o processo colocando simultaneamente alguns anúncios cuidadosamente escritos em várias publicações possíveis.

Provavelmente teria saltado de cabeça nesse esquema naquela noite mesma, se Tim não tivesse atraído minha atenção para uma pista vital que, na empolgação, eu tinha deixado completamente de lado.

— Você disse que Judy contou que Gareth Blake era estudante de medicina? — perguntou ele.

Assenti, e disse que meu pai tinha estudado no prestigioso hospital-escola St Luke's, na margem sul do Tâmisa.

— Bom, se for como a minha antiga faculdade, eles devem ter como entrar em contato com os ex-alunos, para quando estiverem marcando reuniões ou alguma coisa do tipo. — A ficha estava começando a cair. — Claro, não é provável que eles dêem o endereço de Blake sem fazer perguntas, mas devem se dispor a dar informações que a ajudem a rastreá-lo — como onde ele trabalha ou qual é sua especialidade médica.

Naturalmente, eu estava telefonando para o St Luke's mais rápido do que você pode dizer *inseminação com doador*. A má notícia foi que a mulher da administração se recusou a discutir "qualquer informação pessoal relativa a alunos atuais ou antigos". A boa notícia era que ela revelou que a biblioteca da faculdade mantinha um banco de dados sobre relatórios e artigos publicados e escritos por ex-alunos, que podiam ser livremente acessados por pessoas comuns que tivessem preenchido um formulário necessário para visitantes.

E aqui estou, quase uma semana depois, acomodada diante de um terminal de computador na biblioteca do St Luke's, com o crachá de visitante preso na cintura dos *jeans*. Decidi que, a não ser que o banco de dados da faculdade dê uma pista concreta, vou parar. Eu poderia continuar procurando meu pai para sempre e sempre, mas acho que isso está tomando conta da minha vida. É só nisso que consigo pensar ultimamente. Devo dizer que é uma distração útil; ajuda a afastar a mente de Toby e do quanto sinto falta dele. Sei que ele é um sacana e sei que mereço coisa melhor, mas isso não me impede de amá-lo. Mas mesmo assim não posso passar o resto da vida chafurdando em fantasias inúteis sobre um homem que nunca vi.

Depois de um breve tutorial de uma das bibliotecárias, estou pronta para explorar o banco de dados. Só preciso digitar o nome de Gareth e o ano em que se formou — Judy me disse que ele tinha doado o esperma no último ano, por isso estou presumindo que tenha se formado no ano da minha concepção. A busca avançada permite que eu escolha uma lista de periódicos e períodos de tempo, mas quero manter as opções em aberto. Aperto o *enter* e rezo para que meu pai tenha dado alguma contribuição para a pesquisa médica, ainda que pequena.

Uma nova página aparece — uma lista de dez artigos, todos contendo o nome do meu pai. Para meu deleite, não consigo evitar um "Sim!" de triunfo, que faz o homem do terminal ao lado me lançar um olhar desaprovador por cima dos óculos meia-taça. Murmurando um pedido de desculpas, viro-me de novo para a tela e começo a examinar as dez anotações, uma a uma.

Ainda que não permita acessar o artigo em si, o banco de dados fornece o nome do jornal, a data de publicação e o título do artigo, tudo listado por ordem de data, começando com o mais antigo.

A anotação número um fala de um relatório em *The Psychologist*, do Dr. Gareth Blake, MRCPsych, sobre alguma coisa chamada "Desordem de Déficit de Atenção por Hiperatividade"; o número dois se refere a um artigo que ele escreveu para o *Lancet* sobre o uso de vigilância através de vídeo para casos de abuso contra crianças; o número três é um artigo sobre comportamento agressivo na infância para o *Social Work Today*. Parece que meu pai é uma espécie de especialista em crianças; que coisa mais deliciosamente adequada! Continuando pela lista, não consigo deixar de me dar os parabéns por ser filha de um pai decididamente erudito, e estou me sentindo bem otimista quando chego à citação final, certa de que um desses artigos vai dar uma pista do paradeiro do meu pai. E é quando todos os meus sonhos desaparecem num sopro de fumaça. A anotação número dez é chocante tanto em sua brevidade quanto no conteúdo.

British Medical Journal, 18 de novembro de 2001, Obituário

Olho boquiaberta as palavras, incrédula, chegando o rosto mais perto da tela para ler pela segunda vez. Mal posso acreditar que o destino tenha dado um golpe tão cruel, que a foice da morte tenha cortado meu pai há apenas três meses, que todos os meus esforços para achá-lo tenham sido absolutamente em vão. Então me ocorre que talvez seja o obituário de outra pessoa, que Gareth Blake estivesse simplesmente prestando tributo a algum colega ou mentor eminente. Anotando a referência, vou até o balcão e pergunto onde posso achar o *British Medical Journal* de

18 de novembro. A bibliotecária me manda para a seção de periódicos, onde exemplares não encadernados do *BMJ* deste ano estão em suportes de alumínio. Não demoro muito para achar o que estou procurando. Levo a revista a uma mesa próxima, abro a seção de obituário e ali, entre a cerca de meia dúzia de mortes informadas, meus piores temores são confirmados:

> *O Dr. Gareth Blake, psiquiatra infantil e especialista na teoria do atendimento residencial às crianças, faleceu aos 51 anos. Conhecido por seu valioso relatório sobre abuso infantil, A Criança Esquecida (1992), Gareth sempre insistia na necessidade de ouvir as crianças e colocar suas necessidades em primeiro lugar. Em 1995 ele apresentou provas para a Comissão Williams relativa à seleção e ao recrutamento de funcionários para as casas de atendimento infantil, e subseqüentemente foi nomeado conselheiro da Sociedade Nacional para a Prevenção de Crueldade Contra as Crianças (NSPCC), um cargo que manteve até sua morte prematura. Homem discreto que não gostava da ribalta, Gareth também era bom de conversa, com um senso de humor famosamente seco. Dentre seus muitos e variados passatempos estavam o jazz, a jardinagem e andar pelos caminhos do litoral perto de sua amada casa em Broadstairs. Morreu na semana passada depois de uma curta batalha contra a leucemia mielóide crônica e deixou uma esposa, Linda.*

Olho a página, atordoada, e sou presa de uma ironia horrível: meu pai morreu justo quando eu estava embarcando na busca para encontrá-lo — talvez na mesma semana. Se ao menos eu tivesse achado as agendas de mamãe antes. Se ele tivesse se agarrado à vida mais alguns meses. Cinqüenta e um anos é muito pouco. Enquanto leio o obituário pela segunda vez, absorvo mais informações: ele era psiquiatra. E muito considerado. E discreto também. E gosto do *senso de humor famosamente seco*. Inesperadamente, meus olhos se enchem de água e a página na minha frente fica turva. Enxugo rapidamente as lágrimas e respiro fundo algumas vezes. Tinha planejado ler todos os artigos que meu pai escreveu, mas de algum modo não tenho mais coragem. Olhando a sala em volta, olho todos os estudantes, alguns de cabeça baixa, alguns sussurrando no ouvido de amigos, alguns olhando distraídos para longe, e tento imaginar meu pai ali, há tantos anos, se esforçando para as provas ou tentando entender alguma teoria psiquiátrica cabeluda. Enquanto remexo na bolsa em busca de algumas moedas, vou até a máquina Xerox e faço uma cópia do obituário, antes de devolver o jornal à estante.

Estou na metade do caminho quando paro de repente, viro-me e vou para uma fileira de terminais da Internet que vi antes. Apoiando-me nas costas da cadeira laranja, digito a URL da lista telefônica da BT. Quando aparece a tela de busca, executo uma busca residencial.

NOME: Blake
INICIAL: G
ÁREA: Broadstairs

Um segundo depois sou recompensada com um único endereço e número de telefone.

VINTE E CINCO

O cheiro do mar me acerta no segundo em que abro a porta do vagão. É bom escapar de Londres de vez em quando, especialmente num dia tão lindo. Toby e eu costumávamos fazer passeios que duravam o dia inteiro, antes de ele ficar famoso. Nunca fomos a Broadstairs, mas eu tinha ouvido dizer que era uma cidade bem agradável, e diferente de sua vizinha sem graça, Margate. Hoje serei capaz de julgar por mim mesma.

Deixando a estação, desço a High Street até a beira do mar, parando para admirar as casas em estilo Regência, com as varandas de ferro enferrujado e as vitrines antiquadas das lojas, que dão um ar de grandeza envelhecida. Passa pouco das dez, mas o lugar já está começando a se encher com os compradores de sábado e turistas vindo desfrutar o sol junto ao mar. Assim que chego ao passeio na beira da praia, sento-me num dos muitos bancos de madeira que dão para a baía ampla e arenosa abaixo. Consultando meu guia de ruas, vejo que a West Cliff Road fica a pouca distância, mas ainda não vou lá; é cedo demais. Vou dar meia hora, mais ou menos.

Tenho toda a confiança de que o que estou para fazer é meio antiético. Certamente não quero causar nenhuma perturbação para Linda Blake — e, se tudo acontecer segundo o plano, não farei isso. Meu objetivo hoje não é reivindicar meu lugar como parte da família; o que me traz aqui é uma sede simples e talvez maligna de conhecimento. Não posso trazer meu pai de volta à vida, mas mesmo assim quero — não, *eu preciso* — descobrir mais sobre o tipo de pessoa que ele era... a casa onde morava, a mulher por quem se apaixonou, quer eles tenham tido filhos juntos ou não.

Meu plano é simples. Vou me apresentar como ex-colega de Gareth, dizer que estou na área por acaso e quero dar os pêsames. Por motivos óbvios, não quero ser identificada como Thea Carson, por isso planejo usar o nome do meio, Parkinson. Além disso, antes de sair de casa hoje cedo, amarrei o cabelo num rabo-de-cavalo e pus um mínimo de maquiagem para parecer o mais diferente possível de minha aparência conhecida na mídia. Depois de aceitar de boa vontade a xícara de chá que Linda Blake sem dúvida vai oferecer, vou manter uma conversa educada, enquanto absorvo o ambiente e tento captar o máximo possível de informações sobre meu falecido pai. Terá de ser um desempenho sensato, mas, com meu passado de atriz, certamente vou conseguir. Depois de uns vinte minutos na companhia de Linda vou educadamente sair e ir embora. E será o fim. O fantasma será posto para descansar e eu poderei continuar com a vida. Bom, pelo menos essa é a teoria.

Sabendo muito bem que Kim e Tim desaprovariam enfaticamente essa missão de busca de fatos, optei deliberadamente por mantê-los no escuro. Ao voltar do St Luke's na noite de quarta-feira os dois foram adequadamente simpáticos quando mostrei o obituário de Gareth. Mesmo assim, senti em Kim um certo alívio porque aparentemente minha busca tinha chegado ao final. Não que ela não tivesse apoiado totalmente os esforços para achar meu pai, mas acho que temia que eu ficasse numa obsessão doentia com o objeto da busca.

— Sei que você deve estar incrivelmente desapontada porque seu pai morreu, mas você fez um trabalho incrível chegando tão longe — disse ela. — Deve ter orgulho de si mesma.

Mas eu tinha deixado de dizer que consegui o endereço de Gareth, especificamente porque não queria que ela me impedisse de vir. *Ela* acha que eu estou passando o dia fazendo compras com Patti na Bond Street.

A residência na West Cliff Road é uma casa geminada, em muito bom estado, com grandes janelas panorâmicas dando para o mar, e há um carro na entrada, um Clio meio novo, o que é boa indicação de que alguém está em casa. Enquanto bolava meu plano, ocorreu-me que Linda poderia ter vendido a casa e se mudado, mas espero que o lugar esteja muito cheio de lembranças de seu falecido esposo para ela querer ir embora. Enquanto sigo pelo caminho com pavimento irregular, hesito só um segundo antes de apertar a campainha. Estaria mentindo se dissesse que não estava nervosa, mas de jeito nenhum vou recuar agora. A porta se abre e revela uma mulher de meia-idade, com seios amplos, cabelos louros desbotados e uma expressão ligeiramente espantada. Imediatamente passo a ser a atriz.

— Sra. Blake? — pergunto.

— Sim.

— Meu nome é Thea Parkinson — começo cheia de confiança. — Eu conhecia Gareth.

Ela aperta os lábios e assente, compreendendo, como se soubesse do que vem em seguida.

— Não pretendo ser intrometida, mas eu estava visitando uns amigos aqui perto e quis dar meus pêsames.

— É gentileza sua — diz ela. — Não quer entrar?

Ela me leva para uma grande sala aberta, agradavelmente decorada em tons suaves de rosa e bege.

— Fique à vontade — diz ela, sinalizando para um elegante conjunto de poltronas e sofá. — Eu acabei de fazer uma xícara de chá. Você toma comigo?

— Seria muito agradável, Sra. Blake.

— Linda, por favor.

Dou um sorriso tímido.

— Linda.

Assim que ela saiu da sala, aproveito a chance para xeretar. Meu olhar é imediatamente atraído para uma pequena coleção de fotografias na prateleira junto à janela, e a maior é uma foto de casamento numa moldura de estanho oval. Pegando-a para uma inspeção mais próxima, não tenho dificuldade para identificar como Linda a noiva em seu vestido de renda estilo eduardiano, se bem que era muito mais magra na época. Portanto, o homem sorridente de cabelos escuros ao lado deve ser Gareth, mas antes que possa sujeitá-lo a um exame detalhado Linda volta com o chá.

Cheia de culpa, recoloco a foto no lugar.

— Eu estava pensando no belo casal que vocês formavam — digo, com os olhos se demorando no rosto de Gareth.

— Sei que é um clichê medonho, mas realmente foi o dia mais feliz da minha vida — diz ela, pousando duas xícaras sobre a mesinha de tampo de vidro.

— Vocês se casaram aqui em Broadstairs? — pergunto em tom de bate-papo, enquanto me acomodo numa poltrona.

— Ah, não, nós só estávamos aqui há doze anos. Nós nos amarramos em York; parecia fazer sentido nos casarmos na cidade onde Gareth nasceu, já que ele tem uma família tão gigantesca, ao passo que eu posso contar *meus* parentes nas duas mãos. — Ela toma um gole de chá. — É curioso, você sabe, mas mesmo depois de todos os anos eu ainda acho difícil saber quem é parente de Gareth e me lembrar de quem é parente de quem; ele tinha cinco irmãos e uma irmã, incrível, não é? — Ela me olha pensativa e acrescenta: — Desculpe perguntar, mas nós já nos vimos? Talvez quando você era bem mais nova?

A pergunta me deixa meio sem jeito.

— Não, acho que não — digo cuidadosamente.

— Você não veio ao enterro de Gareth?

Dou um sorriso de desculpas e balanço a cabeça.

— Infelizmente eu estava fora do país.

— Mas imagino que você *seja* do lado de Bernadette, não é?

— Você deve estar me confundindo com outra pessoa — digo, rapidamente. — Gareth e eu éramos colegas. Eu o conheci através do trabalho no NSPCC. Como todo mundo, eu tinha um respeito tremendo por ele e, claro, seu senso de humor era lendário. — Dou um riso sem jeito, preocupada com a hipótese de não ser convincente. E, afinal de contas, quem é Bernadette?

Um olhar de confusão nubla o rosto dela.

— Você *trabalhou* com Gareth? Eu presumi que fosse alguma parente.

— É? — digo, sentindo a pulsação acelerar e não querendo dizer mais, por medo de me incriminar.

— Só que você é a imagem cuspida e escarrada de Bernadette, a irmã de Gareth. Esse cabelo, os malares... espere um minuto, vou mostrar.

Ela vai até uma estante e pega um grosso álbum de fotografias na prateleira de baixo.

— Vamos ver — diz, virando as páginas. — Aah, aqui está. Ela era um pouco mais velha do que você quando esta foto foi tirada, provavelmente com trinta e poucos anos, mas a semelhança é espantosa. Acho que você vai concordar. — Ela me entrega o álbum e aponta a foto de uma mulher com camiseta e short de *jeans* esgarçado. Mesmo contra a vontade, não evito um som ofegante, porque o rosto que me olha de volta é inconfundivelmente meu. Até mesmo as pernas compridas e com joelhos para dentro que aparecem debaixo do short são minhas. Ela parece mais minha mãe do que minha mãe de verdade. Mas, afinal de contas, acho, ela *é* minha tia.

— É incrível, não acha? — diz Linda.

Naquele instante, percebo que não posso continuar com essa pantomima horrenda, que nem mesmo *minhas* habilidades de atriz bastam. Isso já foi longe demais; eu nunca deveria ter vindo, intrometendo-me na vida de outra pessoa assim. Devo pedir desculpas e ir embora, fingir dor de cabeça, um compromisso esquecido, qualquer coisa... no entanto não consigo afastar os olhos do rosto de Bernadette.

— Thea, você está bem? Parece que viu um fantasma.

— Qua... se — respondo sem pensar.

— Perdão?

— Não, sou eu que devo pedir perdão — digo, olhando para Linda. — Eu não deveria ter vindo...

— Absurdo — diz ela com gentileza. — Os amigos de Gareth são sempre bem-vindos.

— Não, você não entende — digo, agora quase implorando. E então as palavras que eu achei que nunca poderia dizer escapam. — Eu estava mentindo, eu não sou colega de Gareth. Sou... sou filha dele.

Nós nos olhamos. Incapaz de acreditar em minha indiscrição, meu rosto parece uma máscara de horror congelado, enquanto a mão de Linda está apertada na boca. Lutando desesperadamente por alguma palavra para tranqüilizá-la, finalmente digo:

— Não é o que você acha, não sou resultado de algum caso secreto dele.

Lentamente ela afasta a mão do rosto.

— Bem, nesse caso acho que nós devemos nos sentar e falar disso, não acha? — diz ela, com compostura notável.

E assim eu conto toda a história, do início ao fim: como cresci no sudeste de Londres sem saber quem era meu pai, mas presumindo que fosse alguém com quem minha mãe tivesse namorado. Falei da morte de mamãe e da descoberta das agendas, e de como consegui descobrir e depois descartar três pais em potencial. Durante todo o tempo Linda está com uma expressão impávida, jamais interrompendo, jamais perguntando onde seu falecido marido entra na história da minha vida. Só quando chego à revelação de Marty, de que eu nasci através de uma inseminação com doador anônimo, ela reage.

— Eu sabia — diz ela, abrindo um sorriso largo. — Você é um dos bebês que Gareth teve como doador, não é?

Sentindo-me extremamente perplexa, assinto lentamente.

— Minha mãe foi paciente no Centro de Fertilidade Gunnersbury em Londres.

Linda cruza as mãos delicada, depois salta do sofá para me abraçar. De repente as coisas ficaram surreais.

— Quer dizer que você sabia que seu marido foi doador de esperma? — digo, quando ela finalmente me solta.

— Certamente. Ele me contou no nosso segundo encontro. Eu era enfermeira psiquiátrica no St Luke's, e ele estava no primeiro trabalho como pediatra. Pelo que lembro, nós estávamos num *pub* na Charing Cross Road e tivemos um debate acalorado sobre se seria aceitável disciplinar uma criança fisicamente. Eu não achava que fosse, e ele era da opinião de que uma palmada na hora certa, nas pernas, não faria mal nenhum. Eu perguntei se ele queria ter filhos, e ele disse: "Provavelmente já tenho."

— E então contou que era doador de esperma?

Linda confirma com a cabeça.

— Ele me disse que tinha doado três ou quatro vezes no ano anterior.
— Você não ficou chocada?
— Um pouco, mas ao mesmo tempo eu o admirei. Diferentemente de muitos estudantes que faziam doação, ele não fez isso pelo dinheiro, fez porque queria ajudar mulheres que, por algum motivo, não pudessem ter filhos por métodos naturais.
— Sei. O Centro me deu uma carta que ele tinha escrito — bem, era mais uma declaração do que uma carta — falando dos motivos para doar. Eram apenas algumas linhas, mas eu achei muito reconfortante.
— Eles ainda tinham isso no arquivo? Que maravilhoso!
— Você sabe quantas outras mulheres, além de minha mãe, Gareth pôde... é... ajudar? — pergunto, imaginando se Linda tem consciência do número exato de filhos de seu marido.
— Cinco — diz ela com orgulho. — Gareth se esforçou para descobrir.
— Mas isso não deixa você meio estranha, saber que *seu* marido era pai de seis filhos de mulheres diferentes?
— Isso nunca me incomodou, mas suponho que poderia ser diferente se nós pudéssemos ter filhos. Só quando nos casamos um ginecologista me disse que eu nunca poderia levar uma gravidez até o final — uma ironia bastante cruel quando a gente pensa que Gareth era psicólogo infantil. Nós pensamos em adotar, mas no fim decidimos não fazer isso. — Ela umedece os lábios com a ponta da língua e depois diz: — Na verdade ele nunca articulou isso realmente para mim, provavelmente porque não queria magoar meus sentimentos, mas acho que significava muito para ele saber que vocês seis estavam por aí, seus *bebês de doação*, como ele chamava. Claro que com as leis protegendo a identidade do doador, ele nunca sonhou que fosse conhecer algum de vocês. Por falar nisso, como você conseguiu descobri-lo?

Com um gigantesco sentimento de embaraço, confesso que espiei às escondidas minha pasta enquanto Judy estava fora da sala.

— Sei que foi errado da minha parte, mas eu tinha posto tanto tempo e energia em encontrá-lo que não poderia deixar a oportunidade escapar entre os dedos.

— Sabe o que Gareth me disse? Que pediu ao médico da Gunnersbury para tornar disponíveis os detalhes para contato caso qualquer filho dele, nascido de doação, pedisse a informação.

— Não brinca!

— Verdade. Mas a clínica recusou, disse que isso violava o código de conduta, ou alguma coisa assim.

Balanço a cabeça com tristeza.

— Não importa, você acabou nos encontrando. Como foi que descobriu nosso endereço em Broadstairs tendo somente o nome de Gareth?

Conto minha ida à biblioteca do St Luke's e a descoberta do obituário de Gareth.

— Deve ter sido um tremendo choque para você — diz ela.

— Sim, e o fato de ele ter morrido há apenas alguns meses tornou tudo muito pior. Eu cheguei tão perto... — Minha voz fica no ar.

— A doença dele veio como um raio caindo do nada — diz Linda. — Primeiro cansaço, depois perda de peso... acho que ele já suspeitava do pior, e então os exames de sangue confirmaram que estava sofrendo de uma das formas mais violentas de leucemia. — Ela funga e engole em seco. — Ele era meu melhor amigo; sinto uma falta terrível.

— Será que posso perguntar onde ele está enterrado? — pergunto hesitante.

Ela sinaliza para a janela.

— Eu espalhei suas cinzas lá, no mar da Viking Bay. Era o que ele queria; ele amava este lugar. — Ela pega um lenço na manga e enxuga os olhos.

— Eu me sinto medonha, vindo aqui e mentindo para você. A última coisa que eu queria era perturbá-la.

— Você não deve se desculpar. Acho que você é uma mulher notável. O modo como conseguiu nos achar! E depois de perder Gareth é maravilhoso conhecer você; faz com que eu sinta que ele não está tão longe, afinal. — Por um minuto ou dois ficamos sentadas em silêncio, cada uma perdida em seus pensamentos, até que eu junto coragem para perguntar: — Como você acha que Gareth teria reagido se ainda estivesse vivo quando eu aparecesse aqui?

Ela não perde um segundo.

— Ele ficaria empolgado, absolutamente empolgado.

Dou um sorriso tímido.

— Acha mesmo?

— Eu sei, Thea. — Ela estende a mão por cima da mesinha de centro e aperta a minha.

Quando saio da casa de Linda na West Cliff Road, a escuridão está baixando. Linda e eu tínhamos muito que conversar. Coloquei-a a par do resto da minha vida (mencionei de passagem que meu marido separado era um cantor bem conhecido, mas Linda disse que nunca tinha ouvido falar do Drift). Por sua vez ela me apresentou postumamente ao meu pai — sua carreira, seus amigos, as coisas de que ele gostava e desgostava. Contou as piadas prediletas dele e mostrou fotos da casa onde cresceu, de sua mãe e seu pai, do lugar onde morou quando era estudante... e prosseguiu até as férias no estrangeiro com Linda, festas de trabalho e Natais em família. Depois do almoço Linda me levou para ver alguns dos lugares prediletos de Gareth — o caminho litorâneo, o coreto onde gostava de ouvir *jazz* no verão, a cerejeira no jardim que ele plantou no vigésimo quinto aniversário de casamento. E sei que isso vai parecer piegas, mas no fim do dia eu me sentia como se o tivesse conhecido.

Quando estávamos nos despedindo na porta, de repente Linda me pediu para esperar enquanto entrava rapidamente em casa. Quando voltou, estava segurando um pequeno envelope pardo.

— Uma lembrança — disse, me entregando. Eu só abri quando estava no trem de volta a Londres. Era uma foto do meu pai, tirada no dia em que se formou no St Luke's. Está dando um sorriso tímido, com os olhos castanhos brilhando, tufos de cabelo castanho espiando por baixo do barrete de formatura. De todas as fotos que Linda tinha me mostrado, é a imagem que mais se parece comigo.

VINTE E SEIS

Geralmente não sou uma pessoa efusiva demais; não sou dada a grandes declarações ou demonstrações desnecessárias de emoção. Mas realmente sinto que — meu Deus, vou parecer uma rainha da telenovela — *renasci*. Bem, talvez não tenha renascido, mas finalmente me erguido das cinzas. Agora, pela primeira vez na vida, tenho evidências tangíveis, provas irrefutáveis, de que tenho um pai, de que não sou uma estranha garota híbrida com apenas meia herança genética.

Depois de muito revirar a alma, pude encarar o fato de que mamãe escondeu a verdade sobre meu pai. Ainda me sinto magoada com seu comportamento dúbio mas, pelo modo como vejo, tenho duas opções: ou perco um monte de tempo e energia me ressentindo dela ou aceito a decisão que ela tomou há tantos anos. Sei que ela me amava e sei que achava estar agindo para o meu bem ao não contar que nasci a partir de um doador anônimo; então fico com a segunda opção.

Linda e eu estamos em contato regular desde que nos conhecemos no mês passado, e eu a convidei para passar o fim de semana comigo quando me estabelecer no apartamento novo. Kim e Tim ficaram pasmos quando contei minha visita a

Broadstairs, e acho que Kim também ficou meio magoada por eu não ter contado os planos antecipadamente. Mas, como amigos de verdade, ficaram totalmente empolgados por tudo ter dado certo, e mal podem esperar para conhecer Linda.

Ontem à noite, como comemoração, dei um pequeno jantar em um dos meus restaurantes favoritos em Islington para as pessoas que me ajudaram e apoiaram durante a jornada para achar meu pai: Kim, Tim e Marty, que veio com sua noiva Alison (Bonnie, de seis meses, foi deixada em casa com a babá, mas uma apresentação formal foi marcada para o fim do mês). No fim da refeição, depois de os licores serem servidos, eu fiz um pequeno discurso; nada formal, só uma coisa improvisada.

— Eu queria agradecer a todos por terem vindo — digo, olhando-os ao redor da mesa. — Como vocês sabem, os últimos dois meses foram muito difíceis para mim e eu não poderia ter sobrevivido a eles sem o apoio dos amigos. Então obrigada, Kim e Tim, por dividirem sua casa comigo durante tanto tempo; e não se preocupem, eu vou me mudar na semana que vem! — Isso faz todo mundo rir. — E Kim, eu queria dizer que você é a melhor amiga que qualquer mulher poderia ter.

Ela segura minha mão por cima da mesa.

— Realmente vou sentir falta de você em casa, para não falar do escritório — diz ela. — Aposto que você não sabia que Thea é uma fantástica planejadora de festas, sabia, Marty?

Ele balança a cabeça.

— Ela obviamente andou escondendo os méritos. Talvez você devesse abrir um negócio próprio, Thea.

— Não ouse! — diz Kim com ferocidade fingida.

— Como se. — Eu dou um risinho no meu Bailey's.

Então me viro para Marty, sentado à esquerda.

— E Marty, eu gostaria de agradecer a você por ter a coragem de me contar a verdade sobre meu pai. Sei que não foi fácil.

Ele sorri.

— Durante um tempo eu realmente me perguntei se era a decisão certa. Fiquei sofrendo por causa disso durante dias, não foi? — diz ele, olhando para Ali, que concorda vigorosamente com a cabeça.

— Então achei que talvez devesse ter contado há anos, quando você ainda era criança e poderia encarar isso com mais facilidade, mas teria sido muita falta de respeito com sua mãe. E, a propósito, estou tremendamente impressionado com o modo como você conseguiu descobrir a clínica. Tenho certeza de que todo mundo aqui sente muito orgulho de você, e sei que sua mãe também sentiria, se estivesse aqui hoje.

— Espero que sim — digo. — Vamos brindar a ela, não é?

— Todo mundo levanta os copos acima da vela que tremula no centro da mesa.

— A Shirley — digo. — A melhor mãe do mundo.

De muitos modos, a noite de ontem sinalizou o fim da minha vida antiga e o início da nova. Mas antes que eu possa realmente recomeçar, tenho uma última coisa inacabada para fazer.

A consulta com meu advogado está marcada para o meio-dia, e para a ocasião optei deliberadamente por usar a roupa da qual Toby menos gostava, comprada no outono passado para a festa dos sessenta anos de sua mãe. Para mim, a saia justa cinza-ardósia com casaco justo da mesma cor era uma peça clássica, então imagine como fiquei arrasada quando, chegando em casa depois de uma noite muito agradável, meu marido disse que eu parecia uma aeromoça da Letônia. Nunca tive coragem de usar a roupa de novo. Isto é, até hoje.

Chego na Henley & Sons vinte minutos antes da hora, o que me dá tempo suficiente para ler a papelada que Charles, meu advogado, preparou.

— Tem certeza de que é isso que você quer? — pergunta ele, franzindo a testa do outro lado da mesa. — Depois disso não há como voltar atrás.

— Certeza — digo firmemente, assinando na linha pontilhada no fim do documento.

Às onze e cinqüenta e oito, vinte e oito minutos depois do que foi pedido (sem surpresa), o interfone na mesa de Charles toca.

— O Sr. Carson chegou — anuncia a recepcionista.

Charles levanta as sobrancelhas para mim, interrogativamente. Confirmo com a cabeça e ele pede para a recepcionista mandar Toby entrar. Antes eu me sentia muito forte e confiante, mas agora que está na hora da revelação fico subitamente nauseada.

A porta se abre e ali está Toby. É a primeira vez que o vejo em carne e osso desde a noite do IMA. Ele está parecendo mal, realmente mal, mas acho que é prerrogativa de astro do *rock*. Barba de cinco dias, no mínimo, *jeans* Diesel velhos e sua jaqueta de camurça predileta. É bom saber que ele acha que eu valho o esforço. Na verdade, estou satisfeita; se ele estivesse um gato, isso seria tremendamente mais difícil.

— Oi, neném — diz ele, de um modo irritantemente casual.

— Olá, Toby — respondo em tom calmo.

— Vou deixar vocês, então — diz Charles, juntando algumas pastas na mesa. — Vou estar na sala ao lado, se precisarem de mim.

Depois de ele sair da sala, Toby e eu nos entreolhamos sem palavras durante alguns segundos. Noto que ele está mascando chiclete, como se para enfatizar que essa coisa toda não significa muito. Acho que eu deveria agradecer por ele ter me encaixado em sua programação tão intensa.

— Vamos nos sentar? — digo, rompendo o silêncio.

O JOGO DA FAMA DE THEA CARSON

Ele dá de ombros e desmorona no sofá de couro marrom, enquanto eu opto por uma cadeira giratória, de encosto alto. O queixo de Toby cai.

— Ah, não faça isso, neném. Venha se sentar aqui, perto de mim — diz, batendo no espaço ao lado. — Sei que você sentiu falta.

— Perdão? — digo o mais gélida que consigo, enquanto o coração me pula no peito.

— Bom, eu certamente senti falta de *você*, mas depois daquele dia na casa de Kim, quando você mandou eu me foder, não fiquei a fim de mais uma humilhação. Luke disse que eu deveria parar de pegar no seu pé e dar um tempo, que você faria contato quando ficasse a fim. — Ele dá aquele lindo sorriso tímido que costumava derreter minhas entranhas. — E parece que ele estava certo, porque aqui estamos nós.

— Bom, pelo menos você teve a linda Lexy para lhe fazer companhia nas horas mais negras — digo sarcasticamente. — A propósito, adorei a matéria de nove páginas na *Gente Famosa*. De muito bom gosto.

Ele teve a gentileza de parecer embaraçado.

— Escute, eu realmente sinto muito por causa daquilo, neném. Deveria ter impedido, mas ela estava desesperada pela publicidade, achava que iria ajudar a conseguir um trampo na TV, que ela estava a fim. Não sei como puseram aquilo na capa, e usaram aquela foto estúpida da gente andando a cavalo juntos.

— E deu certo? — perguntei. Como se me importasse, porra.

— Não, Cat Deeley pegou o trabalho.

Solto uma fungada de desprezo. Então há alguma justiça no mundo.

— Sabe, Toby, aquela matéria realmente me magoou, toda aquela merda sobre *um monte de bebês e um chalé no campo*. Você disse que a coisa tinha acabado entre os dois; por que mentiu para mim desse modo?

— Naquele dia, depois do IMA, eu terminei com ela, de verdade, Thea. Mas quando você me chutou, eu meio que tive uma recaída e comecei a me encontrar com ela. Eu estava muito solitário sem você, e ela estava... bem... disponível. Mas agora ela é passado, juro.

— Quer dizer que vocês acabaram? — digo, incrédula.

— É, você não sabia? Saiu na coluna "Bizarro" do *Sun* na semana passada. Eu achei que foi por isso que você fez contato.

— Eu não fazia idéia. Não leio jornal há séculos.

Isso o confunde. Agora está com aquele rosto de menininho perplexo — o da capa do primeiro disco do Drift.

— Independentemente do que ela contou à repórter que fez a matéria, o negócio nunca foi sério entre nós. Acabou; juro pela vida da minha mãe. — Ele nunca fez isso antes, jurar pela vida de Lucy. Talvez realmente esteja falando sério desta vez.

— Olha, neném, não vamos ficar mais embromando. Nós precisamos um do outro, não é? Nós não ficamos bem sozinhos. Toda essa coisa com os advogados e a porcaria dos *acordos financeiros provisórios* e se recusar a atender aos meus telefonemas... isso foi para me dar uma lição, não foi?

— Para sua informação, eu estou perfeitamente bem sozinha, muito obrigada — digo, tensa. — E tenho certeza de que você pode se virar bem sem mim. Arranje um bom relações-públicas e você nem vai notar que eu fui embora.

Ele fica confuso.

— O quê, neném?

— Qual é, Toby, não banque o inocente. Logo que a gente se mudou para Itchycoo, eu praticamente não via você. Na metade do tempo nem parecia que nós éramos casados. Perto do fim eu comecei a me sentir como uma secretária bem paga.

Ver você comendo Lexy no IMA foi a gota d'água, mas se eu fosse honesta, diria que não era feliz no nosso relacionamento há séculos. Era como se você — o grande astro do *rock* — fosse o único que importava. Você não parecia dar a mínima para *meus* sonhos e ambições.

— Isso não é justo — ele diz sem jeito.

— É verdade. Você não mostrava o mínimo interesse no meu trabalho, cagava e andava para os meus amigos, achou hilário quando eu disse que estava tentando achar meu pai... você sabia como isso era importante para mim, mas mesmo assim tratou o assunto como uma grande piada.

— Qual é, mas você deve admitir que era uma busca meio inútil.

— Para sua informação, eu acabei encontrando meu pai — digo rispidamente.

— Está brincando. Como você conseguiu isso, porra?

— É uma longa história e eu tenho certeza de que você não está realmente interessado em ouvir.

Um olhar ferido atravessa seu rosto.

— Claro que estou. Estou interessado em tudo que tem a ver com você, neném.

Ele não está totalmente convincente, mas mesmo assim não posso resistir à chance de demonstrar a Toby que, longe de desmoronar depois de ter partido de Itchycoo, eu estive usando o tempo na casa de Kim de modo muito mais produtivo. E assim, do modo mais frio e desapaixonado possível, faço um resumo. Mesmo aos meus ouvidos, a história parece absurda, e meio espero que Toby irrompa numa gargalhada, ao seu modo superior de sempre. Mas para minha surpresa a revelação de que nasci de uma inseminação com doador anônimo parece afetá-lo profundamente.

— Seu pai era um doador de esperma? — diz ele, com os olhos arregalados como pratos.

— Você ouviu.
— Inacreditável, porra.
— É, foi um tremendo choque.
— E você conseguiu descobrir o nome dele, o endereço... você foi à casa dele?
— Isso mesmo.
— Espantoso... espantoso *pra caralho*. — Ele balança a cabeça, incrédulo.
— Você não achou que eu ia conseguir, não é? Não achou que eu tinha pique.
— Não, não é isso — diz ele, levantando a cabeça para me olhar direto nos olhos. — Eu sei como você pode ser decidida, assim que bota uma coisa na cabeça.
— Então o que é? — digo com rispidez.
Ele hesita.
— Eu fiz isso uma vez — diz ele com voz insegura.
— O *que* você fez? — digo, sentindo a impaciência crescer.
— Doei esperma — diz em tom chapado. — Só uma vez, veja bem.
Encaro-o pasma.
— Você não fez!
— Foi antes de a gente se conhecer. Eu era estudante; precisava da grana para umas cordas de guitarra. Vi um anúncio no jornal e achei que parecia uma grana fácil.
— Como você nunca me contou isso?
— Parece meio triste, não é? "Ei, neném, eu sou doador de esperma." E de qualquer modo achei que talvez você não gostasse.
Ele está certo. Eu ficaria absurdamente arrasada ao pensar no monte de Tobyzinhos correndo por aí.
— Você pensa neles? — pergunto.
— Em quem?

— Nas crianças que você pode ter gerado.
— Não. De qualquer modo, eles não são realmente *meus* filhos, são? — Um olhar de medo atravessa seu rosto lindo. — Meu Deus, espero que nenhum deles venha me procurar um dia.

De repente percebo que, independentemente do que ele me disser, por mais que peça meu perdão, a única pessoa em todo este mundo com quem Toby Carson realmente se importa é ele mesmo.

— Parece terrivelmente irônico que você tenha ficado todo satisfeito em espalhar seu esperma por quarenta pratas e não quis ficar com o *nosso* neném — digo cheia de rancor.

— Por que você puxou isso agora? Eu achei que a gente tinha concordado em que fazer o aborto era o certo.

— Não, Toby, *você* concordou, e eu, idiota que sou, fui atrás. Ainda penso naquele bebê a cada hora de cada dia, sabe? — As palavras quase me engasgam e eu luto para manter a compostura.

Ele se levanta do sofá, ajoelha-se no chão na frente da minha poltrona e pega minhas mãos.

— Eu não fazia idéia de que você se sentia assim, juro por Deus — diz sério. — Você pareceu lidar tão bem com o negócio do aborto!... Certo, houve algumas lágrimas, mas eu achei que eram só os hormônios pegando pesado.

— Como você ia saber como eu estava lidando com isso? — digo amargamente. — Você nunca tentou conversar comigo a respeito, nem perguntou como eu estava me sentindo. Era como se não se importasse.

— Claro que eu me importava — diz ele, segurando meu rosto com as mãos. — Você não lembra?, eu dei um tempo, cancelei aquelas fotos para *The Face*...

— Mas não bastou — digo em voz baixa. — Aquilo pareceu um gesto estudado.

— Bom, sinto muito se foi isso que pareceu. Eu achei que estava fazendo a coisa certa... — Sua voz fica no ar. Ele olha o chão, depois me olha de novo.

— A propósito, talvez você se interesse em saber que foi Alexa quem vazou a história do aborto para a imprensa.

Encaro-o pasma.

— O quê?

— Eu só falei com ela de passagem, não achei que ela iria correndo contar ao *News of the World*.

— Como você ousa! Você não tinha o direito de falar de meus assuntos pessoais com aquela putinha.

— Eu sei, foi estupidez. Alexa só admitiu o que tinha feito depois que você e eu nos separamos. Ela disse que foi um modo de colocar pressão no nosso relacionamento, de tentar nos separar.

— Bem, então ela realizou o desejo, não foi?

— Mas a coisa não acabou de verdade entre nós, acabou? Ainda não é tarde demais.

— É sim — digo engolindo em seco.

Ele suspira impaciente.

— Olha, se você precisa de prova de meus sentimentos, eu compus uma música dedicada a você. O nome é *Dream Girl*. Fala de como eu acho você linda e como amo você. É meu tributo a você, meu modo de agradecer por tudo que você fez por mim. Sei que eu nunca teria alcançado tanta coisa com o Drift se você não criasse uma boa vida em casa e aceitasse com paciência toda a minha merda.

É engraçado, mas eu costumava sonhar que Toby ia escrever uma música para mim, como Noel Gallagher fez para Meg com *Wonderwall*. Claro, eu nunca sugeriria isso, estragaria o objetivo — músicas assim têm de ser espontâneas — mas eu certamente fantasiei. Mas, agora que aconteceu, não me sinto lisonjeada nem agradecida; sinto-me arrasada porque ele teve de esperar até que nos separássemos para compor essa droga.

— Está no disco novo — continua Toby empolgado. — Eu convenci a gravadora a lançar como um *single*. Deveria ser uma surpresa, mas meu advogado me ligou e disse que você queria uma reunião, e naturalmente presumi que isso significava que íamos voltar a ficar juntos.

Olho para Toby que está me encarando com o máximo de devoção de que um homem como ele é capaz; depois respiro fundo e suavemente solto minhas mãos das dele.

— O motivo para ter pedido que você viesse aqui é para dizer que eu quero o divórcio.

Uma expressão de choque absoluto atravessa seu rosto.

— Você não está falando sério. — A voz dele falha.

— Estou sim. Tremendamente sério — digo rapidamente, estendendo a mão para a mesa de Charles e pegando o contrato que ele preparou. — Tenho certeza de que o seu advogado vai querer passar pente-fino nisto, mas vou só delinear os termos principais para você. — Olho atentamente para os papéis para não ter de testemunhar a dor de Toby. — Vou me divorciar de você com o argumento de incompatibilidade de gênios. Vou concordar perpetuamente em não dar qualquer entrevista sobre o nosso relacionamento e peço que você faça o mesmo. — Olho para ele, mas ele parece estar olhando através de mim, com uma expressão pasma de coelho apanhado nos faróis. — Você pode ficar com Itchycoo e tudo que está dentro, com a exceção de minha penteadeira de marchetaria, minhas roupas e jóias. Do ponto de vista financeiro, vou aceitar uma modesta quantia paga de uma vez no acordo integral e final. — Cito o número, mas Toby parece não registrá-lo; simplesmente continua a balançar a cabeça desanimado. Pressiono: — Charles disse que, mesmo tendo sido casada durante apenas um ano, eu provavelmente poderia conseguir mais dinheiro se fosse para o tribunal, especialmente se me divorciasse de você por motivos de adultério. Mas isso não tem a ver com dinheiro nem vingança, Toby. Tem a ver com chegar a um acordo justo e imparcial para todos os envolvidos e fazer o divórcio do modo mais rápido e indolor possível.

— É isso que você quer? — pergunta ele em voz baixa. — Se livrar de mim o mais rápido possível?

— É, francamente, é — digo sem rancor. — Eu desperdicei muito a minha vida, fazendo papel secundário para os homens, e acho que está na hora de me colocar em primeiro plano. — Levanto-me e jogo o documento na cadeira giratória atrás de mim. — Agora, se me der licença, eu tenho uma vida a levar.

Quando passo por ele saindo da sala, Toby continua de joelhos, olhando o chão. Não olho para trás.

EPÍLOGO

Seis meses depois

Hoje cedo eu estava dando uma geral no apartamento quando ouvi a música de Toby no rádio — a que ele compôs para mim, *Dream Girl*. Pousei o espanador e a lata de Windolene, fui até o aparelho de som e aumentei o volume. Tentei ouvir objetivamente, como um crítico faria — e era boa; muito boa. Pelo menos a música era. A letra... bem, era meio piegas, mas acho que Toby estava se sentindo meio emocionado quando a escreveu.

Depois tive de rir quando o DJ disse:

— ...e esta foi *Dream Girl*, com o Drift, uma canção escrita pelo líder Toby Carson para a mulher de sua vida, a muito sensual Stella Morrison...

Imagino de quem foi *essa* idéia. Um divulgador superzeloso com visão para uma boa história, ou apenas Toby dando uma de sonso? Talvez tenha sido idéia de Stella dizer que foi a inspiração para a *minha* música. Qualquer que seja a verdade, acho que posso presumir que Toby me superou.

Não estou amarga nem com ciúme porque minha suposta amiga agarrou meu ex-marido. Pelo contrário, acho que os dois são feitos um para o outro, com sua atração por festas, poses e gastos. Espero que dê certo para os dois, espero mesmo. Ela vale o dinheiro, a velha Stella, com seu dom da garrulice, a cintura de cinqüenta e oito centímetros e o cabelo louro fofo. Não como eu, que sempre tentei me apagar no segundo plano a cada oportunidade. E agora que meu divórcio foi aprovado sem qualquer contestação e o marido apresentador de Stella finalmente saiu do armário e declarou o amor por um membro de uma das mais amadas bandas de adolescentes do país, os dois estão livres.

Acho que se juntaram depois de ser apresentados no Grand Prix, se bem que eu não ficaria nem um pouco surpresa se Stella — que sempre afirmou odiar o automobilismo — tenha armado a coisa toda. Relembrando, era óbvio que ela tinha planos para Toby... pelo modo ansioso como falava dele, e o óbvio deleite quando nosso relacionamento começou a sair dos trilhos.

Cada estágio de seu relacionamento de cinco meses foi amplamente divulgado pela mídia — os presentes luxuosos (um BMW Z3, nada menos, para o vigésimo oitavo aniversário dela), as tatuagens combinando no tornozelo (um Cupido com o nome do outro escrito em sânscrito embaixo), e a arte da capa do novo disco do Drift, que vazou para a *New Musical Express* (deveria ser *eu* em silhueta, claro, mas Stella teve a gentileza de ocupar o vazio).

Quanto a mim... bem, estou solteira — mas feliz. Espero me apaixonar de novo num futuro não muito distante, mas no momento tenho outras prioridades.

Dentro de aproximadamente sete semanas devo dar à luz um bebê; uma menininha, segundo o ultra-som. Estou absolutamente adorando estar grávida, meu corpo parece fantasticamente forte e fecundo e, o melhor de tudo, finalmente consegui encher os decotes. Foi uma certa surpresa descobrir que estava grávida. Com todas as loucuras que aconteciam na minha vida —

achar meu pai, me divorciar e me mudar de casa — eu tinha ignorado os sinais de alerta do corpo. Presumi que a menstruação tivesse parado por causa do estresse, e quando fui ao ginecologista já estava com três meses.

Não sei se Toby sabe. Espero que sim. Saiu uma foto minha com o barrigão na revista *Gente Famosa*, um *paparazzo* me fotografou fazendo compras na King's Road — uma foto pequena (afinal de contas, hoje em dia sou praticamente uma ninguém).

Não que o bebê seja de Toby; não pode ser, as datas são todas erradas. É de Cameron Kennedy — minha transa de uma noite.

Eu pensei muito antes de dizer a Cam que estava esperando um filho dele; até imaginei se estaria fazendo uma gentileza deixando-o no escuro. Pelo menos ele não teria de lutar com a consciência sobre se aceitaria ou não a responsabilidade. Mas sei como é crescer sem pai e não queria que minha filha tivesse uma privação semelhante. Por isso revirei três bolsas até achar aquele cartão de visita há muito esquecido, respirei fundo e liguei para ele.

Cameron ficou totalmente chocado; não sobre o bebê, mas pelo fato de que "Amanda" era na verdade "Thea" — ex-mulher de Toby Carson, astro do Drift. Acho que você concordaria que é muita coisa para engolir. Nós nos encontramos para almoçar e eu lhe disse que não estava interessada em dinheiro nem em pensão, mas que *iria* colocar o sobrenome dele na certidão de nascimento da minha filha — da *nossa* filha — e que se ele estivesse interessado nos direitos de visita, eu teria o prazer de pedir para meu advogado esboçar um acordo.

Cam pensou nisso durante umas duas semanas, depois voltou e disse que sim, que *estava* interessado em compartilhar o futuro de nossa filha. Não sei se isso realmente vai acontecer ou não, mas nós realmente estabelecemos uma espécie de amizade, encontrando-nos a intervalos de cerca de duas semanas. E ele me comprou um berço *top* de linha da Harvey Nichols e me fez prometer que ligaria no minuto em que entrasse em trabalho de parto, de modo que as indicações iniciais são boas. E não, nós não estamos para nos apaixonar e navegar juntos para o pôr-do-sol. Ele é um cara legal e tudo o mais, mas esse tipo de coisa só acontece no cinema. Ser mãe solteira não vai ser fácil, eu sei, mas pelo menos tenho muita informação do passado. Kim está fascinada com a perspectiva de finalmente ser madrinha, e Marty e Alison já se inscreveram como as principais babás. Também mantive a promessa para a velha amiga de mamãe, Val, de manter contato; ela até mandou o marido arrumar algumas prateleiras do quarto do neném. Quanto a Linda Blake, bem, não é exagero dizer que nós duas ficamos muito íntimas. Nós nos falamos pelo telefone pelo menos uma vez por semana, e quando eu lhe disse que estava grávida ela deu o presente mais lindo para o neném — uma caneca de prata que pertenceu a Gareth. Ela até falou em me apresentar a alguns dos irmãos e irmãs dele, mas ainda não me sinto pronta para isso, especialmente quando Linda me contou que nenhum deles sequer sabia que ele tinha sido doador de esperma.

Quanto às mulheres das celebridades — Stella e eu não temos mais contato, por motivos óbvios, e Angela se mudou recentemente para o Texas para se casar com um milionário do petróleo que conheceu na hidromassagem do Forest Mere. Mas ainda *tenho* contato com Patti, que, apesar de minhas reservas, se mostrou uma amiga de verdade. Não somente admitiu que eu tomei a decisão certa em deixar Toby, mas ficou genuinamente horrorizada quando ele e Stella se juntaram. Com o queixo travado numa linha furiosa, declarou: "Uma esposa de celebridade nunca deve cagar nas companheiras." De modo que agora, sempre que encontra Stella em algum acontecimento do *showbiz*, Patti lhe dá gelo, e eu sei que ela usou sua influência para barrá-la em meia dúzia dos melhores *spas* de Londres. Ah, e agora todo mundo sabe que os peitos de Stella são falsos, o que era novidade até para mim.

Criar filho é um negócio caro, e o dinheiro que Toby deu não vai durar para sempre. Mas vou ficar bem porque consegui um trabalho de horário integral; uma carreira decente, que dá realização. Nos últimos seis meses a Party On! entrou em órbita e Kim simplesmente não consegue se virar mais sozinha. Por isso contratou uma secretária e montou uma sede chique em Muswell Hill e me convidou para ser subdiretora. Eu me preocupei imaginando que ela só estava fazendo isso como um favor — já que eu estava grávida *e* desempregada — mas ela insistiu em que era o contrário. Até disse que eu posso trabalhar em casa quando o neném nascer.

Então você vê, minha vida está realmente se ajustando. E certo, ainda há alguns buracos no quebra-cabeça, mas todas as peças principais estão encaixadas. Se eu sinto falta de Toby? Algumas vezes tenho uma pontada quando ele aparece na TV ou quando vejo seu rosto na capa de uma revista no Smith's e me imagino acariciando aquela juba ruiva e desgrenhada e beijando aquela boca carnuda. Mas isso é só tesão, é só a mesma coisa que as tietes do Drift sentem por ele, não vai mais fundo; não mais.

O ano passado foi uma verdadeira montanha-russa para mim, mas não tenho muitos arrependimentos. Como posso ter, quando aprendi tanto — não somente sobre mim mesma, mas também sobre outras pessoas? Jamais subestime suas capacidades, isso é realmente importante. *Na necessidade se prova a amizade* — pode ser clichê, mas, por Deus, é verdadeiro. E, apesar do que você lê nas revistas, *é* possível ser solteira e feliz: sou a prova viva disso.

Ah, e também aprendi que todo ser humano tem suas fragilidades — até os deuses do *rock*.

Este livro foi composto na tipologia Goudy
Old Style, em corpo 11/15, e impresso em
papel offset 90g/m² no Sistema Cameron da
Divisão Gráfica da Distribuidora Record.

Seja um Leitor Preferencial Record
e receba informações sobre nossos lançamentos.
Escreva para
RP Record
Caixa Postal 23.052
Rio de Janeiro, RJ – CEP 20922-970
dando seu nome e endereço
e tenha acesso a nossas ofertas especiais.

Válido somente no Brasil.

Ou visite a nossa *home page*:
http://www.record.com.br